유리병 속 지옥

| 일러두기 |

1. 이 책에서 번역한 작품은 1992년에 간행된 지쿠마(ちくま) 문고의 『유메노 규사쿠 전집
   (夢野久作全集)』(1권~11권)을 저본으로 했다.
   「기괴한 북(あやかしの鼓)」, 「기괴한 꿈(怪夢)」, 「악마 기도서(惡魔祈禱書)」는 전집 3권을 저
   본으로 하였고, 「시골의 사건(いなかのじけん)」, 「사갱(斜坑)」은 전집 4권, 「사후의 사랑
   (死後の恋)」은 전집 6권을, 「유리병 속 지옥(瓶詰地獄)」, 「미치광이는 웃는다(狂人は笑う)」,
   「미치광이 지옥(キチガイ地獄)」, 「장난으로 죽이기(冗談に殺す)」는 전집 8권, 「노순사(老巡
   査)」, 「인간 레코드(人間レコード)」는 10권을 저본으로 번역했다.
2. 인명과 지명에 한해서 초출 시 괄호 안에 원문표기를 하였다.
3. 고유명사의 일본어 표기는 〈일본어 외래어 표기법〉을 따랐다.
4. 각주는 기본적으로 역자주이다. 원주는 본문에 표시하였다.

일본 추리소설 시리즈
⑥

유리병 속 지옥

유메노 규사쿠
이현희 옮김

이상

차례

기괴한 북

유메노 규사쿠

나는 정말로 기쁘다. 이 '기괴한 북'의 유래에 대해서 쓸 좋은 기회가 왔기 때문이다. '기괴한(아야카시)'*이라는 말은 북의 동체가 평범한 벚나무나 철쭉나무와 달리 '가시나무(아야)'의 나뭇결을 가진 붉가시나무(赤樫: 아야카시)'로 만들어져 있다는 점에서 나온 말인 듯하다. 동시에 이 말은 노가쿠(能楽)**에서 말하는 '기괴(妖怪: 아야카시)'라는 의미와도 통한다.

　이 북은 정말 요물 중의 요물이라 할 수 있다. 가죽도 동체도 꽤 새것처럼 보이지만 실은 백 년 전에 만들어진 것으로 이 북을 한번 쳐보면 둥 둥 둥 하는 맑은소리가 나는 북과는 달리 음산하고 여음(餘音)이 없는 두… 두… 두… 하는 소리가 난다.

　이 북소리 때문에 오늘까지 내가 아는 것만으로도 예닐곱 명

---

* 일본어로 아야카시(あやかし)라는 뜻은 붉가시나무라는 뜻과 '기괴한' 이라는 뜻이 있다.
** 일본의 고전 예술 양식의 하나로 피리와 북소리에 맞추어 노래를 부르면서 춤을 추는 가면 악극.

이 목숨을 잃었다. 게다가 그중 네 명은 다이쇼(大正)시대에 살았던 사람이다. 모두 이 북소리를 듣고 목숨을 앞당기게 된 것이다.

요즘 같은 세상에서는 믿기 힘든 일일 것이다. 북소리에 저주받은 사람 가운데 최근에 발생한 세 명의 변사체를 조사했던 사람들은 범인으로 오토마루 규야(音丸久弥), 즉 나를 지목한 것도 무리는 아니다. 나는 마지막까지 홀로 살아남았으니까 말이다.

나는 부탁하고자 한다. 내가 죽은 후에 누구라도 좋으니까 지금 쓰고 있는 이 유서를 세상에 발표해주었으면 한다. 같은 시대의 학문을 한 사람은 혹시 웃을지도 모르겠다. 그렇지만……

악기 소리가 사람의 마음을 얼마큼 사로잡을 수 있는지 진심으로 깊이 이해하는 사람은 내 이야기를 믿어줄 것이다.

이렇게 생각하니 가슴이 먹먹해진다.

지금으로부터 백 년 전 교토(京都)에 오토마루 구노(音丸久能)라는 사람이 살았다.

이 사람은 원래 신분 높은 분의 서자였지만 천성이 북을 다루는 것을 좋아해서 젊을 때부터 가죽 파는 집에서 다양한 가죽을 주무르고, 목재상에서 여러 종류의 나무를 가져다가 북을 만드는 것을 즐겼다. 그 때문에 부모한테 미움을 사고 세상 사람들에게도 멸시를 당했다. 하지만 그는 전혀 신경 쓰지 않았다. 그 후 어느 장사꾼 집의 아내를 얻고부터는 북을 만드는 명인의 집에 드나들더니 마침내 이를 본업으로 삼고 북소리에서 딴 오토마루(音丸)*라는 성을 쓰기 시작했다.

구노의 거래처 가운데 이마오지(今大路)라는 당상(堂上)의 집에 아야(綾) 아가씨라는 작은 북을 잘 치는 미인이 있었다. 이 아가씨는 상당히 장난을 좋아하는 성격으로 여러 남자와 관계를 맺었고 그 당시 이미 숨겨둔 자식도 있었다고 한다. 구노는 처자식이 있는 몸인데도 어느샌가 그 아가씨에게 마음을 빼앗겨 결국에는 어느 날 북과 관련된 일을 빙자해서 사람들 모르게 아가씨에게 접근했다.

아야 아가씨는 구노에게도 호의적으로 대했다. 그러나 이것은 잠깐의 기쁨이었고 얼마 안 있어 같은 당상 신분으로 작은 북을 잘 친다고 소문이 자자한 쓰루하라(鶴原) 재상의 부인이 되었다.

이 소식을 들은 구노는 아무런 말도 할 수 없었다. 그리고 아야 아가씨가 시집갈 때 가지고 갈 혼수품으로 자신이 만든 북을 선물로 드렸다.

이 북이 후에 '기괴한 북'이라고 불린 것이다.

쓰루하라 일가에게 불길한 일이 생긴 것도 그때부터였다.

아야 아가씨는 쓰루하라 일가로 시집을 간 후, 그 북을 꺼내서 쳐보니 보통 북과 다른 음색이 울려서 놀랐다. 그것은 무섭고도 음산하지만 조용하면서도 아름다운 소리였다.

아야 아가씨는 무슨 생각이었는지 방안에 틀어박혀서 밤낮을 가리지 않고 이 북만 두드렸다. 그리고 어느 날 아침 아무런 이유

---

* 음환(音丸)을 일본어로 읽으면 오토마루이며 그 뜻은 둥근 소리이다.

없이 자해하고 세상을 떠났다. 그 후 이를 고통스럽게 생각했는지는 모르지만 쓰루하라 재상도 병치레가 잦아졌고 어느 해 관동(関東)지방으로 사신으로 갔다가 돌아오는 길에 하마마쓰(浜松) 근처에서 피를 토하고 죽었다. 요즘 말하는 결핵이었을 것이다. 그리고 쓰루하라 가문은 재상의 동생이 뒤를 이었다고 한다.

이 북을 만든 구노도 무사하지는 못했다. 구노는 이 북을 선물로 드린 것을 깊이 후회하였고, 어느 날 쓰루하라 재상의 저택에 몰래 들어가 그 북을 되찾아오려고 했는데 안타깝게도 그때 사콘(左近)이라고 하는 젊은 사무라이에게 들켜서 칼에 어깨 끝을 베여 상처를 입고 말았다. 구노는 북을 훔치지도 못한 채 도망쳤고, 얼마 되지 않아서 숨을 거두었다. 그러나 죽기 직전에 이런 유언을 남겼다.

"내가 그분께 버림을 받고 공허해진 마음을 북의 울림으로 나타내 본 것이라오. 그러니까 생기 있는 소리를 내고자 만드는 여느 북과는 음색이 다르지. 난 내 마음에 품은 분께서 이 북을 쳤을 때 '살아 있지만 죽어버린 나'의 마음을 알아주길 바랐지. 조금도 원망하는 마음은 없었단 말이오. 그 증거로 북의 동체를 보면 나무 가운데에서도 보석이라고 불리는 비단 무늬 물결을 지닌 오래된 붉가시나무로, 일본에서도 나밖에 시도한 적이 없는 나무라오. 게다가 바깥쪽에는 마끼에(蒔絵)*로 전통 보석 장식까지 그려

* 일본 특유의 공예 중 칠공예의 하나로 옻칠을 한 위에 금·은의 가루나 색 가루를 뿌려, 기물의 표면에 무늬를 나타낸 것을 말한다.

넣지 않았소. 그것은 재상이라는 직책이 가난하기 때문에 적어도 시집간 아가씨만이라도 살림살이가 나아졌으면 하는 마음에서였소. 그런 것이 저렇게 될 줄은 꿈에도 몰랐단 말이오. 내가 죽기 전 마지막 부탁이오. 누구라도 좋으니 그 북을 되찾아 주오. 그리고 다시는 북을 치지 못하도록 찢어 버려주시오. 제발 부탁드리오."

이것이 구노의 유언이었다. 그렇지만 그 누구도 쓰루하라 일가로 가서 북을 되찾아오려는 자가 없었다. 그것보다 구노가 죽은 원인조차 알 수가 없어서 구노의 시체는 아무도 몰래 매장되었다.

그런데 이 유언은 어느새 거짓말처럼 세상으로 퍼져 나가 결국 쓰루하라 일가의 귀에까지 들어가게 되었다. 쓰루하라 일가는 그 북을 몰래 상자에 넣어 광 깊은 곳에 보관하고 일 년에 한 번 있는 광을 청소하는 날에도 꺼내지 않았다. 그리고 누구라고 할 것 없이 이 북을 '기괴한 북' 이라 불렀고 북이 들어 있는 상자 뚜껑을 열기만 해도 엄청난 일이 일어날 것이지만, 이 북을 가지고 있기만 하다면 그 집안에는 재산이 넘쳐날 것이라고 전해졌다. 그 덕분인지 몰라도 그 후 쓰루하라 일가는 별다른 변화가 없었고, 오히려 점점 형편이 좋아져서 메이지(明治) 유신 이후 자작이라는 작위까지 받았다. 다이쇼(大正, 1912년부터) 초가 되자 교토에서 도쿄(東京)로 거처를 옮겨 히가시나카노(東中野)에 커다란 저택을 짓고 살았다고 한다.

이와 반대로 아야 아가씨의 친정인 이마오지 일가는 운이 좋지 않았다. 아야 아가씨가 쓰루하라 일가로 출가한 다음 혈통이 끊기려고 하자 아야 아가씨의 숨겨둔 자식을 가까스로 찾아내서 후계자로 세울 수 있었다. 그러나 그 후로 점점 몰락하여 메이지유신 후에는 어떻게 되었는지 알 수 없었다고 한다.

이렇게 '기괴한 북'에 관련된 두 일가가 한쪽은 번창하고 한쪽은 몰락하였다. 한편 오토마루 구노의 아들인 규하쿠(久伯)와 그의 아들 규이(久意)는 구노의 뒤를 이어 북을 만드는 일을 하면서 살아갔다. 하지만 두 사람 모두 구노의 유언을 사실이라고 믿지 않았기 때문에 쓰루하라 일가에게서 기괴한 북을 되찾아오려고 하지 않았다.

오토마루 구노의 손자인 규이가 바로 나의 아버지였다.

아버지는 교토에 살던 시절부터 북 중개업이나 수선 같은 일을 했다. 북을 잘 다루는 것에 비해 손님이 없어서 첫째 아들인 규로쿠(久禄)는 여섯 살이 되던 해에 다른 집으로 보낼 수밖에 없었다. 그리고 그 후로 아들 소식은 알 수 없었다. 도쿄 구단(九段)에 사는 작은 북의 명인인 다카바야시 야쿠로(高林弥九郎)라고 하는 자가 이러한 사정을 보기 안타까웠는지 도쿄로 불러들여 우시고메(牛込)의 쓰쿠도(筑土) 8번가에서 가까운 곳에 작은 집을 빌려서 살게 해주었다. 아버지는 그제야 겨우 숨통이 트일 수 있었다.

그러나 1903년이 되고 어머니가 나를 낳다가 돌아가시자 어째서인지 아버지는 일도 하지 않고 책만 빌려 읽기만 했다. 그로부터 1914년 여름에 척수병에 걸려 1916년 가을까지 삼 년간 간호를 받다가 폐렴으로 돌아가셨다. 그때 나이가 쉰다섯이었다.

아버지가 돌아가시기 며칠 전의 일이다.

내가 복습을 끝내고 구단에 있는 노선생님께 빌려온 『근세설미소년록(近世說美少年錄)』*이라는 책을 읽어드리려고 했을 때이다.

"잠깐만, 오늘은 내가 재미있는 이야기를 해주마."

아버지는 천천히 이야기를 시작했다. 그것은 '기괴한 북'에 대한 유래로 나로서는 처음 듣는 이야기다.

"……그러니까……."

아버지는 마른침을 삼켰다.

"……실은 나도 이 이야기가 사실이라고 믿지 않았다. 이름 높은 사람들에게는 흔히 이런 인연담(因緣談) 같은 것이 따라다니니까 말이지. ……도쿄로 올라와서도 쓰루하라 일가가 어디에 사는지조차 몰랐고 생각조차 하지 않았지…….

그런데 지금부터 3년 전 봄에 있었던 일이야. 아침 일찍 바깥 청소를 하고 있는데 스무 살 정도의 젊고 아름다운 부인이 다가오더니 북의 울림을 맞춰달라고 하면서 아름다운 가죽과 동체를 지닌 북을 내밀지 뭐냐. 아무 생각 없이 받아 들고 선 무척이나 놀랐단다. 동체는 전통 보석 문양이 그려져 있고 목재는 훌륭한 붉가시나무였어. 말로만 들던 '기괴한 북'이 틀림없었다. 지

* 교쿠테이 바킨(曲亭馬琴)이 쓴 요미혼(読本)으로 1829년에서 1832년까지 15권 간행되었고 그 내용은 선하고 악한 두 미소년의 대립을 그린 것으로 권선징악적 이야기를 담고 있다.

체 높으신 분은 그때 이렇게 말씀하셨지.

'저는 나카노의 쓰루하라 일가의 사람으로 구단의 다카바야시 선생님께 가르침을 받는 사람인데요. 이런 북이 집에 있어 꺼내서 두들겨보았지만 아무리 두들겨도 소리가 울리지 않는 거예요. 옛날부터 꽤 좋은 북이라고 전해져 내려왔다고 하니 소리가 안 날 리가 없을 텐데요.'

이렇게 말하는 거야.

'아, 그 전해 내려온다면 어떤……'

나는 혹시나 해서 물어보았지만 쓰루하라 일가로 들어온 지 얼마 되지 않은 탓인지 그 부인은 자세한 이야기는 모르는 것 같았어.

'이상한 이름을 가지고 있었어요.'

단지 이렇게 말했기 때문에 결국 그 북이 틀림없다고 생각했단다. 나는 일단 그 북을 맡기로 하고 아름다운 부인을 돌려보냈어. 그리고 당장 그 북을 쳐보니까…… 온몸이 부들부들 떨려왔어. 평범한 북이 아니었다. 구노 할아버지의 유언은 진짜였던 거야. 쓰루하라 일가가 저주받았다는 것도 거짓이 아니라고 생각했단다.

그런데 쓰루하라 일가가 이 북을 팔 리도 없고, 아무리 생각해봐도 우리 것으로 만들 방법이 없어서 나는 그다음 날 나카노의 쓰루하라 저택으로 북을 가지고 가서 부인을 만나 이런 거짓말을 했어.

'이 북은 아무래도 도움이 되지 않겠습니다. 첫째로 오랜 세월

동안 북을 치지 않고 내버려 두었기 때문에 가죽이 못 쓰게 되었습니다. 동체도 상당히 잘 만들어진 것으로 보이지만 그 재료가 붉가시나무라서 소리가 잘 나지 않습죠. 아마도 이것은 옛날에 혼수용 장식품으로 가져온 것 같습니다. 그 증거로 손때가 거의 묻지 않았고 모양도 전통 보석 문양이지 않습니까.'

이런 거짓말은 장사하면서 제일 어려운 점이기도 하지. 가업의 명예를 저버리고 손님을 위해서가 아니면 절대 해서는 안 되는 거짓말이었어. 그런데 젊은 부인은 그 말에 이해했는지 고개를 끄덕이더구나.

'저도 그럴 것 같다고 생각했어요. 제 솜씨가 나빠서 그런 건가 했지만 말씀을 듣고 나니 안심이 되네요. 그럼 소중히 보관하죠.'

부인은 이렇게 말하면서 웃었지. 그리고는 십 엔 한 장을 억지로 손에 쥐여 줬어. 그로부터 얼마 안 있어 나는 척수염에 걸려 일을 못 하게 되었고, 그 부인도 달리 일을 가지고 오지 않았다.

하지만 아무래도 신경이 쓰여서 그 후 구단에 들어갈 때마다 제자들에게 쓰루하라 집안에 관해 물어보니……이게 무슨 일인지…….

쓰루하라 자작은 원래 집안에서도 제일가는 소심한 성격으로 좀처럼 부인을 정하지 않아서 서른까지 독신으로 있었을 정도라고 하는 거야. 그런데 작년 말, 별것 아닌 일로 오사카에 갔는데 세상에서 말하는 마가 끼었던 게지. 그곳에서 첫눈에 반했는지, 지금 부인한테 푹 빠져서 결국 자작의 집으로까지 데리고 들어오게 되었다고 하더라. 그러자 그 부인의 가문을 알 수 없다는 이유로 친척으로부터 모두 의절당하고 결국 교토에 있을 수 없게 되어서 도쿄의 나카노로 이사해왔다고 하더라.

뭐 그런 일들은 접어두고서 그 부인 이름이 아마도 쓰루코(ツル子)라고 했던가…… 그 여자는 도쿄로 이사 오고 나서 북을 배우기 시작했지. 얼마 안 있어 자작이 출타한 사이에 시중드는 하인이 창백해질 정도로 놀라면서 말리는 것을 듣지도 않고 '기괴한 북'을 꺼내서 쳐봤다는 거야. 이 사실을 나중에 안 자작이 심하게 꾸짖었다고 해. 그게 마음이 쓰였는지 자작은 머지않아 감(疳)병*이 재발해서 감옥 병실 같은 곳에 갇히게 되었다고 하더구나. 그리고 나서 쓰루코 부인은 나카노 저택을 팔고 아자부(麻布)의 고가이초(笄町)에 병실이 딸린 작은 집을 지어서 살았다는 거야. 그리고 남편을 간호하면서 젊은 선생한테 북을 배우러 다니는 사이 자작은 마치 가는 실처럼 마르더니 올해 봄에 끝내 죽어버렸다더구나.

그러자 쓰루하라 미망인은 그 뒤 자신의 조카뻘에 해당하는 젊은 남자를 데리고 와서 상속인으로 삼으려고 했는데 쓰루하라 가문 친척들이 이러한 처사에 모두 노발대발하여 천황께 말씀드려서 화족의 이름을 빼버리겠다는 등 큰 소동이 벌어졌다고 하더군. 게다가 젊은 미망인인 쓰루코는 좋지 않은 소문도 무성했고…… 어느 쪽이든 간에 쓰루하라 가문의 후손이 끊기기는 마찬가지였지만 말이야.

---

* 많이 먹으면 설사가 생기며 몸이 마르는 증상을 말한다.

나는 누구에게도 말하지 않았지만, 이것이 그 '기괴한 북' 때문이라고 생각하고 있단다. 그리고 그때부터 결심했지. 너는 내 아들이고 북을 만지는 방법은 이미 잘 알고 있으니 언젠가 반드시 그 북을 칠 날이 올 것이야.

하지만 네게 말해두마. 앞으로 절대로 북을 만져서는 안 된다. 미신을 너무 믿어서만은 아니란다. 북을 자꾸 만지게 되면 자연스럽게 그 북을 가지고 싶어질 게다. 그리고 결국에는 분명히 그 북소리에 마음을 빼앗기게 될 거야. 저 기괴한 북은 북 만드는 데 가장 중요한 비법이 담겨 있으니까 말이다…….

만약 그 북을 보게 된다면 네 운도 그것으로 끝이야. 저 북소리를 듣고 묘한 기분이 들지 않는 사람은 없을 테니까. 미치광이가 되든가, 이상한 사람이 되든가, 둘 중 하나일 것이야.

너는 공부를 해서 다른 장사를 하든지 관리가 되어서 도쿄에서 떨어진 아주 먼 곳으로 가거라. 쓰루하라 가문 근처에 가서는 안 된다.

요즘 이런 생각만 하고 있구나. 어쨌든 다카바야시 선생님께도 부탁을 드릴 테지만 네가 그럴 마음만 먹지 않는다면 아무 일도 일어나지 않을 거야.

알겠지……절대로 잊어서는 안 된다…….”

나는 옛날이야기라도 듣는 것 같은 기분으로 듣고 있었다. 그러나 특별히 고수가 되겠다는 생각이 없어서 얌전히 고개를 끄덕이기만 했다.

아버지는 안심한 듯했다.

그해 가을에 아버지가 돌아가시자 나는 구단 다카바야시 선생님 댁으로 가게 되었고 얼마 안 있어 점점 살이 올라 건강한 모습으로 후지미마치(富士見町) 소학교를 다니게 되었다. 그리고 '기괴한 북' 이야기는 까맣게 잊어버렸다.

다카바야시 선생님은 작은 체구에 햇볕에 탄, 검은 눈빛을 지닌 할아버지였다. 그때 나이가 예순하나로 회갑 잔치가 그해 봄에 있을 예정이었다. 그런데 양자로 삼은 젊은 선생님이 갑자기 집을 나가버렸고 그 소동 때문에 회갑 잔치는 중지되었다.

젊은 선생님의 이름은 야스지로(靖二郎)라고 했다. 나는 뵌 적이 없지만 다카바야시 선생님과 정반대로 뚱뚱한 몸매의 온화한 사람으로 북소리도 좋았고 도쿄나 교토, 오사카에 행사가 있을 때마다 일류 게이샤(芸者)들이 일부러 그 북소리를 들으러 올 정도였다고 한다. 가출했을 때가 스무 살로 유서 같은 것도 없이 입고 있던 옷 그대로 집을 나갔고, 그 당시 짐작 갈 만한 곳조차 없어서 그를 찾으려는 쪽에서는 뾰족한 방법이 없었다고 한다. 한편 다카바야시 일가에 거주하는 제자들은 성질 급하게 후계자를 노리고 벌써 암투를 벌이기 시작했다고 하는 등, 수다쟁이 하녀가 이러한 사실을 들려주었다.

"아마도 후계자는 네가 되지 않겠어?"

그 하녀는 이렇게 말했다.

그러나 다카바야시 선생님은 내게 고수가 되지 않겠냐는 말을 한 번도 하지 않으셨다. 무턱대고 귀여워해 주시기만 했다.

하지만 집이 집인 만큼 북소리는 아침부터 밤까지 끊임없이 들려왔다. 그 둥 둥 둥 하는 소리가 지겨울 정도로 들려왔고 그러는 사이 나는 어린 나이에도 듣는 안목이 높아져 갔다. 처음에는 '좋은 소리구나' 하던 것이 점점 재미있어지기 시작한 것이다. 제자 중에서 제일 잘 친다고 하는 제자의 북소리는 다른 사람보다 원만하며 깨끗하고 기품이 있었다. 그러나 나는 그냥 아름답게만 느껴졌다. 좀 더 고상하고…… 하느님처럼 조용한…… 그러면서도 유령의 목소리처럼 오싹해지는 북소리는 없을까…… 라고 상상하곤 했다.

나는 노선생님의 북소리가 듣고 싶어서 참을 수가 없었다.

그러나 노선생님은 무대가 아니면 외부에서 가르칠 때만 북을 잡기 때문에 집에서는 북소리를 들을 수가 없었다. 한편 나도 학교에 다니느라 다카바야시 집으로 들어오고 나서 한동안은 노선생님의 북소리를 듣지 못했다. 단 한 번, 새해 북 연습을 하는 첫날, 관례라면서 북을 치셨지만, 그때는 공교롭게도 손님 심부름을 하느라고 들을 수가 없었다.

세월이 흘러 열여섯 살이 되던 해 봄, 고등 2년 학교 졸업장을 가지고 구단으로 돌아와서 나는 곧바로 집 뒤편 2층에 계시는 다카바야시 선생님께 보여드렸다. 그러자 뒤돌아 주필(朱筆)로 뭔가를 쓰고 계셨던 선생님은 돌아보며 빙긋이 웃으면서 말씀하셨다.

"으음. 잘했구나."

그리고 차와 과자를 많이 내주셨다. 이것을 우적우적 먹고 있는 내 얼굴을 선생님은 흐뭇하게 웃으면서 바라보셨고 이윽고 거실 옆 작은 벽장에서 낡은 북 하나를 꺼내서 치기 시작했다.

둥 둥 둥 동 동 동. 그 소리를 듣는 순간 나는 그 고상함에 충격을 받고 머리카락이 쭈뼛섰다. 왠지 모르게 다정한 어머니가 내게 조용조용 이야기하는 것 같아서 가슴이 먹먹해졌다.

"어떠냐. 북을 배워보는 것은?"

선생님은 하얀 의치를 보이며 웃었다.

"네. 가르쳐 주세요."

나는 곧바로 대답했다. 그리고 그날부터 싸구려 연습용 북으로 '미쓰지(三ツ地)*'나 '쓰즈케(続け)**'를 배웠다. 하지만 내 북소리는 평판이 좋지 않았다. 무엇보다도 울림이 크지 않았고, 소리 중간의 호흡도 제대로 이어지지 않아서 항상 제자들에게 혼이 났다.

"밥을 많이 먹으니까 머리가 멍청해지는 거야. 식모처럼 볼만 빨개서……."

이렇게 말하면서 다가와 놀리곤 했다. 하지만 나는 조금도 힘들지 않았다. '고수 같은 건 되지 않아도 돼. 선생님이 돌아가실 때까지 옆에서 간호해드리고 은혜를 갚은 뒤에는 스님이 돼서 일본 각지를 여행해야지' 이렇게 생각했기 때문에 사람들의 말

---

* 한 구절에 세 번의 소리를 내는 북소리의 기본 방법
** 연속해서 북을 치는 방법

에는 아랑곳하지 않고 많이 먹으며 더욱더 건강해져 갔다.

그 해가 저물고 다음 해 늦봄이 되자 다카바야시 집안은 젊은 선생님이 사망한 것으로 결론짓고 선생님 방에 극히 일부 집안사람만 모여서 과자와 차를 놓고 젊은 선생님의 제사를 지냈다. 그 좌석에서 선생님의 친척으로 보이는 반백의 아저씨가 말했다.

"빨리 양자라도 들이셔야지요……."

옆에 있던 제자 서너 명이 한꺼번에 내 쪽을 쳐다보았다. 선생님은 씁쓸한 미소를 지어 보였다.

"글쎄. 야스(젊은 선생) 말고는 없는데 말이지. 다 거기서 거기라서……"

선생님은 제자들의 얼굴을 한번 획 둘러보았다. 제자들의 얼굴은 붉게 물들었다.

나는 그때 갑자기 야스 선생님을 만나보고 싶어졌다. '아마도 어딘가에 살아계신 게 틀림없고 어디선가 북을 치고 있을 것 같아. 그 북소리가 듣고 싶어' 이런 꿈같은 생각을 하면서 선생님 뒤에 있는 불단의 등불 사이로 하얗게 빛나고 있는 야스 선생님의 위패를 바라보았다. 그런데 갑자기 반백의 아저씨가 말했다.

"그렇다면 구야는 어떠신가요?"

나는 가슴이 울렁거렸다.

"글쎄. 이 아이는 말하자면 '벙어리 북'이라고 할까……. 소리를 거의 내지 못하는 놈이라서 평생 소리를 내지 못 할지도 모르지. 이런 아이는 거의 없었는데 말이지."

이렇게 말하면서 내 머리를 쓰다듬었다. 나는 얼굴이 점점 빨개졌다.

"이 애는 물건이 안 되겠습니까?"

제자 중 형뻘 되는 사람이 말했다. 웃음을 뿜은 자도 있었다.

"물건이 된다면 명인이 되겠지."

선생님은 침착하게 말했다. 모두 어안이 벙벙한 표정을 지었다.

모든 사람이 2층에서 내려가자 선생님은 내게 소중히 간직해
둔 양갱을 꺼내서 주셨다. 그리고 긴 담뱃대에 살담배를 넣어 피
우면서 이런 이야기를 해주셨다.

"너는 왜 북소리가 잘 나게 치지 않는 게냐. 좋은 소리를 낼 수
있으면서도 일부러 북소리를 조절하는 가죽을 붙이거나 벗기거
나 하면서 음색을 죽이고 있는데 어째서 그런 짓을 하는 거지?"

나는 당당하게 대답했다.

"제가 좋아하는 북소리가 아니라서요. 그 어떤 북도 소리가 지
나치게 울리거든요."

"흐-음."

선생님은 기분이 좋지 않으신 듯이 천장으로 흰 담배 연기를
한 모금 내뱉었다.

"자, 그럼 어떤 것이 좋은 음색이지?"

"어떤 북이든 둥 둥 둥 하면서 '윙'하는 소리가 나서 싫어요.
둥 둥 에서 '윙' 소리가 나지 않는……. 두… 두… 두… 하는 울
림이 없는……, 깨끗한 소리를 내는 북을 원하는 거죠."

"……흐-음…… 그렇다면 내 북소리는 어떠하냐."

"좋아요. 저는……. 하지만 두우… 두우… 두우 하고 나거든요. 그 '우' 소리도 나지 않았으면 좋을 것 같아요."

선생님은 다시 천장을 향해 흰 연기를 내뿜으면서 눈을 게슴츠레 깜박였다.

선생님과 나는 얼마간 북소리에 관해 이야기했다.

"쓰루하라 님 댁에 유명한 북이 있다고 하는데요. 그것을 빌려 보면 안 될까요?"

"말도 안 된다."

선생님은 내 얼굴을 보았다. 이때만큼 엄격한 선생님의 얼굴을 본 적이 없었다. 나는 고개를 푹 숙이고 입을 다물었다.

"그 북을 꺼내서 소리를 내면 집안에 불길한 일이 생긴다고 하지 않았느냐. 아무리 미신이라고 해도 남의 집안에 재앙을 부르는 것을 원하는 자는 없을 거야. 알겠느냐. 마음에 드는 북이 없다면 평생 무대에 서지 않으면 된다."

태어나서 처음으로 선생님께 혼나고 얼굴이 창백해졌다. 하지만 마음속까지 무섭지는 않았다. '기괴한 북'이 동경의 대상이 된 것은 이때부터였다.

그로부터 얼마 지나지 않아 선생님은 나를 다카바야시 가문의 후계자로 정하고 사람들에게 공표했다. 제자들은 모두 불만 가득한 얼굴로 나를 젊은 선생님이라고 불렀다.

그러나 나는 낙담하고 말았다. '결국에는 진짜 고수가 되어야만 하는 건가, 평생 서투른 사람들의 비위를 맞추면서 살아야 하는 건가' 이런 생각만으로도 진절머리가 났다. '선생님의 은혜를 저버리면 안 된다' 언제나 입버릇처럼 말씀하신 아버지가 원망스러웠다. 동시에 야스 선생님이 집을 나간 원인도 알 것 같은 기분이 들어 야스 선생님에 대한 그리움은 더욱 커져만 갔다. 그러나 야스 선생님을 만나고 싶은 소망은 '기괴한 북'을 보고 싶은 소망보다 더 부질없는 상상이었다.

나는 변함없이 뚱땅거리며 북을 쳤다.

그리고 1922년, 내가 스물한 살이 되던 해 봄이 왔다. 삼월 중순 어느 날 오후 선생님은 나를 불렀다.

"이것을 쓰루하라 저택에 가지고 가거라."

나는 사각의 치리멘(縮緬)* 보자기로 싼 물건을 받았다.

쓰루하라 라는 소릴 듣자 금방 그 북이 생각나서 나도 모르게 가슴을 두근거리면서 선생님의 얼굴을 바라보았다. 선생님도 찬찬히 내 얼굴을 바라보셨다.

"누구에게도 알리지 말고 가거라. 집은 고가이초로 신도본국(神道本局) 건물을 마주 보고 있단다. 전나무로 둘러싸여 있고, 문패도 없는 집이다."

이렇게 말씀하시며 눈을 깜박거렸다.

나는 사냥 모자에 비백무늬 옷, 고쿠라 하카마(小倉袴)**, 코르

---

* 견직물의 한 가지로 바탕이 오글오글하게 된 평직의 비단.
** 굵은 실로 두껍게 짠 직물을 고쿠라라고 하며 이것으로 만든 일본 옷의 겉에 입는 아래옷. 허리에서 발목까지 덮으며 주름이 잡혀 있다. 이를 하카마(袴)라고 하는데 대부분 학생 제복으로 사용했다.

덴 양말, 검은 범종 모양의 망토에 굽이 있는 게다를 신고 과자처럼 보이는 꾸러미를 들고 다카바야시 저택의 문을 나섰다.

아자부 고가이초의 신도본국 건물에 핀 벚꽃이 구름이 잔뜩 낀 하늘 아래로 하얗게 떨어지고 있었다. 그 맞은편 전나무로 둘러싸인 음침한 단층집이 보였다. 높은 시멘트 담장에도 노송나무 현관에도 문패 같은 것은 보이지 않았고, 헌등의 둥그런 간유리에도 아무것도 쓰여 있지 않았다. 이 집인가 하면서 앞의 도랑에 놓인 나무다리를 건넜다. 현관 격자문을 열자 얼마 안 있어 장지문이 스르륵 열리고 나보다 하나 아니면 둘 정도 위로 보이는 비백무늬 옷을 입은 삐쩍 마른 서생이 얼굴을 내밀더니, 무릎을 꿇고 절을 하며 나를 맞이했다. 머리카락을 양 갈래로 반들반들 빗고 커다란 검은 안경을 쓰고 있었다.

"쓰루하라 저택이 맞습니까……. 저는 구단 다카바야시의 사람입니다만……. 다카바야시 선생님께서 이것을………."

나는 이렇게 말하면서 과자 상자 꾸러미를 내밀었다.

서생은 꾸러미를 받고 내 얼굴을 살며시 보고는 내 눈앞에서 보자기를 펼쳤다. 꾸러미 안에는 삼나무 판자 종이 꾸러미에 검은 띠가 둘려 있었고 그 위에 '묘온인(妙音院)에 묻힌 야스지로 거사(靖安居士)의 7주기를 기리다'라고 쓰인 종이가 놓여 있었다.

나는 아차 싶었다. 뭔지 모르고 가지고 왔지만, 이 물건은 야스 선생님의 7주기를 기리는 답례품이었다. 야스 선생님의 제사는 극소수의 가족들끼리 치러졌기 때문에 일반 제자로서는 전혀 알 수 없었다. 선생님은 어째서 이런 일을 내게 시키신 걸까.

쓰루하라 미망인이 제사에 참석해서 향이라도 꽂았나 하면서 쳐다보니 서생은 그 종이를 손에 들고 창백한 얼굴로 몇 번이나 다시 읽고 있었다.

그 모습이 어쩐지 수상하게 느껴졌다.

그러는 사이 서생은 묘한 웃음을 씨익 지어 보이면서 내 얼굴을 보고 말했다.

"수고하셨습니다……. 잠시 들어오시지요……. 지금 저 혼자 있습니다만……."

상당히 차분하고 여자처럼 매력적인 목소리였다. 나는 망설였다. 들어가면 안 될 것 같은 기분이 들면서도 들어가고 싶다는 기분도 들어서 잠시 고민하고 있자 서생은 상자를 들고 일어나면서 주저하며 다시 말을 건넸다.

"……괜찮습니다………. 그리고…… 부탁드리고 싶은 것도…… 있고 하니까요."

나는 집으로 들어가 보기로 마음을 먹고 게다를 벗었다. 서생은 나를 현관 옆 응접실이었던 벽장이 없는 방으로 데리고 갔다. 8조(畳)*정도의 방에 신문과 소설, 잡지들이 버들가지로 엮은 상자와 함께 널브러져 있었고, 방 한가운데 쇠 주전자가 놓인 도자기로 만든 큰 화로가 있었다. 그리고 화로 언저리밖에 앉을 자리가 없어 보였다. 서생은 주변에 널브러져 있는 다기를 밀쳐내고 방석을 가지고 와서 내어주면서 말했다.

---

* 다다미 여덟 장짜리의 방으로 네 평 정도가 된다.

"저는 쓰마키(妻木)라고 합니다. 쓰루하라의 조카지요."

이 사람이 소문으로 듣던 부인의 조카구나 하면서 다시 한번 인사를 했다. 쓰마키는 상냥한 말투와는 달리, 내가 보는 앞에서 상자를 끌어당기고는 묶은 끈을 잡아당겼다. '어라' 하고 생각하는 사이 뚜껑을 열고 안에 있는 후게쓰(風月) 과자 가게의 모나카를 하나 집어 입에 넣고서는 내 쪽으로도 살짝 밀어 권했다.

"드시겠습니까?"

나는 순간 당황했지만, 쓰마키의 입술 양 끝에 두부처럼 하얀 것이 흘러내리는 것을 보고서야 알아차릴 수 있었다. 쓰마키는 단 음식 중독자로 시종 이런 짓을 하고 있던 것이다. 그래서 위가 나빠졌고 이런 자신을 제지할 생각으로 나를 부른 것 같았다. 부탁이라는 것은 이 일이라고 생각하자 마치 이 청년과 가까워진 것 같은 기분이 들어 마음 가는 대로 손을 뻗었다.

그런데 쓰마키의 먹는 모습이 혀를 내두를 정도로 너무나도 게걸스러웠다. 나를 제치고 처음 네다섯 개를 먹더니 내가 세 개 먹는 동안 네다섯 개 먹는 비율로 입이 미어지도록 모나카를 집어넣어서 상자의 반 이상이 비고 말았다.

나는 결국 포기하고 차를 한 모금 마셨다. 그러자 쓰마키는 모나카 두 개를 한꺼번에 입에 욱여넣으면서 뒤편의 책들 사이에서 오래된 신문을 꺼내서 펼쳤다. 신문 위에다 남은 모나카 스무 개 정도를 좌르르 비우고 신문을 둘둘 말아서 책 뒤쪽 깊이 숨겼다. 그리고는 모나카 상자를 두 개로 쪼개 장작처럼 한 묶음을 만들어 7주기라고 쓰인 종이와 함께 검은색 줄로 둘둘 말았다.

"정말 죄송하지만……."

쓰마키는 그것을 내 앞으로 내놓았다.

"돌아가실 때 이것을 어딘가에 버려주시지 않겠습니까?"

내가 웃으면서 그것을 받아들자 쓰마키의 얼굴이 어린아이처럼 빛났다. 그리고 아까보다 한층 더 자상한 목소리로 말했다.

"그리고 말이죠. 정말로 죄송하지만, 이 일은 댁의 선생님께도 비밀로 해주시지 않겠습니까?"

나는 웃음이 터져 나올 지경이었다.

"네. 네. 걱정하지 마세요. 제가 부탁드리고 싶은 정도니까요."

"감사합니다. 은혜는 죽어도 잊지 않겠습니다."

쓰마키는 이렇게 말하고는 갑자기 양손을 바닥에 대고 머리 숙여 절을 했다.

과도하게 친절한 모습에 또다시 기묘한 기분이 들었다. 쓰루하라 자작은 미쳐서 죽었다는데 이 청년도 왠지 행동거지가 이상했다. 어쩌면 이 청년도 '기괴한 북'의 저주를 받은 것이 아닐까 생각했다.

그러나 이런 생각을 하니 또다시 '기괴한 북'이 보고 싶어서 참을 수가 없어졌다. 게다가 이 북을 보기엔 어쩌면 지금이 가장 좋은 기회일지도 모른다는 생각이 들기 시작했다.

'이자에게 부탁하면 혹시 '기괴한 북'을 보여줄지도 몰라. 지금이 딱 좋은 기회야. 그리고 지금 아니면 다시 이런 기회는 없을 거야. 이 집에 다시 올 일이 없을 수도 있으니까 말이야.'

이런 생각을 하면서도 왠지 모르게 무섭고 꺼림칙한 느낌이 들었다. 이런 생각에 망설이면서 쓰마키의 얼굴을 보고 있자니 쓰마키도 검은 안경 너머로 내 얼굴을 가만히 바라보았다. 그리고 입안 가득히 미소를 띠었다. 나는 그 웃는 얼굴에 이끌리듯이 말을 툭 던졌다.

"'기괴한 북'이라는 것이 이곳에 있다고 들었습니다만……."

순간 쓰마키의 미소가 사라졌다. 나는 용기를 내서 다시 말해보았다.

"죄송하지만 비밀로 하고 그 북을 보여주시면 안 되겠습니까?"

"……"

쓰마키는 대답 없이 묵묵히 내 얼굴을 바라보았다. 이윽고 지금보다 한층 더 차분한 목소리로 말했다.

"그만두세요. 별거 아닙니다. 그 북은……. 묘한 소문만 무성할 뿐이지요. 북을 좋아하는 사람들 가운데는 이 북을 보고 싶어하는 사람도 있다고 하지만……."

"그렇군요." 나는 조금 실망했다. 이런 서생 따위가 북에 대해 뭘 알겠냐면서……. 그러자 쓰마키는 나를 달래는 듯이 거드름을 피우면서 말했다.

"그런 전설은 모두 미신입니다. 그 북의 첫 주인 이름이 아야 아가씨라고 하니까요. 요쿄쿠(謠曲)*의 '아야의 북(綾の鼓)'이라던가 노의 가면극 '기괴한 가면(あやかしの面)'을 함께 묶어서 말도 안 되는 전설을 만들어낸 겁니다. 근거 없는 이야기예요."

* 노의 대본 또는 그것에 가락을 붙여 노래하는 것을 말한다.

"그렇지 않다고 들었는데요."

"아닙니다. 그 북은 옛날 신분이 높은 분이 시집을 때 혼수로 가지고 온 장식품인데 소리가 나지 않으니까 모두 괴상하게 생각해서 만들어 낸……."

나는 여기까지 듣자 안정을 되찾고 미소를 지으면서 쓰마키의 말을 끊었다.

"잠깐……. 그 이야기는 알고 있습니다. 그것은 이쪽 부인께서 북의 장인한테 속은 겁니다. 그 장인은 이 가문을 위해서 거짓말을 한 겁니다. 진짜는 정말 훌륭한 북……."

내 말이 끝나기도 전에 쓰마키의 표정이 끔찍하게 일그러져서 놀라고 말았다. 그의 눈썹이 움찔움찔 파도치듯이 꿈틀거렸다. 그리고 힘없이 벌어진 입안으로 모나카의 팥소가 붙어 있는 혀가 보였다.

나는 찬물을 뒤집어쓴 것처럼 소름이 돋았다. '큰일 났다, 이 청년은 진짜 정신이상자일지도 몰라. 이것 또한 기괴한 북과 관련이 있을 거야. 해서는 안 될 말을 했나 보다……' 이렇게 생각하면서 쓰마키의 얼굴을 뚫어지게 쳐다보았다.

하지만 그것은 한순간의 일이었다. 쓰마키의 표정은 시간이 지나면서 전처럼 냉철하고 차갑게 안정을 되찾았고 동시에 코에서 긴 한숨이 흘러나왔다. 그리고 눈을 감고 입술을 꽉 다물고는 팔짱을 끼고 무언가 곰곰이 생각하더니 이윽고 눈을 뜨자마자 확실한 어조로 말했다.

"알겠습니다. 보여 드리지요."

"네? 보여 주시는 겁니까?"

나는 저절로 앉은 자세를 바로 했다.

"하지만 오늘은 안 됩니다."

"언제라도 괜찮습니다."

"그 전에 묻고 싶은 것이 있습니다."

"네…… 뭐든지."

"혹시 당신은 오토마루라고 하는 성을 가지지 않으셨습니까?"

그때 내 표정이 어떠했는지 알 수가 없었다. 단지 쓰마키의 얼굴을 뚫어지도록 노려보다가 결국에는 시인하고야 말았다. 그리고 띄엄띄엄 물어보았다.

"……어째서……그것을……"

쓰마키는 고개를 끄덕였다. 그리고 기운 없이 말했다.

"어쩔 수가 없군요. 진실을 말씀드리지요. 다카바야시 가문의 야스 선생님께 들었습니다. 저는 야스 선생님의 가르침을 받은 몸입니다……"

나는 침을 꿀꺽 삼켰다. 그리고 쓰마키의 말이 이어지기를 기다렸다.

"……야스 선생님은 숙모님께 저 북에 관해서 들었던 겁니다. 저 북은 장식품으로 소리가 나지 않는 북이라고 어떤 장인이 말했지만, 진짜일까라면서요. 그러자 야스 선생님은 북을 쳐보지 않으면 알 수 없으니 일단 보기나 하자고 하셨지요. 그게 마침 7년 전 오늘입니다. 이 집에 오셔서 그 북을 쳐 보셨지요. 그리고 우리 집을 나가셨다고 합니다만 그대로 구단에도 돌아가시지 않았다고 합니다."

"야스 선생님은 살아 계시는가요?"

나는 연거푸 질문했다. 쓰마키는 묵묵히 고개를 끄덕였다. 그리고는 조용히 말했다.

"……그 북의 저주를 받고…… 산송장처럼 되어서…… 그렇게 된 자신을 부끄러워하시면서……. 젊은 선생님은 아는 사람들과 만나지 않기 위해 어딘가로…… 모습을 감추었습니다."

"당신은 어떻게 그 사실을 알았나요?"

"저는 야스 선생님을 만난 적이 있습니다……. 제게 이 말만을 하고 가셨습니다. 그리고…… 야스 선생님 대신 후계자로 오토마루라는 아이가 올 것이라고 했습니다……."

나는 그만 귀까지 빨개졌다. 야스 선생님까지 나의 미래를 예상했다고 하니 어쩐지 무서워졌기 때문이다.

그와 함께 눈앞에 있는 쓰마키라는 서생이 훌륭한 사람처럼 느껴졌다. 야스 선생님이 그런 것까지 숨김없이 털어놓을 수 있는 사람이라면 무척이나 예능이 뛰어난 사람임이 틀림없었기 때문이다. 나는 지금이라도 당장 예를 갖추고 싶은 마음에 정중하게 물었다.

"그래서 당신은…… 어떻게 하셨습니까?"

쓰마키도 나처럼 잠깐이지만 얼굴이 붉게 물들였고 전보다 기운차게 말했다.

"저는 이 이야기를 듣고 화가 났습니다. 대수롭지 않은 북 하나가 한 사람의 인생을 매장시키는 소리를 낸다니 참을 수 없다.

북이라는 것은 그 북을 치는 사람의 기분에 따라 다양한 음색을 내는 것으로, 북소리가 사람의 마음을 자유롭게 만드는 것이 아닌가. 꼭 그 북을 쳐 보고 싶다. 그래서 사람을 저주하는 소리가 아니라 유쾌한 소리를 나게 해서 젊은 선생님의 복수를 해야겠다는 생각을 하고 있던 찰나 숙모가 저를 이곳으로 불렀습니다. 나는 옳거니 하며 하던 공부를 때려치우고 바로 이 집으로 왔습니다."

"……그, 그래서…… 그 북은 만져보았습니까?"

나는 가슴이 두근거리기 시작했다. 그러나 쓰마키는 묘하게 쌀쌀맞은 얼굴로 히죽히죽 웃기만 할 뿐 대답하지 않았다. 나는 속이 타서 다시 물었다.

"북의 상태는 어떠했습니까?"

쓰마키는 여전히 묘한 표정을 지었지만, 이윽고 포기한 듯 힘없이 말했다.

"저는 아직 그 북을 보지 못했습니다."

"네? 아직도요?"

나는 어리둥절했다.

"네. 숙모가 감추고서는 제게 보여주지 않았습니다."

"그건 어째서인가요?"

나는 실망과 분노에 차서 다그쳐 물었다. 쓰마키는 가엾다는 표정으로 설명했다.

"숙모님은 야스 선생님이 치신 '기괴한 북' 소리를 듣고 나서 자신도 그 소리를 내고 싶어졌습니다. 그리고 소리가 나게 되면 다카바야시 제자의 부인들에게 자랑하려고 했습니다. 그리고 아직까지 다카바야시 가(家)에 가지 않고 있습니다."

"그럼 어째서 당신에게 숨기는 겁니까?"

나는 따지는 듯이 물었다. 그 열정적인 말투에 쓰마키는 수세에 몰린 듯이 쓴웃음을 지으며 말했다.

"아마도 제가 그 북을 훔치러 왔다고 생각한 거겠죠."

"그럼 어디에 숨겼는지 아십니까?"

내 질문은 점점 더 노골적으로 변했고 쓰마키도 방어하듯이 대답했다.

"숙모님은 매일 외출합니다. 그래서 숙모님이 부재중일 때 샅샅이 찾아보고 있습니다만, 도저히 보이지 않는 겁니다."

"바깥 외출할 때마다 가지고 가시는 건 아닌가요?"

"아니요. 절대로……."

"그럼 숙모님은…… 부인은 언제 그 북을 치는 겁니까?"

이 질문은 쓰마키를 동요시킨 것 같았고 수줍은 표정을 지었지만, 이윽고 우물쭈물 변명하듯이 말했다.

"저는 불면증에 시달려서 매일 밤 수면제를 먹고 잡니다. 그 수면제는 숙모님이 손수 조합해서 주시기 때문에 제가 잠든 것을 보고 나서야 주무십니다. 그때 북을 치시는 듯합니다."

"도중에 잠이 깨거나 한 적은 없으신가요?"

"네, 없습니다. 숙모님은 점점 강한 약을 주시니까요. 하지만 언젠가 효과가 없어지겠지. 기대하며 기다리고 있습니다. 벌써 올해로 칠 년째가 됩니다."

쓰마키의 고개는 힘없이 떨구어졌다.

'7년……' 입안에서 이 말을 반복하면서 손으로 볼을 감쌌다. 집 안을 가득 메우고 있는 수상함…… 괴기스러움…… 오싹함 이 순식간에 내게 달려들어 머릿속에서 풍차처럼 빙글빙글 돌아가기 시작했기 때문이다. 이 집 안의 모든 것이 '괴기한 북'의 저주를 받았고 나 또한 저주받은 것 같았다.

그런데 이 청년의 끈기도 보통이 아니었다. 이런 상황에서도 7년이나 참아왔다고 하니 얼마나 무서운 집념이란 말인가. 게다가 이런 청년을 이토록 괴롭히고 마치 북이 자기 것인 양 멋대로 하려고 하는 쓰루하라 부인의 잔인함. 이를 통해 알게 된 '기괴한 북'의 매력……. 이 세상 물건이 아닐 것으로 생각한 나는 등줄기를 타고 소름이 돋아 오는 것을 느꼈다.

나는 마지막 용기를 내 보았다.

"그럼 전혀 모르시는 거군요."

"모릅니다. 알았다면 북을 가지고 도망쳤겠지요."

쓰마키는 냉정하게 웃으면서 말했다. 나는 내 어리석은 질문이 창피해서 다시 얼굴이 붉어졌다.

"이쪽으로 오시죠. 집 안을 둘러봅시다. 그러면 숙모님이 어떤 성격의 여자인지 알게 될 겁니다. 그리고 혹시 다른 분이 살펴본다면 북을 감추고 있는 곳을 알아낼 수도 있을지도 모르죠."

쓰마키는 이렇게 말하면서 일어섰다. 나는 북에 관해서는 거의 포기했으면서도 참을 수 없는 호기심에 이끌려서 방을 나섰다.

응접실을 나오자 왼쪽으로 현관과 이전에는 인력거가 들어왔던 것 같은 방이 있었다. 쓰마키는 오른쪽으로 돌아 나를 부엌으로 데리고 갔다.

부엌 선반에서 아궁이 아래와 그 반대편 개수대 위아래의 선반, 헛간의 숯가마니, 절임 항아리 사이, 실과 부엌 사이의 벽, 하녀 방의 빈 장롱, 천장 뒤쪽에 걸린 전등갓 등, 쓰마키는 제법 익숙한 손놀림으로 뒤져보았지만 무엇 하나 수상한 것을 발견할 수 없었다.

"하녀는 없나요?"라고 나는 물었다.

"네. 모두 도망갔습니다. 숙모님이 워낙에 까다로워서요."

"그럼 부엌일은 숙모님이 하시는군요."

"아니요. 제가 합니다."

"네? 당신이……?"

"저는 북보다도 요리 쪽에 명인이라서요. 청소도 모두 제가 합니다. 보시다시피 이렇습니다."

쓰마키는 양손을 펼쳐 보였다. 금방 알아차리지는 못했지만 상당히 거칠었다.

멍하니 그 손을 보고 있는 나를 데리고 쓰마키는 부엌을 나왔다. 오른편 일본식 정원을 끼고 한 면이 유리문으로 되어 있는 복도를 따라 왼쪽 첫 번째 서양식 방의 하얀 문을 열고는 쓰마키가 먼저 들어갔다. 나도 뒤따라 들어갔다.

처음에는 너무나도 호화스러운 것들뿐이라서 무엇을 하는 방인지 알 수가 없었지만, 이윽고 이곳이 넓은 화장실이라는 것을 알았다. 잘못하면 미끄러져 넘어질 것 같은 고무를 입힌 바닥의

절반에는 멋진 카펫이 깔려 있었다. 진녹색 커튼이 걸린 창문 외에는 흰 벽 전체에 거울이 달려서 방 안의 물건들이 저편까지 끝없이 늘어서 있는 것처럼 보였다. ─서양식 흰 욕조, 검은 나무에 금색 금구를 박은 멋진 화장대, 옷걸이, 수건걸이, 치과 수술실에 있을 법한 유리 선반, 그 안에 진열된 다양한 화장 도구와 약품 같은 것들, 구석의 전기스토브, 저편 창문 쪽에 있는 커다란 긴 의자, 천장부터 내려온 섬세한 세공을 한 전등갓─.

쓰마키는 안으로 들어가서 먼저 화장대 아래부터 찾기 시작했다. 그러나 나는 그때 북을 찾기보다 꽤 나이가 있는 것으로 알고 있는 쓰루하라 미망인이 여배우 방에나 있을 법한 이런 곳에서 화장하는 기분은 어떨까 생각하면서 놀란 눈을 동그랗게 뜨고 있었다.

"이 방도 수상한 것은 없네요."

쓰마키는 내 얼굴을 보면서 미소 지으며 문을 닫았다. 그리고 다음으로 보이는 서양식 푸른색 방문을 지나쳐서 제일 안쪽 복도 끝에 있는 일본식 방문에 손을 얹었다.

"이 방은……"

나는 발걸음을 멈추고 푸른색 방문을 가리켰다.

"그 방은 문제가 될 것이 없습니다. 전면이 콘크리트로 되어 있고 가운데 철로 만들어진 침대가 하나 있을 뿐, 이상한 것은 없습니다."

쓰마키는 뭔가 못마땅한 어투로 말했다.

"네……"

나는 이렇게 대답하면서도 무의식적으로 열쇠 구멍에 눈을 갖다 대고 그 안을 엿보았다.

검푸르게 발린 회반죽으로 만든 마룻바닥과 오래된 흰 토벽이 보인다. 멀리 왼편에 작은 채광창이 있었고, 음산하면서도 쓸쓸한 기운이 마치 어느 가난한 병원의 수술실 같았다. 옆방 화장실과 비교해보면 같은 집에 있는 방이라고는 도저히 생각되지 않았다.

"저 방에서는 제가 매일 자고 있습니다. 마치 감옥 같죠?"

쓰마키는 코웃음을 치고 있는 것 같았다. 그때 내 눈에 묘한 물건이 들어왔다. 그것은 정면 벽에 걸린 짧은 가죽 채찍으로, 나는 처음에는 얼룩인가 생각했다.

"이 방에서 숙부님이 돌아가셨죠."

뒤에서 목소리가 들려오자마자 나는 소름이 돋아 열쇠 구멍에서 눈을 뗐다. 동시에 쓰마키의 얼굴 전체로 떠오른 창백한 미소를 보자 으슬으슬하면서 몸이 뻣뻣해지는 느낌이 들었다. 물론 그때 채찍에 관해 물어볼 용기가 없었다.

"이쪽으로 들어오시죠. 이 방에서 숙모님이 북을 치신다고 생각합니다."

나는 안도의 숨을 내쉬고 '이 저택의 방은 이게 전부인가 보다' 이렇게 생각하면서 안쪽 방으로 들어갔다…….

안쪽 방에 새롭게 깐 다다미를 밟자 나는 지금까지 긴장했던 마음이 점점 누그러졌다.

푸르게 깔린 8조 방 저편에 천창이 보였다. 바깥에는 매화나무라도 심어 놓은 듯이 보인다. 그 아래로 다리가 얇은 검은 칠을 한 책상이 있었고, 풀색 방석과 맵시 있는 오동나무로 만들어진 네모난 화로가 얌전하게 늘어서 있다. 그 왼편 오동나무 장롱 위에는 크고 작은 책이 두 권, 커다란 유리 상자 안에는 단발머리 여자아이 인형이 아름다운 기모노를 입고 서 있다.

오른편으로는 책상 가까이 다기가 진열된 미즈야(水屋)*와 선반이 있었고 벽을 뚫고 나와 있는 수도꼭지 아래 유채와 자운영 꽃다발이 흰 실로 묶여 있었다. 그 오른편에는 네 척 정도의 도코노마(床の間)**와 네 척 정도 되는 다른 선반이 있었다. 도코노마에는 당나라 미인의 그림이 걸려 있었고 그 앞에는 수정 화로가 놓여 있었다. 다른 선반에는 족자 같은 것 하나와 북을 넣어둔 상자가 네 개 있었다. 그 위아래로 작은 벽장과 왼편의 붙박이장에 새로 산 파초로 된 이불과 조신한 모양의 은색 문고리, 천장 가운데로 내려온 노란색 비단에 검은 테두리를 한 전등갓까지, 무엇 하나 최상품이 아닌 것이 없었다.

저절로 다시 한숨이 새어 나왔다.

"이곳이 숙모님 방입니다."

쓰마키는 이렇게 말하면서 왼편 붙박이장 미닫이를 아무렇게나 열고 창백한 손을 집어넣어 안에 있는 물건을 꺼내기 시작했다. 지리멘 침구, 능직 비단 방석, 마로 된 시트, 화려한 솜이불,

---

* 다도(茶道)에서, 다실(茶室)의 구석에 마련된, 다기(茶器)를 두거나 씻는 곳.
** 객실 상좌에 바닥을 조금 높여 꾸민 곳으로 벽에는 족자를 걸고 꽃이나 장식품을 놓아둠.

붉은 술이 멋지게 달린 양쪽으로 묶은 베개와 목침, 수묵화가 그려진 흰색 모기장.

"네. 이젠 됐습니다."

나는 이상하게도 주눅이 들어서 이를 말렸다. 그러나 쓰마키는 듣지 않았다. 꺼낸 침구류를 이전처럼 돌려놓자 이번에는 옆쪽 맹장지를 열어 빽빽이 들어 있는 옷들을 꺼내기 시작했다.

"아니, 알겠습니다. 알겠습니다. 당신이 찾아보았다면 틀림없겠지요."

"그래요? 그럼 장롱을……."

"이젠……이젠 정말로 됐습니다."

"그럼 참고로 북만이라도 보시죠."

쓰마키는 오른쪽 다른 서랍에서 한 상자에 하나씩 들어가 있는 네 개의 북 상자를 꺼냈다. 나는 이것을 받아서 방 한가운데 두었다.

상자에서 꺼낸 속임수 같은 북 네 개가 내 앞에 늘어선 순간 가슴이 두근거렸다. 그 가운데 '기괴한 북'이 숨겨져 있을 것 같은 기분이 들었기 때문이다.

이 길로 잠시라도 들어선 적이 있는 사람이라면 모두 알고 있듯이 북의 동체와 가죽은 사람으로 치자면 부부와 같은 것으로, 원래 다른 종류로 만들어져서 가죽에는 가죽의 성질이, 동체에는 동체의 성질이 있다. 이 두 개의 성질이 합쳐져서 처음으로 하나의 음색이 나오기 때문에, 가령 아무리 훌륭한 가죽과 동체라도 성질이 맞지 않으면 좀처럼 소리가 나지 않는다. 소리를 내게 하는 가죽을 붙여서 성질을 맞추거나 해서 지금과는 전혀 다른 음색이 나올 수 있으므로 지금 여기 네 개의 가죽과 동체만 있다면 소리가 나고 안 나고는 상관없이 총 열여섯 종류의 음색이 나올 것이다. 쓰루하라 미망인은 이것을 알고 있었고, 평상시 동체와 가죽을 바꿔서 쳐보고 있는 것이 아닐까.

그러나 이런 생각이 어리석은 것임을 곧 알게 되었다. 나와 마주 보고 앉자마자 쓰마키는 바로 말했다.

"저는 이 네 개의 동체와 가죽을 여러 번 바꿔보았습니다. 하지만 어떤 것도 잘 맞지 않았고 역시 처음 것이 제일 좋은 것이었습니다."

"요컨대 그대로란 거지요?"

"그렇습니다."

"모두 잘 울립니까?"

"네, 모두 숙모님의 자랑거리입니다. 동체의 모양도 이처럼 봄의 벚꽃, 여름의 파도, 가을의 단풍, 겨울의 눈으로 되어 있어서 계절에 따라 북을 쳐보면 특별히 더 잘 울립니다. 쳐 보시지요."

"숙모님이 돌아오시지 않을까요?"

"괜찮습니다. 지금 세 시니까요. 돌아오시는 시간은 항상 다섯 시 아니면 여섯 시경입니다."

"그럼 실례하겠습니다."

나는 예를 갖추고 겉옷을 벗었다. 쓰마키도 자세를 바로잡았다.

나는 가까운 데 있는 소나무에 눈 쌓인 모양이 그려진 북부터 차례대로 쳐보았다. 구단에 있을 때와 달리 소리를 힘껏 내어 보왔다. 쓰마키는 미동도 하지 않고 그 소리를 듣고 있었다.

"괜찮은 것뿐이군요."

나는 칭찬하면서 가을의 북, 여름의 북을 쳐보았다. 마지막으로 벚꽃 모양의 북을 꺼냈다. 그때 무언가 가슴이 쿵 하고 내려앉았다. 다른 북의 동체는 모두 칠이 오래된 것이었는데, 이 동체만 새롭게 칠한 것이다. 이 북만 옻칠한 모양이 계절과 맞지 않아서 봄 문양으로 덧칠을 한 듯했다. 그전의 문양은 전통 보석 문양이 아니었을까.

나는 쳐보지 않고 쓰마키에게 물었다.

"이 북은 언제쯤 구매하신 건가요?"

"글쎄요. 잘 모르겠습니다."

"잠시 동체 부분을 살펴보아도 괜찮습니까?"

"네. 그러시죠."

쓰마키는 쉰 목소리로 말했다.

나는 누렇게 변해가는 낡은 북 끈을 풀어서 동체를 떼고, 몸통 안쪽을 한 번 보고 숨을 죽였다.

구노식의 거칠게 깎은 대패 모양이 아직 새롭게 보이는 동체 안쪽에 뱀의 가죽과 같은 능직의 붉가시나무 나뭇결을 꿰듯이 까칠까칠하게 표현되어 있었기 때문이다. 내 양손은 진짜 뱀을 잡은 것 같은 전율이 느껴졌다. 동체는 내 무릎 위에서 떨어져서 데굴데굴 굴러가서 앞에 앉아 있는 쓰마키의 무릎에 부딪혀 멈추었다.

"아하하하하하하."

갑자기 쓰마키가 웃기 시작했다. 뿜어 나오는 웃음을 참지 못하고 몸을 비비 꼬면서 배를 누르며 결국 다다미 위에 쓰러져서 괴로워하며 뒹굴면서 히스테리 환자처럼 계속 웃어댔다.

"아하하하하하. 드디어 한 방 먹었군요. 하하하하, <u>흐흐흐흐,</u> 히히히히, 힛힛힛힛."

나는 이가 딱딱 부딪칠 정도로 떨렸다. 무서움인지 오싹함인지 아니면 화가 난 것인지 모르는 채, 쓰마키의 검은 안경을 바라보며 부들부들 떨고 있었다. 이윽고 그 웃음이 진정되자 나의 마음도 그에 따라 이상하게도 진정되었다. 아직 머리털만이 바짝 서 있었다.

쓰마키는 눈물을 닦으면서 웃음을 멈추었다.

"아아, 재미있어. 재미있었다. 하아……, 하아, 미안해요. 오토마루 씨…… 가 아니라 다카바야시 씨. 저는 당신을 속였습니다. 정말로 이 북의 전설을 알고 있는지 시험해본 거지요. 아까부터 집 안을 안내했기 때문에, 당신은 정말로 제가 이 북을 모른다고 생각했을 겁니다. 여기에 북이 있을 것으로 생각하지 않은 거지요. 아하……, 아하…… 잠자는 약 이야기도 모두 거짓말입니다. 저는 매일 숙모님과 둘이서 이 북을 치고 있습니다."

나는 벌어진 입을 다물 수 없었다. 망연자실하게 쓰마키의 얼굴을 바라보았다.

"실례지만 당신은 정직하고 좋은 분입니다. 정말로 이 북에 관해서 알고 계시는군요……."

"그게 어쨌단 말인가요?"

순간 화가 나서 물었다. 나는 이렇게 진지한데 저렇게 비웃다니 너무하다고 생각하면서······. 그러자 쓰마키는 안경 속으로 눈물을 훔치면서 자세를 고쳐 앉았다. 이번에는 완전히 정면을 바라보며 사과했다.

"실례, 실례했습니다. 화내지 마십시오. 당신을 바보 취급한 것이 아닙니다. 가능하다면 절대로 북을 발견하지 못하게 해서 포기시키고 당신을 이 북의 저주로부터 멀어지게 하고자 한 것입니다. 그러니까 의심하지 않을 거라 여겨서 보여 드린 겁니다. 하지만 완벽한 제 실패입니다. 이 동체의 나뭇결까지 알고 계시는 당신은, 아버지께 이야기를 들은 것이 틀림없습니다. 당신은 이 북을 손에 넣고 부숴버릴 생각이시지요?"

청천벽력······ 같이 온몸의 피가 머리끝까지 쏠렸다······ 라고 생각하자마자 식은땀이 흘러내렸다. 손발의 힘이 빠지고 맥이 다 빠져서 고개를 떨어뜨리고 다다미 위에 얹은 손으로 가까스로 몸을 지탱했다.

"지금까지 숨기고 있었지만······."

쓰마키는 검은 안경을 벗으면서 수상하게 쉰 목소리로 말했다.

"저는 7년 전에 다카바야시 가를 나온 야스지로······입니다."

"앗, 야스 선생님······"

"······."

두 사람은 어느새 손을 마주 잡고 있었다. 나이에 비해서 늙어버린 야스 선생님의 근시 같은 눈에서 눈물이 뚝뚝 떨어졌다.

"만나 뵙고 싶었습니다.······."

나는 그의 무릎에 엎드려 울었다. 그와 함께 단 하나의 육친도 없는 내 외로움이 사무치게 온몸을 파고들어서 말할 수 없는 슬픔이 점점 더 밀려왔다.

내 등을 두들기는 야스 선생님도 울고 있는 듯했다. 선생님은 이윽고 띄엄띄엄 말했다.

"잘 왔다……라고 말하고 싶지만……. 나는…… 네가…… 다카바야시 가로 가게 되었을 때부터……걱정했어. 만약…… 이곳으로 오면 끝이라고……."

나는 아버지의 유언을 되새겼다. '북을 자꾸 만지고 있으면 자연스럽게 그것을 가지고 싶어질 거야. 그리고 결국에는 분명히 그 북소리에 마음을 빼앗게 버리게 될 거다.' 나는 운명의 강한 힘을 생생하게 알게 되었다. 하지만 그와 동시에 젊은 선생님과 나의 무릎 앞으로 굴러온 '기괴한 북'의 동체가 아무것도 아닌 나무 일부분처럼 생각된 것은 나중에 생각해 보아도 실로 이상한 일이었다.

그러는 동안 젊은 선생님은 내 몸을 살짝 들어 올려 다시 한 번 내 얼굴을 보았다.

"이제 알겠지?"

"알겠습니다. ……단 한 가지……."

나는 눈물을 닦고 말했다.

"야스 선생님…… 선생님은 왜 이 북을 가지고 다카바야시 가로 돌아오지 않으셨나요?"

야스 선생님의 미간의 주름에 말할 수 없이 애처로운 기색이 감돌았다.

"모르겠어? 너는……."

"모르겠습니다."

나는 진심으로 말했다. 야스 선생님은 옅은 한숨을 내쉬었다.

"그렇다면 다음에 네가 왔을 때 자연스럽게 알게 해줄게. 그리고 이 북도 정정당당하게 네 것으로 만들어줄게."

"네? 제 것으로……?"

"그래, 그때 네 손으로 이 북을 두 번 다시 칠 수 없도록 만들어다오. 네 선조의 유언대로……."

"제 손으로……."

"그래. 나는 정신적으로도 육체적으로도 패잔병이야. 이 북의 저주에 걸려서……. 마르고 쇠약해져서…… 부술 힘조차 없어졌어."

이렇게 말하면서 조금 어두워진 바깥을 돌아보더니 혼잣말을 했다.

"곧 돌아오겠어. 쓰루하라 미망인이……."

나는 고개를 푹 숙인 채로 쓰루하라 저택 문을 나섰다.

이날처럼 머릿속이 혼란스럽던 적은 지금까지 없었다. 이 세상천지에 이런 기묘한 집이 있을 줄은 꿈에도 생각하지 못했다. 모든 것이 꿈속에서 일어난 일처럼 기묘한 일들로 가득하고 하나하나가 악몽보다 더 오싹하고, 두렵고, 기쁘고, 슬펐다.

은혜를 저버리고, 이름을 버리고, 자기 제사의 답례품인 과자를 먹은 야스 선생님— 이를 조카로 위장시키고 자기 집에 가

두고 하녀처럼 부려먹고 있는 쓰루하라 자작 미망인…… 그리고 저 화려한 화장실, 어쩐지 으스스한 병실, 가죽 채찍, '기괴한 북'— 어쩌면 이렇게도 수수께끼 같은 세계가 있을 수 있는가. 어쩌면 이런 말도 안 되는 집이 있단 말인가. 내 눈으로 분명히 보았으면서도 믿을 수가 없다—.

이렇게 생각하면서 걷고 있는 동안 문득 자신의 가슴팍이 묘하게 부풀어져 있는 것을 느꼈다. 이를 살펴보니 조금 전 현관에서 젊은 선생님이 집어넣은 과자 껍질 꾸러미였다. 나는 그것을 꺼내서 어디에 버릴까 하면서 고개를 들었다. 그 순간 저편에서 고개를 숙이고 걸어오던 부인과 부딪칠 뻔해서 나는 걸음을 멈추었다.

저쪽도 걸음을 멈추고 고개를 들었다.

스물네다섯 정도로 보이는 하얀 피부에 기품이 넘치는 부인이었다. 머리는 유행 스타일로 부풀려서 묶고 있었다. 검은 문장이 달린 장례식 예복을 입었음에도 마치 연극에 나오는 여자처럼 너무나도 훌륭한 모습이었다.

나는 그때 아무런 의미 없는 인사를 건넨 것을 기억한다. 그 부인도 정숙하게 예를 갖추고 지나쳤다. 그때 희미한 향수 냄새가 내 얼굴을 쓰다듬고 가슴속까지 파고들어 왔다.

나는 참을 수 없이 뒤돌아보고 싶은 마음을 억누르고 앞만 보고 걸어갔기 때문에 이마에 땀이 배어 나왔다. 그리고 겨우 고가이(笄) 다리 옆까지 오자 갑자기 왼편 언덕에서 인력거가 달려와 나를 지나쳤다. 그 순간 휙 뒤돌아보았다.

그 검은 옷차림의 여성이 보라색 보자기를 들고 쓰루하라 저택 앞 나무다리 위에 서 있었다. 그 하얀 얼굴이 이쪽을 보고 있었다.

나는 도망치듯이 골목으로 빠졌다.

오토마루 규야 님

저번에는 실례가 많았습니다.

저는 북의 마력에 홀려서 마음과 영혼이 썩어버린 결과, 보시는 바와 같이 무기력한 인간이 되어버렸습니다. 그러나 아직 본질은 썩지 않았고 조금은 남아 있다는 것을 당신은 믿어주시겠죠. 저도 그렇게 믿고 이 편지를 씁니다.

26일 오후 5시 정각에 쓰루하라 저택으로 오실 수 있으십니까? 사정이 여의치 않으신다면 그날 이후로는 언제라도 괜찮으니 사정이 되는 날을 정해주십시오. 시간은 그쯤으로 부탁드리고 싶습니다.

우리 집에 오실 때에는 기괴한 북은 반드시 당신의 것이 되도록 손을 써 놓도록 하겠습니다. 그리고 그때에는 당신이 아직 모르는 비밀도 알게 될 것입니다. 그것은 오토마루 일가와 쓰루하라 일가의 옛날부터 이어진 인연에 관해서이며 당신에게는 상당히 뜻밖의, 그리고 불가사의한 일일 거로 생각합니다.

그런데 실례지만 오실 때 부탁을 드리고자 합니다. 기괴하다고 생각하실지도 모르지만, 꼭 부탁드립니다.

26일까지 아직 열흘 정도 남았습니다만 그사이 당신은 새로 정장을 지어 입고 오셨으면 좋겠습니다. 명인 고수 집안의 젊은 선생님처럼, 그리고 가능한 한 멋진 외출복 모습으로 분장하고 와 주시길 바랍니다. 물론 이건 누구에게도 비밀입니다. 이유는 오시면 알게 될 것입니다. 도요(東洋)은행의 수표 천 엔을 넣어 두었습니다. 쓰루하라 미망인 이름으로 되어 있지만 제 저금의 일부입니다. 나아가 평상시대로 생활하면서 이 이야기는 일체 비밀로 해주십시오. 쓰루하라 저택으로 올 때까지 말입니다.

백 년 전에 만들어진 기괴한 북의 나쁜 인연을 당신 손으로 끊을 수 있을지 없을지는 26일 밤 결정됩니다. 동시에 칠 년간 한 발짝도 이 집 밖으로 나가지 못했던 제가 해방될 수 있을지도 결정됩니다. 당신의 구원 손길을 기다리고 있겠습니다.

3월 17일

다카바야시 야스지로

나는 이 편지를 잘게 찢어서 자동차 창문 밖으로 던졌다. 마침 시바(芝)공원을 빠져나가 아카바네(赤羽) 다리 옆을 오른쪽으로 돌아갔을 때였다.

눈앞 유리창에 내 모습이 비쳐서 흔들렸다.

미쓰코시(三越) 가게 점원이 권하는 푸른색 겹옷에 수놓은 가문 문양, 흰 하카타(博多)띠* 노란색이 빛나는 하카마, 자색 겉옷, 흰 양말에 펠트 조리(草履)**, 최상품 감색 모직 망토에 흰 리본이 달린 같은 색 중절모라는 기생오라비 같은 터무니없는 복장

---

* 평직으로 단단한 느낌을 주는 직물로 기모노 허리끈 등에 쓰임.
** 일본식 짚신으로 바닥이 평평하고 게다와 같은 끈을 단 신발.

이 이상하리만큼 어울려서 신묘한 예능을 하는 젊은 선생님처럼 보였다. 평상시라면 웃음이 터져 나왔을지도 모르지만 지금은 그럴 상황이 아니었다.

나는 요 며칠간 고민에 빠져 있었고 양손으로 볼을 감싸면서 운전사 뒷좌석 유리창으로 내 모습을 바라봤다. 머리를 자른 모양이 금방 잘랐는데도 두 살은 늙어 보이는 것 같았다. 불그스름했던 볼은 이전 색을 되찾았다.

자동차가 쓰루하라 저택에 도착하자 야쓰 선생님……이 아닌 쓰마키가 저번처럼 감색 옷을 입고, 색안경은 쓰지 않은 채 마중을 나와서 절을 했다. 집안일을 한 것처럼 붉어진 양손을 내밀고 운전사가 가지고 온 내 옷 꾸러미를 받고 현관 옆 서생 방으로 살짝 밀어 넣었다. 그리고 시오세(塩瀬) 가게의 과자 꾸러미를 받고는 일부러 정중하게 절을 하고 먼저 일어섰다. 나는 사기가 아니면 뭔가 미끼로 이용당하고 있는 것이 아닐까 생각하면서 깨끗하게 닦인 복도를 걸어갔다.

안쪽 방은 향목 향기가 넘쳐나서 숨이 막힐 것 같이 뜨거웠다. 미망인이 집에 없어서인지 왠지 안심한 듯이 긴장을 풀고 적당한 곳에 앉았다.

방 모양이 변했다고 생각했지만, 나중에 보니 변한 것은 없었다. 그것은 방 한가운데로 내려온 누런색 전등갓이 벗겨지고 화려한 보라색으로 변해 있었던 탓일 것이다. 중앙에 검푸른 색의 두툼한 방석이 두 개, 금으로 된 마끼에가 그려진 오동나무로 된 동그란 화로, 도코노마에는 백공작 족자와 커다란 모란꽃이 아름답게 장식되어 있었고 동그란 청동 전기스토브가 등 뒤에서 붉게 타오르고 있었다.

쓰마키가 조용히 들어와서 눈신호조차 하지 않고 차를 내놓았다. 나도 긴장해서 예의를 갖추었다. 뭔가 재판관의 출정을 기다리는 죄인이 된 기분이었다.

나는 쓰마키가 나가기를 기다렸다가 다른 선반 위에 놓여 있는 북을 살펴보았다. 뭔가 그 북이 오늘 밤 나를 죽일 도구처럼 보였기 때문이다. —'네 개의 북은 세상 속의 세상이다. 사랑이라는 것도, 원한이라고 하는 것도'—라고 하는 요쿄쿠*의 문구를 생각하면서 나는 애써 마음을 진정시켰다.

뒤쪽 장지문이 소리 없이 열리고 쓰루하라 미망인이 들어오는 기척이 났다.

나는 그전처럼 현혹되지 않으려고 노력하면서 가능한 한 부드럽게 좌석에서 일어났다.

"아…… 앉으시죠."

기품 있는 맑은 목소리로 인사하면서 미망인은 내 반대편으로 앉으면서 살짝 붉은 양손을 모았다. 내 결심은 이 모습을 보자마자 바로 무너졌다. 감히 쳐다볼 수도 없어서 다다미에 고개를 푹 숙이고 지금까지와는 전혀 다른 속도로 빨라지는 내 심장 박동 소리를 들었다. 그리고 이전에 맡아보았던 말할 수 없이 좋은 그윽한 향기가 온몸을 덮쳐왔다.

---

* 일본의 노가쿠(能樂)의 대사와 그 음악. 고전이나 전설 따위를 각색한 것.

"처음 뵙겠어요……. 잘 오셨어요……. 지금은……소문 때문에."

등등 계속해서 부인의 말을 듣는 사이 점점 마음이 진정되어 갔다.

"자아……드시지요……그래서 그러니까……"

미망인의 이야기를 한참을 듣고 나서야 겨우 얼굴을 바라볼 수가 있었다. 그때 처음으로 쓰루하라 미망인의 얼굴을 제대로 볼 수 있었다.

단정하게 묶은 윤기 나는 머리카락. 길게 찢어진 외까풀 눈, 살짝 살이 오른 볼, 둥근 턱부터 잘 빠진 목덜미 부근은 투명하게 희고……, 하늘빛과 같은 색 겉옷을 입고 검은 허리띠로 묶은 모습이 영혼이 없는 인형처럼 아름답고 고상해 보였다.

상상했던 모습과는 너무 달라서 잠시 멍해졌다. 내가 무엇 때문에 부인을 만나러 왔는지 모르겠다는 생각까지 들었다.

그때 미망인은 앞서 한 말에 이어서 차분히 말했다.

"그래서 저는 조카를 혼냈습니다. 어째서 되돌려 보냈냐고 하면서요……. 젊은 선생님께서 오토마루 일가의 혈통으로 저 북을 보고 싶다고 말씀하시는데 이렇게 좋은 기회를……."

그러고 보니 나는 아직 북을 보지 않는 것으로 되어 있었지라고 생각하고 미망인의 얼굴을 바라보았다. 하지만 긴 눈썹과 검고 맑은 눈의 기품에 빠져들어 다시 눈을 내리깔았다.

"……어째서 보여 드리지 않았느냐고, 이런 좋은 기회가 없지 않냐면서요. 항상 둘이서 북을 쳐 보지만 한 번도 그 차분한 소리를 들어본 적이 없었어요. 저 북의 진정한 음색을 낼 수 있는 분이 나타난다면 언제라도 저 북을 양보하겠다고…….”

나는 다시 얼굴을 들지 않을 수 없었다. 그러자 이번에는 미망인이 쓸쓸한 표정으로 눈을 내리깔았다.

“……그렇게 말하니까 조카가 말하기를, 그렇다면 지금 편지를 써 보자고, 다시 한 번 와 주십사 부탁하자고 하는 거예요. 그건 실례되는 일이라고 했더니 꼭 와 주실 것이 틀림없다며 아직 저 북을 쳐보지 않았기 때문이라고 말했지요. …아아…… 정말로 이런 무례를…….”

미망인은 얼굴을 붉히며 내 얼굴을 바라봤다. 그때 갑자기 귀까지 빨개지는 것을 느끼면서 쓸쓸하게 웃었다. 모나카 사건도 알고 있다고 말할 것 같은 기분이 들었기 때문이다.

“하지만 저도 생각이 있었으니까요. 조카에게 펜을 잡게 하여 그 편지를 보냈습니다. 진심으로 죄송합니다.”

미망인은 고개를 숙였다.

“아닙니다…….”

겨우 처음 입을 떼고 당황해서 품 안에서 손수건을 꺼내서 얼굴을 닦았다. 순간 머리 위 눈부신 자색(紫色) 전등이 켜졌다.

“무슨 일이신지…….”

쓰마키가 얼굴을 내밀었다. 미망인은 어느새 사람 부르는 벨을 눌렀던 모양이다.

“일을 다 끝냈느냐?”

미망인이 쓰마키를 힐끗 쳐다보는 순간, 그녀의 눈이 차갑다기보다 오히려 잔인한 빛을 띠고 있는 것이 역력히 느껴졌다. 내

몸은 갑자기 경직되었다. '미인의 잔인함'이 순간 내 눈에 들어왔기 때문이다. 그리고 동시에 그 '미인의 잔인함'에 노예처럼 지배당한 쓰마키-야스 선생님의 모습이 더없이 비참하게 보였기 때문이다.

"네. 이미 다……"

쓰마키는 여자처럼 부드럽게 절했다.

"……그럼, 이쪽으로 들어와. 들어와서……문을 닫고, 그리고 저 북, 네 개 모두 이쪽으로……."

부인이 지시하는 대로 쓰마키는 그림자처럼 움직이며 미망인과 내 사이에 북들을 놓고는 조금 떨어져서 앉았다.

미망인은 아무 말 없이 네 개의 북을 쭉 훑어보았다. 그리고 그중 하나를 계속해서 노려보더니 미망인의 볼은 점점 하얗게 변하면서 핏기가 사라지고, 입술까지 파리해져 갔다.

나와 쓰마키는 마른침을 삼키며 그 모습을 바라보았다.

소름이 돋을 정도로 알 수 없는 분위기가 방 안 가득 차올랐다.

갑자기 미망인의 어깨에 미세한 경련이 일어났고, 미망인은 어느샌가 손에 쥐고 있던 손수건에 얼굴을 묻었다.

나는 깜짝 놀랐다. 쓰마키도 놀란 듯이 눈을 서너 번 깜박였다. 미망인은 그대로 이 분인가 삼 분 간 훌쩍훌쩍 울었다. 이윽고 손수건 아래로 눈썹이 보였다. 그리고 작은 기침을 한 번 하고 연약하면서도 엄숙한 어조로 말했다.

"저는 이런 날이 오기를 기다리고 있었어요. 이렇게 이 북과 제 인연을 끊어 주시기만을 생각하고 있었지요."

"인연……."

나는 무심결에 되뇌었다.

"그것은 어떠한……."

"그것은 제 삶에 대해서 들으시면 알 수 있으실 겁니다."

"당신의……."

"네……. 그러나 당장은 이 이야기를 해드리지 않을 거예요. 강요하는 듯이 들리시겠지만, 그것은 제 목숨과도 바꿀 수 없는 부끄러운 이야기이자 비밀이기 때문이지요. 이 네 개의 북 안에서 '기괴한 북'을 선택해주시고 이야기가 전해지는 대로 소리를 내주셔요. 진심으로 죄송하지만, 지금은 이렇게 부탁드릴게요."

미망인의 말에는 부인이 아니면 가질 수 없는 끈질기고도…… 하지만 부드러운 힘이 깃들어 있었다. 세 사람 사이에는 긴장감과 함께 숨 막힐 듯한 고요함이 흘렀다.

눈에 보이지 않는 어떤 힘으로부터 불의의 공격을 당한 것처럼 공손하게 예를 갖추면서 슬며시 방석에서 일어나 겉옷을 벗었다. 그리고 내가 눈앞에 벚꽃 옻칠을 한 북을 잡자 놀라서 입을 씰룩거리는 미망인을 곁눈질로 보았다. 그리고 무사가 서슬 퍼런 검과 맞닥뜨렸을 때처럼 북을 칠 준비를 했다.

'기괴한 북'의 가죽이 손가락에 닿자마자 방안은 고요한 봄날 밤의 기운과 함께 넘쳐나는 따뜻함으로 마치 처녀의 피부처럼 부드럽게 느껴졌다. 그 외피와 내피에 마음을 담아 숨을 내쉬고 서서히 어깨에 걸치고 북을 치기 시작했다. ……이것이 마지막이라고 생각하며…….

처음에는 낮고 어두운 여음(餘韻)이 없는— 숲속 깊이 있는 절 주변 어둠 속에서 울고 있는 부엉이의 울음소리에 가까운 음색이 나왔다. 즐거움도 슬픔도 없는…… 단지 쓸쓸하고 낮은……두……두…….

하지만 계속 치는 동안 그 소리가 조용히 내 손가락과 조화를 이루며 눈을 감고 숨을 참고 이 음색의 저편에 담긴 무언가를 듣고자 열심히 귀를 기울였다.

두…… 두…… 음의 바닥에서 들려오는 여음…….

나는 몸속의 모공이 자연스럽게 조여 오는 것을 느꼈다.

나의 선조 오토마루 구노는 진정 북의 명인이었다. 하지만 이 북을 만들었을 때 자신이 생각한 것 이외의 마음이 흘러 들어간 것을 몰랐다.

구노는 말했다. '나는 사랑에 버림받고 산송장처럼 된 마음을 이 북에 담았다. 나의 쓸쓸하고 공허해진 마음을 이 북의 소리로 나타내었다. 원망하는 마음은 조금도 없었다'라고…….

그러나 그것은 틀린 것이었다.

구노가 자신의 마음만을 담아 만들었다고 하는 이 북에서 나오는 죽음을 부르는 음색…… 그 힘…… 그 음기의 바닥에는 영겁으로도 사라지지 않은 원망의 울림이 남아 있었다. 인간의 힘으로는 지우기 힘든 슬픈 집념이 담겨 있었다. 이것은 아마 구노 자신도 몰랐을 것이다. 무간지옥의 바닥으로 떨어지면서 죽어도 죽음으로 얻을 수 없는 영혼의 탄식…… 팔만지옥을 방황하면서 올라가려고 해도 올라갈 수 없는 유계(幽界)의 소리…….

이것이 사랑에 무너진 사람의 원망 소리가 아니고 무엇이란 말인가. 구노의 무념의 울림이 아니고 무엇이란 말인가.

백 년 전, 어느 달, 어느 날, 아야 아가씨는 이 북을 치고 이 북소리를 들었다. 그리고 눈에 보이지도 않고 귀에도 머무르지도 않는 구노의 마음속 원망이, 말로는 표현되지 못한 깊은 원망이, 그 심정이 절절히 전달되는 것을 느꼈을 것이다. 죽음 말고는 이 원망에서 벗어날 길이 없음을 계속해서 일깨워 주었을 것이다.

……그리고 백 년 후 바로 오늘…….

내 이마에서 식은땀이 흐르기 시작했다. 방안의 따뜻함이 조금도 느껴지지 않았다. 등줄기가 오싹해지고, 그와 함께 손발에 힘이 빠져 어깨에서 북을 떨어트릴 뻔했다. 눈앞이 막막해지고 창백해져서 힘없이 북을 무릎 위로 내려놓았다. 떨리는 손으로 손수건을 부여잡고 이마의 땀을 닦았다.

쓰마키가 당황해서 겉옷을 입혔다. 쓰루하라 미망인은 일어나 선반에서 작은 양주병을 꺼내서 떨리는 손으로 내게 작은 유리잔을 잡게 했다. 그리고 속이 불타오를 것 같은 진한 술을 한 잔 쭉 마시게 하고 또 한 잔을 권했다.

나는 손을 떨면서 타들어 갈 것 같은 긴 숨을 내쉬었다.

"괜찮으신가요. 기분은……."

미망인은 내 얼굴을 바라보았다. 쓰마키도 걱정스럽게 나를 바라보았다. 익숙하지 않은 알코올 덕분에 점점 혈액순환이 좋아지는 것을 느끼면서 나는 미소 지으며 어깨를 으쓱 올려 보이고 겉옷의 허리띠를 묶었다.

"정말로 안색이 흰 눈처럼 새하얘지셔서 놀랐어요. 지금은 괜찮으신 것 같지만······."

미망인은 두려운 듯이 말했다. 쓰마키는 안심한 듯이 한숨을 내쉬었다.

"하지만 말이죠. 뭐라고 해야 할지 독특한 음색이군요. 그리고 뛰어난 손놀림. 저는 머리카락이 쭈뼛 서고 소름이 돋았어요."

미망인은 감격에 찬 목소리로 말하면서 일어나 양주를 선반에 집어넣고 다시 좌석으로 돌아왔다. 뭔가 생각이 난 듯 검은 눈으로 내 얼굴을 가만히 바라보고는 내게 절을 하는 것이었다.

"정말 감사드려요. 덕분에 저는 태어나서 처음으로 이 북의 진정한 음색을 들을 수가 있었어요. 당신은 정녕 명인의 핏줄을 받으신 분이 틀림없습니다. 그렇다면 저도 숨기지 않고 말씀드리겠습니다. 저는 바로······."

미망인은 한층 더 깊숙이 머리를 숙였다.

"저는 바로 이마오지(今大路)의 아야 아가씨의······ 핏줄을 받은 몸입니다."

"앗!"

나도 모르게 소리를 지르며 쓰마키를 돌아보았다. 그러나 쓰마키는 아는지 모르는지 가만히 미망인의 윤기 나는 뒷머리를 바라보면서 미동도 하지 않았다. 미망인은 머리를 숙인 채 이야기를 계속했다.

"말씀드리기에도 부끄러운 일입니다만, 이마오지 일가는 메이지 유신 이후 영락해졌고 마지막 핏줄인 제가 오사카의 어떤 천한 일을 하는 곳으로 팔려 갔는데 제 남편이 구해주었지요. 말씀드리지 않아도 이 집에 그 북이……."

미망인은 천천히 고개를 들어 북을 떠나 두 사람에게로 시선을 옮겼다. 불안한 표정을 지으며 어두운 목소리로 말했다.

"……이 집에 그 북이 있다는 것은, 이미 알고 있었어요. 그리고 그 북의 저주를 받아 이처럼 쓸쓸한 처지가 되었고……, 게다가 이처럼 묘한 인연이 될 줄은……."

"알겠습니다."

나는 자신의 감정을 주체하지 못하고 말을 막듯이 말했다.

"잘 알겠습니다. 자. 얼굴을 드시지요. 요컨대 우리 세 사람은 이 북의 저주를 받은 것입니다. 저주를 받아 이곳에 모인 것입니다. 하지만 오늘로써 그 인연은 끊어질 것입니다. 만약 당신이 허락하신다면 저는 이 북을 박살 내고 우리 선조의 죄와 저주를 이 세상에서 사라지게 하고자 합니다. 그리고 이런 음산한 전설에 얽매이지 말고 밝고 자유로운 세상으로 나가지 않겠습니까?"

"정말 기뻐요."

미망인은 눈물이 흐르는 얼굴을 들어 갑자기 내 손을 꽉 부여잡았다. 그 순간 내 온몸의 피는 지금까지와는 전혀 다른 흐름을 느끼기 시작했다. 미망인은 양손으로 알 수 없는 힘을 담아 말했다.

"어쩌면 이렇게 용감한 말씀을 다 하실까요. 그 말씀이야말로 제가 기다리던 말이에요. 그래서 저는 오늘 이 북과 작별하는 선물로 별것은 아니지만 드리고 싶은 것이 있어요."

"앗……. 그것은……."

나는 일어서려고 했다. 그러나 미망인의 손은 나를 꼭 붙들고 놓지 않았다.

"아니요. 이러면 안 됩니다."

"하지만 이것은 특별히……."

"아닙니다……. 오늘 바로 지금이 아니면 때는 다시 오지 않습니다……. 자아…… 빨리 저 북을……."

나는 이렇게 말하며 쓰마키를 바라보았다.

그러나 쓰마키는 내몰리듯이 방을 나갔다. 쓰마키가 나간 것을 확인하고는 미망인은 손에 힘을 풀고 빙긋 웃었다.

나는 양주의 취기가 점점 올라오는 것을 느끼면서 양손으로 얼굴을 감쌌다.

머리가 아픈 것 같아서 눈을 감고 이불을 머리까지 뒤집어썼다. 그러자 지금까지 입어 본 적이 없는 비단 잠옷의 부드러움이 느껴지고 향수 냄새가 가볍게 코를 간질였다.

잠이 완전히 깼다. 하지만 일어나기 전에 지끈지끈 아픈 머리로 무리하게 기억을 되살려보았다. '아까 그러고 나서 어떻게 되었지'

눈앞에 멋들어진 음식의 환영이 떠올랐다. 그것은 모두 진귀한 음식들로 호화로움을 더한 것이었다. 음식상과 그릇에 오동나무 꽃잎 문양이 그려져 있었다.

그다음에 환한 표정의 쓰루하라 미망인의 미소가 환영처럼 나타났다.

"기괴한 북과 이별하는 예식이니까요."

억지로 잔을 권한 것을 기억해냈다.

"한 잔 더……."

하얀 이를 보이며 웃는 미망인의 눈에 담긴 교태……. 그 술을 무슨 일이 있어도 마시지 않겠다고 말했을 때 미망인이 내게 먹인, 차갑지만 맛이 좋았던 '술 깨는' 물약.

그리고 그다음 기억은 전혀 나지를 않는다. 반듯이 누워서 응시하고 있던 흔들리는 전등 탄소선만은 이상하게도 확실하게 기억이 났다.

나는 술에 취해서 쓰루하라 자택에서 잠들어 버린 것이다.

"큰일이다."

눈을 뜨고 이불 밖으로 얼굴을 내밀었다.

여기는 그 미망인의 방이 틀림없다. 단지 전등이 분홍색 덮개로 바뀐 것만 전과 다르다. 귀를 기울이자 주변은 조용하고 아무런 소리가 나지 않는다.

"호호호호호호."

갑자기 머리맡에서 여자 웃음소리가 들렸다. 나는 놀라서 일어나려고 했지만, 그 순간 흰 손이 나타나 이불 위에서 내 몸을 눌렀다. 동시에 쓰루하라 미망인의 살짝 붉어진 얼굴이 위에서 내려다보면서 웃고 있었다. 녹아버릴 것 같은 교태를 머금은 눈으로 나를 내려다보면서 살짝 술 냄새 나는 숨을 내쉬었다.

"안돼요. 이미 늦었어요. 포기하고 주무세요. 호호호호호."

송곳으로 찌르는 듯한 아픔을 느끼고 나는 다시 머리를 베개에 떨어트렸다. 그리고 아무 생각도 나지 않는 괴로움에 한숨을 쉬었다.

덜거덕거리는 소리가 난다. 내 머리맡에서 미망인이 무언가를 마시는 듯했고 이윽고 작은 트림 소리가 들려왔다. 동시에 부드러운 목소리가 들렸다.

"드디어 당신도 걸려들었군요. 오호호호호. 정말 귀여운 사내야. 완전히 당신한테 반해버렸어. 오호호호."

나는 머리가 깨질 것 같은 두통을 잊고 벌떡 일어났다. 나는 사라사 문양*의 속옷 한 장만 입고 땀에 흠뻑 젖어 있었다.

미망인도 속옷을 풀어헤치고 내 머리맡에 앉아 있다. 미망인은 커다란 은색 쟁반 위에 양주 두세 병을 놓고서는 얇은 유리컵으로 마시고 있었다. 내가 일어나는 모습을 보자 취한 눈으로 추파를 던지면서 잔을 내밀었다. 나는 이를 피했다.

"오호, 싫어요? 당신은 겁쟁이군요. 오호호호……. 하지만 그럼 안 되죠. 아무리 당신이 발버둥쳐도 변명은 듣지 않을 테니까요. 당신은 나와 함께 도쿄를 떠나 어딘가 멀리 가서 가정을 이루고 살 수밖에 없어요. 지금…… 당장……."

"네……?"

---

* 다섯 가지 빛깔을 이용하여 인물, 조수(鳥獸), 화목(花木) 또는 기하학적 무늬.

"오호호호." 미망인은 한층 높은 어조로 웃었다. 나는 눈앞이 빙글빙글 도는 것 같아서 다시 베개 위로 머리를 떨어트렸다.

"있잖아요……."

미망인은 겨우 웃음이 멈추었다. 그 목소리는 매끄럽고 안정돼 있었다. 내 머리맡에 바로 앉은 듯했다.

"오토마루 씨. 자아, 마음을 가다듬고 신중하게 들어주세요. 당신과 내 운명이 관련된 것이니까요. 알았죠……? 저는 말이죠. 저번에 길에서 지나쳤을 때 금방 당신이라는 것을 알았어요. 왜냐면 당신이 떨어트린 야스 선생님 7주기 답례품 꾸러미를 제가 주웠으니까요. 그리고 쓰마키가 당신과 함께 과자를 먹고 나서 이를 감추려고 한 것을 자백했지요. 당신이 원하는 바도 쓰마키로부터 들었어요. 그래서 그런 편지를 쓰게 한 거예요. 그리고 그때 이미 오늘 밤을 각오하고 있었지요. 아시겠어요?"

"각오라면……."

나는 갑자기 일어나 물었다. 하지만 미망인은 매혹적인 아름다움과 그 눈에 담긴 정염에 밀려서 힘없이 고개를 떨어뜨렸다.

"각오라고 해도 별것은 아니에요. 쓰마키는 이제 질려 버렸어요. 혈색조차 없는 그림자 같은 남자는 이제 싫어요. 저런 시체 같은 남자, 정말 싫어요."

미망인은 이렇게 말하면서 제일 커다란 컵에 금자색(金紫色) 술을 가득 따르더니 단숨에 반 이상을 들이켰다. 그리고 빨개진 입술을 핥으면서 이야기를 계속했다.

"하지만 당신은 순진무구하고 활기찬 남자예요. 그래서 저는 당신을 사랑하게 되었어요. 저는 제가 말하는 대로 움직이는 남자한테 질렸어요. 저 북소리에 자극을 받아 장난감처럼 남자들을 이용하는데 질려 버렸죠. 제 얼굴을 보지 않고 마음을 볼 수 있는 사람을 찾고 있었어요. 그때 당신을 만난 거예요. 저는 남편 무덤에서 돌아오던 길에 당신을 보고 인연이라고 생각했어요. 나는 이제 당신의 순수한 사랑에 의지하면서 살아갈 수밖에 다른 길은 없어요."

미망인은 양손을 올려 흐트러진 머리를 고쳐 매었다. 나는 거미줄에 걸린 파리처럼 몸을 웅크렸다.

"그래서 저는 오늘까지 재산을 모두 정리하고 현금으로 바꿀 수 있을 만큼 바꿔서 장롱 안 가방에 넣어 두었어요. 모두 당신에게 드리겠어요. 내일 죽음으로 이별할지도 모르지만, 각오는 되어 있답니다. 제 마음은 이렇게나 순수해요. 단지 저 '기괴한 북'만 놔두고 가요. 불쌍한 쓰마키 도시로의 장난감⋯⋯. 도시로는 저 북을 저로 여기고 꽉 끌어안은 채 어디론가 가고 싶은 곳으로 갈 거예요."

나는 양손으로 얼굴을 가렸다.

"벌써 3시가 넘었어요. 4시에는 자동차가 올 거예요. 도시로는 완전히 잠들었으니까 깨나지 않을 거예요."

나는 양손으로 얼굴을 가린 채 강하게 좌우로 고개를 저었다.

"이런⋯⋯이런, 당신은 아직 각오가 안 되었군요⋯⋯."

미망인의 목소리는 노여움을 띠고 흐트러졌다.

"안되죠. 오토마루 씨. 아직 제게 항복하지 않았군요. 제가 어떤 여자인지 모르시는군요……. 좋아요."

미망인이 일어서는 기척이 들렸다. 놀라서 고개를 드니 바로 눈앞에 지금까지 본 적 없는 무서운 것이 다가오고 있었다. 흐트러진 속옷과 풀어진 속 허리띠, 그리고 부드럽게 떨리는 검은 가죽 채찍……. 나는 놀라서 뒤로 손을 짚은 채 돌처럼 굳어 버렸다.

미망인은 풀어헤친 머리를 하얀 손가락으로 쓸어 올리면서 입술을 깨물고 가만히 나를 내려다보았다. 이 세상에 없는 아름다움……. 야릇하면서도 격렬한 열정을 머금은 눈빛……. 나는 눈 한번 깜박이지 못하고 올려다보았다.

미망인은 어금니를 꽉 깨물고 한 단어 한 단어 힘주어 말했다.

"각오하고 들어주세요. 아시겠어요? 내 마음을 받아주시지 않아서 전 남편은 이 채찍에 죽었지요. 지금의 쓰마키도 그래요. 이 채찍 덕분에 저렇게 살아 있는 시체처럼 얌전해졌지요. 자, 당신은 어떻게 하실 건가요? 당신은 이 '기괴한 북'을 만든 당신 선조, 아야 아가씨를 저주해서 죽게 만든 구노의 자손이 아닌가요? 당신은 그 속죄의 의미로라도 나를 만족시켜야 하지 않겠어요? 이 북을 보고 여기로 온 것은 되돌릴 수 없는 운명의 힘이라고 생각해요. 어때요? 아니면 싫다고 하세요. 이 채찍을 통해 제 힘을, 그 운명의 죗값을 뼈저리게 느끼고 싶으신 건가요?"

나의 호흡은 점점 거칠어졌다. 아야 아가씨의 유령에 빙의된 쓰루하라 미망인의 모습을 올려다보며 오로지 숨만 헐떡거렸다. 백 년 전 선조가 지은 죗값의 두려움에 벌벌 떨면서…….

"그럼 승낙하시는 건가요……? 아닌가요?"

미망인은 끊어질 듯 입술을 깨물었다. 도깨비불 같은 창백함이 그 얼굴에 언뜻 스치더니 나긋나긋한 손에 쥐어진 검은 채찍이 부르르 물결쳤다.

"아아, 제가 잘못했습니다."

나는 얼굴을 양손으로 감쌌다.

……툭……. 하고 말채찍이 바닥 위로 떨어졌다.

와장창 유리 깨지는 소리가 들리고 차가운 손이 내 양손을 잡았다. 그리고 눈을 감은 내 얼굴 위로 뜨거운 입술이 떨어졌다. 술 냄새 나는 숨결, 여자의 냄새, 하얀 분 냄새, 머리 냄새, 향수 냄새, 이런 것들이 죽을 만큼 서글프게 나를 덮쳐왔다.

"용서……용서……해주세요."

나는 몸부림을 치면서 일어나려고 했다.

"부인……부인, 부인."

쓰마키의 목소리가 복도 저편에서 들려왔다. 동시에 뒤돌아본 장지문으로 타오르는 불빛이 흔들거리더니 사라졌다.

"불……이에요."

슬픈 듯한 쓰마키의 목소리가 뭔가 허둥지둥거리는 소리와 함께 사라졌다.

미망인은 놀란 듯이 일어나 이불을 뛰어넘어 장지문을 좌르륵 열었다. 동시에 복도의 어둠 속에서 흰 잠옷을 입고 머리를 헝클어뜨린 쓰마키가 미망인 앞에 서 있었다.

"앗!"

미망인은 소리쳤다. 양손으로 오른쪽 가슴을 누르고 허공으로 몸을 뒤로 젖히더니 비틀거리며 도망쳤고 내 눈앞에 엎어져서 괴로운 듯이 몸을 웅크렸다. 나는 복도에 서 있는 쓰마키의 모습과 쓰러진 미망인의 모습을 번갈아 바라보면서 멍하니 앉아 있었다.

쓰마키는 성큼성큼 들어와서 미망인의 머리맡에 섰다. 손에는 차갑게 빛나는 얇은 단검을 쥐고 기묘한 웃음을 띠며 내 얼굴을 내려다보았다.

"놀랐지. 그러나 위험한 상황이었어. 좀 더 있었으면 이 여자의 변태성욕에 희생될 뻔했지. 이 여자는 쓰루하라 자작을 죽이고, 나를 죽이고, 이번에는 너한테 손을 대려고 했어. 이것 봐."

쓰마키는 옷을 내리고 뼈만 앙상한 옆구리를 전등 쪽으로 향했다. 갈비뼈에서 등까지 채찍의 검붉은 흔적들이 희미하게 남아 있었다.

"나는 이 아픔을 끊을 수가 없었어."

쓰마끼는 옷을 입으면서 담담하게 말했다.

"이 여자에게 빠져서 이런 짓을 당하는 것이 기분 좋게 느껴질 만큼 타락해버렸어. 하지만 이 여자는 그것으로 만족하지 않았어. 이번에는 나를 버리고 이런 모습을 보여주면서 즐길 생각으로 너를 끌어들인 거야. 내가 잠들지 않았다는 것을 알면서 희롱했어. 하지만 내가 이 여자를 죽인 것은 질투 때문이 아니야. 네가 다칠 것 같다는 생각에 용기를 낸 거야. 너를 구하고 싶었어."

"저를 구한다고요?"

나는 마치 꿈을 꾸는 것처럼 중얼거렸다.

"정신 차려. 난 네 형이야. 다카바야시 일가로 양자로 간 너보다 여섯 살 많은 규로쿠란 말이다."

그 창백한 얼굴에 눈물이 뚝뚝 흘러내렸다. 그리고 내 앞으로 다가왔다. 내 어깨에 삐쩍 마른 양손을 올리고 세차게 흔들었다.

나는 그 얼굴을 자세히 바라보았다. 말라비틀어진 얼굴 위로 죽은 아버지의 얼굴이 역력히 떠오르는 것을 느꼈다. 형―형―야스 선생님―쓰마키, 나는 생각해 보았다. 하지만 달리 아무런 느낌도 들지 않았다. 모든 것이 활동사진을 보는 것 같았다―.

형은 소매로 눈물을 닦으면서 쓸쓸하게 웃었다.

"하하하하. 나중에 생각해보고 웃으면 안 돼. 규야……. 비로소 나는 완전히 원래대로 돌아왔어. 오늘 처음으로 '기괴한 북'의 저주에서 풀려난 거야."

형의 눈에서 다시 새롭게 눈물이 흘러내렸다.

"곧 자동차가 올 테니까 너는 그것을 타고 구단으로 돌아가. 저 장롱 안에 있는 가방을 들고 가렴. 저게 이 집의 전 재산이고 네가 지금 저 여자한테 받은 거야. 나머지는 내가 처리하마. 결코, 너의 죄로 만들지 않을 테니까. 하지만 선생님께만은 말씀드려라. 그리고 우리들의 명복을…… 빌어줘."

형은 털썩 책상다리하고 앉았다. 양 소매에 얼굴을 묻고 울었다. 나는 망연자실한 채로 눈앞에 떨어진 가죽 채찍과 단검을 바라보았다.

그러는 사이 미망인의 몸이 눈에 띄게 부들부들 떨리기 시작했다.

"으―음음음."

낮고 가느다란 목소리가 들리더니 미망인이 창백한 얼굴을 들어 충혈된 눈으로 나와 형을 바라보았다. 나는 이불에서 한 발 한 발 나왔다. 미망인의 하얀 입술이 부르르 떨리기 시작했다.

"미……미안……하지만……."

맑게 울리는 목소리와 함께 미망인은 머리맡에 있던 은주전자에 힘없이 손을 뻗었다. 나도 모르게 손을 들어 올렸다. 미망인의 새하얀 손과 그 은주전자의 손잡이에 검은 피의 잔영이 묻어 있는 것을 보고 다시 놀라 손을 집어넣었다.

미망인은 두세 모금 물을 마시고 주전자에서 손을 뗐다. 이불에서 다다미로 굴러떨어진 은주전자에서 물이 흘러내렸다.

미망인의 몸은 축 늘어졌다.

"안……녕……히……."

희미한 목소리가 들리더니 내 쪽을 바라보던 미망인의 얼굴에 점점 죽음이 드리워졌다.

자동차가 사쿠라다마치(桜田町)로 나오자 나는 운전사에게 말했다.

"도쿄 역으로."

뭣 때문에 도쿄 역으로 가는지도 모르는 채…….

"구단이 아니십니까?"

젊은 운전사가 물어보았다.

"그래."

나는 말했다.

나의 기묘하고 무의미한 생활은 이때부터 시작되었다.

도쿄 역에 도착하자 나는 역시 아무런 의미 없이 교토 행 기차표를 샀다. 그리고 아무 생각 없이 고우즈(国府津)역에 내려서 역 앞 대기실로 들어가 마시지도 못하는 술을 사서 꿀꺽꿀꺽 마시고는 방을 잡고 잠들었다.

저녁이 되어 잠에서 깨자 그때 처음으로 밥을 먹고 다시 아무런 목적 없이 다시 서쪽으로 가는 기차를 탔다. 그때 대기실 여급이 본 적이 없는 작은 가방을 가지고 왔다.

"내 것이 아니오."

이렇게 대답하다가 어제 쓰루하라 저택을 나올 때 형이 자동차 안에 넣어줬던 가방이라는 것을 겨우 기억해내고 돌려받았다. 동시에 그 안에 지폐가 가득 들어 있는 것도 기억났지만 그것을 어떻게 처리할지 생각조차 나지 않았다.

기차가 움직이기 시작하면서 정신을 차려보니 내 옆에 도쿄 석간신문이 두 장 떨어져 있었다. 그것을 주워서 읽다 보니 〈쓰루하라 자작 미망인〉이라는 커다란 활자가 눈에 들어왔다.

▶오늘 오전 10시 음탕함과 미색으로 유명한 쓰루하라 자작 미망인 쓰루코(31세)가 한 청년과 함께 아자부 고가이초 자택에서 불에 타 죽어 있었다. 언뜻 보기에는 동반자살로 보이지만 실은

타살로 보인다. 그 증거로 불타버린 단검은 두 사람의 머리맡에서 발견되었고, 칼집은 그곳에서 몇 미터 떨어진 복도 구석에서 발견되었다.

▶미망인은 이삼일 전 도요(東洋)은행에서 예금 전액을 찾았으며 며칠 전부터 집과 땅도 팔아서 돈으로 바꾸었다고 하는데, 그 돈이 전부 타버린 것 같지는 않다.

▶미망인과 함께 죽은 청년은 동거하고 있던 부인의 조카로 쓰마키 도시로(27세)임이 밝혀졌다. 이 집에는 하녀도 없었고 그 원인을 전혀 알 수 없는 치정극이라는 소문도 있다.

▶당국에서는 목하 전력을 다해 이 괴사건을 조사 중이며…….

이런 내용과 함께 생전에 바르지 못했던 미망인의 품행과 관련된 일들이 뒤를 이어 길게 적혀 있었다. 그것을 보고 있는 사이 하품이 몇 번이나 나와서 나는 창문에 기대어 졸기 시작했다.

다음 날 아침 교토에 내려서 정처 없이 걸어 다녔다. 조금 한산한 곳에 오자 지나가는 사람을 붙잡고 물었다.

"이쪽에 쓰루하라 재상 저택 터가 있지 않습니까?"

그 사람은 수상하다는 표정을 지으며 대답도 하지 않고 가버렸다. 그리고 이마오지 일가나 오토마루 일가의 흔적도 물어보고 다녔지만 모두 헛수고였다. 그곳에 가서 어쩔 셈인지 아무런 계획도 없었지만 나도 모르게 속이 타들어 갔다.

저녁이 되자 기온(祇園) 거리로 나갔다. 그곳 마을의 아름다운 불빛을 보니 나는 참을 수가 없어졌다. 마친 어린아이처럼 고향에 돌아온 것 같은 기분이 들어서 멍하니 서 있는데 저편에서 아름다운 게이샤 두 사람이 걸어왔다. 그 오른쪽 여자의 눈코입이 쓰루하라 미망인과 꼭 닮은 듯이 보였다. 나도 모르게 미소를 지으며 다가가 이름을 물어보니 오른편은 '미치요(美千代)' 왼편은 '다마요(玉代)'라고 했다. '집은?' 하고 물으니 미치요가 저편을 가리켰다. 그 손에 명함을 전하면서 말했다.

"어딘가에서 나와 이야기 좀 하지 않겠소?"

두 사람은 명함을 바라보다가 눈을 동그랗게 뜨고 고개를 끄덕이더니 내 얼굴을 바라보면서 웃으며 조금 앞쪽의 '쓰루바(鶴羽)'라는 집으로 안내했다. 그리고 두 사람 모두 나가더니 잠시 후에 미치요 혼자만 옷을 갈아입고 돌아오자 나는 기적이라도 일어난 듯한 기분이 들었다.

그때 접대하는 종업원이 '다카바야시 선생님'이라던가 '젊은 선생님'이라는 둥 하면서 지나치게 비위를 맞춰주었다. 나는 기분이 좋아져서 '진짜 이름은 구야'라고 말했더니 '그렇다면 성은?' 하고 묻기에 '오토마루'라고 대답하자 미치요가 배를 잡고 웃었다. 나도 도쿄를 떠나서 처음으로 큰 소리로 웃었다.

그로부터 나는 쓰루하라 미망인과 닮은 여자만 찾아다녔다. 게이샤. 마이코*, 카페 여급, 여배우 등……. 마지막에는 그저 코 모양이라던가 눈빛, 뒷모습만 닮아 보여도 그 여자가 좋아졌다.

---

* 일본에서 게이샤가 되기 전, 수습과정에 있는 예비 게이샤를 말한다.

그리고 오사카로 갔다.

오사카에서 벳푸(別府), 하카타(博多), 나가사키(長崎), 그 외에도 전국 방방곡곡 이름 있는 지역에서 술 마시고 취하고, 또 마시고 여자를 찾아다녔다. 어제는 쓰루하라 미망인과 똑 닮았다고 생각했지만, 다음 날 아침에는 전혀 닮지 않은 얼굴일 때도 있었다. 그러면 나는 하염없이 울어서 여자에게 비웃음을 샀다.

취하지 않을 때는 소설이나 강담(講談)*을 읽으면서 뒹굴거렸다. 그리고 만약 나와 비슷한 사랑을 한 자는 없을까, 혹시나 하면서 찾아보았지만 공교롭게도 한 사람도 발견할 수 없었다.

그러는 사이 2년이라는 세월이 흘러 도쿄에 큰 지진이 일어난 것을 이요(伊予)의 길가에서 듣게 되었다. 그리고 구단이 무사하다는 소식을 듣고 도쿄로 올라가려던 것을 관두고 다시 방랑을 시작했다. 하지만 이번에는 길게 이어지지 못했다. 수중에 있던 돈이 점점 줄어들었고 그와 함께 내 몸도 병약해져 갔다. 그리고 전부터 앓았던 폐병이 점점 심해져 갔다.

오랜만에 그리운 하코네(箱根)를 넘어 오다와라(小田原)로 온 것은 이듬해 초봄이었다. 거기서 따뜻해지기를 기다리는 사이 수중의 돈이 거의 다 떨어져서 나는 하숙집에 돈을 내고 동쪽으로 어슬렁어슬렁 걸어갔다. 날씨가 너무나 좋았고 마을의 집들에는 복숭아꽃, 동백꽃이 피었고, 유채밭 위로는 종달새가 날아올랐다.

---

* 무용담·복수담·군담(軍談) 등을 가락을 붙여 재미있게 들려주는 연예(演藝). 야담.

걸어가는 도중에 피곤해져서 어느 언덕 위의 푸른 보리밭 옆에 앉았는데, 갑자기 눈앞이 빙글 돌더니 각혈을 했다. 땅으로 떨어져서 딱딱해진 피가 너른 하늘의 태양에 반짝반짝 반사되는 것을 보고 나는 이마에 손을 올렸다. 그리고 지금까지의 일들을 생각했다.

나는 도쿄를 떠난 지 3년 만에 겨우 제정신으로 돌아온 것이다. 품속을 살펴보니 2엔 70몇전밖에 남지 않았다. 나는 밭 옆 초원에 드러누워 푸른 하늘을 올려보면서 종달새가 '찌찌찌 찌르찌르' 하며 귀엽게 우는 소리를 하염없이 듣고 있었다.

나는 도쿄에 도착해서 옷가지를 팔고 노동자들이 입는 옷으로 갈아입은 다음 요쓰야(四谷)의 여인숙에 머물렀다. 그리고 아침이 되기를 기다려 전차를 타고 구단을 향했다.

그리운 노송나무로 된 문이 저편에서 보이자, 나는 검은 사냥 모자를 깊숙이 눌러쓰고 도로의 돌 위에 앉았다. 그때 교세이(曉星)학교 학생 두 명이 지나쳐 갔지만 내 모습을 보고 피하면서 '젊은 짐수레꾼이네.'라고 속삭였다. 수염을 기르고 먼지투성이 조리를 신은 해쓱해진 내 모습을 보고 나는 웃을 수도 없었다.

그날은 내가 모르는 제자 한 사람이 다카바야시 저택의 문을 나왔을 뿐, 북소리 하나 들리지 않았고 날은 어두워졌다. 나는 기침을 하면서 요쓰야까지 돌아가 여인숙에서 잠들었다. 그리고 다시 아침이 되자 다카바야시 저택 문 앞으로 와서 드나드는 사람을 바라보았다. 하지만 선생님처럼 보이는 얼굴은 보지 못했다. 그날은 북소리도 많이 울렸지만, 선생님의 북소리는 들리지 않았다.

나는 그다음 날 다시 찾아갔다. 그다음 날도, 또 그다음 날도 찾아갔다. 그러나 선생님의 그림자도 볼 수 없었다. 돌아가셨을지도 모른다고 생각하자 내 마음은 갑자기 불안해졌다.

"그러나 아직은 모른다. 적어도 선생님의 뒷모습만이라도 뵙고 죽을 수 있다면……."

이렇게 생각하니 내 발걸음은 아침이 되면 곧바로 구단 쪽으로 향하게 되었다. 다카바야시 저택 문 앞에서 상당히 떨어진 곳 거리에 있는 버려진 돌 위에 매일같이 앉아 있었기 때문에 사람들에게도 익숙해져 갔다.

"또 저 거지가……."

제자 같은 부인 두 명이 내 쪽을 가리키면서 다카바야시 저택 문 안으로 들어갔다. 나는 그때 꾸벅꾸벅 졸고 있었다. 내 어깨를 살짝 붙드는 손이 있었다. 순사인가 하고 눈을 비비며 올려다보니 그것은 뜻밖에도 선생님이었다. 나는 순간 무릎을 꿇었다.

"역시 너였구나……. 잘 왔다……. 기다렸다……. 이 돈으로 옷차림을 단정히 하고 내일 밤늦게 1시쯤에 내 방으로 오너라. 작은 문과 안쪽 2층으로 올라오는 아래 쪽문을 열어 둘 테니. 비밀이다."

선생님은 이렇게 말하면서 내 손에 손수건으로 싼 은화 꾸러미를 쥐여주고는 들어가셨다. 그 은화꾸러미를 양손으로 감싸며 나는 머리 숙여 절했다.

그날 밤은 구름이 낀 따뜻한 날씨였다.

나는 정원사 차림으로 다카바야시 저택 안쪽 정원으로 조용히 들어가서 시간이 오기를 기다렸다. 빗방울이 계속 볼을 간질였다.

……그러자…… '두두두…… 두두…… 두두두두.' 북소리가 머리 위 노선생님 방에서 울려 퍼졌다.

나는 순간 숨이 멎었다.

"큰일이다. 저 북이 불타지 않았구나. 형이 선생님께 보냈구나. 아니야. 나중에 소포로 나한테 온 것을 노선생님이 받았나보다……. 어처구니없는 일이 일어났어."

이렇게 생각하면서 귀를 기울였다.

북소리는 한 번 끊기더니 다시 울렸다. 그 조용하고 아름다운 소리를 듣는 동안 내 가슴이 점점 크게 일렁거렸다.

음산하고…… 음산한…… 쓸쓸하고…… 쓸쓸한…… 궁극의 북소리가 점점 기묘하면서도 기쁜 울림을 머금고 있었기 때문이다. 그것은 지옥 밑바닥에서 모든 것을 원망하면서 가라앉은 영혼이 고맙게도 부처님의 손에 성불하여 점점 이 세상으로 올라오는 듯한 느낌이었다.

갈수록 북소리가 맑은소리로 바뀌더니 이윽고 완전히 평범한 북소리가 되었다. 그것도 일본의 맑디맑은 푸른 하늘처럼 투명한 소리로 변했다.

"이야……△(탁)……하아……○(둥)… 하앗○(둥)… ○○(둥둥)"

이것은 명곡〈오키나(翁)〉의 북소리였다.

"따— 따라라라라—. 다음 세상까지 안녕하시길—. 저희도 천수를 모시고—. 학과 거북이의 나이로— 행복한 마음을 맡겼 으니—따— 따라 따라 따라라—"

나는 마음속에서 노래 부르면서 오랜만에 몸과 마음이 깨끗 해졌고 장엄한 기분마저 들었다.

이윽고 그 소리가 딱 멈추었다. 그리고 5, 6분간 아무런 소리 도 나지 않았다.

나는 쪽문을 열어보았다. 살며시 소리 안 나게 문을 열고, 새 로 산 고무 신발을 벗고 까치발로 소리 내지 않고 그리운 2층 선 생님 방으로 올라가는 사다리를 탄 다음 한 손을 바닥에 지탱하 면서 맹장지를 살며시 열었다.

....

나는 그다음의 일을 차마 쓸 수가 없다. 단지 그 과정만을 써 두고자 한다.

선생님의 몸에 묶여 있던 전깃줄을 풀고 깔려 있던 이불 위에 선생님을 눕혔다.

방구석의 불단에 있던 나의 부모님과 형의 위패를 가지고 와 서 선생님의 머리맡에 가지런히 놓고 향을 올리고 함께 명복을 빌었다.

그리고 잠시 후에 '기괴한 북'을 상자째로 들고 다카바야시 집 을 나왔다. 내리는 빗속을 뚫고 요쓰야 여인숙으로 돌아왔다.

다음 날은 다행히도 비가 개서 여인숙 사람들은 모두 나갔다. 그리고 나 홀로 몸이 좋지 않아 잠을 자고 있었다. 그리고 인적이 사라졌을 때 일어나서 북 상자를 열어보니 북 위에 유서 한 통과 백지에 싸인 돈다발이 나왔다. 유서에는 받는 사람도 서명도 없었다. 그러나 틀림없는 선생님의 글씨였고, 이렇게 쓰여 있었다.

이것은 내 비상금이니까 네게 주겠다. 이 북을 가지고 멀리 가서 열심히 살도록 해라. 그리고 괜찮은 놈이 있으면 하나둘이라도 좋으니 이 세상에 너의 제자를 남기도록 해라. 기괴한 북에 담긴 방황하는 영혼을 없앨 길은 이미 알았으니까 말이다.

나는 너희 형제의 솜씨를 너무 믿었다. 그래서 안심하고 이 북을 맡겼다. 그 때문에 이처럼 되돌릴 수 없는 일들이 일어나고야 말았다. 나는 너희 부모님께 용서를 빌러 가야겠다.

나는 죽을 만큼 울었다. 나에게는 은혜를 갚을 목숨이 없다고 생각하고는 이불을 물어뜯고, 다다미를 긁어대고 선생님의 유서를 짓씹으며 괴로움에 몸부림쳤다.

하지만 나는 할 일이 남아 있었다.

북을 끌어안고 그날 밤 야간 기차를 탄 나는 도쿄를 떠나 이카호(伊香保)로 갔다.

온천장에 짐을 풀었다. 다음 날이었는지 도쿄 신문에 다카바야시 가의 사건이 크게 실려 있었다. 제일 처음에 실린 것은 그리운 선생님의 사진이었다. 제일 마지막에 생판 모르는 사람 사진 밑에 '희대의 괴적(怪賊) 다카바야시 규야. 옛 이름 오토마루 규야'라고 쓰여 있어서 놀랐다. 본문에는 이런 글이 나열되어 있었다.

▶지금으로부터 3년 전 1921년 봄 쓰루하라 미망인 변사사건이 있었다. 그 후 당국 조사에 따르면 미망인과 조카 쓰마키라는 청년이 여행을 가기 전날 밤 그들을 살해하고 거금을 빼앗아 사라진 것이 구단 다카바야시 가의 후계자인 옛 이름 오토마루 규야라고 하는 강인한 청년이라는 사실이 밝혀졌다.

▶그 후 규야는 그 돈을 다 써버렸는지 어젯밤 갑자기 다카바야시 저택으로 몰래 들어가 은사를 목 졸라 죽이고 비상금과 명기로 불리는 북을 훔쳐 달아났다.

▶그는 며칠 전부터 다카바야시 저택 문 앞에서 거지 차림으로 동정을 살피었고, 은사 다카바야시 야쿠로 씨가 무언가를 위해 저금을 전부 찾아온 것을 알고 이 흉악한 범죄를 시도한 듯하다. 삼년 전 사건처럼 실로 용의주도하고 신속한 자다.

▶또한 다카바야시 집안에는 이전에도 후계자 다카바야시 야스지로 씨 실종사건도 있었기 때문에 규야에 관해 완전히 비밀에 부치고 있었지만, 흉악 범죄 당시 범인이 대담하게도 피해자의 머리맡에 형 야스지로 씨와 범인의 부모 위패를 나열하고 향을 피운 사실로 인해 모든 관계가 판명되었다 등등.

이것을 읽고 났을 때, 나는 내가 아무리 생각을 해봐도 피할 수 없는 범인이 되었다는 것을 알아차렸다. 그 북이 범인이라고 말한들 누가 알아주겠는가. 세상일이라는 것이 어찌 이리 기괴하냐고 생각하면서 유서를 쓰기 시작했다. 그리고 이제 겨우 여기까지 썼다.

나는 이제 이 북을 찢어버리고 목숨을 끊을 것이다. 내 선조 오토마루 구노의 원한은 이미 선생님의 손에 의해 풀어졌다. 그 원망의 껍질만 남은 북과 그 혈통은 오늘로써 이 세상에서 사라질 것이다. 미련은 없다.

그러나 나는 '이런 한 편의 인연담(因緣談)을 남기기 위해서 살아왔던 것인가'라고 생각하면 꿈을 꾸는 듯한 기분마저 든다.

〈신청년〉 1926년 10월호 수록

시골의 사건

유메노 규사쿠

큰 실마리

촌장님 댁 창고에서 쌀 네 가마니를 훔쳐 달아난 자가 있었다.

다음 날 아침 일찍 순사가 와서 조사했더니 가마를 싣고 도망친 것으로 보이는 짐수레 바퀴 흔적이 비 갠 땅 위에 선명하게 남아 있었다. 그 흔적을 뒤따라가 보니 마을에서 나가는 도중 어떤 마을 외곽에 있는 집 처마 아래 쌀을 실은 짐수레가 서 있었고 그 옆 툇마루에서 얼굴을 두건으로 가린 남자가 큰 대자로 누워서 코를 골고 있었다. 붙잡아 보니 이 근방에서 처치 곤란하기로 유명한 노름꾼이었다.

노름꾼은 훔친 쌀을 시장에 내다 팔고 오는 도중 오랜만에 몸을 써서 피곤했는지 잠깐만 쉬려고 했는데 깜박 잠들어버린 것이었다.

허리에 포박을 당하고 끌려가는 남자의 뒷모습을 바라본 마을 사람들은 한숨을 쉬었다.

"이제 나쁜 짓은 못 하겠구먼."

안마사의 한낮 방화

쉰이 조금 넘어 홀로 된 미망인이 점심이 지난 시간에 근처에서 볼일을 보고 집으로 돌아와 보니 열어 둔 자신의 집 다다미방 한가운데서 이전부터 잘 아는 안마사가 램프에 석유를 뿌려 불을 붙이고는 연기를 피하려고 이리저리 뛰면서 도망치고 있었다. 그러다가 기둥에 부딪혀 나자빠졌다. 미망인은 허둥대며 거리로 뛰쳐나가 마을 안을 뛰어다니며 소리를 질렀다.

"안마사가 불을, 불이야, 불이야⋯⋯."

금세 사람들이 몰려와 큰 사고 없이 불은 꺼졌다. 기절한 안마사는 마당으로 끌려 나왔고 물을 뿌리자 바로 정신 차렸다. 그리고 후에 달려온 순사에게 인도되었다.

수많은 사람한테 둘러싸인 안마사는 순사 앞 땅바닥에 앉아서 콧물을 흘리며 이렇게 이야기를 시작했다.

"정말 순식간에 일어난 일입니다요. 집에 누가 있는지 말을 걸어보았지만 아무도 없어서⋯⋯.

"그래서 그다음에 뭔 짓을 한 것이냐."

순사가 연필을 핥으면서 물었다. 주위는 조용해졌다.

"그래서 부엌으로 몰래 들어가 보니 램프가 보이기에 석유를 부어 불을 붙였습죠. 그런데 생각지도 못하게 뒤쪽에서 불꽃이 일더니, 주변이 타오르기 시작하는 겁니다. 너무 당황해서……. 덧문은 닫혀 있고 어디로 나가야 할지 몰라서…….''

듣고 있던 사람들이 낄낄거리며 웃기 시작했다. 안마사는 기분 나쁜 듯 매서운 눈빛으로 주변을 노려보았다. 순사도 웃음을 꾹 참으며 계속 연필을 핥았다.

"좋아, 좋아. 알았어. 알았다고. 그런데 불은 왜 낸 건가?"

"아. 그건 저 미망인이."

안마사는 주변 사람을 노려보면서 몸을 앞으로 내밀었다.

"저 미망인이, 제가 등을 주무를 때마다 이상한 소리를 내는 겁니다. 그리고 그러다가 갑자기 미친 듯이 손을 흔들었기 때문에, 제가 그 답례로…….''

"아니에요. 그게 아니지요. 우라하라*였단 말이에요…….''

군중 뒤편에서 미망인이 소리쳤다.

순간 웃음이 터져 나왔다. 순사도 웃어버렸다. 결국, 안마사까지 함께 배를 잡고 웃었다.

미망인은 그때야 자신의 실수를 알아차리고 마치 처녀처럼 얼굴을 붉히더니 소매에 얼굴을 묻고 울기 시작했다.

---

* 우라하라(うらはら)는 등과 배라는 뜻과 그 반대라는 뜻이 있다. 미망인은 그 반대라는 뜻으로 말했지만 다른 사람들은 등과 배로 들었던 것이다.

부부의 허공장보살

"저 부부는 허공장보살* 님의 환생이에요……."

새로 부임한 젊은 순사가 어떤 여자의 이야기를 듣고 말했다.

"그게 무슨 뜻인가?"

순사가 물어보니 다음과 같이 대답했다.

"태어난 아이를 모두 팔아버리고 맛있는 것을 먹고 술을 마시기 때문에 허공장보살님이라는 거죠."

순사는 들은 대로 수첩에 적었다. 그리고 그 집에 가서 심문을 해보니 쉰이 넘어 보이는 부부가 입을 모아 담담하게 말했다.

"네. 모두 비싼 옷을 입혀주시는 분 댁으로 가고 싶다고 해서 말이죠."

"흠. 그렇다면 팔았을 때 아이들 나이는……."

"네. 누나가 열네 살이었고, 동생은 아홉 살. 그리고 남자아이는 사당 놀이패에게 판 것이 다섯 살이었을 때로……. 네? 증거는 어디에도 없지만…… 틀림없어요. 얼마 되지 않은 일이니까요."

순사는 이 부부가 바보가 아니겠냐고 의심하기 시작했다. 게다가 부인의 배를 자세히 살펴보니 임신을 한 듯한 모습이었고…….

묘한 기분이 들어서 수첩을 덮으면서 물었다.

---

* 25보살(菩薩) 중 하나. 지혜와 자비가 허공처럼 무한히 크고 넓어 중생의 여러 가지 소원을 이루어 준다고 한다.

"흠. 아이는 또 없었는가."

부부는 금세 새파랗게 질리더니 고개를 숙였다.

"실은 네 명 정도 애를 낙태했기 때문에……. 밥줄이 끊겨서……. 제발 용서를-."

순사는 놀라 다시 수첩을 꺼내 들었다.

"흠. 너무하지 않나. 왜 그렇게 안타까운 짓을 했지?"

순사가 이렇게 말하자 새파랗게 질렸던 남편이 이번에는 실실 웃기 시작했다.

"헤헤헤. 그렇지도 않습니다. 술만 마시면 얼마든지 생기니까요……."

순사는 오싹한 기분이 들어서 도망치듯이 그 집을 뛰쳐나왔다.

"이 사건을 경찰청에 보고했더니 선임 순사가 비웃었습니다. 낙태죄로 두 번이나 벌을 받은 적이 있는 부부라는 겁니다. 두 사람 모두 지능이 낮아서 아무도 상대하지 않는다고 합니다."

기차 능력 시험

"선로에 이 돌을 올려놓으면 기차가 뒤집힐까 뒤집히지 않을까?"

"멍청아……. 그 정도 돌은 기차가 날려버리면서 지나쳐갈걸."

"아냐……. 두 동강을 내버릴지도 몰라……."

"말보다 증거를 보여줘."

"좋았어."

얼마 안 있어 달려온 기차는 거만한 소리와 함께 올려둔 돌을 부수면서 정차했다.

이를 지켜보던 세 청년은 놀라 도망쳤다.

다음 날 아침 세 명은 마을 이발소에 모여서 이런 이야기를 나누었다.

"어제는 정말 무서웠어. 어쩌나 소리가 크던지 난 또 뒤집혔나 했어."

"뭐야. 기관차는 전부 철로 되어 있잖아. 그런 돌 정도로는 꿈쩍도 하지 않지."

"그런데 돌을 부수고는 왜 정차한 걸까? 선로라도 이탈했나 싶었는데."

"난 사람이라도 친 줄 알았다니까."

머리를 자르면서 이런 이야기를 듣고 있던 한 남자. 그 남자는 열차 선로를 방해한 범인을 잡으러 온 형사였다. 금방 세 사람은 경찰서로 끌려갔다.

그 가운데 한 청년이 서장 앞에서 벌벌 떨면서 이렇게 자백했다.

"세 명 가운데 선로에 돌을 얹은 것은 접니다. 하지만 기차가 그 돌을 날려버리고 지나갈 것으로 생각했기 때문에……. 형벌은 제일 가벼운 것으로……."

말이 끝나기도 전에 순사한테 뺨을 한 대 맞았다.

세 사람은 같은 형벌을 받았다.

슷톤톤

어느 어부에게 태어날 때부터 장님인 외동딸이 있었다. 하얗고 통통한 얼굴에 샤미센(三味線)*으로 뭐든 연주할 수 있는 것이 자랑이었던 딸은 이런저런 모임에 게이샤 대신 초대되기도 했다.

어느 날 딸은 인근 마을의 청년 모임에 초대되었고 안내를 맡은 마부 청년은 짐 마차 뒤쪽에다 자리를 만들어 방석을 깔고 샤미센과 신발을 든 여자를 태우고 최신 유행의 슷톤톤부시(スットントン節)**를 부르면서 짐 마차를 끌고 한낮의 국도를 걸어갔다.

정오가 지나 마을로 돌아온 마부는 마차 뒤에 방석만 남아 있는 것을 발견했고, 순식간에 커다란 소동으로 번졌다.

"도중에 마쓰바라(松原)에서 소변을 봤을 때까지만 해도 분명히 여자가 앉아 있었단 말이야."

마부의 이야기를 단서로 마을 사람들이 총출동하여 주변 거리를 찾아보았지만, 그림자도 안보였다. 촌장, 구장(區長), 학교장, 순사가 청년 회관에 모여 머리를 맞대고 고민해 보았다. 그러나 무엇보다 사라질 이유조차 알 수가 없었다.

결국, 그녀의 부모에게 이 소식을 알려야만 했기에…… 일단 청년 회원 두 명이 자전거를 타고 그녀의 집으로 가보니 옷이 먼

---

* 산겐(三弦)이라고도 한다. 4개의 판자를 합친 통(胴)에 긴 지판(指板)을 달고 그 위에 비단 실로 꼰 세 줄의 현을 친 것으로, 동피(胴皮)로는 고양이나 개의 가죽이 쓰인다.
** 다이쇼 13년(1924) 즈음에 유행했던 노래. '슷톤톤, 슷톤톤'이라는 장단으로 끝나는 노래다.

지투성이가 된 딸이 무릎을 꿇고 앉아 울면서 아버지한테 맞고 있었다.

두 청년은 서로 얼굴을 바라보다가 일단은 뛰어내려 이를 말리면서 물었다.

"이게 어떻게 된 일이오?"

아버지는 면목이 없는 듯 머리를 긁적이며 말했다

"아니, 이 녀석이 요즘 유행하는 숫톤톤이라는 노래를 모른다고 도망쳐 돌아왔다고 합니다.…… 정말 죄송합니다……."

두 청년은 무슨 영문인지 전혀 알 수가 없었다. 그래서 사정을 자세히 물어보니 처음 여자를 짐수레에 태우고 간 청년이 도중에 계속해서 숫톤톤부시를 부르기 시작했다고 한다. 그 노래는 그녀가 처음 듣는 거라서 모임에서 샤미센을 켜보라고 하면 큰일이라고 생각하여 열심히 귀 기울여 들었지만 공교롭게도 그 청년은 장단조차 맞추지 못하는 음치였기 때문에 노랫가락이 이상하게 들려서 열심히 들으려고 해도 도대체 알 수가 없었다고 한다. 그래서 더는 외우지 못하겠다는 안타까운 마음에 딸은 신발과 샤미센을 양손에 들고 죽을 각오로 짐마차에서 뛰어내려 집으로 돌아왔다고 한다.

청년 하나가 이 이야기를 듣고 무척이나 감동하여 시원시원하게 말했다.

"실로 훌륭한 마음가짐이오. 그러나 걱정할 필요 없소. 우리와 함께 갑시다. 그리고 밤새도록 청년회를 다시 합시다. 노래는 가는 동안 내가 들려주겠소."

새댁의 혀

마을 사람 모두가 빠짐없이 부동명왕(不動樣)*을 믿는 마을이
있었다.

그중 어떤 집에서 부부와 세 명의 아이들이 저녁을 먹고 있는
데 갑자기 그 아버지가 젓가락을 집어 던지고는 말했다.

"방금 내게 부동명왕이 내려오셨다."

그리고는 무시무시한 표정으로 자세를 가다듬고 앉았다. 부
인은 당황해서 다다미 위로 엎드려 절을 했다. 놀라 울기 시작한
세 명의 아이들을 혼내면서 절을 시켰다.

이러한 소문이 전해지자, 신앙심 깊은 이웃들이 끊임없이 집
으로 찾아와서 '부동명왕님'의 은혜를 받고자 집 안은 밤이 깊도
록 잠잘 곳도 없이 사람으로 가득 찼다.

정중앙에는 문양이 들어간 목면으로 만든 겉옷을 입은 부동
명왕이 앉아서 무시무시한 얼굴로 주변을 노려보았다. 이윽고
뒤편에 앉아 있던 붉은 화장을 한 미인을 가리켰다. 그 여자는
이삼일 전에 이웃에 시집온 새댁이었다.

"좀 더 앞으로 나오거라. 나오지 않으면 가위에 눌릴 것이다.
내 앞으로 나와라. 두려워하지 마라. 죄를 씻어주마. 자 와라. 너
는 전생에 엄청난 죄를 지었다. 그 죄를 씻어 줄 테니 혀를 내밀
어라. 자아, 그렇게 하지 않으면 가위에 눌릴 것이다…… 그렇

---

* 밀교의 대표적인 명왕으로, 번뇌의 악마를 응징하고 밀교 수행자들을 보호한다. 제
개장보살의 화신으로. 악마를 응징하기 위해 분노한 모습을 하고 있다.

지, 그렇지…….”

이렇게 말하며 혀에 얼굴에 가까이 대고 가만히 노려보고 있던 부동명왕은 갑자기 자신의 입안으로 여자의 혀를 꿀꺽 삼키더니 핥기 시작했다.

여자는 사람들이 보는 가운데 혀를 내민 채 눈을 감고 벌벌 떨고 있었다. 그러자 부동명왕은 무슨 생각이 들었는지 갑자기 이로 혀를 잘라서 먹어버렸다.

여자는 혼절한 채로 숨을 거뒀다.

나중에 의사와 관리들이 마을로 찾아와 조사한 결과, 아주 오래전에 걸렸던 매독이 부동명왕 뇌까지 퍼져 있었다는 것이 밝혀졌다.

그 사실이 알려지자 마을 사람 가운데 부동명왕을 믿는 사람은 사라졌다. 부동명왕을 믿으면 매독에 걸린다고 생각했기 때문이다.

착각의 착각

밤을 꼬박 새운 순사가 선로 아래 국도를 지나가고 있을 때 복면을 한 남자가 육교 위를 터덜터덜 걸어가고 있었다. 누구지…… 라며 잠시 멈춰 서자, 그 남자가 갑자기 도망쳐서 순사도 뒤를 열심히 쫓아갔다.

이윽고 그 남자는 마을 안 어느 집 곳간으로 도망쳐 들어갔다. 그래서 곧바로 잡아서 끌어내 보니 마을에서 제일 반듯한 자로 자신의 집 곳간으로 도망친 것을 알 수 있었다.

실망한 순사는 땀을 닦으면서 화를 내면서 말했다.

"이놈. 나쁜 짓도 안 했으면서 왜 내 모습을 보고 도망치는 게냐?"

그러자 그 남자도 땀을 닦으며 말했다.

"네. 저를 도둑이라고 착각하시면 큰일이라고 생각해서요. ……제발 용서해주십시오……."

스위트 포테이토

함께 자살하려다가 실패한 남녀가 파출소에 끌려왔다는 소식에 마을 사람들이 구경하려고 달려왔다.

십 촉 전등이 비치는 마룻바닥 위 꺼져가는 숯불이 가득 쌓인 화로 옆에서 남자와 여자가 웅크리고 서로 기대어 물에 젖은 옷소매를 말리고 있었다. 두 사람 모두 도시 사람인 듯했고 남자는 학생처럼 올백 머리를 했으며 여자는 서민 풍의 양 갈래머리를 하고 있었다.

유리문 밖에서 훔쳐보는 사람들이 늘어날수록 두 사람은 딱 달라붙어서 머리를 숙였다.

이윽고 마흔네다섯 정도로 보이는 순사가 솜이불을 들고 천천히 나왔다. 한잔 걸친 듯 불그스름한 얼굴로 두 사람 앞 의자에 앉아 취기로 몽롱한 몸을 흔들면서 이런저런 이야기를 물어

보고는 수첩에 적었다. 그리고 마지막으로 이렇게 물었다.

"너희 두 사람은 결국 스위트 포테이토라는 거잖아."

유리문 밖 어둠 속에서 두세 명이 킥킥거렸다.

그러자 고개를 숙이고 있던 젊은 남자가 오른손으로 젖은 머리를 쓸어 올리면서 얼굴을 들어 순사를 바라보았다. 이상하리만큼 흥분한 듯 새하얀 입술을 바르르 떨면서 단호하게 말했다.

"……아닙니다……. 스위트 하트입니다……."

"흠."

순사는 웃으면서 놀리듯이 수염을 만지작거렸다.

"흠. 하트와 포테이토는 뭐가 다르다는 거냐?"

"하트는 심장이고, 포테이토는 감자입니다."

젊은 남자는 달려들 듯이 말하고는 유리문 밖에서 깔깔거리며 웃고 있는 사람들을 한 번 노려보고는 다시 축 처져서 고개를 숙였다.

순사는 상당히 기분이 좋은 듯이 수염을 만지작거렸다.

"후후. 그래? 그런데 어느 쪽이든 뭐 별반 다르지 않잖아."

젊은 남자는 의아한 표정으로 고개를 들었다. 순간 유리문 밖 웃음도 멈췄다. 순사는 뽐내듯이 몸을 뒤로 젖히며 말했다.

"둘 다 쓸데없는 곳에서 싹트고 들러붙고는 썩어버리잖아."

인기척조차 없이 고요하던 그 순간, 유리문 밖에서 한꺼번에 웃음이 터져 나왔다.

젊은 남자는 머리를 양손으로 부여잡고 부들부들 몸을 떨었다. 이제야 조롱당했다는 것을 알았기 때문이다…… 동시에 옆에 있던 양 갈래머리를 한 여자도 남자의 무릎에 쓰러져 울기 시작했다.

유리문 밖 웃음소리가 끊이지 않고 커져만 갔다.

순사도 팔짱을 낀 채로 천장을 바라보았다.

"하하하. 이런 바보 같은 놈들이 있나. 아하하!"

빈집의 꼭두각시 춤

마을 사람들은 밭에 풀을 뽑으러 가고 집을 지키는 여자들도 한창 낮잠 잘 시간이라 그렇지 않아도 한적한 시골 마을이 텅 빈 것처럼 고요했다. 변두리 안팎으로 두 칸을 활짝 연 어느 백성의 집 봉당에 눈이 나쁜 늙은 거지가 우두커니 서서 보는 사람도 듣는 사람도 없는데 꼭두각시 인형으로 춤을 추게 하고 있었다.

인형은 소매가 너덜거리는 후리소데(振り袖)*를 입고 색이 바랜 붉은 홀치기염 천을 머리부터 쓰고 있었다.

"관음님을 구실 삼아―. 만나러 왔소. 모두 모두…… 바람을―타고 온―북에서 맑은 날에도―. 더욱더―."

이가 다 빠져 버린 노인이 부르는 기다유(義太夫)**는 너무나도 괴상했다. 그래도 꽤나 잘 불러서 가끔 흐릿한 눈동자가 하늘을

---

* 소맷자락이 긴 소매. 또는 그런 긴 소매의 일본 옷으로 미혼여성이 주로 입는다.
** 다케모토 기다유(竹本義太夫)가 창시한 조루리(淨瑠璃)의 한 파로 샤미센(三味線)을 반주로 하여 이야기를 엮어 나가는 예능이다.

향할 때면 인형과 번갈아 가면서 고개를 흔들었다.

"헤—잇. 이번 작품은 아사가오(朝顔)일기*, 오이가와(大井川)의 단……하하하하 하느님. 들리지 않습니다요. 들리지 않습니다요—칫칫칫칫."

"아내—는, 눈물—을 머금고—. 그것을 보았구나. 미쯔히데(光秀) 님의—."

후리소데 인형은 어떤 노래에도 자유자재로 끊임없이 춤추었고 노인의 노래도 점점 묘하게 변해갔다.

노인은 이상하게도 좀처럼 멈추려 하지 않았다. 조용한 집 안에서 땀을 흘리며 갈라진 목소리로 소리를 높였기 때문에 인적이 드문 시간이었지만 한 사람씩 발걸음을 멈췄고, 그러는 사이 이웃의 여자들과 주변 밭에서 일하던 사람들로 집 주변이 가득 찼다.

"미치광이 아냐?"

작은 목소리로 말하는 자가 있었다.

누군가 이 사실을 알렸는지 이 집 젊은 주인이 돌아왔다. 손발이 진흙투성이가 된 작업복을 입고 있었다. 어깨를 추켜올리고 봉당에 들어오자마자 갑자기 인형을 들어올리고 있던 노인의 멱살을 잡았다. 후리소데 인형이 하늘을 올려다보았다. 그리고는 다음 순간 인형은 몸이 꺾이더니 멈춰버렸다.

구경꾼은 마른침을 삼켰다. 어떻게 될 것인지……지켜보면서…….

* 조루리(浄瑠璃)의 하나인 「쇼우쓰시 아사가오이야기(生写朝顔話)」를 말한다.

"……아니. 다, 당신이 뭔데 우리 집에 들어와서…… 이런 연극을 하는 게냐……."

노인은 차가운 눈초리로 노려봤다. 입이 떡 벌어지고 어안이 벙벙해졌지만, 이윽고 떨리는 손으로 옆에 있던 커다란 자루를 열어 목숨보다 소중하다는 듯이 인형을 안아 올려서 집어넣었다. 그리고 양손을 뻗어 찢어진 밀짚모자와 대나무 지팡이를 찾기 시작했다.

이를 보고 있던 젊은 주인은 바깥에 서 있던 사람들 쪽으로 돌아서서 활짝 웃었다. 인형을 넣은 자루를 집어 몰래 숨기면서 일부러 크게 소리쳤다.

"자, 말해봐라. 어째서 이런 짓을 했냔 말이다. 말하지 않으면 인형은 돌려주지 않겠다."

수군거리던 구경꾼은 다시 조용해졌다.

밀짚모자를 뒤로 젖혀 쓴 노인은 대나무 지팡이를 들고 벌벌 떨기 시작했다. 봉당에 털썩 주저앉아서 한 손을 들고 기도하는 척을 했다.

"……제……제발 …… 용서를……."

"용서해주지. 변명을 들어 줄 테니 어서 말해 보라고. 무슨 일로 우리 집에 들어온 건지 무엇이 필요해서……. 아까부터 꼭두각시 인형극으로 왜 이렇게 많은 사람을 불러모은 게냐. 여기를 마을회관으로 생각한 게냐."

노인은 보이지 않는 눈으로 뒤돌아서 방을 가리켰다.

"처……처음 제가…… 이 집에 들어와서 …… 인형을 조종

하기 시작하자…… 저쪽에 있던……어느 주인님이…… 이,
1엔……을 주시고는…… 네…… 내가 밥을 먹는 동안…… 네가
알고 있는 만큼 춤을 춰 보라고…… 말씀하였습죠. …… 네……
용서를……."

"뭐라고……? 밥을 먹었다고……? 1엔이나 주었다고……?"

젊은 주인은 어안이 벙벙한 채로 눈을 부릅떴지만 금방 하얗
게 질려서 자루를 집어 던지고 방으로 올라가는 마룻귀틀로 달
려갔다. 그곳에 펼쳐진 머리맡 병풍 뒤로 빈 밥그릇이 뒹굴고 있
었고 무참하게 먹어치운 절임 그릇과 토병, 젓가락 등이 밥풀 범
벅이 돼서 어지럽게 흩어져 있었다.

그것을 본 젊은 주인의 눈은 금방 불단 아래로 향했고 진흙이
묻은 채로 올라가서 반쯤 열린 작은 서랍을 양손으로 뒤적였다.

"당했다……."

주인은 이렇게 말하고는 점점 안색이 창백해지더니 그 자리
에 털썩 주저앉았다. 그리고는 머리를 감싸 쥐며 고개를 떨궜다.
바깥에서 구경하던 사람들은 놀란 눈으로 서로 쳐다보았다.

"……아아……불쌍하게도……. 집을 보던 어머니가 돌아가셨
나 보네."

"분명 제멋대로 사는 광부의 짓일 거야……."

이런 수군거림 사이로 이 집의 젊은 부인이 돌아왔다. 역시 작
업복 차림이었고, 자루를 찾아내고 나오는 노인의 모습은 쳐다
보지도 않고 진흙이 묻은 채로 뚜벅뚜벅 다다미방 위로 올라가
서 젊은 주인 앞에 주저앉았다. 머릿수건을 벗고 흐트러진 머리

를 묶어 올렸다. 일부러 담담한 목소리로 말했다.

"당신은…… 당신은…… 이 서랍 안에 무엇을 두었나요…….
제게 숨기고……. 한마디도 하지 않고……."

젊은 주인은 책상다리하고 앉아 머리를 감싸 쥔 채 대답도 하
지 않았다. 이윽고 늘어진 소맷자락 끝으로 눈물을 훔쳤다.

아랫입술을 꽉 깨문 채, 가만히 그 모습을 지켜보던 아내의 안
색이 점점 변해갔다. 느닷없이 남편의 멱살을 잡더니 미친 듯이
흔들기 시작했다.

"……에잇, 짜증 나. 오하마(大浜), 시라쿠비마치(白首街)* 같은
빌어먹을 곳에 가져갈 돈이었지? 빌어먹을, 제길……. 잠도 자지
않고 열심히 일한 양잠 매상을……. 왜 안 주나 했더니 ……. 맞
지?…… 아이고 분해, 아이고 억울해."

그러나 아무리 흔들어대도 젊은 주인은 꼭두각시처럼 축 늘
어져서 고개를 흔들거리기만 할 뿐이었다.

그 모습을 차마 볼 수 없어서 구경꾼 두세 명이 집 안으로 들
어왔고 제일 마지막에 들어가는 남자가 뒤돌아서 집 바깥의 구
경꾼들에게 붉은 혀를 내밀었다.

"이것이야말로 진짜 꼭두각시 연극이로군."

모두 깔깔거리며 웃음을 터트렸다.

아내는 남편의 멱살을 잡은 채 큰 소리로 울기 시작했다.

* 항구의 사창가.

한입에 세 그릇

이 마을 제일의 구두쇠인 예순 살 오야스(お安) 할머니가 수호신 축제의 밤에 이상한 모습으로 죽어 있었다.

……홀로 사는 마을 외곽의 찻집 부뚜막 앞에서 삐쩍 마른 작은 몸으로 허공을 붙잡으려고 손을 뻗은 모습으로 혼절해 있었다. 평상시 허리띠로 사용하던 낡아빠진 줄이 주름진 목에 세 번 정도 감겨 있었고 목젖 부근에서 매듭지어진 줄이 살 안으로 파고 들어가 있었다. 매듭 주변은 피범벅이 될 정도로 쥐어 뜯어져 있었다. 그러나 도둑맞은 것은 아무것도 없었으며 밖에서 사람이 침입한 흔적도 없었다. 스님한테서 받아온 찬합 음식은 젓가락도 대지 않은 채 얇은 이불 위 머리맡에 놓여 있었다. 저금통장은 여기저기 찾아본 결과 부뚜막 재 아래 작은 구멍에서 발견되었다. 유산을 받을 할머니의 외동딸과 그녀의 남편인 전기공은 현재 도쿄에 살고 있었는데 급보를 듣고 귀향하고 있었다. 노인의 시체는 대학에서 해부하게 되었다……. 근래 없는 괴사건…… 이었기 때문에 신문에서 크게 보도되었다.

오야스 할머니의 찻집은 철도 교차로의 철교 옆 바다가 보이는 곳에 있었다. 낡은 갈대밭 아래로 작지만, 과자와 라므네*, 질이 떨어지는 차를 다린 검은 토병, 8촌(寸)** 정도의 쟁반 위에 지저분한 찻잔이 예닐곱 개……. 그래도 여름에는 바닷바람이

---

* 설탕과 레몬 향료를 가한 물에 탄산가스를 녹인 청량음료의 한 가지.
** 1촌은 1척의 10분의 1로 약 3.03cm에 해당하며 8촌은 약 22cm 정도에 해당한다.

잘 통했고, 겨울에는 햇빛이 잘 들어와서 도로를 지나는 행상인들의 단골 가게였다.

주인공 할머니는 서른 살이 되던 해에 열병을 앓은 후, 허리가 굽어서 서 있는 것이 불편해졌다. 태어난 지 얼마 안 된 딸을 남겨두고 남편이 도망가 버리자 논밭을 팔아 이곳에 찻집을 열었다. 딸이 또한 꽤 미인인 데다 영리해서 열아홉 봄에 마을에서 가장 성실하다고 하는 전기공을 남편으로 맞았다. 지금은 부부가 도쿄에 있는 어느 회사에서 일하면서 월급을 받고 있다고 한다.

"딸 부부가 손자를 보러 도쿄에 오라고 했지만, 될 수 있는 한 젊은 애들한테 부담 주기 싫어서 보시는 바와 같이 여기서 근근이 살고 있죠. 일상생활 정도는 팔다리가 움직이니까……. 딸 부부도 요즘은 못 말리겠다면서 곧 손자를 보여주러 내려오겠다고 했다니까요……."

할머니는 창백한 볼을 씰룩거리면서 자못 자랑스럽게 웃으며 말했다.

"……흠. 그래도 혼자니까 외롭긴 하잖소……?"

손님이 물으면 노인은 이렇게 입버릇처럼 대답했다고 한다.

"손님. 이 집은 도둑이 두 번이나 들었지요. 제가 돈을 모으고 있는 게 틀림없다는 거예요. 제가 번 돈은 모두 도쿄에 있는 딸한테 보내고 있으니, 그래도 돈이 있다고 생각되면 나를 죽이든 어떻게 하든 천천히 찾아보라고 했지요. 그랬더니 차를 마시고 돌아갔어요."

이 할머니가 천 엔이 든 통장을 두 개나 가지고 있다는 소문을 믿지 않는 사람은 마을 어디에도 없었다. 그 정도로 할머니의 구두쇠 행동은 유명했고, 거의 먹지도 않고 돈을 모은다고 할 정도였다. 이런저런 소문 중에도 소학교 학생들까지 아는 것은 '오야스 할머니의 한입에 세 그릇'이라는 이야기였다.

"으흠. 한입에 세 그릇이라는 것은 밥을 말하는 건가……."

마을 사람들이 하는 말을 듣고 있던 순사는 수첩에서 눈을 뗐다.

"네. 그것은 그러니까……. 순사님께 말씀드려도 믿지 않으실 이야기일 텐데……. 그렇지만 분명 그 할머니가 죽은 것은 그 한 입에 세 그릇 때문이 틀림없다고 마을 사람 모두 이야기하고 있지요……."

"으흠. 그럼 그 이야기를 좀 해보게. 참고될지 모르니까."

"네. 그럼 뭐 이야기하겠습니다. 할머니는 매달 한 번씩 역 앞 우체국에 돈을 맡기러 갈 때 이외에는 거의 집에서 나오지 않아요. 항상 혼자서 저 찻집에 있었지요. 그래도 마을 행사가 있거나 해서 음식을 대접한다고 할 때는 꼭 나오지요. 그것도 그 전날 저녁부터 밥을 먹지 않고 배를 비워둔 다음, 다음 날 제일 빨리 가게를 닫고 목발을 집고 나오는 겁니다. 그리고 술자리가 만들어지고 먼저 술을 한잔합니다. 그럼 할머니의 창백한 볼이 새빨갛게 되지요. 그리고 밥을 먹기 시작해서 때때로 국을 후루룩 마십니다. 절임 장아찌도 조금은 먹지만 대충 예닐곱 여덟 그릇은 확실히 먹는 것 같았고……. 그리고 더 먹을 수 없게 되면 담배를 두세 모금 들이마시고 조금 쉬었다가 다시 먹습니다. 대체로 두세 그릇 정도를 더 먹습니다. 그리고 나머지 생선이나 조림 등을 밥과 함께 찬합에 가득 담고 돌아와 그날은 아무 것도 하지 않고 다음 날 저녁까지 잡니다. 그리고 뒤척뒤척 일 어나 찬합 속에 있는 것을 저녁으로 먹습니다. 아시는 대로 이 마을에서 음식을 대접할 만한 행사는 대체로 날이 좋은 날이 많아서 자칫하면 찬합 속 음식이 그다음 날 저녁까지 남아 있 다고 해도……. 요컨대 한번 먹는 양이 열 번 정도의 끼니가 돼 서……."

"흠. 그런데 식중독에 걸리지도 않고도."

"맞습니다. 순사님. 저 말라비틀어진 작은 몸으로 어떻게 그렇 게나 많이 들어가나 생각이 들 정도로……."

"흠. 그런데 잘 생각해보면 이치에 맞지 않는 이야기군. 그렇 게 해서 이틀이나 삼일 가게를 닫으면 결국 손해잖소?"

"네. 그게 말이죠. 순사님. 처음 이야기한 그 딸 부부도 이런 모습이 창피해서 도쿄로 도망쳤다고 합니다. 오야스 할머니가 말하기를……. '내가 만든 것은 배부르게 먹을 수가 없어.'라고 했다고 하니까……. 마침 저 할머니가 죽은 날이 이 마을 축제 였지요. 스님이 계시는 곳에서 잔치가 있었습니다. 할머니가 또 '한입에 세 그릇'을 먹었습니다. 그것이 밤이 돼서 입에서 나오 려고 하니까 아까워서 줄로 목을 묶은 것이 틀림없어요. 그리고 숨이 막혀서 괴롭게 죽은 것이라고……. 마을 사람 모두가 말하 고 있지요……."

"아하하하. 그런 말도 안 되는…… 아무리 구두쇠라도……아 하하하하하……."

순사는 웃으면서 수첩과 연필을 집어넣고 돌아갔다.

그러나 오야스 할머니의 시체를 해부해본 결과, 들은 이야기와 일치했다.

알리바이

마을에서 가장 부잣집으로 불리는 저택이 산기슭에 있었고, 그 주변으로 열 채 정도 소작인의 집들이 둘러싸고 있었다.

그 저택 뒷문에서 산으로 난 길에는 감나무와 뽕나무밭이 있었다. 장마가 끝나자 소작인 한 명이 산속으로 들어가 보았는데 그곳에서 제일 큰 감나무 뿌리에서 어린아이의 발 한쪽이 삐져나와 있고, 개미와 파리가 우글거리는 것을 발견하고 새파랗게 질려 돌아왔다.

이윽고 파출소의 젊은 순사가 새로 산 자전거를 타고 이곳으로 와 나무 주변을 파보았더니 6개월 정도로 보이는 태아의 시체가 나왔고, 죽은 지 일주일 정도 지난 듯 추정되었다. 그래서 마을 여자들을 한 사람씩 조사해보았는데 수상한 자를 발견할 수 없었다. 결국, 용의자는 최근 도시 고등여학교에서 귀향한 부잣집 딸만 남게 되었다. 엄청난 신여성이었고 아버지는 멀리 여행 가서 부재중이었다. 뒹굴뒹굴 잠만 자는 딸의 모습이 점점 수상하게 여겨졌다.

어느 날 아침 젊은 순사는 초인종을 누르면서 저택 문을 두드렸다.

"왔구나. 결국, 아가씨도 조사를 받는구나."

이 일은 집안사람들에게 알려졌다. 논밭에서 이 모습을 보려고 달려온 자도 있었다.

현관에서 순사를 마중하며 찾아온 이유를 들은 부잣집 딸의 어머니는 핏기가 사라진 얼굴로 딸이 은둔하고 있는 방으로 가 보았다. 좁은 허리띠를 두르고 엎드려 잡지를 읽고 있던 딸은 가루분이 남아 있는 얼굴을 비비면서 헝클어진 머리를 쳐들었다.

"뭐라고요……? 순사가 제가 낙태를 했는지 조사하러 왔다고요……? 호호호. 겁도 없는 순사군요. 알리바이도 모르면서……."

어머니는 현관에서 방이 가까워서 불안한 표정을 억누르면서 두려운 듯이 물었다.

"……뭐 ……뭐라는 게야? 그 아리, 바이라는 게……. 그 태아의 발에 꾀어 있던 벌레를 말하는 거니……."

"호호호호. 그런 게 아니에요. 됐으니까 순사님께 이렇게 말해 줘요……. 나는 확실한 알리바이가 있으니까 걱정하지 말고 돌아가시라고……."

어머니는 주저하면서 현관으로 돌아왔다.

순사는 딸의 목소리를 들은 듯했다. 조금 흥분한 모습으로 버티고 서서 주머니에서 수첩을 꺼내 들었지만, 어머니의 얼굴을 보고는 아무런 말도 하지 않고 노려보았다.

"그 아리바이라는 것이 뭡니까?"

어머니는 벌벌 떨었다. 비틀거리며 쓰러질 듯이 딸이 있는 곳으로 달려갔다. 잡지를 읽고 있던 딸은 눈썹을 찡그리면서 돌아보았다.

"정말 시끄럽네. 그렇게 내가 의심스러우면 내 처녀막을 조사해보면 될 것 아니냐고…… 그렇게 말해줘…… 정말 실례잖아……."

어머니는 털썩 주저앉았다. 순사도 얼굴이 빨개져서 자전거를 타고 도망치듯이 달아났다.

그 후로 이 마을에서는 알리바이*라고 하는 말이 전혀 다른 의미로 유행했다.

붉은 소나무 숲

해안가 국유방풍림인 소나무 숲속에 탁발승과 걸인 부부가 움막을 짓고 마주 보고 살고 있었다.

세 사람은 무척이나 사이가 좋아서 매일 아침 함께 소나무 숲을 벗어나 십 리 정도 떨어진 도회지로 음식을 얻으러 갔다. 그리고 돌아올 때도 어딘가에서 만나서 서로 신나게 이야기하면서 돌아왔다. 달이 밝은 밤이면 자주 이 소나무 숲에서 흥겨운 소리가 들려와 마을의 젊은이들이 구경하러 가보면 움막 옆 빈

---

* 일본어로 개미를 '아리', 파리를 '하에'라고 한다. 개미와 파리를 일본어로 붙여서 읽으면 '아리바에'로 읽히며 '알리바이'와 비슷한 발음이 된다.

터에서 걸식 부부의 일그러진 샤미센과 죽박* 두 개를 양손에 들고 맞부딪치면서 장단을 맞추면 탁발승이 춤을 추곤 했다. 옆에는 모닥불과 호리병 등이 있었다.

그러는 사이 경기가 나빠졌고, 스님은 그다지 영향을 받지 않는 모양이었지만 걸식 부부가 얻어오는 음식량이 상당히 줄었던 모양으로 이 때문인지 소나무 숲으로 돌아오는 도중에 부부가 싸우는 일이 많아졌다. 어느 날은 마을 외곽에서 부여잡고 싸우는 것을 스님이 말리기까지 했다고 한다.

그런데 어느샌가 세 사람이 함께 다니는 모습이 사라졌고 그 대신 머리를 퍼렇게 깎고 법의를 입은 걸식 남편만 마을 사람들 눈에 띄게 되었다.

……이거야말로 수상하다. 탁발승은 대체 어디에서 무엇을 하는 거지…… 라며 여느 때와 마찬가지로 참견 좋아하는 젊은 이가 엿보려고 가보자 탁발승은 걸식 부인을 자신의 움막으로 끌고 들어가서 물고기 등을 잡으면서 살고 있었다. 저녁에 걸식 남편이 돌아와도 부인은 아무 일 없는 듯 탁발승 곁에 있었고, 걸식 남편은 혼자서 요리를 해 먹고 혼자 잤다……. 아마도 법의와 부인을 바꾼 것 같다……라는 것이 마을 사람의 해석이었다.

얼마 안 있어 걸식 남편이 소나무 숲에서 보이지 않게 되었다. 그렇지만 움막은 그대로였고 걸식 남편의 움막은 창고처럼 마른 소나무 잎이나 오래된 나무가 쌓여 있었다. 그리고 스님은

* 댓조각을 두 개씩 양손에 쥐고 손바닥을 오므렸다 폈다 하여 울리는 간단한 악기. 또는 그것에 맞추어 추는 춤.

예전 탁발승의 모습으로 돌아가 소나무 숲에서 나왔고 부인도 부인대로 스님과는 따로 일그러진 샤미센을 들고 도시 쪽으로 나가는 것이었다. 밤에는 함께 자는 것 같았다.

"스님도 놀고만 있을 수 없게 되었나 보다."

마을 사람들은 이렇게 말하며 웃었다.

그러는 사이 겨울이 찾아왔다.

어느 날 밤 갑자기 마을 종이 울려서 사람들이 일어나 보니, 소나무 숲에 큰불이 일어나고 있었다. 사람들이 당황하는 사이 서북쪽의 열풍을 타고 불은 순식간에 몇천 평을 완전히 태워버렸고 도시의 소방차들까지 달려오는 등 커다란 소동이 일어났다. 다행히 사람도 가축도 피해가 없었고 새벽녘에 불은 다 꺼졌다. 불이 난 곳은 물론이고 그 움막 두 채 모두 타서 무너져 내렸고 잿더미 아래에서 반쯤 화상을 입고 목이 졸려 죽은 부인의 시체와 그 아래 무덤 같은 것 안에서 반쯤 해골이 된 걸식 남편의 시체가 나타났다. 게다가 그 걸식 남편의 두개골을 꺼내 보니 악물고 있던 흰 이가 자연스럽게 벌어지면서 입안에서 다 사용한 쥐약 튜브가 굴러 나와 마을 사람 모두 오싹하게 했다.

우체국

신사의 숲 쪽 입구에는 마을 공동 목욕탕과 청년회 도장이 나란히 마련되어 있었다. 여름이 되면 그 주변에서 검도 훈련을 끝

낸 청년들이 노래를 부르며 목욕탕 안에서 소란을 피우는 소리
가 매일 밤 전답 너머 마을까지 들려왔다.

그러던 어느 날 밤 열 시가 조금 지났을 때의 일이다. 호구 소
리가 멈추자마자 도장 전기가 꺼지더니 사람 목소리가 전혀 들
리지 않았다. 그로부터 잠시 후 초롱 불빛이 숲 저편에서 나타나
더니 공동 목욕탕 쪽으로 다가왔다.

"왔다. 왔어."

"쉿, 쉿. 들린다고."

"뭐야, 괜찮아. 상대는 귀가 잘 안 들리니까……."

소란스러운 소리가 목욕탕 주변 그늘에서 들려왔다. 딱 하고
모기를 때려잡는 소리와 숨죽여 히죽거리며 웃는 소리가 이어
서 들려오더니 다시 사라졌다.

초롱 불빛의 주인은 겐고로(元五郎)라고 하는 남자로, 도장과
목욕탕 관리인이자 관사 심부름꾼이라는 세 가지 역할을 담당
하고 있는 자였다. 나이는 예순네다섯쯤 되었고 세상천지에 딸
과 단둘이 숲 안쪽 쓰러져 가는 오두막에 살고 있었다. 남자는
야에(八重)라고 하는 백치의 딸을 데리고 맨 마지막으로 목욕을
하러 온 것이다.

남자는 목욕탕에 들어가자 천장에 매달려 있는 철사를 찾아
서 오늘 사 온 1, 5센티 폭의 심이 달린 석유램프를 달아매고 불
을 켰다. 그리고 초롱을 끄고 옆의 벽에 걸고는 낡은 옷을 벗고
검은 고약을 바른 굽은 오른 다리를 아픈 듯이 램프 아래 비추며
주무르기 시작했다.

올해 열여덟이 된 야에도 그 옆에서 옷을 벗었다. 마을 제일의 미인이라는 평판만큼 아름다웠다. 그러나 무슨 이유인지 아랫배가 묘하게 볼록했기 때문에 아버지의 굽은 다리와 이상한 대조를 이루고 있었다.

"정말이다. 정말이야."

"배가 나왔어."

"어디 어디 나도 좀 보자."

"흠, 누구 애지?"

"알 게 뭐야."

"나도 몰라."

"거짓말 마라……. 네 여자잖아."

"당치도 않는 소리 마. 이놈이."

"쉿, 쉿."

소곤거리는 소리가 다시 목욕탕 주변에서 들려왔다. 그러나 남자는 귀가 잘 안 들렸기 때문에 듣지 못했고 묵묵히 굽은 오른 다리를 욕탕 안에 넣었다. 야에도 그 뒤를 따라 오른 다리를 집어넣다가 문득 생각이 난 듯 다리를 빼고 몸을 씻는 곳에 웅크리더니 소변을 보기 시작했다.

겐고로는 그 모습을 흐릿한 눈으로 바라보다가 묘한 표정을 지었다. 그리고 어슬렁거리며 목욕탕에서 나와서 소변을 보고 있는 딸의 목덜미를 부여잡고 부풀어 오른 배를 눌렀다.

"이게 뭐냐."

"내 배잖아요."

딸이 고개를 들고 방긋 웃었다. 킥킥거리는 웃음소리가 또다시 들려왔다.

"그건 알고 있지……. 헌데……. 이 부른 배는 뭐냐고…… 이건……."

"몰라요…… 나는……."

"모를 리가 있냐……. 배는 언제부터 불러왔냐. 언제부터…… 오늘 처음 봤는데……."

남자는 무서운 얼굴로 램프 쪽으로 돌아보았다.

"몰라요……."

"모르다니……너 누구하고 잤냐. 내가 용무를 보러 간 틈에…… 이놈이……."

"모른다니까……."

겐고로를 올려다보는 야에의 미소는 여신처럼 아름답고 천진난만했다.

남자는 당혹스러운 얼굴이 되었다. 주변을 둘러보고 새로운 램프 불빛과 딸의 부른 배를 원망스러운 듯이 몇 번이나 번갈아 보았다.

"어, 알아차렸다……."

"힛힛힛힛."

그때 입구에서 작은 웃음소리가 들려왔다.

그 소리가 들렸는지 순간 겐고로의 안색이 변했다. 알몸으로 굽은 다리를 들어 올리더니 미친 듯이 입구 쪽으로 뛰어왔다.

"으악!"

"도망쳐!"

이 말과 동시에 목욕탕 주변으로 깔깔거리며 웃는 소리가 들려오더니 사방팔방으로 흩어졌다. 그 뒤를 땔감용 오래된 도끼를 들고 겐고로가 절뚝거리면서 따라갔다. 그리고 숲속 어두운 곳으로 사라졌고, 다시 아무 소리도 들리지 않게 되었다.

그다음 날 아침 겐고로는 알몸으로 도끼를 쥔 채 시체가 되어 사당 뒤편 우물에서 끌어 올려졌다. 딸인 야에는 그런 소동을 전혀 알지 못하고 낡은 집 부엌에서 잠들어 있었다. 아버지의 시체를 들고 왔는데도 일어날 힘조차 없어 보였다. 그러는 사이 주변에서 이상한 냄새가 나서 살펴보니, 야에는 혼낼 사람이 없어서였는지 어젯밤 남은 찬밥과 절임 무와 푸성귀를 쌀겨가 붙어 있는 채로 남김없이 먹어치우고는 심한 배탈을 일으켜서 일어나지 못하고 있다는 것이 밝혀졌다.

경찰서에서 사람이 와서 조사한 결과, 어젯밤 겐고로의 사인은 과실로 인한 급성 뇌진탕으로 판명되었다. 한편 야에 배 속의 아기 아빠는 여전히 알 수가 없었다.

처음에는 모두 검도를 하러 가는 청년들의 장난질일 것으로 의심했지만 까다로운 구장(区長)이 주임이 돼서 한 명씩 청년을 불러 엄중하게 조사해보니 이 마을 청년만이 아니라 근처 마을에서도 야에를 보러 온 자들이 있었다고 했다. 야에는 우체국이라는 별명을 가지고 있는 것까지 알게 되었고, 구장은 놀라서 벌어진 입을 다물지 못했다.

그러자 그 구장(区長)의 장남으로 의과대학에 다니는 고마기치(駒吉)가 때마침 휴가를 맞아 귀향해서 이 이야기를 듣고는 야에를 크게 동정했다. 실기 경험이 될 수 있겠다면서 금세 학생복을 입고 야에가 있는 낡은 집으로 가서 새 청진기로 진찰하면서 친절하게 보살피기 시작했다. 어머니에게 부탁해서 매 식사로 죽을 운반시킨다거나 스스로 설사를 멈추는 약을 사다 먹이고 해서 '고마기치의 아이'라는 소문이 났다. 그러나 고마기치는 그런 소문에 귀 기울이지 않고 휴가 중 날마다 와서 진찰했는데, 이번에는 고마기치가 야에의 알몸 사진을 몇 장이나 찍어서 책상 서랍에 넣어둔 것이 쥐도 새도 모르게 소문이 났다. 아무리 고마기치라고 해도 난처해졌는지 휴가도 보내는 둥 마는 둥 하고 대학으로 도망쳐 버렸다. 그러자 나중에 이 사실을 들은 구장이 노발대발 화를 내며 부인에게 야에한테 가는 것을 엄중히 금지했다.

야에가 아이를 낳다가 죽었다는 통보가 촌장과 구장, 순사의 집으로 동시에 온 것은 그로부터 이삼일 지났을 때였다. 사당 숲에서 매미가 크게 울던 아침의 일이었다. 숲 쪽 낡은 집으로 달려간 사람들 모두 야에가 다른 사람처럼 변한 모습에 놀랐다. 누구도 먹을 것을 주지 않았기 때문인지 아름다웠던 모습은 사라지고 반해골로 반듯이 누워 있었다. 아이는 반쯤 다리를 내놓은 채 괴로운 듯이 질식사한 것 같았고 야에의 양 손톱은 다다미를 긁은 흔적이 있었으며 온몸은 활모양처럼 경직되어 있었다. 그 중에서도 특히나 무서웠던 것은 헝클어진 머리카락 사이로 새하얗게 부릅뜬 두 눈동자였다고 한다.

"야에의 남편은 누구였을까.

바보 까마귀였나. 올빼미였나.

신사의 깊은 숲속에서

호―이, 호―이 울고 있네.

호이, 호이, 호―이"

이 자장가가 지금도 그 지역 마을에서 전해지고 있다.

붉은 알약

"뭐라고……? 가네기치(兼吉)가 너를 독살하려고 했다고……?"

순사부장이 눈을 번뜩이자, 그 앞에서 양손이 묶인 채 우뚝 서 있던 광부가 힘없이 떨구었던 고개를 번쩍 쳐들었다.

"네……. 그래서 가네기치를 죽였습니다."

광부는 토해내듯이 말하고는 눈앞 책상 위에 신문지를 깔고 놓아둔 곡괭이를 노려보았다. 그 뾰족한 날 끝에 아직 피의 흔적이 생생하게 묻어 있었다.

순사부장은 뜻밖이라는 표정으로 몸가짐을 바로잡듯이 고쳐 앉았다.

"흠. 그건 어째서…… 무슨 이유로 자네를 독살하려고 했다는 건가……?"

"그건 사정이 이러합니다……."

광부는 침을 삼키면서 그입구의 현관에 거적에 덮여 누워 있는 피해자의 시체를 돌아보았다.

"제가 그저께부터 감기에 걸려서 헛간에 남아 잠을 자고 있었습니다. 바로 어젯밤의 일입니다. 저 가네기치라는 놈이 일을 빨리 마치고 돌아와서는 '몸은 어때?'라고 물었습니다."

"……으흠……. 그렇다면 가네기치와 너는 원래부터 사이가 나빴던 건 아니구먼."

"……네……. 그렇지요……. 그런데 순사님……. 그럼 전부 다 말씀드리겠습니다만, 저 가네기치라는 놈 사이에는 화투 때문에 대충 열 냥 정도의 빚이 있습니다……. 원래 제가 놈에게 열 냥을 빌려줬는지……, 제가 놈한테 열 냥을 빌렸는지……, 그건 너무 오래된 이야기라서 잊어버렸습니다만……. 아주 적은 돈이라서 괜찮다고 생각하고 있었는데, 가네기치의 얼굴만 보면 묘하게 그 일이 떠올라서 참을 수가 없었습니다……. 하지만 곧 가네기치가 돈에 대한 무슨 말이라도 하면 누가 빌렸는지 알게 되겠지 생각하고 입을 다물고 있었습니다. …… 근데…… 제 병문안을 온 가네기치의 얼굴을 보자 또다시 그 일이 떠올랐습니다. 그리고 ……, 아무래도 열이 많이 나는 것 같고 고통스러워서 참을 수가 없고 이렇게 아픈 것이 태어나서 처음이라 어쩌면 이대로 죽을 것 같다고 말하니까, 가네기치가……그렇다면 자기가 의사를 불러오겠다고 나갔습니다. 그런데 기다려도, 기다려도 돌아오지 않는 겁니다. 저는 가네기치가 침 한 번 뱉고 집으로 돌아간 것이 틀림없다고 생각하자 화가 치밀어 올랐습니다. 그러는 사이 열두 시를 알리는 기적이 울렸습니다. 어디서 술을 마셨는지 얼굴이 벌겋게 된 가네기치가 비에 젖은 채 돌아와서는 제 머리맡에 앉자마자 큰 소리로 울기 시작했습니다. 탄광 의사는 이삼일 전부터 젊은 여자를 사러 사라졌다면서 사무소만 열어봐라……, 만나면 정강이를 부러뜨려주겠다고 말하는 겁니다……."

"……흠…… 그것참 운이 안 좋았군……."

"……저기 순사님……. 놈들은 역시 서양 옷을 입은 괴물이라서……."

"흠, 그러고 나서 가네기치는 뭐라 했나?"

"그래서 산 저편 마을 의사한테 갔더니 그놈도 아침부터 장어를 잡으러 외출했다고 해서……."

"뭐라? 장어잡이를……."

"네. 그래서……, 요즘 매일매일 장어를 잡으러 가서 집에는 거의 있지 않다며……, 자세히 들어보니 그 의사는 본업보다 장어잡이 쪽이 더 명인이라는……."

"후……말도 안 되는……. 쓸데없는 이야기는 하지 마라."

"네…… 하지만 가네기치가 그렇게 말해서……."

"으음. 과연. 그래서 어떻게 되었지?"

"그래서 가네기치는 그 마을 잡화 파는 가게를 찾아가서 감기 낫는 묘약이 없냐고 물어보니까 요즘 감기가 유행이라 전부 팔렸다며, 하지만 말의 열을 내리는 붉은 알약이라면 있다고 말의 열을 내릴 정도라면 사람 열에도 들을 것이라며 그 잡화점 남자가 말하기에 사 왔다고 했지요. 그런데 가축들은 약이 잘 드는 편이라 작은 분량에도 잘 듣는다고 들은 적이 있었다면서 사람은 가축보다 많이 먹어야 효과가 있을 것으로 생각해서 그 붉은 알약을 두 개 사 왔다고 했습니다. 함께 먹으면 대부분은 효과가 있을 것이라면서 돈은 필요 없으니까 일단 먹어봐라……고 하면서 물을 떠 와서는 약 봉투와 함께 제 머리맡에 두었습니다. 저는 가네기치의 정성에 눈물을 흘렸습니다. 이런 정성을 보면 내가 가네기치한테 열 냥 빌린 것이 틀림없다고 생각하면서 약 봉투를 열어봤더니 붉은 알약이라고 하더니 푸른곰팡이가 가득 퍼져 있었고 지름이 3cm 정도나 돼서……, 하여튼 그것을 한 번에 삼켰습니다만 너무나 힘이 들고 숨이 막힐 것 같아서 땀이 흠뻑 났습니다.

"……흠. 그래서 감기는 나았는가."

"네…… 아침이 되자 아직도 조금은 머리가 어지러웠지만 열은 내린 것 같아서 기운을 차리려고 한잔 마시고 있는데, 어제 가네기치의 전언을 들었다고 하면서 장어잡이 의사가 자전거를 타고 찾아왔습니다. 쉰 정도의 지저분한 모습을 한 남자였습니다. 그놈을 보니 나는 갑자기 화가 나서…… '이 도둑놈…… 네 놈 같은 돌팔이 의사한테 용무가 없다. 건방진 소리지만 내 배 안에는 붉은 알약이 두 개나 들어 있다……'라고 외쳤고 그 의사는 새파랗게 질려서 도망칠 줄 알았는데 의외로…… 잠자코 제 얼굴을 보면서 움직이지 않았습니다."

"으음, 그건 또 어째서지?"

"그 남자는 잠시 제 얼굴을 바라보더라고요……. 그리고는 그렇다면 당신, 그 붉은 알약을 언제 먹었는지 물으면서 부들부들 몸을 떨기에 저도 기분이 나빠져서…… 붉은 알약은 틀림없지만, 푸른곰팡이가 핀 놈을 어제 12시 넘어 먹었다. 그 덕에 오늘 아침 이처럼 열이 내렸는데 그게 뭐 잘못되었냐고 했더니 의사는 안심한 듯이…… 운이 좋았소. 푸른곰팡이가 펴서 그런지 약 효과가 약해진 것이 틀림없소. 그 붉은 알약은 한 알에 사용되는 열을 내리는 효과는 인간의 사용하는 분량의 몇 배에 해당하기 때문에 만약 제대로 효과가 있었다면 심장이 찢어져서 죽었을 거요……. 여하튼 오늘 술을 먹는 것은 위험하니까 그만 마시라면서 내 손을 잡았습니다.”

“으음. 그렇게 된 거군.”

“이 이야기를 듣고 저는 바로 헛간을 나와 탄광으로 내려가서 일하는 가네기치를 찾아내서 뒤에서 정수리를 갈겼습니다. 그리고 순사님께 번거로운 부탁을 드리러 왔습니다……. 도망치지도 숨지도 않겠습니다.”

“으음. 그런데 아직도 모르겠군. 어째서……가네기치를 때렸는지 그 이유가…….”

“모르시겠습니까? 순사님……가네기치 이놈은 제가 병든 것을 기회로 삼아 저를 독살하고 열 냥을 얼버무리려고 한 게 틀림없습니다. 놈은 원래부터 똑똑하거든요. 그렇지요. 순사님 그렇죠? 한번 생각해보세요.”

“푸……단지 그 이유로?”

“단지라니요. 순사님……. 이것만으로도 충분하지 않습니까?”

"……멍청한 놈이군……. 그럼 네가 가네기치한테 열 냥을 빌려준 게 틀림없는 사실이라고 말하는 거냐?"

"네. 그것은 틀림없다고 생각합니다……. 그것뿐만이 아닙니다. 가네기치 이놈이 저하고 말을 착각했다고 생각하면 지금도 화가 치밀어 오릅니다."

"아하하하하……정말로 멍청한 놈이구나! 네 놈은……."

"넷……? 하지만 저는 창피를 당하면 가만히 있지 못하는 성격이라……."

"으-음. 그것은 그럴지도 모르지, 그렇다고 해도 네 놈이 말하는 것은 전혀 말이 안 되잖아."

"어째서인가요? 순사님."

"어째서라니, 생각을 좀 해봐라. 가네기치의 행동만으로 돈을 빌리고 빌려줬다고 판단하는 것 자체가 잘못되었고……."

"잘못되지 않았습니다……. 놈이……저…… 저를 독살하려고 했다니까요……. 순사님이 틀리신 겁니다."

"조용히 해……."

순사부장은 갑자기 눈을 부릅뜨면서 화를 냈다. 광부의 말투가 기분이 상했는지 얼굴이 붉어지고 핏줄이 섰다.

"입 다물어……. 멍청한 놈아. 그 증거로 무엇보다도 네 놈은 그 약을 먹고 감기가 나았지 않았냐."

"네……."

광부는 독기가 빠진 것처럼 입을 떡 벌렸다. 주변을 둘러보면서 눈을 희번덕거렸지만, 이윽고 녹초가 돼서 힘없이 고개를 떨구고는 마룻바닥 위에 털썩 주저앉았다. 눈물을 뚝뚝 흘리며 엎드려 빌었다.

"……가네기치…… 미안하게 되었다……. 순사님……저를 사형시켜 주십시오."

오래된 냄비

'돈놀이하는 과부'라고 하면 마을에서 모르는 사람이 없고 다부진 골격에 차마 눈 뜨고 볼 수 없을 정도로 검은 곰보로 뒤덮인 얼굴을 한 쉰 전후의 미망인이…… 외동딸인 오카요(お加代)와 단둘이 곳간이 늘어서 있는 커다란 저택에서 살고 있었다. 오카요는 죽은 아버지를 닮아 어머니와는 정반대로 상냥한 말씨와 태도에다가 피부는 유령같이 희고 뜨개질을 잘한다는 평판이 있었다.

이런 오카요의 집으로 최근 옆 마을 다다미(畳)* 파는 집의 차남에 중학교까지 나온 유사쿠(勇作)라는 자가 매일같이 왕래했다. 진작부터 오카요에게 마음을 두었던 마을 청년들이 상당히 분개하여 수시로 작당 논의를 했다. 그 결과 장맛비가 내리는 어느 날 저녁, 손에 몽둥이를 든 열네다섯 명의 청년이 '돈놀이하는 과부'의 집 주변을 둘러싸고 건장해 보이는 청년 세 명이 대

---

* 일본식 방의 마루에 까는 것. 짚을 겹쳐 마사로 엮은 마루에 등심초로 짠 표를 붙여, 보통은 양옆에 천으로 붙인다.

표가 되어서 집으로 찾아가서 과부와 직접 담판을 벌였다.

"오늘 밤 이 집으로 옆 마을 유사쿠가 들어간 것을 분명히 보았소. 얌전히 내주면 좋겠소. 우물쭈물하면 들어가서 집 안을 뒤질 것이오……."

집 안에서 나온 과부는 유카타(浴衣)*를 양쪽 어깨에 걸치고, 오른손에 검게 윤이 나는 램프를…… 왼손에는 부채를 들고 있었다. 마루 끝에 떡 하니 버티고 서서 태연하게 세 명의 청년을 내려다보았다.

"그래요……. 와 있는 것은 틀림없지요……. 하지만…… 내놓으면 어떻게 할 건가?"

"반 죽여 놓을 거요. 이 마을 여자한테 다른 마을 놈이 손가락 하나 건들지 못하는 건 예전부터의 관습이오. 당신도 알고 있잖소."

"그래요…… 그건 알고 있지요, 호호호호. 하지만 이거 안됐군요. 그런 일이라면 그 입 다물고 돌아가시게!!"

"뭣? ……뭐라고요……."

"아무 일도 아니라고요. 유사쿠 씨는 내 딸에게 온 것이 아니란 말이지."

"거짓말하지 마시오. 그게 아니라면 어째서 매일 밤 집에……."

"호호호호. 내가 용무가 있어서 부른 거라오……."

* 아래위에 걸쳐서 입는 두루마기 모양의 긴 무명 홑옷. 옷고름이나 단추가 없고 허리띠를 두름.

"뭣⋯⋯ 당신이⋯⋯."

"그래요. 호호호호. 중요한 용무가 있어서 말이지⋯⋯."

"⋯⋯그⋯⋯그 용무라는 것은⋯⋯."

"그건 말할 수 없는 용무지요⋯⋯. 하지만⋯⋯ 언젠가 알게 될 일이니 호호호호."

청년들은 얼굴을 마주 보았다. 새하얀 이를 드러내며 빙긋 웃고 있는 곰보 얼굴을 보고 있자니 소름이 돋을 정도로 오싹한 기분이 들었다. 이윽고 그중 한 명이 점잖게 헛기침을 했다.

"⋯⋯좋소⋯⋯. 알았소⋯⋯. 그렇다면 오늘 밤은 돌아가지. 그러나 약속이 다르면 용서치 않겠소."

세 청년은 이상한 맺음말만 남기고 일부러 어깨를 추켜세우고 집을 나갔다.

유사쿠는 그로부터 공공연히 그 집을 드나들게 되었다.

그런데 5, 6개월이 지나고 가을 수확기가 되자 과부의 아랫배가 점점 불러왔기 때문에 많은 사람의 소문 거리가 되었다. 탈곡하는 곳 어디에서든 이 소문은 화제가 되었다. 게다가 동네의 소문이 최고조에 이르렀을 때 '유사쿠를 딸의 데릴사위로 삼겠다'라는 정식 신고서가 과부의 손에서 마을 사무소로 전달되어 소문은 한층 더 꼬리에 꼬리를 물고 커져만 갔다.

'아무래도 이것은 마을의 관례상 바람직하지 않다'고 소학교 교장이 항의서를 제출했지만, 촌장이 그 항의를 묵살했다⋯⋯, 마을 청년이 곧 폭동을 일으킬 준비를 하고 있다⋯⋯, 경찰에서도 비밀리에 조사하고 있다⋯⋯ 라는 등⋯⋯ 수많은 소문이 들렸고, 그 때문인지 '돈놀이하는 과부' 일가 세 명은 집 안팎 문을 전부 걸어 잠그고, 간장을 사려고도 식용유를 사려고도 나오지 않았다. 평상시라면 과부는 수확이 끝난 뒤, 빌려준 돈을 받으러 바쁘게 돌아다녀야 하지만 올해는 그럴 수가 없어서 돈을 빌린 사람들은 모두 기뻐했다.

수확철이 지나자 마을 전체는 축제 분위기에 물들었다. 그리고 과부의 집이 굳게 잠긴 채로 굴뚝 연기조차 올라오지 않는다는 것을 깨닫기 시작했다.

처음에는 '과부가 어디론가 아이를 낳으러 간 거겠지'라는 등 한가로운 소리를 했지만, 그 모습이 너무나 수상해서 결국 파출소 순사가 구장(区長)과 함께 뒷문 자물쇠를 비틀어 열고 들어가서 살펴보았다. 집 안에는 사람 하나 보이지 않았고 가재도구는 그대로 있었다. 유일하게 금고 뚜껑만 열려 있었고 현금과 통장이 없어진 것 같았다. 금고 앞에 편지 한 통이 읽다 만 채 떨어져 있었고, 집어 들고 읽어보니 남자의 글씨체로 이렇게 적혀 있었다.

어머니께

어머니, 당신이 그때 유사쿠 씨를 구해주신 은혜는 잊을 수가 없습니다. 하지만 그로부터 어머니가 은혜를 갚게 하려고 유사쿠 씨에게 저지른 횡포와 처사는 아무리 생각해봐도 원망스러움을 지울 수가 없었습니다. 저는 더는 참을 수 없어졌습니다. 유사쿠 씨와 함께 멀리 가서 스위트 홈을 만들 겁니다. 저희는 당연히 저희 몫이 될 재산 일부를 가지고 갑니다.

안녕히 계세요. 행복하게 사세요.

○月 ○日

유사쿠

아내 카요

그렇다면 과부는 어디로 간 걸까? 집안을 구석구석 찾아보니 곳간의 들보에서 목을 맨 시체가 반쯤 부패하여 매달려 있는 것을 발견했다. 그 발밑에는 누더기 조각으로 감싼 오래된 냄비가 뒹굴고 있었다.

모범 병사(模範兵士)

메이지 유신 이후 벽돌 구이가 유행했을 때 마을 군주 누군가가 마을에서 오십 리 정도 위쪽 강가 아카도(赤土)산을 반 정도 잘라 팔아버렸다. 그 후 잡목림 안에서 맑은 물이 솟아 나오는 곳을 중심으로 언제라고 할 것 없이 걸인 촌락이 생겨났고, 마을 사람들은 단순하게 그곳을 가와카미(川上-강 위쪽)라고 불렀다.

촌락이라도 해도 볼품없는 움막이 네다섯 채 모여 있을 뿐이었지만 그래도 우편이나 환전상(為替)도 들어오고 엣추토야마(越中富山)의 약장사도 들르곤 했다. 게다가 요즘 날마다 군복을 입은 위압적인 병사가 귀향해서 갑자기 마을의 이목을 집중시켰다. 신분이 높은 사람이 영락을 감추고 있는 것 같다는 소문이었다.

우체국 직원의 말에 따르면 그 병사는 니시무라(西村)라고 하며 눈코의 생김새가 선명한 활동배우 같이 고운 청년이라고 했다. 이 촌락 사람 중에서는 새내기인 듯 조금 떨어진 곳에 움막을 짓고 자리에 누운 여자를 간호하고 있었다. 그 여자의 얼굴은 잘 모르겠지만 나이는 마흔 정도로 기분 나쁠 정도로 희고 고상한 얼굴에 니시무라가 선물을 내밀면 양손을 모으고 울면서 받는 것을 보았다는…… 등.

이것은 마을 여자들의 이야기였다.

그 후로도 니시무라의 평판은 점점 높아져만 갔다. 니시무라와 그 여자에 대한 소문은 각양각색으로 있었다. 그러는 사이 마을에서 하나밖에 없는 잡화점으로 배달된 신문에서 니시무라 관련 기사가 커다란 사진과 함께 실렸다.

니시무라 이등병은 원래 동북지역 재산가의 외아들로 열세 살이 되던 해 아버지가 돌아가시자마자 일가가 분산되어 어머니와 함께 나가사키(長崎)의 친척 집으로 가던 도중 가엾게도 거지 신세로 전락했다. 그로부터 7년간 각 지역을 유랑하다가, 작년 봄부터 어머니가 폐병이 걸려서 일어나지 못하게 되자 결국 가와카미 촌락에 정착하게 되었다. 그런데 마침 그때가 적정 연령이었기 때문에 군대로 불려가 검사를 받고 최고 등급인 갑종(甲種)으로 합격했다. 니시무라 이등병은 입대해도 결코 사치하는 법이 없었다. 급료를 한 푼도 쓰지 않았을 뿐만 아니라, 병영 안 광장을 청소할 때 떨어진 버클이나 단추를 모아서 잊어버리고 곤란을 겪는 동료에게 하나에 일 전씩 팔아서 저금했다. 그리고 일요일을 기다렸다가 어머니를 돌보러 가는 것이 연대 안에서 화제가 되었다. 결국, 연대장으로부터 표창을 받기에 이르렀다. 성질이 상당히 유순 온량하며 근면·성실, 품행 방정, 성적 우수…… 기타…… 등등…….

니시무라의 평판은 최고조에 이르렀다. 일요일이 되면 마을 여자들이 너나 할 것 없이 외출하여 가와카미 촌락을 둘러싸고 아침 서리를 맞은 큰 강에서 빨래하는 니시무라를 바라보았다. 개중에는 '나 니시무라 씨한테 시집가고 싶어', '정말로'라며 눈물을 머금는 사람조차 있었다.

그러는 사이 신문사나 부대 앞으로 자주 동정금이 송달되었다. 그중에는 여자 이름으로 거금 '오천 엔'을 기증하는 사람도 나왔다. 니시무라는 갑자기 부자가 되었는지 같은 촌락 사람의 도움으로 어머니가 있는 움막을 집 같은 형태의 함석판으로 새로 지었다.

"효도도 할 만하군."

마을 사람들은 감탄하면서 말했다.

그런데 얼마 안 있어 엄청난 사건이 일어났다.

마침 벚꽃이 떨어지기 시작하고 종달새가 보리밭을 기웃거리는 화창한 일요일 아침의 일이다. 평상시보다 더 단정하게 카키색 군복을 차려입은 니시무라가 이번에야말로 활동 여자배우 같은 멋진 신식 미인과 함께 자동차를 타고 가와카미 촌락에 온 것이다.

그날만은 이상하게도 니시무라가 내키지 않는 태도로 자동차에서 내렸고, 마치 울음을 터트릴 것 같은 창백한 얼굴로 뒷걸음질 치는 것을 신식 미인이 억지로 끌고 함석판으로 만든 집 안으로 들어갔다. 어머니는 아직 자고 있는지 두 사람은 금방 바깥으로 나왔다.

그리고는 니시무라는 바로 돌아가려고 자동차 쪽으로 걸어가려고 했는데 신식 미인이 억지로 그를 멈춰 세웠다. 그리고 자동차 안에서 붉은 모포 한 장과 맛있는 음식이 가득 담긴 바구니를 꺼내 잡목림 안 공터에 펼치더니 촌락에 남아 있는 사람들을 대여섯 명 모아서 기묘하고 이상야릇한 연회를 시작했다.

어리둥절하고 있던 촌락 사람들 앞에서 얼굴을 붉게 물들이며 수줍어하는 니시무라와 깔깔거리며 웃고 있는 신식 미인은, 처음에는 산산쿠도(三々九度)* 흉내를 내는 것처럼 붉은색 잔을 주거니받거니 하더니, 빼앗아 마시기도 했다. 얼마 안 있어 다른 사람들도 흰 잔이나 찻잔으로 꿀꺽꿀꺽 술을 마시기 시작했다. 이 연회에는 나사 모양의 빵이나 서양 술처럼 보이는 가늘고 긴 병과 네이블 오렌지 등이 있었다. 그밖에는 아무도 본 적도 들어

* 결혼식 헌배의 예로 신랑 신부가 세 벌의 잔에 세 번씩 도합 각각 아홉 잔의 술을 마시는 것을 말한다.

본 적도 없는 통조림 같은 것이 있었고 이것을 여러 사람이 합세하여 맛있게 먹었다.

니시무라도 신식 미인에게 술을 받고 부끄러운 듯이 마시고 있었다. 그러더니 신식 미인이 완전히 취해버렸는지 모포 위에 서서 뭐라고 중얼중얼 연설을 시작했다. 그리고는 붉은 옷을 배꼽 위까지 들어 올리고 크고 하얀 엉덩이를 흔들면서 묘한 춤을 추기 시작했다. 그것을 본 사람들은 손뼉을 치면서 환호성을 질렀다…….

……여기까지는 꽤 재미있었다. 그러나 머지않아 합판으로 만든 집에서 유령같이 말라비틀어진 니시무라의 어머니가 흰 잠옷을 입고 비틀거리며 나오는 모습을 보자 모두 깜짝 놀라 벌벌 떨었다.

어머니는 실처럼 가늘고 창백한 얼굴에, 머리카락은 부스스하고 흰 눈동자를 드러내며 이를 빠득빠득 갈면서 마치 반야(般若)*처럼 무시무시한 모습이었다. 니시무라가 서둘러 그녀를 껴안고 막아서려고 하자 그를 제쳐버리고는 멍하게 서 있는 신식 미인에게 비틀거리며 다가갔다. 그대로 미인을 꽉 끌어 껴안고는 눈동자를 두리번거리면서 입을 크게 벌려 깨물려고 했다. 이를 니시무라가 열심히 떼어내서 신식 미인의 손을 잡고 자동차를 타고 도망쳤다. 주변 사람들은 어머니가 숨을 헐떡거리며 쓰러지자 간호했다는데, 이를 지켜봤던 여자들의 말로는 말투가

---

* 노(能)에 쓰는 탈의 하나로 두 개의 뿔이 달린 귀녀(鬼女)의 얼굴을 말한다.

평상시와 달라서 무슨 이유인지 모르겠다고 했다.

"흥. 그거야말로 뻔한 이야기지."

듣고 있던 잡화점 노인은 한 손에 신문을 들고 여자들을 둘러보았다.

"니시무라 씨의 어머니가 저런 여자를 며느리로 맞을 수는 없다고 생각해서 막은 거지 뭐."

여자들은 모두 묘한 표정을 지었다. 뭔가 알 듯 말 듯한 느낌에 맥이 풀려버려서 잡화점을 나왔다.

그런데 그다음 날 정오가 되자, 마을 순사와 금물을 두른 부장 같은 사람이 앞장을 서고 마을 의사와 허리에 권총을 찬 헌병 네 명이 각자 자전거 벨을 울리면서 마을을 지나 가와카미 쪽으로 갔다. 지나가는 사람 모두 무슨 일인가 하고 바깥으로 뛰쳐나왔다. 그중에 한두 사람이 달려가 보았더니, 가와카미 촌락 주변은 구름떼처럼 사람이 몰려 있었다. 그 사람들이 마을로 돌아와서 한 이야기로는 니시무라의 어머니가 어제 목을 맸는데 신식 미인이 죽인 것이 아니냐고 의심하고 있는 것 같다는 것이었다.

그러나 그렇다고 해도 그 죽은 모양새가 이상하다고 해서 평의회에서 의견이 모이지 않자 다음 날 아침을 기다리지 못한 사람들이 잡화점에 모여 상황을 들어보니, 결국 사건의 진상이 상세하게 신문에 나와 있었다. '모범 병사의 진상'이라는 커다란 제목으로……

……니시무라 이등병의 행적을 조사한 결과, 표면적으로는 온순하게 보지만, 백치이며 심지어 대단한 변태성욕 탐닉자인 것이 밝혀졌다. 그 어머니라고 보살핀 사람은 사실 어린 시절부터 귀여워해 주던 정부(情婦)에 지나지 않았다. 최근에는 유명한 소매치기 오타마(お玉)라는, 그녀 또한 변태적 소질을 가진 독부(毒婦)*가 모범 병사의 신문 기사를 보고 대담하게도 본명을 명기한 봉투에 길고 긴 감동의 편지와 오천 엔의 돈을 넣어 연대장 앞으로 보냈다. 본지 신문기사로 이런 사실을 알게 된 경찰 당국에서는 극비리에 그녀의 소재를 정탐 중이었다. 대담무쌍한 오타마는 몰래 니시무라와 관계를 맺고 니시무라를 완전히 구워삶아 버렸다. 두 사람이 자동차를 타고 가짜 어머니를 조롱하러 갔던 것이 그저께 일요일 오전 중에 일어난 일이다. 니시무라는 군대로 돌아가지 않고 바로 역 앞의 여관에서 복장을 바꾸고 오타마와 함께 도망쳤다.

한편 니시무라의 가짜 어머니는 분개한 나머지 목매달아 죽은 것이 어제 아침 발견되었다. 곧바로 경관이 현장으로 나가 조사한 결과, 타살의 의심은 없었다고 한다. 인근 걸식자들이 말에 의하면 이런 종류의 변태적 관계는 그들 사이에는 흔히 있는 일로 결코 희귀한 것은 아니라는 것이 판명되었고 경관도 씁쓸한 미소를 참을 수 없었다는 등등…….

* 성품이나 행동이 악독한 여자를 말한다.

"……그런데 이 변-태 성-욕인가 뭔가 하는 것은 뭘까요……?"

"나야 모르지."

잡화점 노인은 많은 사람에게 둘러싸여서 툭 던지듯이 말했다.

"요즘 신문은 조금이라도 원인을 모르는 것이 있으면 금방 변태라는 식으로 쓰고 있거든. 내가 생각하기에 니시무라는 역시 효자였어. 하지만 성질이 나쁜 여자한테 속아서 중병에 걸린 어머니를 버렸고 의리도 은혜도 모르는 근처의 이웃 걸식들이 그 어머니의 시중을 들기가 귀찮아지니까 트집을 잡고 억지로 목을 매게 한 것은 아닐까 하는데…… 내 생각이 어떤가……."

순간 모두가 조용해졌다.

형의 뼈

"자네의 집 제일 서쪽에 있는 처마 끝에서 석 자 떨어진 곳을, 아무에게도 알리지 말고 파 보게나. 몇 자 정도 내려가지 않아서 돌이 한 개 묻혀 있을 것이오. 그 돌을 소중히 받들어 모시면 자네 부인의 부인병은 이번 달 월경하기 전에 진정될 거요. 일 년 안에 아이도 생기겠지. 두 사람 모두 젊으니까……. 알겠소?"

"네."

젊은 분사쿠(文作)는 넙죽 절을 했다. 그 맞은편에는 무엇이든 다 맞춘다는 평판의 앉은뱅이 스님이 투실투실 살진 몸에 유카타를 걸치고 책상다리로 점대를 비스듬히 들고 커다란 눈동자를 부라리고 있었다.

그 방석 앞에서 분사쿠는 오십 전 동전 하나를 넣은 봉투를 주저주저하면서 내밀고 다시 엎드렸다. 그러자 그 머리맡에서 스님의 굵고 탁한 목소리가 천둥처럼 울려 퍼졌다.

"그런데, 서두르지 않으면 병자의 목숨은 없을게요……."

"네-에……."

분사쿠는 다시 한번 절을 하고는 갈팡질팡하는 마음으로 스님의 방을 나왔다. 돌아오는 도중에 추위를 피하려고 한잔을 걸치고 저녁이 다 돼서 겨우 집에 도착한 분사쿠는 옷을 입은 채로 아무런 말도 하지 않고 이불을 뒤집어쓰고 잠들어 버렸다. 난산 후 부인병으로 의사도 포기한 부인이 걱정하면서 무슨 일이냐고 물어봐도 대답도 하지 않고 코를 골며 잤다. 이윽고 밤이 깊어지자 분사쿠는 부인의 잠든 숨소리를 들으면서 살며시 일어나 뒷문을 통해 서쪽 처마 밑으로 갔다. 그곳에 쌓아둔 장작을 정리하고 삽(러일전쟁 전리 하사품)을 꺼내 얼음 같은 보름 달빛에 의지하면서 조용히 파기 시작했는데 삽이라는 것이 괭이와 달라서 생각보다 힘이 들었다. 게다가 땅이 딱딱해서 3자 정도 파는 사이 두 팔이 저리기 시작했다. 분사쿠는 한숨을 돌리기 위해 허리를 폈다.

그러자 지금까지 몰랐지만 처음 파 올린 모래 끝에 하얗게 보이는 무언가가 두세 개 섞여 있는 것이 보였다. 분사쿠는 이것을 아무 생각 없이 집어내어 진흙을 털어내고 달빛에 비추자 물고기보다는 조금 큰 등뼈로 보이는 것이 두세 개, 뭔지 모르는 평평한 삼각형 뼈 두 개와 제일 마지막에 찐득찐득한 검은 진흙이 가득 담겨 있는 두개골 같은 것이 하나 나왔다.

분사쿠는 하마터면 소리를 지를 뻔했다. 그러나 아내가 잠든 것을 기억해내고 참았다. 온몸이 부들부들 떨리고 뭔가에 홀린 듯이 머리가 아파 왔다. 옆 골목을 통해 도로로 기어 나오자마자 쏜살같이 달려나갔다.

분사쿠가 앉은뱅이 스님이 자는 방 덧문을 두들겼을 때는 이미 새벽이 다가오고 있었다. 스님이 앉아서 덧문을 열고 '무슨 일인가'라고 하자 분사쿠는 '억' 하더니 이슬이 내린 마당으로 뒹굴며 쓰러졌다.

잠이 깬 스님의 아내와 잡일 하는 남자의 간호에 겨우 정신을 차리고 손발의 진흙을 씻고 스님의 방으로 들어갔다. 뜨거운 물을 마시고 진정하고 나서 상세한 사정을 이야기하는 동안 스님은 빙긋 웃으면서 몇 번이나 고개를 끄덕였다.

"으-음, 그랬구먼…… 그럴 거로 생각했소. 실은 말이오…… 묻혀 있는 것이 인간의 뼈라고 하면 겁쟁이인 당신이 절대 파보지 않으리라고 생각해서 돌이라고 말했던 거요. 그 뼈는 말이오…… 잘 들으시오…… 그건 다름 아닌 당신 형의 뼈요……."

"뭐라고요-, 제 형의……."

"……말해도 모르겠지만…… 여기에는 깊은 연유가 있소."

"그럼. 어떤 연유가……."

"자아, 서둘지 말고 잘 들어보시오……. 그런데 먼저 그 전에 묻겠는데 당신은 어제 왔을 때 부모님이 안 계신다고 했소?"

"네. 재작년 콜레라 때 돌아가셨습니다."

"음. 그렇다면 이야기를 듣지도 못했겠군. 자네 어머니란 사람이 보기와는 다르게 젊은 시절 꽤나 남자를 좋아했지. 결혼하기 반년 전 몰래 상담을 하러 나를 찾아왔었소……. 그리고는 이리 말하더군. 축젯날 밤에 누군지도 모르는 남자와 관계를 맺었는데 그자의 아이를 배었고 아무에게도 말하지 못했다고 했네. 그러는 사이 분타로(文太郞)라는 남자가 자네 어머니 집 양자로 오게 되었고, 자네 어머니는 분타로의 견실한 모습에 함께하고 싶다고 했지. 하지만 배 속의 아이가 있어서 어찌할 도리가 없으니 제발 기도를 해주시면 안 되겠냐고 하더군. 부득이한 부탁이었네. 하지만 나는 자네 어머니가 원하는 대로 진언종의 비밀 법문으로 기도를 하였고, 갓난아이는 이러저러한 곳에 묻으라고 말해주었지……. 그것이 그……뼈인 거지. 알겠소……. 그런데 그로부터 이십 년 지난 어제 당신이 찾아왔길래 점괘를 보니……. 이거야…… 그 축제의 밤에 자네 어머니가 임신한 씨앗이 당신의 아버지…… 즉, 분타로의 씨앗이라는 점괘가 나왔던 거요. 요컨대 그 낙태된 갓난아기가 다시 말하면 자네 형으로 자네 대신 재산을 받을 신분이었지만 낙태를 시켰던 것이지. 아마도 이 일은 자네 부모님도 알고 있을 거요. 그 증거로…… 아이를 묻은 땅 위가 장작 나무를 쌓는 곳으로 일부러 내가 말했던 곳이지. 하지만 자네 형의 원한은 오늘까지도 사라지지 않고 자네 집안 후손을 끊을 생각으로 자네 부인을 저주하고 있는 거야……. 그

곳에서 나온 물건을 정성스럽게 모시라고 한 것은 다 이런 이유
였소……. 알겠나. 솔직히 말하자면 이것은 자네 어머니의 과실
이기 때문에 자네나 자네 부인에게까지 화가 미칠 이유는 없지
만, 이것이 보통 사람의 한심스러운 부분이기도 하지……."

스님은 다시 길고 긴 설교를 시작했다.

분사쿠는 표정이 붉으락푸르락 하면서 고개를 끄덕이며 듣고
있었고 그러는 사이 서지도 앉지도 못할 정도로 안절부절못하
기 시작했다. 스님이 주신 엽차에 만 밥을 두세 번 급히 떠먹고
는 그대로 안개 낀 거리로 달려갔다.

돌아와 보니 분사쿠가 걱정한 이상으로 큰 소동이 벌어졌다.

분사쿠가 어젯밤에 처마 밑에서 갓난아이의 뼈를 파낸 채 어
딘가로 도망쳐 버렸고 아내는 이를 듣고 순간 혈압이 올라서 선
생님이 오시기도 전에 혀를 깨물고 숨을 거두었다. 이를 알게 된
마을 여자들이 분사쿠의 집안으로 모여들었다. 집 바깥에는 노
인과 청년이 진흙투성이 백골을 둘러싸고 회의를 하고 있었는
데…… 바로 그때 분사쿠가 돌아온 것이다. 죽은 아내의 모습을
보자 분사쿠는 새파랗게 질린 얼굴로 아무 말도 없이 바깥으로
달려나가 마을 사람들을 헤치고 백골이 묻혀 있는 곳으로 왔다.
가만히 진흙투성이 백골을 보고는 갑자기 그 위로 쓰러졌다.

"형님……너무하시네요……."

분사쿠는 크게 소리치면서 울기 시작했다.

사람들은 분사쿠가 미쳤다고 생각했다. 하지만 그러는 동안

주재소의 순사, 구장이 와서 진흙 묻은 얼굴로 울고 있는 분사쿠를 일으켜 세우자 분사쿠는 흙 위에 앉아서 딸꾹질하면서 자초지종을 이야기하기 시작했다.

듣고 있던 사람들은 모두 눈이 휘둥그레지며 놀랐다. 서로 얼굴을 바라보며 몸을 부르르 떨었다. 뒤에서 에워싸고 귀를 기울이던 여자 중에는 속이 안 좋다며 물을 마시러 간 사람도 있을 정도였다.

그리고 얼마 안 있어 그 백골은 깨끗하게 씻겨 오래된 솜으로 채운 과자 상자에 담겨 분사쿠 집 불단에 아내의 위패와 나란히 놓였다. 소문에 이끌려 구경 오는 사람이 많아 분사쿠 아내의 장례식은 근래에 없이 많은 사람이 모여들었다.

그런데 사건은 이것으로 끝나지 않았다. 아무래도 이 이야기를 수상히 여긴 주재소 순사가 여러 방면으로 조사한 결과, 일주일 정도 지나서 군에서 의사회 회장을 맡은 학사를 불러 백골을 보여주니 개 뼈가 틀림없다……는 감정 결과가 나왔다. 그래서 또다시 엄청난 소동이 일어났다. 결국 끝까지 갓난아이의 뼈라고 주장하던 앉은뱅이 스님은 구류 처분을 받게 되었다. 그렇지만 마을 사람들 대부분은 학사의 감정을 믿지 않았다. 분사쿠의 이야기를 어디까지나 정말이라고 믿고 입으로 전해서 앉은뱅이 스님을 신봉하는 자가 전보다 훨씬 많아졌다.

분사쿠도 그 후 독신으로 살았는데 그 누구도 무서워서 그에게 시집오려는 사람이 없었다.

X레이

마을 외곽에 있는 소나무 숲을 밀어내고 전차회사의 커다란 운동장이 만들어졌다. 개장식을 겸한 제1회 야구대회 입장권이 마을 사람들에게 배포되었다. 그 구호반 주임으로 이 마을 의사 중에 군(郡) 의사회에서도 최고참 인격자로 불리는 마쓰우라(松浦) 선생님이 발탁되어 마을 사람들의 화제를 모았다. 정식 베이스볼이라는 경기도 전쟁처럼 무서운 것으로 가끔 다치는 사람이 나오기도 해서 구호반은 그 부상자를 간호하는 적십자 같은 것이라는 등 정색을 하며 설명하는 사람도 있었다.

마쓰우라 선생님도 또한 대단한 의욕을 보였다. 당일 아침이 되자 아직 날이 밝기도 전에 단벌 프록코트를 입고, 금사슬을 가슴 높이 묶은 마쓰우라 선생님은 현관문에 세워둔 새로 산 자전거를 바라보고 싱글벙글 웃으면서 아침 식탁에 앉았다. 부인이 신경 써서 만든 도미구이를 맛있게 먹고 있다가 문득 두세 번 눈을 깜빡였다. 그리고 국그릇을 살짝 놓고는 커다란 밥 덩이를 두세 번 입안 가득 집어넣었다. 잠깐 있다가 얼굴이 새파랗게 질려서 젓가락을 홱 던졌다. 부인이 이유를 물어볼 새도 없이 일어나서 모자를 쓰고 새 양말 위에 오래된 정원 신발을 신고 자전거를 타고 도시 쪽으로 달려갔다.

한 시간 정도를 달려 겨우 도시 중앙의 목 좋은 곳에 개업한 엔도(遠藤)라는 이비인후과 병원 현관으로 뛰어들어간 마쓰우라 선생님은 폭포처럼 흘러내리는 땀을 닦으면서 지나가는 간호사에게 명함을 내밀면서 진찰을 부탁했다.

"도미 가시가 목에 걸려서…… 제발 빨리 선생님께……."

얼마 안 있어 어두운 방으로 안내된 마쓰우라 선생님은 하얀 진찰복을 입은 위엄 있는 엔도 박사와 마주 보고 앉자 대머리로 꾸벅꾸벅 절하면서 계속 땀을 닦았다.

"그래서 기분 탓인지 모르겠지만, 이곳에 도미 가시가 걸려서 아파서 견딜 수가 없습니다. ……실은 작년 강습회에 갔을 때 선생님의 이야기를 들은 적이……. 어떤 노인이 식도에 걸린 도미 가시를 그냥 놔두었다가 그 가시가 몸 안에서 빙글빙글 돌다가 심장을 찔러서 사망했다…… 라는 이야기가 생각이 나서요……."

"하하하하…… 아, 그 이야기 말입니까."

엔도 박사는 뚱뚱한 몸을 뒤로 젖히면서 씁쓸하게 웃었다.

"그런 사례는 거의 없으니까요……. 그렇게까지 걱정할 일은 아니라고 생각됩니다만."

"네……. 하지만…… 실은 아들이 내년에 대학을 졸업합니다. 그때까지는 만일의 경우가 생기면 미안하니까요. 만약을 위해 꼭……."

"아닙니다……. 지당하신 말씀이지요……."

엔도 박사는 씁쓸한 미소를 지으면서 금테 안경을 고쳐 쓰고 반짝반짝 빛나는 오목거울을 집어 들었다. 마쓰우라 선생님의 입을 벌리게 하고 일단 후두경(喉頭鏡)을 밀어넣어 보았지만 가시는 보이지 않았다. 하지만 아픔이 가시지 않아서 다음으로 식도경(食道鏡)을 넣게 되었다.

마쓰우라 선생님은 식도경이라는 것을 처음 본 듯했다. 기묘하고 무서운 모습을 한 의자에 앉히더니 두 명의 간호사에게 양손이 묶인 채 식도경 관을 집어넣자 순간 창백한 표정이 돼서 엔도 박사를 올려다보았다.

"이게…… 위장을 관통하는 기계……."

마쓰우라 선생님은 말을 하다가 입을 다물었다. 엔도 박사는 웃음을 터뜨렸다.

"아하하하. 그 이야기를 기억하셨군요. 그건 말이죠. 그것은 서양에서 처음 식도경을 사용했을 때의 실패담인데, 손놀림이 정교한 일본인이라면 그런 실수를 하지 않습니다. 자아, 걱정하지 마시고 입을 벌리세요……. 더 위를 보시고……그렇죠."

마쓰우라 선생님은 천장을 올려다본 채로 식도경이 들어가자 개구기를 씹어 부술 정도로 고통을 느끼기 시작했다. 눈물을 뚝뚝 흘리면서, 얼굴이 붉으락푸르락해졌다. 그렇게 해서 남김없이 조사해보았는데 가시 같은 것은 어디에서도 발견할 수 없었다.

그래도 침을 삼키려고 하면 아픔이 가지지 않아서 한 번만 더 봐달라고 말했다. 엔도 박사도 쓴웃음을 지으면서 다시 한번 식도경을 집어넣었다.

그리고 세 번이나 더 해봤지만 가시는 보이지 않았다. 마쓰우라 선생님이 여전히 계속 아파하는 모습에 엔도 박사도 난처한 듯, 친한 X레이 전문가를 소개해줄 테니 그곳에서 찾아보는 것이 어떠냐고…… 말하면서 명함 한 장을 건넸다.

X레이로 도미 가시의 소재를 파악하기 위해 정면과 측면, 두 장의 사진으로 찍어본 마쓰우라 선생님은 다시 엔도 박사에게 돌아왔지만, 박사는 방금 급한 환자를 왕진하러 나갔다고 해서 이번에는 마을 외곽에 있는 대학 이비인후과로 달려갔다.

그곳에는 많은 젊은 의원들이 줄을 서서 진찰하고 있었다. 그 중 한 사람이 마쓰우라 선생님의 이야기를 듣고 X레이 그림은 보지도 않고 비웃듯이 말했다.

"……어이가 없군요……. 그런 작은 가시가 X레이(뢴트겐)에 찍힌다는 사례는 아직 들어보지 못했습니다. 이쪽으로 오세요. 일단 진찰을 해보죠."

이렇게 말하면서 마쓰우라 선생님을 별실로 데리고 가서 다시 기묘하고 무서운 형태의 의자에 앉혔다. 그러나 그때에는 마쓰우라 선생님의 식도 전체가 부어 있었기 때문에 식도경이 닿기만 해도 비명을 지를 정도로 아파서 젊은 의원은 스코폴라민을 주사하고는 식도경을 집어넣었다.

여기서도 세 번 정도 식도경을 넣었다 뺐다 하는 동안 마쓰우라 선생님은 정신이 아득해져 갔다.

"이제 됐습니다. 가시가 나왔기 때문인지 아픈 것이 사라진 것 같고……, 그 대신 왠지 모르게 머리가 빙글빙글 도는 것 같아서……."

"그럼 이 침대에서 잠시 쉬었다가 가세요. 주사약 기운이 있는 동안은 어지러울 겁니다."

젊은 의사는 이 말만 던지고 사라졌다.

그러나 마쓰우라 선생님은…… 야구 경기가 걱정돼서 바로 자전거를 타고 병원에서 나왔던 것 같다. 그리고 도중에 약 기운이 올라와 눈앞이 아득해져서 국도 옆 해안가 높은 절벽 위에서 자전거와 함께 떨어져 죽어 있는 것을 얼마 지나지 않아 그곳을 지나가던 사람이 발견했다.

그의 오른손에는 X레이 사진 두 장이 꼭 쥐어져 있었다고 한다.

붉은 새

마을 외곽 그물을 말리는 곳에서 가까운 솔밭을 이삼백 평 베어내고 커다란 별장 같은 집이 세워졌다. 해안가 바위 위에는 멋진 모터보트를 넣어둔 창고까지 만들어졌다. 그리고 마을에서 제일 수다스러워서 아무도 좋아하지 않는 오기치(お吉)라는 아주머니가 고용되어 그 집을 지키게 되었다. 지금까지의 소문이나 그 아주머니의 이야기를 종합해보면 그 별장을 지은 사람은 유명한 투기꾼이며, 젊은 주인의 부인이 몸이 약해서 가끔 요양하려고 일부러 지은 것이라고 한다.

마을 사람들 모두 그 사치스러움에 놀랐다. 모두 그 젊은 주인의 부인을 보고 싶어 했다.

"이런 외곽에 집을 짓고 상량식*도 하지 않고 넘어간 집은 이

---

* 집을 지을 때 기둥을 세우고 보를 얹은 다음 마룻대를 올리는 의식으로 상량 날에는 대개 공사를 쉬고 이웃에 술과 떡을 대접한다.

별장뿐이지."

그 별장은 다 지어지고도 3개월이나 지났지만 굳게 닫혀 있었고, 젊은 부인은 그림자도 보이지 않았다.

그러다 8월로 접어든 한여름 어느 날의 일이다. 도미 그물을 끌어올리려고 어부들은 바다로 나가고 조용하던 마을에 정오가 조금 지나서 자동차 두세 대가 요란스럽게 땅을 울리면서 별장 쪽으로 달려가고 있었다. 도로 폭이 좁아 주변 집들이 전부 흔들려서 아이들은 비명을 지르고 놀라서 울 정도였다. 잠을 깬 부인 중에는 불이라도 난 듯이 우는 아이를 등에 업고 별장 쪽으로 달려간 자도 있었는데, 그 사람들은 바로 등 뒤로 달려오는 네다섯 대의 자동차에 쫓겨서 도망칠 수밖에 없었다.

"별장 안은 임금님 궁궐같이 멋진 가재도구로 장식되어 있어."

"하인처럼 보이는 젊은 여자 둘과 운전사, 하인 같은 남자들이 예닐곱 명이 가재도구를 정리하면서 떠들고 장난치고 있었어."

"예닐곱 대 자동차는 저녁때가 되자 모두 돌아갔고, 젊은 하녀 두 명과 오기치 아주머니, 아름다운 푸른색 새장 안에 붉은 새가 한 마리만 남았지."

"그 붉은 새는 기묘한 소리로…… 바보 같은 놈…… 바보 같은 놈이라고 말했어."

이러한 사실이 그날 저녁 바다에서 돌아온 마을 남자들에게 과장된 어조로 보고되었다. 이를 들은 남자들은 눈이 휘둥그레졌다.

"으-음. 그렇다면 그 부인이란 사람은 상당한 미인이겠어."

"언제 올라나. 그 미인은……."

"나는 처음 저 하녀가 부인인 줄 알았잖아. 옷차림이 너무 좋아 보여서 말이야."

"나도 그렇게 생각했어……. 하지만 두 명이나 있는 것도 이상하다고 생각했지."

"첩일지도 모르지."

"아니야……그 붉은 새가 부인이야."

"……어째서…… ."

"……어째서라니…… 우리 집 붉은 새도 매일같이 나를 바보 같은 놈, 바보 같은 놈이라고 욕하잖아."

이런 말들을 주고받고는 박장대소를 하였고, 해안가에 피어 있는 달맞이꽃을 따서 돌아가는 사람도 있었다.

그리고 이튿날 저녁이 가까워졌을 때의 일이다. ……진짜 젊은 부인이 젊은 주인과 함께 자동차로 별장에 왔다. 그리고 옷을 갈아입자마자 부부는 해안가에서 마을 쪽으로 산책을 했다.

부인은 마을 남자들의 예상과 달리 미인이 아니었다. 자극적인 붉은색 양산이 가득할 정도로 부풀린 하이카라 머리를 묶고 화려한 유카타에 보라색 하카타 띠를 둘둘 묶은 채 당당한 모습으로 마을을 걷고 있었다. 마르고 창백한 얼굴에 진한 화장을 한……, 코끝이 위로 올라갔으며…… 눈동자만 아주 큰…… 나이를 알 수 없고 서양인처럼 키가 큰 여성이었다. 또한 젊은 남편은 서른 전후로 보였지만 부인보다 한참 키가 작고 뚱뚱한 작은 체구의 남자였다. 화려한 줄무늬 유카타에 널찍한 허리띠를 두르고 밀짚모자를 뒤로 젖혀 쓰고 가느다란 지팡이를 휘두르면서 부인을 따라 걷는 모습이 호인다워 보였다. 개중에는 부인과 함께 온 서생이라고 생각한 사람도 있었지만 두 사람은 크지도 않은 마을을 한 바퀴 돌고는 석양이 남아 있는 그물 말리는 곳에서 별장 쪽으로 걸어가면서 이런 이야기를 했다.

"있잖아요. 여보. 경치가 너무 좋죠…… 내일은 아침 일찍 일어나 모터보트로 섬을 돌아보지 않을래요?"

"…알았어…… 파도가 잔잔하면 가보도록 하지."

"……하지만 이런 마을에 사는 사람은 참으로 불쌍한 사람들이네요. 일 년 내내 태양에 노출되고 돼지우리 같은 곳에서 잠을 자다니……."

"그래. 여자도 남자도 상당히 피부가 검더군. 도저히 인간으로 보이지 않아."

"남자는 모두 고릴라, 여자는 모두 곰같이 보여요."

"하하하하, 고릴라라고. 하하하."

"호호호호 히히히히."

때마침 그물 말리는 곳 한가운데 그물에 염을 들이는 오두막 그늘에서 놀고 있던 아이를 보던 여자 두세 명이 소리를 죽이고 두 사람의 대화를 엿듣고 있었다. 이 소리를 듣고 역시나 분개해서 아이를 둘러업고 급하게 마을로 돌아왔다. 그리고 마을 사람들이 여름 축제에 관해 이야기하면서 한잔하고 있는 곳으로 와서 저마다 충실하게 보고했다.

원래부터 성미가 우락부락한 바닷가 태생인 젊은이들이 거나하게 취해 있었는데, 이 소리를 듣자마자 살기를 뿜어댔다. 그중에도 빨간 훈도시(褌)* 한 장 두르고 팔뚝에 복숭아 문신을 한 마을에서 가장 힘이 세 보이는 자가 제일 먼저 마룻귀틀에 올라가서 소리를 질렀다.

"……뭐라고, 제길……고릴라라고……."

"……나도 몰라요……."

아이를 보고 있던 여자들은 두려움에 떨며 뒷걸음질 쳤다.

"……뭐가 모른다는 거야……. 모른다니 뭐를……."

"뭐라고……제기랄. 이 마을 사람들을 멸시하다니 참을 수 없다."

"무엇보다도 마을에다 집을 지어 놓고도 아직 인사조차 하지 않았잖아."

"……좋았어……. 모두 모여. 지금부터 가서 담판을 지어야겠어."

"……좋다. ……싸움이라면 내가 맡겠어. 물건을 주거나 말로만 사과한다면 가만두지 않겠어."

네다섯 명이 소리치며 일어서서 나가려고 했다. 그 순간이었다.

"……자아, 잠깐, 잠깐만……. 기다리라니까……."

이렇게 소리친 저편에는 머리띠를 두른 대머리가 쉰 목소리로 윗자리에서 천천히 잔을 내려놓은 손을 올리고 선두에 선 복

* 남자의 음부를 가리는 폭이 좁고 긴 천.

숭아 문신을 멈춰 세웠다.

"뭐예요. 아버지⋯⋯. 또 막을 건가요?"

"음. 막지는 않겠지만 일단 앉아봐라. 나대로 생각한 게 있으
니까⋯⋯."

"흐-음⋯⋯. 그렇다면 들어보지요."

복숭아 문신은 자리에 앉았다. 다른 사람들도 일단 엉덩이를
대고 앉았다.

"⋯⋯무슨 계획이 있는 겁니까⋯⋯. 아버지⋯⋯."

"계획은 다른 게 아니다. 이번 여름 축제에서⋯⋯알겠냐. 이번
여름 축제 때 말이다⋯⋯. 잘 들어라."

대머리는 빙긋이 웃으면서 복숭아 문신의 귀에 입을 가져갔
다. 여자들에게도 들리지 않도록 속삭였다.

"⋯⋯그⋯⋯ 그⋯⋯그래서 말이지⋯⋯. 이 정도 내놓지 않으면,
상대가 되지 않겠지. 그 자리에 사자춤이 들어올 거야. 생선 피를
손발에 바르고 아주 많이 날뛰겠지⋯⋯. 오랜만에 말이지⋯⋯."

"⋯⋯ 으음⋯⋯. 과연⋯⋯. 으-음⋯⋯."

"⋯⋯뭐⋯⋯, 기껏 여자들이 하는 말이나 듣고 시비를 거는 것
보다 그편이 모양새가 좋지 않겠냐."

"음. 알겠어요. 받아들이지요. 모두 저 저택을 부숴버리자고."

"쉿. 들리잖아. 밖에서⋯⋯."

"흥⋯⋯. 어차피 그 여자 얼굴 난 맘에 안 들었어. 코가 너무
들려서⋯⋯."

"아하하. 그렇게 말라비틀어진 여자는 뭐냐. 내게 안기기만 해

봐. 하룻밤 만에 꺾어지게 해주지."

"우와. 훌륭해요. 아버지. 이쯤에서 한잔하죠……. 아하하."

"와하하하하하"

이런 이야기로 젊은이들의 기분은 풀렸다. 그리고 그다음 날 정오가 가까워 졌을 때의 일이다.

일곱 살과 여섯 살 정도의 마을 아이 두 명이 바다에 우뭇가사리를 주우려고 갔었는데, 어느 정도 줍고는 돌아가는 길에 더운 날씨에 달궈진 모래를 따라 활짝 열린 별장 쪽문 앞까지 오자, 힐끔힐끔 안을 엿보면서 붉은 벽돌담 안으로 살며시 들어갔다……. 집 주인이 모터보트를 타고 섬을 둘러보러 간 것을 아침에 봤기 때문이다. 그리고 툇마루의 작은 소나무 그늘에 매달려 있는 붉은 새장 쪽으로 쭈뼛거리며 다가가서 훔쳐보았다.

그 얼굴을 보자 사람을 잘 따르는 붉은 새는 갑자기 머리를 숙이면서 소리쳤다.

"여보세요. 여보세요. 안녕하세요……. 안녕하세요……."

두 아이는 놀라서 모래 범벅된 얼굴로 서로를 바라봤다.

이를 본 붉은 새가 점점 익숙해진 듯이 오로지 아이 얼굴을 내려다보면서 낮은 소리로 노래를 부르기 시작했다.

"……자아, 추우콘, 류우콘……곤류, 곤자, 지에콘지에……, 지에류콘콘장콘지에……, 잔스이 잔스이 호우스이호……스이스이 잔이, 호우스이호……."

아이들은 다시 검은 얼굴을 서로 바라보았다.

"뭐라고 하는 거지?"

"……너희들한테 바보 같은 놈이라고 말하는 거야……. 호호호호."

목소리가 갑자기 뒤에서 들려와서 아이들은 깜짝 놀라서 뒤돌아보았다. 눈부실 정도로 흰 양복을 입고 젖은 조리를 신고 방금 보트에서 돌아온 것 같은 별장의 젊은 부부가 빙긋이 웃으면서 서 있었다.

두 아이는 안심한 듯 한숨을 쉬었다. 그리고 다시 수상하게 붉은 새 쪽을 돌아보았다.

"……아, 여러분…… 아, 여러분…… 저는…… 저는 그러니까…… 그러니까……."

붉은 새는 다른 말을 시작했다. 부인은 햇볕이 내리쬐는 작은 코에 주름을 만들며 웃었다.

"거-봐. ……호호호호……. 너희들 얼굴을 보고 바보 같다고 말하고 있지……. 자아 …… 들어봐…… 바보라잖아……."

"……아니에요……."

큰 아이가 조금 화가 난 듯이 검은 볼을 붉히면서 눈을 껌뻑이면서 말했다. 그러나 젊은 부인도 가만있지 않았다. 그러더니 재미있다는 듯이 금니를 드러내며 웃었다.

"아니야…… 잘 들어봐…… 자……아. 바보 같은 놈……. 바보 같은 놈……이라고……. 호호호호."

그 웃음소리를 들은 붉은 새는 잠깐 머리를 갸우뚱거리더니 금방 생각난 듯 날개를 퍼덕였다. 새장 창살에 갇혀서 아이 얼굴을 노려보면서 한층 더 크게 울었다.

"……바보 같은 놈……. 바보 같은 놈……. 바보 같은 놈, 바보 같은 놈, 바보 같은 놈, 바보 같은 놈……."

그렇게 외치는 붉은 새의 얼굴을 눈을 동그랗게 뜨고 올려다 보던 큰 아이가 점점 우거지상이 되었다. 눈에 눈물을 머금더니 분한 듯이 와-앙하고 울면서 우뭇가사리 묶음을 던져버리고 자지러지게 웃는 부부의 목소리를 뒤로하고 쪽문으로 달려갔다. 작은 아이도 우뭇가사리를 질질 끌면서 뒤따라갔다.

큰 아이는 곧바로 그물 말리는 곳으로 뛰어 들어가, 그곳에 우두커니 서 있는 붉은 훈도시에 복숭아 문신을 한 남자에게 매달렸다. 그리고 울음소리를 한층 더 크게 내면서 손으로 별장 쪽을 가리키며 띄엄띄엄 호소하기 시작했다.

복숭아 문신은 고개를 끄덕이면서 듣는 동안 두세 번 머리띠를 고쳐 맸다. 그리고 핏대를 세우며 화를 냈다.

"……알아들을 수가 없잖아……. 확실하게 말해 보아라……. 뭐라고……? 그 별장 놈들이…….응응……, 저 붉은 새한테 바보 같은 놈이라고 말하게 했다고. 음, 음…… 그게 틀림없지?"

옆에 서 있던 작은 아이도 손가락을 입에 문 채로 큰 아이와 함께 고개를 끄덕였다.

"……그래……. 알았다. 울지 마라, 울지 마. ……제길…… 저러려고 저 붉은 새를 데리고 왔구나. ……좋아. 두 사람 모두 이리 오렴……."

훈도시는 재빨리 그물을 밀어제치고 별장 쪽으로 달려갔다.

그러나 쪽문에서 붉은 벽돌담 안으로 들어가 보니, 별장 안은 텅 비어 있었고 인적조차 없었다. 단지 앞쪽 정원수에서 매미 소리만 들릴 뿐이어서 복숭아 문신은 맥이 풀려버렸다. 그런데 작은 소나무 그늘에 매달린 푸른색 금장식을 한 새장을 보자 금방 기운을 되찾았다.

"제길…… 목을 비틀어 죽여 버리겠다."

혼잣말하면서 새장 문을 열고 검게 빛나는 손목을 집어넣었다.

붉은 새는 깜짝 놀랐다. 날개를 퍼덕이며 위쪽으로 날아올라 숨었지만, 곧바로 검은 손이 다가오는 것을 보자 죽을힘을 다해 용감하게 그 손등을 쪼았다.

"앗……, 아야야……, 아야야야……, 아야……."

복숭아 문신도 목숨을 걸었다. 깊이 찔린 구부러진 부리를 힘껏 떼어놓고 검은 피가 떨어지는 손목을 정신없이 흔들었다. 새장 밑바닥이 쿵 하고 떨어져 나가자 붉은 새는 옳거니 하며 밖으로 날아올라 순식간에 멀리 소나무 숲 쪽으로 도망쳐 버렸다.

"……이놈이……, 대체 무슨 짓이냐……."

날아가는 새 뒤를 쫓아서 두세 발 달려 나가 달궈진 모래 위에 우두커니 서 있던 복숭아 문신은 갑자기 등 뒤에서 무섭게 고함치는 소리를 듣고 놀라서 뒤돌아보았다. 그러자 젊은 남편이 유카타를 걸치며 금방 목욕이라도 한 듯이 몸이 번들거리고 작은 눈을 희번덕거리면서 툇마루에 서 있었다. 그 뒤로 흐드러진 잠옷을 입은 부인이 목을 씰룩거리면서 흐느끼며 허리띠를 매면서 나오고 있었다.

"……이백 엔이나 하는 새를 왜 놔 준 게냐……. 내 아내가 자식처럼 소중히 여겼던 건데……."

젊은 부인은 허리띠를 반쯤 묶은 채로 털썩 마루에 주저앉았다. 으앙 하고 울면서 바닥에 엎드렸다.

복숭아 문신은 이 모습을 보고 어깨를 한번 으쓱거렸다. 그리고 다시금 기운을 내서 피범벅이 된 손으로 머리띠를 고쳐 맸다.

"……무……무슨 짓이냐고……. 뭐야. 네놈들은……. 저 붉은 새를 이용해서 내 동생을 울리기나 하고……. 마을 사람들을 바보라고, ……마……말하게 시키고……."

"……그런 기억이 없다……."

"…… 뭐라고? 이 돼지 같은 놈이……. 증거가 있다……."

"……증거가 있을 리가 없어……. 새가 멋대로 말하는 거니까……."

"……이놈이……."

"……어어……"

복숭아 문신은 갑자기 신발을 신은 채로 툇마루로 뛰어올라가려고 했지만. 획 하고 젊은 주인한테 밀려 떨어져 나갔다. 그 힘이 의외로 강해서 복숭아 문신은 살짝 놀랐던 것 같다. 그는 싸움에 일가견이 있어서 여전히 굴하지 않고 마당에 있던 게다를 신고 내려온 젊은 주인을 노려보았다.

하지만 유도를 잘하는 젊은 주인의 완력에는 이길 수가 없었다. 모래 위로 내동댕이쳐지고 게다로 엉덩이를 세게 차였다.

하지만 이를 겨우 참으며 고개를 들어보니 젊은 주인은 어느새 툇마루 위로 올라가 부인과 나란히 자기를 쳐다보고 있는 것이었다.

복숭아 문신은 새파랗게 질려 입술을 깨물었다.

"두고 봐라."

훈도시는 벌떡 일어나자마자 쪽문으로 뛰쳐나갔다. 마을을 뛰어다니며 동료를 불러 모았고, 네다섯 명의 동료들이 찬술을 마신 기세를 몰아 별장으로 몰려갔을 때는 젊은 부부와 하인 두 명을 태운 모터보트가 잔잔한 파도를 따라 멀리 소리도 들리지 않는 곳으로 나아가고 있었다.

복숭아 문신과 동료들은 더욱 분개했다. 더운 날씨에 달려온 덕분에 순간적으로 찬술의 취기가 올라 별장 안으로 날뛰듯이 들어가 문 창호지와 도자기를 닥치는 대로 두들겨 박살을 내기 시작했다. 이를 막으러 나온 오기치 아주머니까지 쓰러뜨렸다. 아주머니의 신고로 순사가 달려와서 복숭아 문신과 다른 네다섯 명을 붙잡아 모두 파출소로 끌고 갔다.

마을은 순식간에 커다란 소동이 일었다. 이런 상황에서는 사오일 후로 다가온 여름 축제를 도저히 열 수 없을 것 같아서 마을 원로들이 모였고, 촌장과 구장이 저녁부터 경찰에 진술하러 갔다. 그러는 사이 별장 주인 쪽에서 고소하지 않겠다고 조처한 것이 마을의 전화로 사람들에게 알려졌다. 얼마 지나지 않아 젊은이들이 방면되었다는 것을 알고 마을은 겨우 안정을 되찾았다.

한편 별장은 이런 소동이 일어난 날부터 문과 덧문을 모두 걸

어 잠그고 마치 빈집 같은 모습이 되었다. 그리고 그 이튿날 일
로…… 마을 여자들 네다섯이 조심스럽게 상황을 살피러 가보
니…… 덧문 밖 작은 소나무 그늘에 매달린 밑바닥 없는 새장 안
에 어느샌가 붉은 새가 돌아와 있었다. 그리고 어제 남은 먹이를
쪼아 먹으면서 열심히 외치고 있었다.

"바보 같은 놈……, 바보 같은 놈……, 바보 같은 놈, 바보 같
은 놈, 바보 같은 놈……."

하치만궁 신사 참배

가을 수확이 다 끝나고 난 다음의 일이다. 남편 긴사쿠(金作)
가 이른 아침부터 참마를 캐러 간 사이, 화창한 날씨에 부인 요
네(米)는 문을 걸어 잠그고는 유모인 지요(千代)에게 한 살 된 딸
아이를 업히고 마을에서 십 리 정도 떨어진 H 마을의 하치만궁
신사(八幡宮)*로 참배를 하러 갔다.

집으로 돌아가려고 한 것은 오후 한 시 정도였다. 그런데 궁
안쪽 샛길에 새롭게 만들어진 목욕탕을 발견한 요네는 잠깐이
라도 들어가고 싶어서 아무도 없는 계산대 위에 십 전 동전을 하
나 던져 넣고 탈의장으로 들어섰다. 잠에서 깬 아이에게 젖을 먹
이고 다시 재운 뒤, 포대기로 싸서 구석에 있는 옷 넣는 선반 아

---

* 오진천왕(応神天皇)을 주신(主神)으로 모신 신사. 오진천황은 궁시(弓矢)의 수호신으
로 무사들이 숭앙했음.

래 두고 활동사진 포스터를 둘러보면서 지요와 함께 탕에 들어갔다. 마침 손님이 없는 시간이었고 물은 따뜻해서 두 사람은 기분이 좋아져 탕 속에서 꾸벅꾸벅 졸기 시작했다.

그러는 사이 요네는 재채기를 두세 번 하더니 잠이 깼다. 높은 천창 너머로 어스레하게 어두워진 하늘을 보고는 서둘러 유모인 지요를 흔들어 깨웠다.

"있지. 난 세탁물을 걷으러 갈게. 먼저 갈 테니까 너는 나중에 와. 목욕값은 냈으니까……."

지요는 젖은 손으로 눈을 비비면서 끄덕였다. 요네는 재빠르게 몸을 닦고 옷을 입고는 젖은 머리를 묶어 올리면서 밖으로 나갔다.

그로부터 지요는 다시 꾸벅꾸벅 졸기 시작했는데, 그러는 사이에 코로 물이 들어가 숨이 막혀 잠을 깼다. 겨우 탕에서 나와 아직도 졸린 눈을 비비면서 몸을 닦았다. 붉은 허리띠를 대충 묶고 바깥으로 나와 긴 논길을 뭔가를 잊어버린 것 같은 기분으로 어슬렁거리며 걸어서 돌아갔다.

집에 도착해보니 요네는 아직도 해가 비치는 뒷문에서 졸면서 맷돌을 돌리며 콩가루를 만들고 있었다. 그래서 지요도 맷돌을 붙잡고 함께 빙글빙글 돌렸다. 그러는 동안 네 시쯤 되어 석양이 비치자, 참마를 가득 짊어진 남편인 긴사쿠가 생각보다 빨리 뒷문으로 들어왔다.

긴사쿠는 이 근방에서 자식을 끔찍이 아끼는 사람이라는 평판이 자자했다. 참마를 봉당에 던져 놓고 항상 아이를 재우는 신단 아래까지 오자 주변을 둘러보며 큰 목소리로 소리쳤다.

"이봐. 애는 어디 있어?"

요네는 이상하다는 표정으로 지요를 봤다. 지요도 같은 표정으로 요네의 얼굴을 바라봤다.

"이봐. 어떻게 된 거야……아이는……."

남편인 긴사쿠는 눈을 동그랗게 뜨며 뒷문 쪽으로 돌아왔다.

요네는 아직도 지요의 얼굴을 보고 있었다.

"네가…… 업고 오지 않았어?"

지요도 요네의 얼굴을 멍하니 올려봤다.

"……아니요……. 마님이 업고 가셨다고 생각하고……, 저는……."

두 사람은 동시에 창백해졌다. 듣고 있던 긴사쿠도 이유를 몰랐지만, 얼굴이 창백해졌다.

"……어떻게 된 거냐……, 대체……."

"저…… 오늘……, 하치만 신께 참배하고……."

"……그래서…… 하치만 신께 참배하고……."

"……신사 앞에 목욕탕에 들어갔다가……."

"……뭐라고…… 탕에 들어갔다고…… 몇 시에 들어갔냐……."

"…………."

"그리고 어떻게 되었냐?"

"…………."

"……울기만 하면 모르잖아……. 말하지 못해."

"······뇌두고 왔어요······."

"······으아아악······."

긴사쿠는 두 사람을 밀쳐서 마당에 쓰러뜨렸다. 누런 가루가 뒤집히고 대포와 같은 소리를 내며 바깥으로 뛰쳐나갔다.

요네도 비틀거리며 일어나 뒤편 전답으로 뛰어갔다. 밭을 갈고 있는 사람을 발견하자 목소리를 쥐어 짜냈다.

"큰일 났어요. 우리 남편과 함께 가주세요. 아이가······, 아이가 없어졌어요······."

한편 하치만궁 신사 뒤편 목욕탕에서는 주인, 순사, 이웃 사람 두세 명이 계산대 앞에서 이야기를 나누고 있었다. 그 가운데 수첩을 펼치고 순사는 뭔가 당혹스러운 듯이 보였다. 이윽고 수염을 비비 꼬면서 주인을 돌아보았다.

"아이를 버릴 사람이 탕에 들어갔다가 돌아갔다는 게 이상하지 않나. 그치—?"

"네. ······하지만 10전을 두고 갔는데요······. "

"흠. 잔돈은 필요 없었나 보지?"

"네. 언제 들어왔는지조차 몰랐으니까요······."

"당신 정말 아무짝에도 쓸모가 없군······. 제대로 말하지 않으면 벌 받을 수 있어······."

"아하. 네····· 앞으로 조심하겠습니다."

"요컨대 탕에 들어간 척하고 버린 거 아냐?"

"네에······, 그럴 수도 있지만, 혹시라도 깜박 잊고 간 건 아닐까요?"

"멍청하긴……, 자기 아이를 깜빡 잃어 버리는 놈이 어디 있어?"

그때 마침 남탕 입구 문을 급하게 열고, 백성 모습을 한 남자가 달려 들어왔다. 그리고 뭔가 당황스러운 모습으로 아무도 없는 남탕 탈의장을 두리번거리면서 둘러보았다. 그러고는 이제야 알았다는 듯이 여탕 입구로 돌아와 진흙 묻은 다리로 순사를 밀치고 빠르게 탈의장으로 달려갔다. 그리고 뒤이어 다시 두세 명, 젊은 남자가 우르르 몰려 들어왔다.

"찾았냐."

"찾았냐."

시골, 의, 사건 비고

위의 모든 내용은 저희 고향인 기타큐슈(北九州)의 어느 지방에서 일어난 일로 제가 들은 것들입니다. 대여섯 줄 정도 작은 기사로 신문에 실린 것도 있습니다. 어수룩한 시골의 모습이 오히려 도시에 사는 사람들에게 흥미를 불러일으킬지도 모른다는 생각에 기억해두었다가 적어보았습니다. 지역을 알 수 있는 것도 있어서 지역명을 제외하고 쓴 것을 양해 바랍니다.

〈탐정취미〉, 〈엽기〉 1927년 7월호~1930년 5월호 수록

사후(死後)의 사랑

유메노 규사쿠

1

하하하하. 이런……, 실례했습니다. 놀라셨지요? 하하. 거지라고 생각하셨다고요……, 아하아하하. 아니 웃음이 나오네요.

요즘 이곳 우라지오* 마을에서 소문이 자자한 떠돌이 미치광이 신사가 저라는 사실을 전혀 모르셨군요.

하하. 그렇군요. 그렇다면 그렇게 생각하시는 것도 무리는 아닙니다. 암시장에서 팔다 남은 구식 누더기 예복을 입은 남자가 당신처럼 멋진 일본 군인을 스베틀란스카야(우라지오의 번화가)의 한복판에서 붙잡고 이런 레스토랑까지 끌고 들어와서는

"제 운명을 정해주세요." 하고 갑자기 부탁하니까요. 미치광이라고 생각해도 어쩔 수 없습니다. 하하하하……, 그렇지만 제가

---

* 러시아 연해주(沿海州)지방에 있는 항만 도시로 블라디보스토크를 일본에서 메이지 시대부터 한자의 음을 빌려서 표기한 것으로 浦塩斯德(우라지오시토쿠)의 줄인 말이다.

거지나 미치광이가 아니란 걸 아셨죠? 그렇죠? 아시겠죠? 술에 취하지도 않았다는 것을……, 그렇죠……?

웃으시면 안 됩니다. 이렇게 보여도 저는 모스크바 토박이 출신으로, 구 러시아 귀족의 피가 흐르는 몸입니다. 그리고 현재는 로마노프 왕가의 말로(末路)와 연관된 '사후의 사랑'이라는 지극히 불가사의하고 신비한 힘이 제 운명을 얽매고 있어서 밤에도 맘 놓고 잠을 자지 못할 정도로 괴로워하며…… 실은 지금부터 그 이야기를 들어보시고 당신이 판단을 해주셨으면 합니다……. 물론 이것은 아주 진지한 이야기이며 또한 역사적으로도 중대한 이야기입니다…….

……아아……들어보시겠다고요……? 감사합니다. 감사해요. 정말 감사합니다……. 그전에 보드카 한잔 어떠신가요……? 그럼 위스키는……? 코냑이라도……다 싫다고요……? 일본 병사는 왜 술을 잘 못 마실까요……? 그럼 홍차, 건과자, 채소…… 아. 이 레스토랑에는 특선 소시지가 유명합니다. 드셔 보겠습니까…? 아 그래요……?

이봐요. 예쁜 아가씨. 잠깐 이리로. 주문이요……. 저는 실례를 무릅쓰고 술을 한잔하겠습니다……. 아니…… 정말로 이렇게 분수에 넘치는 행동을 할 수 있는 것도 일본군이 주둔해서 치안을 유지해주는 덕분입니다. 레스토랑이 작아서 그런지 페치카* 효과가 좋군요……. 그럼……, 모자를 벗고 편안하게 들어주세요.

* 벽면으로부터 방사열을 이용하는 러시아식 난방장치

사실을 말씀드리자면 일주일쯤 전에 일본군 병참부 문 앞에서 당신을 봤을 때 꼭 한번 차분히 이야기를 나누고 싶었습니다. 당신이 병참부 문을 나와서 스베틀란스카야로 물건을 사러 나오는 모습을 볼 때마다 일본에서 신분이 높으신 분이 군인이 되었구나……라고 직감했습니다.

아니요, 아니요. 결코 아첨하려는 것이 아닙니다……. 그뿐만이 아니라 그 후로도 실례라는 것을 알면서도 주의 깊게 살펴봤습니다만 당신의 러시아어 실력은 외국인이라고는 생각되지 않을 만큼 능숙한 점과 러시아 사람에게 특히 친절하다는 것을 알게 되었습니다……. 그리고 그것이 우리 동포들의 심정을 더 깊고 넓게 이해하기 때문이라는 것을 알았지요. ……그래서 꼭 이야기를 해보자고 결심했던 것입니다. 아니요. 제 이야기를 이해하고 제 운명을 결정해주실 분은 당신밖에 없다고 생각되었습니다.

그럼……, 그냥 들어주시기만 하면 됩니다. 그리고 제가 지금부터 말하는 무서운 '사후의 사랑'이라는 것이 실제로 있을 수 있는 일이라고 인정해주시면 됩니다. 그러면 그 사례로 실례가 안 된다면 제 전 재산을 드리고자 합니다. 일반 귀족이라도 눈이 휘둥그레질 만큼의 돈에 버금가는 물건으로 제 목숨과도 바꿀 수 없는 귀중한 물건입니다. 그러나 이 이야기의 진실을 인정해주시고 제 운명을 결정해주시는 대가치고는 절대로 많지 않다고 생각합니다. 아깝다고도 생각하지 않습니다. 그 정도로 저를 옥죄고 있는 '사후의 사랑'의 운명은 더할 수 없이 숭고하고 절실하며 또한 괴기스러운 것입니다.

　서론이 좀 길었습니다만, 주문한 음식이 오는 동안 조금만 참
아주세요…….

　제가 이 이야기를 들려드린 분은 상당히 많습니다. 동포인 러
시아인은 물론이고 체코인, 유대인, 중국인, 미국인에게도…….
하지만 그 누구도 믿어주는 사람이 없었습니다. 그뿐만이 아니
라 상대방을 전혀 개의치 않고 너무 열심히 이야기한 나머지 점
점 소문만 무성해졌습니다. 결국에는 전쟁이 만들어낸 일종의
정신병 환자로 취급되어 백군* 부대에서 쫓겨났습니다.

　마침내 저는 이 우라지오 지역에서 명물이 되었습니다. 이 이
야기를 하려고만 하면 모두 껄껄 웃으며 도망가는 겁니다. 가끔
들어주는 분이 있어도 나를 바보로 아냐면서 화를 내거나……
비웃는 표정으로 악수를 하고는 가버리고…… 속이 좋지 않다
고 하면서 제 발밑에다가 토하거나…… 이런 반응들이 죽을 만
큼 마음 아픕니다. 슬프고 안타까워서 참을 수가 없습니다.

　그러니까 누구라도 좋으니…… 이 넓은 세상에서 단 한 사람
이라도 좋으니까, 지금 저를 지배하고 있는 세상에서도 가장 불
가사의한 '사후의 사랑' 이야기를 믿어주시는 분이 있다면……
그래서 제 운명을 결정해주시는 분이 있다면 그분께 제 전 재산
인 '사후의 사랑'의 유품을 전부 드리고, 저는 계속 술을 마시다
죽으려고 결심했습니다. 그리고 드디어 당신을 찾은 겁니다. 당

* 1917년 이후의 러시아 혁명기에 혁명군인 적군에 대해 반혁명 군인 부대를 총칭하
는 말이다.

신이야말로 '사후의 사랑'에 얽매인 제 운명을 결정해주실 분이 틀림없다고 믿고 있습니다.

아……음식이 나왔네요. 당신의 건강과 행복을 기원합니다. 일본 신사분께 이 이야기를 하는 것은 처음이니까요……. 그리고 아마도 마지막일 거라고 생각되니까요…….

2

그런데 당신은 제가 몇 살로 보이십니까? 네? 잘 모르시겠다고요? ……하하하하. 이래 봬도 아직 스물네 살입니다. 이름은 와시카 코르니코프라고 합니다. 코르니코프가 본명입니다. 모스크바 대학에서 심리학을 전공하고 재작년에 졸업한 풋내기입니다. 마흔 살 정도로 보이죠? 흰 머리카락과 흰 수염이 보이니까요. 하하하하. 그렇지만 저는 지금으로부터 3개월 전까지만 해도 틀림없이 이십 대로 보였습니다. 흰머리 하나 없었고 지금과는 정반대로 포동포동 살찐 검은 얼굴에 백군의 병사 복을 입고 있었지요…….

그런데 단 하루 만에 이런 노인이 되어버린 겁니다.

자세히 말씀드리면 올해(1918년) 8월 28일 저녁 9시부터 다음날 오전 5시까지 일어난 일로……, 거리로 치자면 도스고이 부근 들판 한가운데 있는 숲에서 남쪽으로 약 30리쯤 되는 곳에 있는 일본군 전초 기지까지 철도 선로를 따라 비틀거리며 오는 동안에 생긴 일입니다. 아까도 말씀드렸듯이…… 불가사의한 '사후의 사랑'의 신비한 힘은 제 영혼을 구렁텅이로 밀어넣고 이렇게 노인처럼 보일 만큼 쇠약하게 만들었습니다……. ……어떻습니까. 이러한 사실을 당신은 믿어주시겠습니까……? 아, 그렇습니까……? 있을 수도 있다고 생각하신다는…… 말씀이시군요……. 오케이, 그렇군요……. 고맙습니다…….

그런데 제가 맨 처음 말씀드린 대로, 저는 모스크바 출신 귀족의 외동아들로, 혁명 때 부모님을 잃고 나서 우라지오 마을로 오기까지 본명을 일부러 숨겨왔습니다. 자랑은 아닙니다만 태생이 과격한 것을 싫어해서 전쟁 같은 것은 치를 떨 정도로 좋아하지 않았습니다. 그런데 지금 말씀드린 페트로그라드 혁명으로 가족과 재산을 한꺼번에 빼앗기고 생활이 궁핍해지자 이상하게도 심경의 변화가 일어나서 될 대로 되라…… 라는 자살 기분이 뒤섞인 자포자기한 심정으로 제일 싫어하던 군인이 되었습니다. 그로부터 운이 좋은 건지 나쁜 건지 한 번도 전쟁 같은 전쟁은 겪지 않은 채 여기저기 소속을 옮기다가 세미요노프 장군 아래로 배속되어 적군의 뒤를 쫓아, 아시겠지만 여기에서 칠백 오십 리 떨어진 우스리라는 마을로 이동한 것이 올해 8월 초순의 일입니다. 그리고 그곳에서 새롭게 부대가 편성되었을 때 이 이야기의 주인공인 리야토니코프라는 병사가 같은 부대에 배속되었습니다.

리야토니코프는 저와 같은 모스크바 출신이라고 했습니다만, 행동거지가 그야말로 천진난만하고 활발해서 기분파처럼 보이지만 어딘지 모르게 기품이 흐르는 열일곱 내지 열여덟 살쯤 되는 소년 병사로, 새까맣게 햇볕에 그을렸지만 잘 뻗은 콧날을 보면 분명 귀족의 피가 흐른다는 것을 알 수가 있었습니다.

그는 이 마을로 와서 같은 분대에 편입되고 얼마 지나지 않아 저와 꽤 친해졌습니다. 마치 형제처럼 서로를 대했습니다. 그렇다고 해서 결코 이상한 관계를 맺은 것은 아닙니다. 그런 것은 야성과 인간성의 모순을 착각한 일종의 치매 환자가 하는 짓입니다……. 그러니까…… 리야토니코프와 저는 마음이 잘 맞아서 시간만 나면 종교나 정치, 예술에 관한 이야기를 나누었습니다. 저희 둘 다 진정한 왕조 문화를 애석해하는 사람이라는 것을 점차 알게 돼서 눈물이 날 정도로 대화가 잘 통했습니다. 살풍경한 군대 안에서 이 정도로 잘 맞는 이야기 상대를 찾았다는 제 기쁨과 감격……, 그것은 아마도 리야토니코프도 마찬가지였을 겁니다……. 이러한 즐거움이 얼마나 깊었는지는 당신의 짐작에 맡기겠습니다.

하지만 우리의 이러한 즐거움은 그리 길지 못했습니다. 얼마 안 있어서 세미요노프 군 마을에 백군이 이동해왔다는 사실을 니코리스크에 주둔한 일본군에게 알리기 위해 우리 1분대…… 하사 한 명, 병사 열한 명에다가 두 명의 장교와 한 명의 하사를 붙여 정찰을 나가게 되었습니다. 그렇습니다……. 연락 정찰이지요. 실은 저는 지금까지 겁쟁이 취급을 받았기 때문에 이런 임무가 있을 때는 항상 배후로 밀려났고 이번에도 운 좋게 사령부 근무를 맡아서 다행이라 생각하고 내심 기뻐하고 있었습니다. 그러나 생각지도 못한 인연에 이끌려서 스스로 자원해서 정찰을 하러 가게 된 것은…… 다음과 같은 이유 때문입니다.

출발 전날 저녁…… 그것이 며칠이었는지 잊었습니다만, 제가 리야토니코프와 분대 동료들에게 '인사'를 하려고 사령부에서 돌아오자, 분대 동료들은 어딘가로 술을 마시러 갔는지 방에는 아무도 없었습니다. 단지 어두운 구석에서 리야토니코프가 쓸쓸하게 홀로 군화를 닦고 있는 것처럼 보였습니다. 저를 보자마자 급히 일어나더니 무언가 할 말이 있는 눈빛으로 저를 밖으로 끌고 나갔습니다. 그 태도가 어딘지 모르게 이상했고 표정도 정상처럼 보이지 않았습니다. 그리고 나를 인적 없는 마구간 옆으로 데리고 들어가서는 다시 한번 사람들이 없는지 확인을 하고 나서 안쪽 주머니에 손을 넣더니 편지 봉투같이 납작한 신문지 꾸러미를 꺼내 그 속에서 오래된 주머니를 꺼냈습니다. 그리고 주머니에 달린 황금색으로 된 맞물림 걸쇠를 열었습니다. 살펴보니 안에는 크고 작은 스무 개에서 삼십 개 정도의 화려한 보석이 반짝거리고 있는 게 아닙니까?

저는 정신이 혼미해졌습니다. 선조 대대로 보석을 좋아하는 귀족적 습관이 있어서 저 또한 선천적으로 보석에 취미가 있었기 때문에 금방이라도 달려들 것 같은 기분으로 보석 한 개를 집어 들고 푸르스름한 달빛에 비춰보면서 감정을 해보았습니다. 가공 방법은 구식이었지만 한 개도 빠짐없는 진품이었습니다. 다이아몬드, 루비, 사파이어, 토파즈 등 빼어난 물건으로 우랄 지역에서 만든 이류 품은 하나도 없었습니다. 유명한 보석수

집가의 비밀 창고에서 최고의 상품으로만 한 개 한 개 수집한 것 같은 훌륭한 것이었습니다. 이런 물건이 이처럼 나이 어린 병사 주머니 속에 숨겨져 있을 줄 누가 상상이나 했겠습니까?

3

저는 머리가 멍해질 정도로 충격을 받았습니다. 그리고 벌어진 입을 다물지 못한 채, 리야토니코프의 얼굴과 보석들을 번갈아 보고 있으니까 리야토니코프가 평상시보다 더 창백한 볼을 붉게 물들이면서 뭔가 변명이라고 하려는 듯한 어조로 이렇게 말했습니다.

"이것은 지금까지 그 누구에게도 보여준 적이 없는 제 부모님의 유품이에요. 과격파 주의자들이 보면 이런 것은 마치 보리밭 진흙처럼 생각할지도 몰라요……. 페트로그라드에서는 다이아몬드나 진주가 시궁창 속에 버려져 있다고 하지만……, 제게는 목숨과도 바꿀 수 없는 소중한 것이에요……. 제 부모님은 혁명이 일어나기 삼 개월 전……, 작년 말 크리스마스 밤에 이것을 제게 주셨습니다. 그때 이런 말씀을 하셨지요.

……얼마 안 있어 러시아에서 혁명이 일어나서 우리의 운명이 바뀌는 일이 생길지도 모른다. 그러니까 만일을 위해 가문의 혈통이 끊이지 않도록 아무도 혈통을 이을 사람이라고 여기지 않는

네게 이 보석을 물려주고 가문에서 내쫓을 생각이야. 너는 아마 이렇게 하는 내 무자비함을 원망할지도 모르겠구나. 하지만 깊이 생각해보면 우리의 미래와 너의 미래, 어느 쪽이 행복할지는 모르는 거다. 너는 활달한 성격에다가 기질도 좋으니, 분명 갖은 난관을 극복하고 자신을 감출 수 있을 거야. 그래야 또다시 우리들의 시대가 돌아오기를 기다릴 수 있지 않겠니…….

……하지만 만약 그 시대가 좀처럼 오지 않을 것 같다면 너는 보석 일부를 결혼 비용으로 쓰고 가문의 혈통이 끊이지 않도록 하면서 시기를 노리거라. 그리고 세상이 이전으로 돌아간다면 남은 보석으로 너의 신분을 증명하고 가문을 재건하거라…….

이렇게 말씀을 하셨습니다. 저는 그 후 곧 가난한 대학생의 모습으로 변장하고 모스크바로 와서 작은 집을 빌려서 음악 선생님을 했습니다. 저는 죽을 만큼 음악을 좋아했기 때문이죠.

그리고 기회를 봐서 베를린이나 파리로 가서 어느 연회장이나 극장의 악사가 될 계획이었지요……. 그런데 이런 계획은 완전히 실패로 돌아가 버렸습니다. 그 시절 모스크바는 음악은커녕 밤낮으로 총알과 폭탄의 즉흥교향악이 울리는 곳이라 악보 같은 것을 보는 사람은 아무도 없었습니다. 게다가 저는 얼마 안 있어 적군의 강제 모집에 끌려가 억지로 총을 메게 되었지요.

……제가 음악을 완전히 포기한 것은 그다음이에요. 왜 포기했는가 하면 제가 배웠던 악보는 모두 클래식한 왕조 문화의 것으로 지금 민중의 열등한 취미와는 전혀 맞지 않았어요. 그뿐만

이 아니라 적군 안에서 무심코 그런 음악을 했다가는 신분이 들통 날 수도 있기 때문이었습니다. ……그래서 열심히 틈을 봐서 백군 쪽으로 도망쳐 온 것입니다. 그래도 어딘가에 적군의 스파이가 있을지 몰라 조심하면서 휘파람이나 콧노래도 하지 않았습니다만, 그 괴로움은 말로는 못 합니다……. 멋진 발랄라이카*나 호궁(胡弓) 소리를 들을 때마다 귀를 막고 신음을 냈습니다……. 그래서 하루라도 빨리 부모님께 돌아가고 싶다…… 멋진 그랜드 피아노를 마음껏 치고 싶다는 생각만 했습니다.

……그런데 마침 어제저녁 때의 일입니다. 분대 동료가 평소와 달리 진지한 모습으로 뭔가 비밀스러운 이야기를 하고 있어서 무슨 일인가 싶어서 귀를 기울이고 들어보니, 그것은 제 부모님과 형제들이 과격파에게 총살당했다는 소문이었습니다……. 저는 놀라서 소리를 지를 뻔했습니다. 하지만 지금부터가 중요하다고 생각했어요. 그래서 일부러 어두운 곳에 숨어서 상황을 들어봤습니다. 제 부모님이 아무 말 없이 침착한 모습으로 죽었다는 이야기, 저를 제일 따랐던 남동생이 총구 앞에서 제 이름을 외치며 살려달라고 했다는 것까지 듣고 있자니 아무래도 사실이라고밖에 생각되지 않았습니다……. 그래서 저는 더는…… 아무런 희망 없이…… 당신에게 이야기하려고 가봤는데 아쉽게도 근무를 하러 가서…… 계시지 않았고…….”

리야토니코프는 이렇게 말하면서 눈물을 참으면서 주머니를

* 러시아, 특히 우크라이나 지방의 민속악기로 현악기의 한 가지.

잠그고는 힘없이 고개를 숙였습니다.

　저는 이미 놀란 데다가 또다시 놀라 버렸습니다. 팔짱을 낀 채로 서서 리야토니코프의 군모 차양을 응시하다 보니 무릎이 떨릴 정도로 당황하고 말았습니다. 저는 리야토니코프가 귀족일 것이라는 것은 전부터 느끼고 있었지만 설마 이 정도로 신분이 높을 줄은 꿈에도 상상하지 못했기 때문입니다.

　사실을 말하자면 저도 그 전날 근무 중에 사령부에서 이와 비슷한 소문을 들었습니다……. 니콜라이 폐하가 황후, 황태자, 황녀들과 함께 과격파군 손에 총살되었다……. 로마노프 왕가의 혈통은 이렇게 처참한 종결을 고했다……. 이러한 보도가 있었던 것을 누구보다 빨리 들었습니다만, 그때는 아무리 그래도 그런 일이 일어났을 리가 없다고 확신하고 있었습니다. 아무리 과격파라고 해도 아무것도 모르는 무력하고 온순한 황제와 그 가족에게 그런 비상식적인 짓을 할 리가 없다고 비웃었던 것입니다. 또한, 백군 사령부에서도 저와 같은 의견이었는지 '다시 한 번 그 진위를 파악하고 나서 발표할 것이다. 결코, 동요해서는 안 된다'는 통첩을 각 부대에 전달하도록 준비를 하고 있었습니다. 그렇다고는 하나…… 가령 그것이 거짓 정보라고 해도 지금 리야토니코프의 이야기와 소문을 연결해 보면 제가 실로 중대한 사실에 직면하고 있다는 것을 알게 되었습니다. 이렇게 귀중한 인연을 맺은 멋진 보석의 소유자인 이 청년과 마주하고 서 있다는 건 실로 온몸의 털이 다 곤두설 정도로 위험천만한 운명과 제 운명이 엮이려고 한다는 것이었습니다.

……다만……여기에서 딱 한 가지 의심해볼 사실이 있습니다……. 그것은 다른 것이 아닙니다. 니콜라이 폐하께서 황녀가 몇 분인가는 모르겠지만 아들이라면 올해 겨우 열다섯 살인 황태자 알렉세이 전하 이외는 그 누구도 없다는 것입니다.

……그러니까 만약 지금 내 눈앞에 서 있는 청년이 정말로 폐하의 왕자로 과격파의 총구를 피한 로마노프 왕가의 마지막 혈통이라면 올가, 타티아나, 마리아, 아나스타샤 네 명의 공주 전하 중에서 제일 어린 아나스타샤 공주의 오빠이거나 동생……, 이쯤이 제일 가까운 나이일 것입니다……. 만약 아주 오래전 러시아나 다른 나라 황실이라면 이런 비밀스러운 황손을 아무도 모르게 민간에서 컸다고 해도 이해할 것입니다. ……그러나 최근 저희 로마노프 왕가에서는 절대로 이러한 비밀스러운 존재를 받아들일 수 없는 사정이 있었습니다……. 그러니까 만약 니콜라이 폐하께 이런 황손이 있었다면 가령 아무리 곤란한 사정이 있다고 해도 당연히 황손으로서 공표해야만 하는 것이 당시의 국정이었기 때문이죠. 이 국정에 대해서는 당신도 잘 알고 계시고 제 이야기에서 별로 중요하지도 않으니 생략하겠습니다만, 요컨대 그 당시 슬라브 민족 모두 황실의 경사를 갈망하고 있었기 때문에 빅토리아 여왕의 황녀인 황후 폐하 주변에 독일로부터 뇌물을 받은 자가 있다…… 황손이 태어날 때마다 암살하는 자가 있다…… 라는 말도 안 되는 유언비어까지 퍼졌던 것을 조부님께 들은 기억이 있었습니다.

그러니까…… 이러한 이유로 추측해보면 지금 제 눈앞에 보석 주머니를 가지고 고개를 숙이고 흰 손수건에 얼굴을 묻고 있는 청년은 바로 폐하와 가장 가까운 무슨 무슨 대공 가운데 어느 사람의 피를 이은 인물임이 틀림없다……, 이것은 '신분을 증명할 만한 보석'의 존재를 봐도 손쉽게 알 수 있어서 어쩌면 이 청년의 아버지인 대공 일가가 폐하와 운명의 동반자였을지도 모르거나……, 혹은 이 청년의 가족이 학살당한 것을 폐하가 시해당한 것으로 잘못 알려졌을지도 모른다……. 만일 그렇다고 한다면 이렇게 높은 신분의 사람에게서 이러한 비밀을 들은 것은 슬라브 귀족으로서 더없는 영광이며 명예로운 일이기도 하지만 동시에 다른 면에서 생각해보면 이것 또한 예측 불가능한 무섭고도 위험천만한 운명이 내게 다가오고 있는 셈이다…….

……이렇게 생각한 저는 무심코 깊은 한숨을 쉬었습니다. 그리고 팔짱을 고쳐 끼면서 한 번 더 신중하게 생각해보았습니다만, 그러는 동안 저는 정말로 이상한 사실을 깨달았습니다.

그것은…… 눈앞의 청년…… 본명이 뭔지 아직 모르겠습니다만…… 리야토니코프라고 하는 청년이, 어째서 이런 보석을 내게 보여주며 중대한 비밀을 털어놓을 생각을 했는지, 그 이유를 전혀 모른다는 것입니다. 혹시 이 청년은 제가 귀족 출신이라는 것을 대충 알아차려서…… 또는 저를 친구로서 진심으로 믿었기 때문에 감당하기 힘든 비밀을 토로하고 괴로움을 호소해서 위로받고 싶어진 것이 아닐까 생각했습니다만……. 그렇다고 해도 엄청난 운명을 짊어진 이 똑똑한 청년의 행동은 너무나 대담하고도 경솔해서 아무리 생각해도 이해할 수가 없었습니다.

그렇다면 이 청년은 일종의 과대망상증과 같은 변태적 성격의 소유자일지도 모른다. 지금 방금 보여준 엄청난 보석도 내 눈을 속일 정도로 정교하게 만든 위조품일지도 모른다……. 이렇게 생각해보았습니다만, 아무리 생각을 해봐도 보석은 그런 위조품 같은 것이 아니었습니다. 일류 보석이 틀림없다는 확신이 점점 더 들기 시작했습니다.

　　그러나 그렇다고 이 청년에게

　　"어째서 그 보석을 제게 보여주는 것입니까?"

　　이런 질문을 하면 내게로 다가오려는 위험한 운명 쪽으로 스스로 한 발 다가가는 예감이 들었습니다.

　　……그래서 이런저런 생각을 해본 결과…… 이런 경우는 적당히 둘러대며 어디까지나 전우이자 동지인 병사로 연기하는 쪽이 어차피 서로를 위해 안전할 것이며 앞으로도 이와 같은 태도를 보이면서 상황을 지켜보는 게 가장 현명한 방침일 거라고 원래부터 겁쟁이였던 저는 결심을 했습니다. 그러고는 주변을 한번 살펴보고 누가 보더라도 귀족처럼 느긋하게 고개를 끄덕거리면서 헛기침을 두세 번 했습니다.

　　"그런 물건을 아무렇지 않게 다른 사람에게 보여주면 안 됩니다. 나니까 괜찮지만 다른 사람에게 들키기라도 하면 모든 것이 사라져 버릴 수도 있습니다. 앞으로 미흡하나마 당신의 힘이 되어 줄 테니까 너무 실망하지 마십시오. 그 정도의 신분을 가진 사람들의 학살이나 사형에 관한 소문은 대부분이 두세 번 건너서 들어오는 것이니 말입니다. 예를 들어 알렉산드로비치, 미하일, 게오로그, 블라드미르라고 하는 이름들은 말입니다."

이렇게 말하면서 안색을 살펴보았습니다만, 리야토니코프의 표정에는 어떠한 변화도 보이지 않았습니다. 오히려 이런 이름들 들으니 안심을 했는지 긴 한숨을 쉬면서 얼굴을 들어 눈물을 훔치고 무언가 기쁜 듯이 고개를 끄덕이면서 보석 주머니를 품안 깊숙이 넣었습니다.

그러나 저는 결코 이야기를 만들거나 하지 않습니다. 당신이 저를 멸시할지도 모르겠지만……, 이런 이야기에 거짓말을 덧붙이면 이야기 전체가 이치에 맞지 않게 되니까 솔직하게 고백하는 것입니다.

다시 이야기로 돌아가서 저는 그의 사정보다는 보석을 가지고 싶은 마음에 참을 수가 없었습니다. 나의 혈관 속에서 선조 대대로 전해 내려오는 보석 애호가로서의 욕구가 리야토니코프의 보석을 본 순간부터 시간이 흐를수록 햇불처럼 활활 타오르는 것을 아무리 해도 삭힐 수가 없었습니다. 그리고 '혹시 이번 정찰에서 리야토니코프가 전사하진 않을까?'라는 불안한 예감이 들어 정찰을 꼭 같이 가야겠다는 마음마저 먹게 되었습니다.

그런데 이 보석이 얼마 후 온몸에 소름이 돋을 지옥으로 끌고 갈 줄은……, 그리고 리야토니코프의 사후의 사랑을 이야기하게 될 줄은 그 누가 상상했겠습니까?

4

저희가 주둔하던 우수리부터 니콜스크까지는 철도로 가면 반나절 정도밖에 걸리지 않지만 가는 도중에 적군이 점령한 역이나 마을이 있어서 동쪽으로 한참을 선회해서 가야만 했습니다. 우리 분대로서는 시시각각으로 생명을 앗아갈 수도 있어서 고심과 노력을 해야 하는 여행이었습니다. 그러나 다행히 한 번도 적군에게 들키지 않고 출발한 지 14일째 되는 정오경 드디어 도스고이 사원 철탑이 보이는 곳까지 도달했습니다.

그곳은 적군이 점령하고 있는 크라이프스키에서 남쪽으로 약 20리 정도 떨어진 곳으로 끝없는 습지 위에 물결치는 무성한 대초원과 그 왼편에는 우수리 철도 간선이 하얀빛을 내며 일직선으로 뻗어 있었습니다. 그 앞 3리 정도 저편 초원 한가운데에는 둥그런 모양의 울창한 활엽수 숲이 크라이프스키 마을과 떨어져서 섬처럼 떠 있는 듯 보였습니다. 이 주변 숲이라는 숲의 나무들은 대부분 철도용으로 잘려 나갔기 때문에 이 숲만 남아 있는 것이 오히려 이상하다면 이상할 정도였습니다……. 둥그렇게 둘러싸인 울창한 나무들이 초원 저편의 푸르디푸른 하늘 아래에서 한여름의 빛나는 햇살을 받아 반사하고 있는 모습이 마치 그림처럼 아름답게 보였습니다.

이곳까지 오자 니콜스크가 바로 코앞이라서 안심한 우리 부대는 완전히 긴장이 풀리고 말았습니다. 장교를 시작으로 모든 병사가 허리까지 오는 풀 속에서 고개를 들고 허리를 펴면서 들고 있던 총을 어깨에 걸쳐 메었습니다. 그리고 커다란 잡초들을 헤치면서 불규칙한 산개 대형으로 숲을 향해 걸어갔습니다. 얼마 안 있어 저희 뒤로 시원한 바람이 불기 시작했습니다. 왠지 소풍이라도 온 것 같은 여유로운 마음마저 생겼습니다. 선두에 선 장교 바로 뒤에는 모자를 삐딱하게 쓰고는 뒤를 돌아보며 뒤편에 있는 제게 미소 짓는 리야토니코프의 붉게 물든 볼과 흰 치아가 지금도 제 눈 속에 각인되어 있습니다.

그 순간이었습니다. 아마도 4리쯤 정도 떨어진 철도선로 저편이었다고 생각됩니다만, 갑자기 커다란 기관총 소리가 들리더니 우리 부대 앞뒤로 풀잎이 마구 흔들렸습니다. 그리고 앗 하고 놀라는 순간 그중 한 발이 제 왼쪽 허벅지를 뚫고 지나갔습니다.

몸이 공중으로 붕 뜬 것 같은 기분이 들었고 풀 옆으로 쓰러졌습니다. 하지만 그와 동시에 '상처는 허벅지다. 목숨에는 지장은 없다'라는 생각이 들자 엉덩방아를 찧은 채 바들바들 떨리는 손으로 검을 빼내서 바지를 찢어 피부와 살이 날아간 상처 부위에 묶었습니다. 그러는 동안에도 끊임없이 발사되는 기관총의 탄환은 작은 새들 무리처럼 머리 위를 스치고 지나갔습니다. 저는 몸을 숙이면서 동료들이 어떤지 잡초 사이로 살펴보았습니다. 이런 곳에 홀로 남겨지는 것은 죽기보다도 싫었으니까요.

동료들은 아무도 제가 다친 것을 모르고 있었는지 총을 메고 풀 속으로 엎어지고 뒹굴면서 저편의 둥그런 숲 쪽으로 도망치고 있었습니다. 지금 와서 생각해보면 어지간히 당황했던 것 같습니다. 그러는 사이에 어쩐 일인지 갑자기 기관총 소리가 멈췄습니다. 그런데도 제 전우들은 도주를 멈추지 않았습니다. 이윽고 그 모습이 점점 작아지더니 숲에 가까워졌고, 선두에 장교 두 명, 그 뒤로 열한 명의 병사가 무사히 숲 안으로 도망쳤습니다. 마지막으로 상당히 뒤처진 리야토니코프가 제 쪽을 계속 돌아보면서 숲 아래쪽에서 기어 올라가는 것이 보였습니다. 저는 괜스레 신호를 보냈다가 총이라도 맞으면 큰일이라고 생각했기 때문에 몸을 숨기고는 다리 통증을 참으면서 열심히 숲 쪽을 바라보면서 형세가 어떻게 돌아가는지 걱정하고 있었습니다.

리야토니코프의 모습이 숲속으로 사라지자마자 10초도 지나지 않았는데…… 어쩌면 좋습니까. 숲속에서 갑자기 숨쉬기도 힘들 정도로 격렬한 총성이 들렸습니다. 그야말로 막무가내 난사로, 너무 놀라 그저 멍하니 바라만 보고 있는 제 머릿속으로 엉망진창으로 어지럽히듯이 계속되는 총성과 함께 무서운 비명이 숲 밖 사방팔방으로 퍼져 나갔습니다. 그러더니 1분도 채 지나지 않았는데 순식간에 조용해지더니, 예전처럼 청명하고 맑은 그림과 같은 조용한 초원으로 되돌아온 겁니다.

저는 꿈을 꾸는 것 같았습니다. 대체 무슨 일이 일어난 건지, 여전히 숲 쪽을 응시했습니다. 그러나 아무리 기다려도 숲에서 나오는 사람 모습은 보이지 않았고 총성에 놀라 날아간 새들 모습조차 보이지 않았습니다.

이런 광경을 보고 있는 사이 왠지 모르게 저 숲이 참을 수 없을 정도로 무섭게 느껴졌습니다……. 지금 들린 총성이 적일까, 아군일까…… 라는 상식적인 두뇌 회전보다 완전히 현실에서 벗어난 초탈한 공포심, ……천성이 겁쟁이인 제 모습으로 돌아온 듯 온몸에 전율이 흐르는 것을 멈출 수가 없었습니다……. 반짝반짝 빛나는 푸른 하늘 아래에서 빛나는 신록의 숲……, 그 안에서 갑자기 일어났다가 그리고 갑자기 사라져버린 엄청난 총성……. 그 뒤에 쥐죽은 듯한 정적……. 이런 광경을 보고 있는 동안, 나도 모르게 이를 딱딱거리는 소리를 내면서 떨고 있었습니다. 잡초 줄기를 붙잡고 있는 양쪽 손목이 얼음처럼 차가워지는 것을 느꼈습니다. 눈이 아플 정도로 뚫어지게 바라보는 숲 주변의 푸른 하늘에서 회색빛의 기하학적 무늬가 보이기 시작하더니 정신이 아득해지면서 풀 속에 쓰러져 버렸습니다. 어쩌면 허벅지 출혈이 심해진 탓일지도 모르겠습니다만…….

그래도 좀 있으니 정신이 들었고, 저는 총도 모자도 버린 채 풀 속을 기어가기 시작했습니다. 풀 밑동에 걸릴 때마다 눈앞이 아찔해질 정도로 느껴지는 허벅지의 아픔을 가까스로 참으면서 숲 쪽으로 다가갔습니다.

어째서 그때 숲 쪽으로 다가가려고 했는지, 그 당시에는 그 이유를 전혀 알 수가 없었습니다. 태생부터 겁쟁이인 제가, 게다가 날이 어두워지고 있는 적지의 들판을 견디기 힘든 아픔을 참으면서 왜 저런 두려운 숲 쪽으로 가려고 했는지…….

……그것은 이미 제가 그때 눈에 보이지 않는 알 수 없는 힘에 지배당했다고밖에 설명할 방법이 없군요. 상식적으로 보면 그런 음침한 숲으로 가지 않고 풀 속에서 날이 어두워지기를 기다렸다가 철도 선로 쪽으로 나가서 어둠을 틈타 니콜스크 쪽으

로 가는 것이 제일 안전하니까요. 말씀드리지 않아도 리야토니코프의 보석은 계속되는 무서운 사건들과 상처의 아픔 때문에 완전히 잊고 있었고, 호기심이라든가 전우의 생사를 확인하고자 하는 흔해 빠진 인정 또한 조금도 남아 있지 않았습니다. ……단지…… 제가 갈 곳은 저 숲밖에 없다는 마음에……, 그리고 저곳에 도달하면 금방 누군가에게 살해당해 이 공포와 괴로움에서 벗어날 수 있고 제일 높은 나무 끝에서 곧장 천국으로 올라갈 수 있을지도 모른다…… 라는 일종의 달콤한 애수를 머금은 초자연적인 생각만이 참기 힘든 고통과 고통 사이를 오가면서…… 끝없이 이어지는 조용한 초원의 풀 속을 기어서…… 흘러내리는 눈물을…… 진흙투성이 손으로 닦으면서 왼쪽 다리를 있는 힘껏 끌면서 기어갔습니다……. 그러는 사이 멀리 두 발 정도 가벼운 총성 같은 소리가 숲 쪽에서 들려왔기 때문에 나도 모르게 머리를 들고 공포에 떨면서 살펴보았습니다만, 역시 주변에는 아무런 움직임도 보이지 않았고, 그것이 정말 총성이었는지 아닌지 생각하는 동안 아무것도 알 수 없게 되었습니다. 저는 다시 풀 속에서 고개를 숙이고 천천히 기어가기 시작했습니다.

5

　제가 숲이 시작되는 부드러운 잔디까지 기어갔을 때는 이미 날이 어두워져서 넓은 하늘은 별들로 가득해졌습니다. 진흙투성이가 된 소맷자락과 흠뻑 젖어버린 무릎과 엉덩이 부근에서 냉기가 올라와 콧물과 눈물이 멈추지 않고 흘러내려 재채기가 날 것 같았습니다. 이를 참으며 몸을 숙이고는 귀를 기울이면서 주변 상황을 살펴보니 이 숲은 안쪽까지 상당히 큰 나무가 빼곡히 자라 있었고 별빛으로 저쪽 편까지 보이는 것 같았습니다. 그렇지만 아무리 둘러보고 귀를 기울여 보아도 사람의 목소리는커녕 새의 날갯짓 소리, 나뭇잎이 스치는 소리조차 들리지 않고 정적만 흘렀습니다.

사람의 마음이라는 것이 얼마나 요상한 것일까요? 이 숲에는 적도 아군도 없고…… 완벽한 허무라는 것을 알게 되자 왠지 안심과 동시에 평상시의 심약한 내 모습이 한꺼번에 되살아났습니다. 이런 기분 나쁜, 요괴라도 나올 것 같은 숲속으로 왜 혼자 온 것일까…… 라는 생각이 들자 나도 모르게 몸을 움츠렸습니다. 군인답지 않은 성격으로 군인이 되어 초원 한가운데서부터 오랜 시간을 기어와 놓고는 홀로 상처 입고 쓰러져 있는 제 운명을 이제야 절절히 되돌아보고 공포심에 참을 수 없게 되자 지금 당장이라도 숲을 나가야겠다고 생각했습니다. 그러나 다시 생각을 바꿔 숲속의 어둠을 뚫어지게 바라보았습니다.

리야토니코프의 보석이 생각난 것은 바로 그때였습니다. 리야토니코프는…… 아니, 우리 부대는 혹시 이 숲에서 살해되었을지도 모른다…… 라는 생각이 든 것도 이때였습니다.

……일찍이 저희를 발견했던 적군은 한 사람도 빠짐없이 죽일 계획을 세우고 저 숲으로 선회했다, 그리고 우리를 저 숲으로

몰아넣자마자 측면에서 기관총 사격을 했다고 보면 지금까지 일어난 일에 대한 수수께끼가 완전히 풀립니다. 혹시 그렇다면 우리 부대는 이 숲에서 매복해 있던 적군에게 전멸당했을 것이고, 리야토니코프도 당연히 살아 있을 리가 없다…… 고까지 생각하자 눈앞의 어둠 속에서 리야토니코프의 보석의 환영이 어렴풋이 아름답게 빛나는 것이었습니다.

저는 다시 한번 만약을 위해 맹세하겠습니다. 결코, 지어낸 이야기가 아닙니다. 그때 저는 이미 완전히 욕망의 노예가 되어 버렸던 것입니다. 몇십 개나 되는 보석이 어쩌면 제 것이 될지도 모른다는 참으로 섬뜩한 희망 하나 때문에 고통과 피로로 기진맥진해진 몸을 일으켜서 음산한 항아리 밑바닥 같은 검푸른 어둠 속으로 천천히 기어서 들어가기 시작했습니다. ……전장의 도둑…… 그래요. 그때 제 심리상태는 인간이 아니라고밖에 볼 수 없는 전장의 도둑 근성과 같은 것으로 보셔도 아무런 불만이 없습니다.

그로부터 조금 더 숲 안쪽으로 들어가자 잔디가 사라지고 말라버린 나뭇잎과 나뭇가지만 있는 평지가 나타났습니다. 그와 함께 온몸의 구멍으로 스며드는 냉기, 오싹함이 한층 더해져서 말라버린 나뭇잎이나 나뭇가지가 손이나 무릎 아래에서 부서지는 작은 소리 하나하나까지 제 신경을 곤두서게 했습니다.

점점 안쪽으로 기어가면 갈수록 두려움에 익숙해진 탓인지 주변 상황을 확실하게 알 수 있었습니다. ……이 숲은 예전에 요새나 절 같은 건물이 있었던 것 같이 곳곳에 사각으로 커다랗게 잘린 돌이 널브러져 있는 점, 가끔 사람들이 지나간 것 같이 떨어진 나뭇잎을 밟아서 딱딱해진 곳이 연속적으로 있는 점, 그리고 지금은 전혀 사람이 살지 않기 때문에 지금까지 기어오는 동안 시체로 보이는 것은 하나도 없었고 소총 케이스나 모자와 같은 전투 유품도 보이지 않았다는 점으로 추측해 보았을 때 동료들은 무사히 이 숲을 빠져나갔을지도 모른다……고 하는 것 등…….

……그러는 동안 쌓여 있는 나뭇잎 언덕에서 제 손바닥이 약간 따뜻하게 느껴진 바로 그때, 저는 숲 한가운데쯤에 있는 조금 움푹 파인 곳에 온 것을 알았습니다. 그곳에서 주변을 둘러보자 숲속 나무의 밑가지 너머로 사방의 초원이 어렴풋이 보였습니다.

저는 안심하면서도…… 동시에 실망한 듯 깊은 한숨을 쉬고는 움푹 파인 땅 안쪽에 주저앉았습니다. 그리고 힘주어 크게 재채기하면서 위를 올려다보자, 높디높은 나무줄기 사이로 희미한 별빛이 하나둘 떨어졌습니다. 이를 올려다보고 있자니 점점 대담해졌는지 언제나 주머니에 넣어두던 라이터가 생각났습니다.

저는 이 움푹 파인 땅 한가운데에서 몸을 숙이면 주변 어디에서도 보이지 않는다는 것을 확인하고는 오른쪽 주머니에서 라이터를 꺼내 손을 땅에 바짝 대고는 자동점화 덮개를 열었습니다. 불빛에 의지하면서 천천히 고개를 들고 먼저 눈앞에 나무줄기로 보이는 희미한 물체들을 가만히 들여다보았습니다. 그리고 얼마 지나지 않아 소리조차 내지 못한 채 라이터를 떨어트렸습니다.

라이터 불은 땅에 떨어졌는데도 꺼지지 않았습니다. 주변 마른 나뭇잎과 함께 점점 타오르고 있었고 라이터 케이스 안에서 휘발유가 흘러나와, 갈수록 기름이 타는 연기를 내면서 타오르기 시작했습니다. 하지만 저는 그것을 끄려고도 어떻게 하려고도 하지 못하고 엉덩방아를 찧은 채 몸을 덜덜 떨기만 했습니다.

제가 있는 움푹 팬 땅을 둘러싸고 있는 거대한 나뭇가지에는 발가벗겨진 사람의 시체들이 걸려 있었습니다. 자세히 보니 모두 마지막까지 살아 있던 전우들로 셔츠를 찢어서 만든 줄로 등 뒤로 손을 묶고 발을 따로 묶어서 나뭇가지 뒤편에서 끌어 올려 매달려 있었습니다. 그리고 누구라고 할 것 없이 모두 총에 맞은 상처를 입은 데다가 이런 자세로 묶여서 온갖 잔혹한 고통과 모욕을 당한 것처럼 눈이 파여 있거나, 이가 빠져 있거나, 귀가 잘리거나, 허벅지 사이가 무참히 째지고 갈라져 있었습니다. 이런 상처 곳곳에서 털실 뭉텅이같이 굵고 가는 피가 길게 나뭇가지에서 나무 밑동까지 흘러내린 채로 축 늘어져 있었습니다. 입이 찢겨 바보 같은 표정이 된 사람…… 코가 베어져 웃는 것처럼 보이는 사람…… 뭉게뭉게 타오르는 나뭇잎의 불꽃 속에서 흔들흔들 아래위로 흔들리면서 당장이라도 제 위로 떨어질 것처럼 보였습니다.

이런 광경을 쳐다보고 있자니 몇 분이 지났는지 몇십 분이 지났는지 전혀 기억조차 나지 않았습니다. 다만 가슴을 찔린 부사관 시체를 볼 때는 단추가 떨어져 나갈 정도로 제 가슴을 강하게 부여잡았습니다. 목이 잘린 장교를 볼 때는 피가 나올 때까지 제

목을 긁어댔습니다. 아래턱이 벌어져 미소를 짓는 것처럼 보이는 피 범벅된 얼굴을 보았을 때는 저도 모르게 숨을 헐떡거리며 미소를 지어 보였던 것으로 기억됩니다.

……제가 만약 지금 사람들이 말하는 대로 정신병 환자라고 한다면 그때부터 이상해진 것이 틀림없습니다.

이렇게 발버둥치고 있는 동안 제 등 뒤에 누군지 모르지만 희미한 숨소리가 들린 것 같았습니다. 살아 있는 인간의 숨소리인지 아닌지 알 수 없어서 뒤를 돌아보았습니다. 그러자 검붉은 나뭇잎이 타는 불빛에 유달리 큰 나뭇가지에 리야토니코프의 시체가 걸려 흔들거리고 있었습니다.

그런데 딴 시체와는 달리 몸 어디에도 총을 맞은 흔적이 없었고 또한 학살된 흔적도 보이지 않았습니다. 단지 루바슈카*로 만든 하얀 끈으로 목을 묶어 높은 나뭇가지에 걸어 두었을 뿐이었습니다. 리야토니코프는 손발을 늘어뜨리고 눈을 크게 뜬 채로 나를 내려다보고 있었습니다.

……그 모습을 본 순간 저는 왠지 모를 기묘한 비명을 질렀던 것 같습니다……. 아닙니다. 아니에요. 그 눈빛이 두려워서 그랬던 것은 아닙니다.

……리야토니코프는 여자였던 것입니다. 게다가 그녀의 가슴은 처녀의 가슴이었습니다.

……아아……그것을 보고 어떻게 비명을 지르지 않을 수가

---

* 러시아에서 남자용의 낙낙한 블라우스 풍의 상의로 허리를 끈으로 매게 되어 있다.

있겠습니까. 어떻게 정신이 혼미해지지 않겠습니까. ……로마노프, 홀슈타인, 고토로프가의 진정한 말로…….

그녀…… 잠시 이렇게 부르겠습니다. ……그녀는 조금 늦게 숲으로 들어갔기 때문에 산 채로 잡혔을 것입니다. 그리고 그녀의 육체는 '강제적 결혼'에 의해 유린당하였다는 것이 입술에 물린 재갈 흔적으로 알 수 있었습니다. 그런데도 부모님의 하사품인 결혼비용…… 약 30개 정도의 보석은, 적군이 소지한 커다란 엽총의 총알로 사용되어서 공포탄과 함께 하복부에 총알처럼 박혀 있었습니다. 제가 수풀을 기어가고 있는 도중에 들었던 두 발의 총성은 그 소리였던 것입니다……. 피부와 살이 벌어지면서 안쪽에서 내장이 흘러내리고 있었고 그 표면에 피범벅이 된 다이아몬드, 루비, 사파이어, 토파즈가 반짝반짝 빛을 내면서 달라붙어 있었습니다.

6

……이야기는 여기까지입니다……. '사후의 사랑'이라는 것은 이것을 말하는 겁니다.

그녀는 저를 사랑했던 것입니다. 그리고 저와 결혼하고 싶어서 소중한 보석을 제게 보여준 것이 분명합니다. ……그것을 알아차리지 못한 것입니다. 보석을 본 순간 강렬한 욕심에 사로잡혀서 ……아……제가 바보같이…….

저에 대한 그녀의 사랑을 알지 못했습니다. 그리고 자신이 죽기 직전에 마지막 일념으로 저를 숲까지 불러들였던 것입니다. 이 보석을 제게 전해 주기 위해서……, 이 보석을 영매로 하여 저의 영혼과 결합하기 위해서…….

보십시오……. 이 보석을……, 검은 부분은 그녀의 피와 탄약의 흔적입니다. 하지만 안쪽에서 반짝이는 다이아몬드 특유의 무지개색을 보세요. 사파이어도 루비도 토파스도 진품 중에서도 특등품이 아니면 이 정도로 빛나지 않습니다. 모두 제가 그녀의 내장에서 꺼낸 것입니다. 그녀의 사랑에 대한 저의 확신이 제게 용기를 주었고 이렇게 전율하고도 남을 만한 일을 하게 만든 것입니다.

……그런데…….

이 마을 사람들 모두 이것이 가짜라고 합니다. 피는 돼지나 개의 피일 거라면서 비웃는 겁니다. 제 이야기를 믿지 않았습니다. 그리고 그녀의 '사후의 사랑'을 비웃고 있습니다.

……하지만 당신은 그렇게 말하지 않겠지요. ……아아 정말로 믿어주시는…… 감사합니다. 감사해요. 자아 손을…… 손을 주세요. 우주 최고의 신비 '사후의 사랑'의 존재는 확실히 진실이었습니다. 제 신념은 당신으로 인해 처음으로 증명되었습니다. 거지 같은 행색으로 사람들에게 비웃음을 당하면서도 이 우라지오 마을을 떠돌았던 보람이 있었습니다.

제 사랑은 이제 만족합니다.

아…… 이렇게 유쾌한 적은 없을 겁니다. 죄송하지만 한 잔만 더하겠습니다. 그리고 이 보석을 모두 당신께 드리겠습니다. 제 사랑을 만족시켜 주신 대가입니다. 저는 사랑만으로 충분합니다. 이 보석의 영매 작용은 오늘 이것으로 완전히 사명을 다했습니다.

어, 어째서입니까……? 어째서 안 받겠다는 겁니까?

이 보석을 드리는 제 심정을 진정 모르시겠습니까? 이 보석을 당신께 드리고…… 만족해하면서 술을 마시면서 죽고 싶은 제가 불쌍하지 않습니까……?

뭐……뭐라고요……? 제 이야기가 진실이 아닌 것 같다니…….

……아……. 당신도 그렇습니까……? 아…… 어쩌면 좋지…… 아……기다려 주세요…….

도망치지 말고……. 아……. 아직 이야기가……. 가…… 가지 마세요…….

아나스타샤 황녀 폐하…….

<신청년> 1928년 10월 수록

유리병 속 지옥

유메노 규사쿠

해양연구소 귀중

삼가 아뢰옵니다. 한층 더 번영하시기를 바라옵니다. 그간 섬 주민들에게 해류 연구용으로 보이는 붉은 뚜껑으로 봉한 맥주병을 발견하는 즉시 신고하라고 안내해 왔습니다. 이번 본 섬 남쪽 해안가에서 그와는 다른 수지로 봉한 맥주병 세 개가 발견되었다는 신고가 들어왔습니다.

하나는 약 5리에서 10리 정도 떨어진 곳에서, 또 하나는 모래에 묻힌 상태로, 나머지 하나는 바위틈에 꽉 끼어 있었습니다. 상당히 오래전에 떠내려온 것으로 보이며 내용물도 알려주셨던 관제엽서와 다른 잡기장(雜記帳) 조각 같은 것이어서 명령하신 포착일시와 시간 등의 기재가 불가능하다고 생각하옵니다. 그러나 참고가 될까 하여 뚜껑을 열지 않은 채로 병 세 개를 마을 비용으로 보내옵니다. 아무쪼록 잘 받으시길 바라며 이에 대해 의견을 듣고자 하옵니다. 삼가 줄입니다.

○월 ○일

△△섬 촌장 印

첫 번째 병의 내용

아버지

어머니

여러분

아아……. 드디어 이 외딴섬에 구조선이 도착했습니다.

커다란 굴뚝이 두 개나 있는 배에서 두 척의 보트가 거친 파도 위로 내려왔습니다.

배 안에서 이 모습을 지켜보는 사람들 가운데 아버지와 어머니로 여겨지는 그리운 얼굴이 보였습니다. 그리고……, 오오…… 우리를 향해 하얀 손수건을 흔들고 계시는 모습이 이쪽에서도 잘 보입니다.

아마도 아버지와 어머니는 저희가 보낸 첫 번째 맥주병 속의 편지를 보시고, 저희를 구하러 오신 것이 틀림없습니다.

큰 배는 새하얀 연기를 뿜으며 지금 구하러 가겠다는 듯이 높고 큰 뱃고동 소리를 내고 있습니다. 그 큰 고동 소리 때문에 섬에 사는 새들과 곤충들이 단번에 날아올라 바다 저편으로 날아가 버렸습니다.

하지만 이 소리가 저희 두 사람에게는 최후 심판의 날에 울리는 나팔소리보다도 더 무서운 울림이었습니다. 저희 앞에서 하늘과 땅이 갈라지고, 하느님의 안광과 지옥의 불꽃이 일시에 번쩍이는 것처럼 느껴집니다.

아아, 손이 떨리고 심장이 두근거려서 더는 쓰지 못하겠습니다. 눈물이 흘러내려 앞이 보이지 않습니다.

저희 두 사람은 곧 큰 배가 정면으로 보이는 높은 절벽 위로 올라갈 것입니다. 아버지, 어머니, 그리고 구조하러 와 주신 선원들에게 잘 보이도록 꼭 끌어안고 깊은 바닷속으로 몸을 던져 죽을 것입니다. 그러면 얼마 못 가 언제나 그 주변을 맴돌고 있는 상어가 저희를 삼켜 버리겠지요. 그리고 나중에 이 편지가 담긴 맥주병 하나가 바다 위로 떠 오르는 것을 보트에 타고 있는 사람들이 발견하여 건져 올릴 겁니다.

아아, 아버지, 어머니, 죄송합니다. 죄송합니다. 죄송합니다. 죄송합니다. 저희는 처음부터 당신들의 소중한 자식이 아니었다고 생각하고 포기해 주세요.

우리 두 사람을 먼 고향에서 애써 구하러 와 주신 여러분께도 저희가 하는 짓에 대해 진심으로, 진심으로 죄송하게 생각하고 있습니다. 부디 제발 용서해 주세요. 그리고 아버지, 어머니께 안겨 인간세계로 돌아갈 수 있는 행복한 날이 찾아온 동시에 죽을 수밖에 없는 불쌍한 저희의 운명을 가엾이 여겨 주세요.

이런 식으로라도 육체와 영혼을 벌하지 않고는 저희가 저지른 죄에 대해 속죄할 길이 없습니다. 이 외딴섬에서 저희 두 사람이 저지른 짓은, 그것은 참으로 부정한 것이며 이것이 그 죗값입니다. 아무쪼록 이렇게나마 참회하는 것을 용서해 주십시오. 저희 두 사람은 상어 먹이 정도의 값어치밖에 안 되는 죄인들이니까요……. 아아, 그럼 안녕히 계십시오.

하느님께도 사람에게도 구원받지 못하는
가련한 두 사람으로부터

두 번째 병의 내용

아아, 보이지 않는 곳에서도 모든 것을 살펴보시는 하느님.
이 고통에서 구원받을 길은 제가 죽는 것 이외에는 도저히 없는 건가요.

저희가 하느님의 발판이라고 부르는 저 높은 절벽 위에 홀로 올라가 언제나 두세 마리의 상어가 유영하고 있는, 깊이를 알 수 없는 바닷속을 바라보았던 적이 지금까지 얼마나 많았는지 모릅니다. 당장이라도 몸을 던지려고 했던 적도 얼마나 많았는지 모릅니다. 하지만 그때마다 불쌍한 아야코가 생각나서 영혼마저 삼켜버릴 듯한 깊은 한숨을 쉬고 또 쉬고, 바위를 따라 내려왔습니다. 제가 죽어버리면 분명 아야코도 뒤따라 몸을 던질 것이 뻔하기 때문입니다.

파도가 유모 부부와 선장님, 조타수들을 휩쓸어 가버리자 보트에 남겨진 나와 아야코는 표류하다가 이 작고 외딴섬에 다다랐습니다. 벌써 몇 년이나 지났을까요? 이 섬은 연중 여름 같아서 크리스마스도 설날도 알 수가 없습니다만, 한 십 년쯤 되지 않았을까 합니다.

당시 저희에게 주어진 것은 연필 한 자루, 칼 하나, 노트 한 권, 돋보기 하나, 물을 담아 둔 맥주병 세 개와 작은 신약성경 한 권……. 그것이 전부였습니다.

하지만 저희는 행복했습니다.

이 작고 녹음으로 무성한 섬은, 어쩌다 한번 보이는 커다란 개미 이외에 저희를 괴롭히는 새나 짐승, 곤충 한 마리도 없었습니다. 그리고 그 당시 열한 살이었던 저와 일곱 살에 막 접어든 아야코 둘이 먹고도 남을 만큼 풍부한 음식들로 가득했습니다. 구관조나 앵무새, 그림으로만 봤던 극락조, 본 적도 들어본 적도 없는 화려한 무늬의 나비들이 있었습니다. 맛있는 야자 열매나 파인애플, 바나나, 붉고 보랏빛이 나는 커다란 꽃이나 향기로운 풀, 그리고 크고 작은 새들의 알이 일 년 내내 섬 여기저기에 있었습니다. 새나 물고기 역시 막대기로 두들기면 얼마든지 잡혔습니다.

저희는 이것들을 잡아 오면, 돋보기로 마른 풀을 이용해서 물에 떠다니던 나무에다가 불을 붙인 다음 구워 먹었습니다.

그러는 동안 섬 동쪽에 있는 곶과 바위 사이에서, 바닷물이 빠질 때면 깨끗한 샘이 솟는다는 것을 알게 되었습니다. 그래서 거기에서 가까운 모래밭 바위 사이에 부서진 보트 조각으로 오두막을 만들고, 그곳에 부드러운 마른 풀을 모아 아야코와 둘이서 잘 수 있게 만들었습니다. 보트에서 나온 오래된 못으로 오두막 바로 옆에 있는 바위 옆면을 네모나게 파서 작은 창고도 만들었습니다. 그러는 사이 겉옷과 속옷이 비바람과 바위에 찢어져 저희 둘은 정말이지 야만인처럼 알몸이 되어버렸습니다만, 그래도 아침과 밤에는 둘이서 하느님의 발판인 절벽에 올라가 성경책을 읽고, 아버지와 어머니를 위해 기도를 했습니다.

그리고 저희는 아버지와 어머니께 편지를 써서 소중한 맥주병 안에 넣고, 나무의 진으로 뚜껑을 막아, 몇 번이나 몇 번이나 병에 입을 맞추고는 바다로 던졌습니다. 그 맥주병은 이 섬 주변을 흐르는 조류를 타고 점점 먼 바다로 흘러가 두 번 다시 이 섬으로 돌아오지 않았습니다. 그리고 저희는 누군가 구하러 올 때 표지가 되도록 하느님의 발판 가장 높은 곳에 긴 막대기를 세우고, 언제나 푸른 나뭇잎을 걸어두었습니다.

저희는 가끔 말싸움하기도 했습니다. 하지만 금방 화해하고 학교놀이나 다른 놀이를 했습니다. 저는 자주 아야코에게 학생 역을 맡게 하고, 성경의 단어나 글 쓰는 법을 가르쳐 주었습니다. 그리고 우리 두 사람은 성경책을 하느님, 아버지, 어머니, 선생님이라 생각하고, 돋보기나 맥주병보다 훨씬 소중하게 여기고 바위 창고 가장 높은 선반 위에 올려두었습니다. 저희는 정말 행복했고 평화로웠습니다. 이 섬은 마치 천국 같았습니다.

○ ○ ○

이러한 외딴 섬에서의 단둘만의 행복 속으로 무서운 악마가 몰래 찾아들 것이라 어찌 생각이나 했겠습니까.

하지만 그것이 정말로 우리에게 몰래 찾아온 것만은 분명합니다. 언제인지도 모르겠습니다만, 세월이 흐르면서 아야코의 몸이 기적처럼 아름다워지고, 윤기를 머금으며 성장하는 모습이 제 눈에 생생하게 들어왔습니다. 어느 날은 꽃의 정령처럼 눈부셨고, 또 어느 날은 악마처럼 제 마음을 어지럽혔습니다. 그런 그녀를 보면서 나도 모르게 정신이 혼미해지고 슬퍼졌습니다.

"오빠……."

아야코가 그 어떤 불순함도 들어 있지 않는 눈망울로 나를 부르면서 품 안으로 달려들 때마다 제 심장이 지금까지와는 전혀 다른 느낌으로 요동치는 것을 느꼈습니다. 그리고 아야코의 행동 하나하나에 제 마음이 무너져 내리는 것처럼 괴로움에 시달렸고 두려움에 떨어야만 했습니다.

그러는 사이 아야코 역시 언제부터인가 태도가 변했습니다. 저처럼 지금까지와는 전혀 다른……, 더더욱 애처롭게 눈물을 머금은 눈으로 저를 바라보게 되었습니다. 그리고 이내 제 몸을 만지는 것이 부끄러운 듯 그리고 슬픈 듯이 보이기 시작했습니다.

나와 아야코는 더는 싸움을 하지 않게 되었습니다. 그 대신 어딘지 모르게 근심스러운 얼굴을 하고, 가끔 한숨을 쉬게 되었습니다. 이 외딴섬에 둘만 있는 것이 뭐라고 표현할 수 없을 정도로 괴롭고 기쁘고 슬퍼졌기 때문입니다. 그뿐만이 아니라 서로 얼굴을 바라보고 있으면, 죽음의 그림자가 드리운 듯이 점점 눈앞이 깜깜해졌습니다. 그리고 하느님의 계시인지 악마의 장난인지 모르겠지만 갑자기 심장이 거칠게 뛰다가 어느 순간에 정상으로 되돌아오는 일이 하루에도 몇 번씩 일어났습니다.

두 사람은 이러한 서로의 마음을 확실히 알면서도 하느님께서 내리실 벌이 두려워 입 밖으로 내지 않았습니다. '만약 그런 일을 저지른 뒤에 구조선이 오면 어떻게 하지…….' 라는 걱정에 사로잡혀, 아무 말도 하지 못하고 있다는 것을 서로가 잘 알고 있었습니다.

그러던 어느 조용하고 청명한 날 오후, 바다거북 알을 구워 먹은 후 같이 모래밭으로 걸어가 머나먼 바다 위로 흘러가는 흰 구름을 바라보고 있자니 문득 아야코가 이런 말을 했습니다.

"있잖아, 오빠. 만약에 우리 두 사람 중 한 사람이 병에 걸려 죽으면, 그다음엔 어떻게 해야 하지?"

아야코는 얼굴을 붉히며 고개를 숙이고는 달궈진 모래에 눈물을 떨어뜨리며 뭐라고 형용할 수 없는 슬픈 미소를 지어 보였습니다.

○ ○ ○

그때 제 표정이 어땠는지 잘 모릅니다. 단지 죽을 만큼 숨이 막혔고, 가슴이 찢어질 정도로 떨려서 벙어리처럼 아무런 대답도 하지 못하고 일어나 슬며시 뒷걸음치며 아야코에게서 떨어졌습니다. 그리고 하느님의 발판 위로 올라가서 머리를 쥐어뜯고 또 뜯으며 주저앉고 말았습니다.

"아아, 하늘에 계신 하느님.

아야코는 아무것도 모릅니다. 그러니까 저런 말을 했을 겁니다. 아무쪼록 이 아이를 벌하지 말아 주세요. 그리고 언제까지나, 언제까지나 깨끗하게 지켜주세요. 그리고 저도…….

아아, 하지만, 하지만……,

아아, 하느님. 저는 어쩌면 좋을까요? 어떻게 하면 이 고통에서 구원받을 수 있을까요? 제가 살아 있는 것은 아야코를 위해서 더할 수 없는 죄입니다. 하지만 제가 죽는다면 아야코에게 더욱더 깊은 슬픔과 괴로움을 주게 되겠지요. 아아, 어떻게 하면 좋을까요. 저는…….

아아, 하느님…….

저의 머리카락은 모래범벅이고, 저의 배는 바위에 바짝 붙어 있습니다. 만약 죽고 싶다는 제 소망이 당신의 뜻에 합당하시다면 지금 바로 저의 생명을 불타오르는 번개로 거두어 주십시오.

아아, 보이지 않는 곳에서 모든 것을 살펴보시는 하느님. 부디 제발 그 이름을 거룩히 하옵시고 그 뜻이 땅에서도 이루어지게 하소서…….”

하지만 하느님은 그 어떠한 계시도 내려주시지를 않았습니다. 쪽빛 하늘에는 하얀 구름이 마치 실처럼 흘러갈 뿐……, 절벽 아래에는 새파랗고 새하얀 소용돌이가 치고 있는 파도 사이를 유유히 돌아다니는 상어 지느러미가 언뜻언뜻 보일 뿐입니다.

그 투명하게 맑고 깊이를 알 수 없는 심연을 하염없이 보고 있자니, 점점 눈앞이 빙글빙글 돌면서 어지럽기 시작했습니다. 몸이 저도 모르게 비틀거리면서, 부딪치고 있는 물거품 속으로 빨려

들어갈 뻔했습니다만, 겨우 정신을 차리고 절벽 끝에 매달렸습니다……. 그리고는 절벽 제일 높은 곳까지 한달음에 달려가 정상에 꽂혀 있던 막대기와 끝에 묶어 두었던 야자수 잎을 단숨에 뽑아서 눈 아래 멀리 바닷속으로 던져버렸습니다.

"이젠 됐어. 이렇게 하면 구조선이 오더라도 지나쳐 갈 거야."

이렇게 생각하고 나도 모르게 껄껄 웃으며 마치 늑대처럼 절벽에서 뛰어내려 와 오두막 안으로 들어가서는, 시편 부분을 펼쳐 둔 성경책을 집어 들고 좀 전에 바다거북 알을 요리했던 불씨 위에다 던지고는, 위에 마른 풀을 덮어 불길을 일으켰습니다. 그리고는 있는 힘껏 목소리를 높여 아야코의 이름을 부르며 해변으로 달려가 주변을 둘러보았습니다……만……,

그때 아야코는 멀리 바다 가운데까지 돌출된 곳의 큰 바위 위에 무릎을 꿇고 하늘을 우러러보며 기도를 하는 것 같았습니다.

○ ○ ○

나는 뒷걸음질치며 비틀거렸습니다. 거친 파도에 둘러싸여 자줏빛으로 물든 큰 바위 위에 석양을 받으며 마치 붉은 피처럼 빛나고 있는 처녀의 성스러운 뒷모습…….

밀물이 점점 밀려들어 와 파도와 함께 해초가 종아리를 스쳐 지나가는 것도 모르고 금빛으로 반짝이는 커다란 파도를 맞으며 열심히 기도드리는 숭고한 모습의 아야코의…… 눈부신 모습…….

내 몸은 돌처럼 굳어져 잠깐 멍하니 그 모습을 지켜볼 수밖에 없었습니다. 문득 아야코의 결심이 무엇인지 느껴지자 깜짝 놀라 뛰어갔습니다. 조개껍데기 투성이 바위에 미끄러져 상처를 입으면서도 큰 바위 위로 정신없이 기어 올라갔습니다. 미치광이처럼 거칠게 울부짖는 아야코를 양팔로 있는 힘껏 끌어안고 온몸이 피로 범벅이 된 채 간신히 오두막으로 돌아왔습니다.

하지만 저희 오두막은 더는 그곳에 있지 않았습니다. 마른 풀과 함께 성경책이 흰 재가 되어 푸른 하늘 저 멀리 사라져 버린 것입니다.

○ ○ ○

그로부터 저희 둘은 몸도 마음도 완전한 어둠 속으로 쫓겨나 밤낮없이 몰려오는 슬픔에 이를 악물어야 했습니다. 서로 포옹하고 위로하며, 다독이고, 기도하며, 슬픔을 같이 나누기는커녕 이제는 같은 곳에서 잘 수도 없게 되어 버린 겁니다.

그것은 아마 제가 성경을 태워버려서 받는 벌일 테지요.

밤이 되면 별빛, 파도 소리, 벌레 소리, 바람에 흔들리는 나뭇잎 소리, 나무 열매 떨어지는 소리가 성경의 말씀처럼 한 구절씩 속삭이며 저희 두 사람을 둘러싸며 한 발짝씩 다가오는 것 같았습니다. 그리고 꼼짝도 못 하고 한 시도 잠들지 못한 채, 서로 떨어져서 괴로워하는 저희 두 사람의 마음을 누군가 엿보러 오는 것 같아서 두려웠습니다.

이렇게 길고 긴 밤이 지나면 이번에는 길고 긴 낮이 찾아옵니다. 그러면 섬을 비추는 태양도, 노래하는 앵무새도, 춤추는 극락조도, 비단벌레도, 나방도, 야자나무도, 파인애플도, 꽃 색깔도, 풀 냄새도, 바다도, 구름도, 바람도, 무지개도 아야코의 눈부신 자태와 숨 막힐 듯한 살 냄새와 섞여 빙글빙글 소용돌이치면서 사방팔방에서 마치 저를 죽일 것처럼 달려들었습니다. 그런 가운데 저와 같은 괴로움에 빠져 있는, 하느님 같은 슬픔과 악마 같은 미소를 한꺼번에 담은 고통스러운 아야코의 눈동자가 언제까지나, 언제까지나 나를 바라봅니다.

○ ○ ○

연필이 닳아서 이젠 길게 쓸 수 없습니다.
이러한 가혹한 고통과 괴로움 속에서도 여전히 하느님의 벌을 두려워하고 있는 저희의 진심을 이 병에 담아 바다에 던지려고 합니다.
내일이라도 악마의 유혹에 넘어가기 전에……
적어도 두 사람의 육체만이라도 더럽혀지기 전에……

○ ○ ○

아아, 하느님……, 저희 두 사람은 이러한 괴로움 속에서도 아픈 곳 하나 없이, 날이 갈수록 튼튼해지고 건강하고 아름답게 성장해갑니다. 이 섬의 청명한 바람과 물과 풍부한 먹을거리와 아름답고 즐거운 꽃과 새들에게 보호받으면서……
아아, 어쩜 이리도 모진 고통이 있을까요. 이 아름답고 행복한 섬은 이젠 완전한 지옥입니다.
하느님, 하느님. 당신은 왜 우리 두 사람을 단숨에 죽이시지 않는 것입니까……

-다로 씀-

세 번째 병의 내용

엄마, 아빠 우리 남매는 사이좋게 건강하게 이 섬에서 살고 있어
요. 빨리 구하러 와 주세요.

이치카와 다로(市川 太郎)

이치카와 아야코(イチカワ アヤコ)

〈엽기〉1928년 10월호 수록

사갱
(斜坑)

유메노 규사쿠

상

땅속 아래 깊고 깊은 곳에서 맑고도 음산한 기운의 목소리가 울려 퍼지더니 사갱의 위쪽 입구까지 올라왔다.

"······부처······니이이임······이이······사오오오오······옛날 갱구·········이이···사오···오········."

그 목소리가 귓가에 맴돌아 후쿠타로(福太郞)는 발걸음을 멈추고 어두운 뒤쪽을 돌아보았다.

그것은 아주 오래전부터 이 탄광 지방에 전해지는 기묘한 풍습이다.

탄광 안에서 죽은 자가 생기면 그 시체를 그대로 스님이나 유족의 손에 넘기지 않는다. 그쪽으로 달려간 동료 몇 명이 시체를 들것이나 광차에 싣고 바쁘게 오가는 탄차(炭車) 사이를 빠져나가 천천히 걸으면서 탄광 입구까지 운반한다. 도중에 모퉁이나 이곳저곳 중요한 곳을 통과할 때는 동료 중 한 사람이 그때마다 가능한 한 큰 소리로 명확하게 그 장소의 이름을 외쳐서 죽은 사람이 듣도록 하는 것이다. 그리고 긴 시간에 걸쳐 탄광 입구까지 운반하면 의무국으로 데리고 가서 검시를 받고 나서야 스님이나 일가친척의 손에 넘겨진다.

탄광 안에서 죽은 자는 그곳에 영혼을 남긴다. 죽어도 갱 속에서 죽겠다는 결심으로 일하다가 쓰러지기 때문에 자신의 몸이 바깥으로 옮겨지는 것을 모르는 것이다.

그래서 죽은 장소에서 다른 광부가 일하면 죽은 영혼이 화를 내면서 일을 방해하는 때도 있다. 지나가는 바람이나 푸른 불빛, 유령이 돼서 나타나기도 하고 곡괭이의 끝부분을 잡는다거나 안전램프를 꺼버리거나 폭탄을 불발로 만들기도 한다. 더욱 안좋은 경우는 경탄을 떨어뜨려 죽이는 일도 있어서 그런 일이 없도록 죽은 자를 운반할 때 나오는 길을 잘 알려주어 후에 영혼이 머물지 않도록 한다……는 것이 이 풍습의 기원이라고 한다. 일년 내내 어둠 속에서 일하는 광부들에게는 제법 타당한 도리이며 눈물겨운 의식인 셈이다.

오늘 운반된 자는 오래된 갱구 가까운 보존탄 기둥의 목공공사를 하던 이사오(勇夫)라는 젊은 광부였다. 물론 후쿠타로의 부하는 아니었지만, 눈썰미가 좋고 성실한 자였는데 갑자기 떨어진 암석에 맞아서 뼈마디가 갈기갈기 찢기고 으스러졌다는 이야기를 방금 지나가던 광부에게서 들었다. 지나가는 장소마다 소리지르고 있는 목소리는 기치자부로(吉三郎)라는 선배 광부였

다. 이 남자는 예전에 한 번 이 산에서 큰 폭발이 있었을 때, 탄
광 아래로 떨어져서 죽은 줄 알았는데 잠시 뒤에 숨을 다시 쉬어
보니 어느새 태양이 쨍쨍 내리쬐는 초원으로 운반되어 의사의
간호를 받고 있다는 것을 알고 놀라 다시 한번 기절한 적이 있었
다. 그 사건 이후 한층 더 깊이 미신에 사로잡혀서 죽은 자가 나
올 때마다 일을 내팽개치고 달려가서 소리치는 역할을 맡았다.
그래서 동료들 사이에서는 '저승의 기치'라고 불렸다.

기치자부로의 목소리는 보통 남자보다 한층 높아서 여자 목
소리처럼 멀리까지 들리는데도 시체의 귀에 입을 가까이 대고
진심으로 시체의 영혼을 불러내려는 듯 열심히 소리를 쥐어짜
서 마을 스님 목소리보다 훨씬 더 처절하게 느껴졌다……. 그 소
리는 무한의 어둠을 품은 대지 아래 저세상 끝까지 스며들 것 같
은, 뭐라고 표현할 길이 없는 서글픈 울림을 일으키며 멀어졌다
가 가까워졌다가 하면서 들려왔다.

"……여기는…아아아…펌프 자리다……이사오오오오……이
이이……이이이……이이이……"

그 목소리를 들은 후쿠타로는 웬지 오싹해지며 몸이 부들부
들 떨려 와서 주변을 둘러보았다. 멀리서 맑게 울리는 기치자부
로의 목소리를 듣고 있자니 사방팔방의 어둠 속에서 움직이지
않던 모든 것이 내 목숨을 저주하려고 다가오는 것 같은 기분이
들었기 때문이다.

후쿠타로는 원래 이처럼 신경이 날카로운 남자가 아니었다.
공업학교를 나와서 대략 3년간, 이 광산에서 성실함 하나만으로

조장 일까지 맡게 되었고, 지금은 땅속의 어둠에 완전히 익숙해졌다. 그는 갱 속에서 자신이 태어난 고향과도 같은 포근함마저 느꼈으며, 태생적으로 머리가 나빠 꽤 위험한 상황이 닥쳐도 무신경했기 때문에 웬만해서는 감상적인 기분에 빠지지도 않았다.

그런데 작년 말 즈음 아내를 얻으면서 왠지 모르게 몸 상태가 예전 같지 않았다. 마음이 약해진 것인지 이런저런 쓸데없는 일에 신경이 쓰이기 시작했다는 것을 나쁜 머리로도 조금씩 의식하고 있었다. 특히 요즘 교대 없이 연속으로 19시간 일을 해서 피곤하기도 했기 때문일 것이다. 머리가 묘하게 맑아지고 뭐라고 표현할 수 없는 오싹함이 어둠 속에서 자신을 덮쳐오고 있는 것처럼 생각되어 참을 수가 없었다.

……얼마 안 있어 저런 미덥지 않은 목소리로 나를 부를 날이 올지도 몰라…….

……조금 전에 교대하려고 갱내 목수인 겐지(源次)를 태우고 눈앞 사갱 입구를 올라간 탄차가 로프라도 끊어져서 뒤집히지는 않을까…….

……아니면 지금이라도 머리 위로 경탄이 떨어지지나 않을까…….

이런 기분 나쁜 예감이 끊임없이 밀려오기 시작하자 그것이 의심할 여지도 없는 사실처럼 여겨져 나도 모르게 안전램프의 희미한 불빛 가운데 멈춰서 버렸다.

이렇게 불길한 예감의 소용돌이 중심에서 무엇보다 가장 먼

저 떠오르는 것은 아내인 오사쿠(お作)의 하얀 얼굴이었다.

오사쿠는 후쿠타로보다 네다섯 살 위로 순진하고 사람 좋은 후쿠타로에게 처음으로 사람의 길을 알려준 사람이라서 지금은 하늘과도 땅과도 바꿀 수 없는 유일한 여신처럼 여겨지는 여자였다. 그래서 어머니나 누나처럼 그리웠다……. 또한 아름다운 요정이 아닐까 하는 생각이 들 정도로 요염한 오사쿠의 목덜미와 하얗게 화장한 동그란 얼굴이 다시는 만날 수 없는 유령처럼 웃으면서 코앞의 어둠 속에서 떠올랐을 때, 후쿠타로는 눈앞이 아찔하면서 몸이 흔들거려서 앞으로 쓰러질 뻔했다. 그리고 처음 오사쿠와 만났을 때부터의 이런저런 인연들을 생각하면서 새삼스럽게 긴 한숨을 쉬었다.

오사쿠는 원래 후쿠타로가 마음에 둔 여자가 아니었다. 오사쿠는 후쿠타로가 이 산에서 일을 시작했을 때, 이 마을 우동 집으로 흘러들어와 살게 된 여자로 극도의 육감적인 통통한 몸매와 타고난 억센 기질로 여러 남자를 손에 쥐고 놀았다. 그중에서도 목수 일을 지도하는 겐지라는 독신의 중년 남자가 동료들로부터 비웃음을 살 정도로 오사쿠에게 홀려서 있는 돈 없는 돈 다 쏟아부었는데, 오사쿠는 받을 만큼 받은 후 그를 간단하게 차버리고 쳐다보지도 않았다. 그런데 인연이란 것이 있었던 것일까. 그때부터 가끔 우동을 먹으러 올 뿐, 술은 한잔도 마시지 않는 후쿠타로의 샌님같이 주저하는 모습에 오사쿠 쪽이 반해 버렸던 것 같다. 작년 초겨울 우동 집에 휴가를 내고 그대로 저금통장을 들고 후쿠타로가 자취하고 있는 조장용 오두막으로 찾아 들어와서 아내가 되어 버린 것이었다.

그 당시에는 아무리 둔감한 후쿠타로도 적잖이 당황했다. 그는 이 모든 것을 계획한 오사쿠 앞에 긴장한 채 꿇어앉아서 아이처럼 주뼛주뼛하고 있었고, 어떻게 해야 할지 모르는 사이 닷새, 열흘이 지나갔다. 어느샌가 후쿠타로는 오사쿠의 하얀 얼굴이 보고 싶어서 일을 빨리 끝내려고 하였다. 매일 아침 일어나면 자취 시절과 다르게 집 안이 깨끗하게 정리되고 머리맡에 식사 준비가 되어 있는 것이 참을 수 없이 기뻤다. 저녁에 피곤한 몸을 이끌며 터벅터벅 지쳐서 돌아올 때 광부들 오두막의 희미한 불빛 속에서 자신의 집만 밝게 램프가 켜 있는 것을 보면 감사한 마음에 뭐라고 말할 수 없이 가슴이 먹먹해지고 눈물이 나올 정도였다. 그와 동시에 내일 아침 4시부터 일어나서 제일 처음 갱에 들어가야만 하는 사실을 떠올리고는 참을 수 없이 불쾌한 기분에 젖어 다시 힘없이 돌아가는 후쿠타로였다.

이렇게 단순한 후쿠타로의 마음은 보름도 지나지 않아 점점 땅 밑 어둠 속에서 멀어져 갔다. 그리고 이런 광산에서는 드문 오사쿠의 부드럽고 귀여운 두 손 안에서 날이 갈수록 그녀의 뜻대로 움직이게 되었다. 후쿠타로는 이러한 자신과 오사쿠의 관계가 탄광에서 소문이 무성하게 일고 있다는 사실을 매일같이 들었고 만나는 사람마다 조롱의 대상이 되어 버렸다는 사실에 마음이 약해졌다. 게다가 이렇게 놀리는 소문들 가운데서 '겐지가 원한을 품고 있어'라는 말을 들을 때면 마음 좋은 후쿠타로로서도 참기가 힘들었다.

"겐지라는 사내는 일할 때는 별로인데 말만은 부드럽게 하지. 하지만 속이 검은 녀석이야. 놈은 원래 사기 치고 감옥에 갔다 온 사내라서 할 짓, 못 할 짓 다 해본 사기꾼이거든. 놈에게 대든 자들은 탄광 안에서 그놈의 손에 어느샌가 사라진다는 이야기가 있지. 놈이 그 정도로 비겁한 짓을 할 만한 놈이라는 사실은 모르는 사람이 없어. 놈에게 그게 아니라고 반항하는 놈도 있기는 하지만 암흑 속에서 아주 정성을 들여 죽인다고 하는데, 증거 하나 남지 않는다더군. 무엇보다 놈은 탄광장의 부엌 수도관을 기어 다니는 쥐를 민첩하게 잡고는 탄광장한테 아첨까지 하질 않겠어. 지금까지는 한 번도 문제를 일으키지는 않았지만, 안심은 금물이야. 언제 복수를 할지 모르니까. 원래 오사쿠가 가진 적금은 1전까지 모두 겐지가 쏟아부은 돈이라는 이야기도 있으니까 말이야."

친절한 동료 광부들한테서 이런저런 말을 들은 적이 한두 번이 아니었다. 이런 이야기를 들을 때마다 머리 나쁜 후쿠타로는 벌벌 떨면서 걱정만 할 뿐, 어떻게 조심하면 좋을지 몰라서 곤혹스러워하곤 했다.

"……그렇게 말해 봐야 내 알 바 아니지."

후쿠타로는 눈물을 머금고 얼굴을 붉으락푸르락하거나 이렇게 말했다.

"겐지는 그렇게 나쁜 사람이 아닐 거야……."

한숨을 쉬고 꿈이라도 꾸고 있는 듯한 눈빛을 보였기 때문에 일부러 친절하게 충고해 준 동료들도 맥이 빠져 버린 적이 많았다.

그러나 문제는 그것만이 아니었다. 후쿠타로는 자신이 겐지한테 원망을 사고 있는 이유가 단순히 오사쿠와 관련된 것만이 아니라 그밖에도 더욱 중대하고 심각한 이유가 있다는 이야기를 계속 반복해서 들어야만 했다.

……그것은 바로 다음과 같은 이유였다.

후쿠타로는 원래부터 두뇌 회전이 느린 편인데, 이에 반해 묘하게 손재주가 좋아서 그중에서도 목공 도구를 주무르는 것을 밥 먹는 것보다 좋아했다. 공업학교에 들어갔을 때도 처음에는 건축을 지망했지만 돌아가신 부모님 말씀에 따라서 어쩔 수 없이 채광(採鑛) 쪽으로 진로를 돌린 덕에 탄광에서 겨우 학자금을 지원받을 수가 있었다. 그래도 조금씩 용돈을 모아 사 모은 목공 도구를 지금도 오두막 붙박이장에 넣어 두고 있을 정도였고 아무리 피곤한 날에도 부탁만 받으면 금방 그 상자를 들고 외출하였다.

그래서 탄광 내 목수 일도 본업인 겐지보다 모양새도 좋은 데다가 아주 공을 들여 완성해서 그런지 튼튼하다는 평판을 받았다. 실제로 방금 지나온 탄광의 대동맥이라고 할 수 있는 사갱 입구도 작년 여름 무렵 겐지가 한번 손 봤었는데 얼마 안 있어 어느샌가 천장의 중압 때문에 미닫이 틀이 아래로 내려앉았고 천장이 아래로 처져서 광차의 테두리가 닿을락 말락 한 것을 모른 채 광차를 탔던 광부의 머리 두 개가 암흑 속으로 날아가 버리고 말았다. 때마침 겐지가 감기에 걸려서 잠들어 있어서 일단 후쿠타로에게 부탁해서 이를 고쳤고 광차의 끝부분이 1척 정도 올라가게 되었다. 그때 만약 겐지가 자재를 훔치지 않고 일을 대충하지 않았다면 2척 정도 위쪽으로 올라갔으리라는 것이 이 작업에 관여했던 관리들의 이야기로 밝혀졌다.

이러한 후쿠타로의 꼼꼼한 일 처리에 관한 소문이 탄광 안으로 퍼지지 않을 리가 없었다. 그리고 그와 동시에 목수가 본업인 겐지한테 원망을 살 수밖에 없다는 것이다.

겐지는 신참인 풋내기한테 일에서 커다란 수치심을 느낀 데다가 돈이란 돈은 다 바친 여자까지 후쿠타로에게 빼앗겼기 때문에 어떻게 해서든 복수하지 않고는 가만있을 수 없는 상태까지 와 버린 것이다. 그러나 겐지는 원래 그런 성격이었을까. 아니면 모두가 생각하고 있는 것보다 훨씬 더 영리한 인간이었기 때문일까. 성미 급한 탄광 사람들로부터 아무리 조롱당하고 겁쟁이 취급을 받아도 겐지는 모르는 척할 뿐, 오히려 그 후로 후쿠타로와 마주칠 때마다 고개를 꾸벅꾸벅 숙이면서 비위를 맞추는 듯한 행동을 보이기 시작했다.

이런 겐지의 태도가 눈에 띄게 되면서 다른 사람들은 겐지의 마음을 의심하기 시작했다. ……봐라, 머지않아 겐지가 무슨 짓을 벌일 거야. 후쿠타로와 오사쿠에게 뭔가 꿍꿍이가 있어……라는 등 탄광 지역 특유의 잔인함 섞인 흥밋거리가 되었다. 그런 가운데 가장 중요한 당사자인 후쿠타로 부부만은 그런 일을 문제 삼지 않은 모양이어서 한층 더 사람들의 이목을 집중시켰다. 사람 좋은 후쿠타로는 겐지를 만나도 다른 사람과 마찬가지로 웃는 얼굴을 보이는 한편 오사쿠 또한 오사쿠대로 대수롭지 않게 생각하며 이렇게 말했다.

"겁쟁이 겐지가 뭘 할 수 있겠어?"

지금까지 입고 있었던 흰색 유모지*를 타오를 듯한 붉은 유모지로 바꾸거나, 우동 집에서 일하던 시절처럼 새하얀 목덜미 화장을 다시 시작한 것뿐 아니라 그 목덜미 화장을 하고 붉은 유모지를 입고는 매일매일 후쿠타로가 집으로 돌아오는 길 중간까지 마중을 나가기 시작했다. 한편으로 탄광장의 주택 신축 축하연을 도와주러 간 후부터 탄광장의 젊은 둘째 부인 옆에서 흡사 겐지의 세력에 저항이라도 하듯이 살짝살짝 부인의 비위를 맞추어서, 탄광장의 오래된 셔츠나 오래된 구두 등을 받아와서는 후쿠타로에게 주기도 했다. 이것 보라는 듯, 후쿠타로에게 살갑게 굴었기 때문에 탄광 안의 수군거림은 긴장을 더해 갔다.

후쿠타로는 사갱의 입구에서 자신의 손에 들린 램프 불빛 속에 우뚝 서서 이러한 소문이나 추억들을 끊임없이 생각해 보았다. 그런 가운데 겐지와 관련된 것에서는 지금까지…… 내 탓이 아니라는 생각은 한 번도 바뀐 적이 없었다. 그러나 이때만은 눈앞이 어른거리면서 떠오른 오사쿠의 하얀 얼굴과 함께 이런저런 충고를 해준 사람들의 눈빛이나 말투를 생각해 보니 그런 평판이나 소문이 이상하게도 사실처럼 느껴지기 시작했다.

그리고 이 소문의 당사자인 겐지는 방금 올라간 열 대의 광차

---

* 옛날, 여성이 목욕할 때 몸에 두르던 옷

가운데쯤 새로운 빈 화차 안에서 낮은 천장의 암석에서 반사되는 희미한 조명 아래 머리를 부딪치지 않도록 주의하면서 등을 엎드린 채 흔들거리고 있었다. 입고 있는 작업복의 등 문양은 평상시와 달랐지만, 그 작업복 겨드랑이 아래 찢어진 부분 사이로 보이는 푸른 줄이 들어간 군인용 셔츠와 빛이 날 정도로 깎아 올린 머리 모양이 겐지의 뒷모습임이 틀림없었다. 게다가 저렇게 머리를 웅크리고 작아진 겐지의 뒷모습과 오사쿠의 하얀 얼굴을 동시에 떠올린 후쿠타로는 두려움보다는 오히려 뭔가 미안한 마음이 들어 겐지에게 원망을 사는 것도 당연한 것 같은 기분마저 들었다. 겐지의 모습을 빨아들이는 사갱의 어둠을 향해 저도 모르게 살짝 고개를 숙이고 절을 하고 싶다는 생각조차 들었다.

그러나 후쿠타로는 곧바로 이런 추억이나 감상적인 마음이 모조리 어둠 속에서 날카로워진 자신의 신경작용 때문이라고 생각하였다. 그런 바보 같은 망상을 전부 씻어 버리려고 강하게 고개를 저었다. 그리고 그 박자에 맞춰서 좌우로 흔들리는 램프 불빛이 빙글빙글 돌았다. 눈앞 암벽의 울퉁불퉁한 모습이 마치 말라비틀어진 겐지의 얼굴과 닮은 것 같았다. 게다가 누군가에게 맞아 죽은 무녕의 형상처럼, 가만히 눈을 찌푸리고 일자로 입을 꽉 다물고 있는 암석 틈 사이로 흘러내리는 물방울이 마치 피라도 뱉어내는 것 같은 음산한 검은 빛을 내뿜고 있었다.

이 검은 물이 흘러내리는 것을 보자 후쿠타로는 다시 다른 생각이 들어 저도 모르게 전율이 몰려왔다.

암석 사이로 흘러내리는 물은 기묘하게도 섭씨 60도 정도의 온도를 유지하고 있다는 것을 후쿠타로는 이전부터 들어서 알고 있었다. 이것은 암석의 갈라진 틈 안쪽 깊은 곳에 있는 탄층의 틈 사이에서 이전에 일어난 대폭발로 불타오른 지반이 그 물을 가열시켜 따뜻하게 만든 탓이다. 그러나 탄광회사 측에서는 이것을 모른 척하고 그대로 두고 있었고 주저 없이 광부를 내려보내고 있었다. 그러는 사이 점점 그 화열이 높아지고 광 안에 가스가 충만해지면 다시 필연적으로 폭발하리라는 것을 잘 알고 있었다.

그러니까 이 탄광에 들어가는 것은 그야말로 정말 목숨을 걸어야만 할 수 있는 일로 이런 사실을 아는 사람은 소수의 간부 이외에는 그 이야기를 몰래 엿들은 목수 겐지뿐이었다. 그런데 이러한 비밀이 어느샌가 겐지의 입에서 살짝 오사쿠의 귀로 흘러 들어갔고, 오사쿠는 그것을 이부자리에서 후쿠타로에게 말했다.

"지금이라도 다른 탄광으로 옮길까. 아니면 마을로 나가 우동집이라도 열까."

이러한 오사쿠의 말에 대해 자신이 진심으로 고개를 끄덕인 것을 후쿠타로는 확실히 기억했다. 그리고 오늘을 끝으로 두 번 다시 이런 위험한 곳에 들어가지 않겠다는 생각에 사로잡혀서 주저주저하면서 사방을 살펴보았다.

"사무실이다아……아아아……이이오오……이이요……오오이이이……"

이렇게 외치는 소리가 바로 코앞에서 들리는 것처럼…… 다시 멀리멀리 저세상에서 들리는 소리처럼 후쿠타로의 귓불을 타고 들어왔다.

그 소리에 내몰리듯이 후쿠타로는 허리를 굽히면서 사갱의 끝 30도 가까운 급사면을 14, 15간(間)*정도 걸어 올라갔다. 그리고 사갱이 조금 오른쪽으로 곡선을 그리며 서쪽을 향하는 곳까지 오자 허리를 폈다.

……바로 그때였다.

후쿠타로는 바로 코앞 칠흑처럼 어두운 공간에 새빨간 불똥이 흘러내리는 것을 보았다. 그리고 그 순간 후쿠타로는 늙은 광부의 말이 떠올랐다.

"춘분 날이 되면 새빨간 석양이 사갱의 저편으로 떨어진다. 나무나무나무나무……"

늙은 광부의 얼굴이 생각났고 얼마 안 있어 굉장히 커다란 소리가 사방에서 일어나더니 숨쉬기 힘들 정도의 흙먼지가 온몸을 휘감았고 후쿠타로는 그대로 정신을 잃었다.

……아무것도 알 수 없고 보이지도 않게 되었다.

중

"후쿠타로가 목숨을 건졌다고."

"조장이 큰일을 당했구먼."

---

* 길이의 단위. 한 간은 여섯 자로, 약 2m에 해당한다.

안부를 물으면서 입구에서 들어오는 자.

"이렇게 살아 있다니."

"토금신이 구해 주신 걸 거야."

방이 두 개밖에 없는 후쿠타로의 오두막은 병문안 온 사람들로 가득 찼다.

그 한가운데 머리에 흰 붕대를 감고 유카타를 입은 후쿠타로가 멍하니 앉아 있었다. 완전히 얼이 빠진 모습으로 무엇을 물어봐도 아무런 대답도 하지 않고 고개만 숙이고 있었다.

후쿠타로는 자신이 어떻게 죽음에서 벗어났는지 알지 못했다. 머리 위쪽으로 찢어진 상처가 지끈지끈 아프지만 언제, 어디서, 어떻게 생겼는지 아무리 생각해 봐도 기억나지 않았다.

모인 사람들의 이야기에 따르면 4개의 탄차가 약 4.5km의 사갱을 역행한 뒤 탈선했는데, 그 탄차에서 떨어진 거대한 경탄 사이에 얼굴이 피투성이가 된 후쿠타로가 눈을 뜬 채로 앉아 있었다고 한다. 게다가 그것이 때마침 6시 교대 전에 일어난 일이라 산을 뒤흔드는 커다란 소리를 듣자마자 30 몇 m 떨어진 인도 쪽 입구에서 교대하러 들어가는 광부 몇십 명이 큰일 났다면서 달려왔다. 호기심 반 재미 반으로 뒤따라 몰려든 많은 구경꾼이 더해져 일대 소동이 일어나 좁은 광도 안은 마치 시장바닥처럼 붐비게 되었다. 그런데 그 탄차의 수레바퀴 아래에서 생각지도 못한 안전램프 불빛과 함께 낡은 구두를 신은 후쿠타로의 한쪽 발이 드러나자 소동은 더욱 커졌다고 한다. 그러자 달려온 목수 겐지가 먼저 나서서 경탄과 탄차 사이에 갱 속의 나무 기둥을 끌어

넣어 후쿠타로를 꺼냈다. 아직 숨이 붙어 있는 것을 알고 그대로 가까운 후쿠타로 집으로 업고 들어가 램프를 켜고 응급 처치를 했는데 다행히도 후쿠타로는 머리에 작은 상처만 있었고 얼마 안 있어 정신을 회복했다. 그리고 둘러싸인 사람들의 얼굴을 놀 랜 표정으로 돌아보며 벌떡 일어나 눈앞에 앉아 있는 목수 겐지 에게 물었다.

"여기가 어디지?"

모두가 이를 보고, '와-앗'하고 소리를 질렀다. 입구에 모여들 어 후쿠타로의 용태를 걱정하던 사람들도 이 소리를 듣고 안도 의 한숨을 쉬었지만, 그중 두세 명은 깔깔거리면서 말했다.

"어디긴, 자네 집이 아닌가."

그러나 후쿠타로는 아직 사리 분별이 되지 않는 듯, 동료들의 얼굴을 둘러보았다. 그러는 사이 시중을 들던 오사쿠가 땀과 피 와 진흙과 물이 뒤섞여서 더러워진 후쿠타로의 얼굴을 젖은 손 수건으로 닦으면서 기쁨의 눈물을 흘리기 시작했다. 그래도 후 쿠타로는 아직도 멍하니 눈동자를 램프 불빛에 고정하고 있었 는데, 그러자 뒤쪽에 있던 누군가가 배를 잡고 웃으면서 말했다.

"아직도 모르겠어? 이보게. 저승사자 기치자부로. 잠깐 이쪽 으로 와서 불러내 주게. 여기는 집이다……이요오오오……오오 오……하는 식으로……말이지."

기치자부로 목소리를 흉내 내자 모든 사람이 웃음보가 터져 버렸다. 그런데도 후쿠타로는 아직도 사리 분별이 되지 않는 표 정으로 중얼거렸다.

"……저승……저승의……."

모두 뒹굴면서 웃었다.

한편 탄광 사무소에서 달려온 인사계 부장이나 인사 계원, 그리고 광내 현장 요원 등 사람들이 모여서 현장을 조사했는데 그 보고서에 따르면 후쿠타로는 서둘러 돌아갔던 모양으로 우회하는 인도로 가지 않고 금명을 어기고 사갱 쪽으로 발을 들여놓았다고 했다. 게다가 6시 교대 전, 10대의 탄차가 아직 사갱을 다 올라가지도 않았는데 뒤를 쫓아가듯이 사갱 입구에서 도보로 올라가기 시작했고, 이때 하필이면 6번째와 7번째 탄차를 연결하는 연결핀이 어찌 된 일인지 연결 기계 관에서 빠져서 4대의 탄차가 떨어져 나가 거꾸로 떨어졌다. 마침 후쿠타로가 있던 커브에서 겹치면서 탈선 전복을 했으며, 자칫하면 후쿠타로는 측압으로 좁아진 광도 속에서 엉망진창으로 부러졌을 것이라고 했다.

그러나 원래부터 광도에 깔린 탄차 선로는 상당히 허술하고 울퉁불퉁한 물건이라 연결 기계의 철봉이 꺾이거나 떨어지거나 와이어로프가 결목 부근에서 끊어지거나 하는 일은 일상다반사였다. 특히 최근 사갱 입구에서 광부 두 사람이 조난된 적도 있어서, 이 일로 위험하다고 탄차 타는 것이 금지되었기 때문에, 탄차에 누가 타고 있었고 후쿠타로가 올라오는 것을 보고 고의로 연결 기계의 철봉을 뺀 것을 아닐까…… 라는 식의 상상은 그 누구도 하지 않았다. 또한, 부처님 같은 후쿠타로도 강한 충격을 받은 후라 그 탄차에 누가 타고 있었는지…… 완전히 잊어버렸을 뿐만 아니라, 자신이 왜 사갱을 걸어가고 있었는지조차 확실히 기억나지 않았다. 겨우 정신이 들어서 많은 사람이 하는 말을 사실이라 믿은 채, 놀라고 당황하여 망연자실할 뿐이었다.

그런 상태였기 때문에 결국 사고의 원인을 알 수가 없게 되었다. 그리고 후쿠타로의 조난도 자업자득이라는 식으로 모든 일이 쉽게 해결되어 버렸다. 그 뒤에도 다른 지역에서 돌아온 탄광 의사가 후쿠타로의 상처가 생각보다 너무 가벼운 것을 보고 웃으면서 돌아갈 정도였다. 그래서 모여 있던 사람들도 마음이 가벼워져서 터무니없이 운 좋은 후쿠타로에게 놀랄 뿐이었다. 그리고 끝에 가서는 오사쿠에게 말했다.

"네가 너무 잘해주기 때문에 후쿠타로가 그렇게나 빨리 돌아가려고 하는 것 아니냐."

오사쿠가 모든 사람한테 놀림을 받게 되었다. 아무리 산전수전 다 겪은 오사쿠도 이때만은 대들기는커녕 말대답조차 하지 못하고 얼굴이 붉어져서 뒷문으로 도망쳤을 정도였다.

오사쿠는 너무나 기뻤다. 그 길로 사무실로 가서 술을 두 되 받아와서 차게 식힌 후, 밥그릇에 따라 사람들 앞에 내밀었다. 그러자 그것이 미안해서인지 각자 다섯 홉, 한 되 등 술을 가지고 오는 자가 생겨났다. 집에서 반찬이나 건어물 남은 것을 가지고 오고 풍로를 켜는 여자들도 있어서 밤 열한 시가 넘어가자 후쿠타로의 좁은 오두막은 때아니게 술판이 벌어졌다.

"조장을 위하여……."

"이봐. 후쿠타로, 행복하라고."

"목숨도 그렇지만 다른 면에서도 말이야. 아하하……."

왁자지껄한 인사가 점점 방안을 밝게 만들었다. 그러자 후쿠타로한테 잔을 들고 술을 권하는 자가 많아졌다. 그 가운데 제일 먼저 그를 돌봐 줬던 준 광부 겐지가 특히나 질기게 술을 권하자 원래 술을 마시지 않는 후쿠타로는 잔을 피하느라 곤란해졌다.

"이봐, 받은 술은 다 마셔야지, 다 마시라고."

겐지가 강요를 해서 거절하려고 해도 다시 이렇게 말했다.

"오늘 같은 날은 괜찮아."

겐지가 묘하게 정색을 하면서 다가오자 피할 길이 없었다. 거기에 오사쿠가 옆에서 끼어들었다.

"남편은 부모한테 물려받은 술버릇이 있어서 술이 들어가면 술주정이 심해요. 한 잔도 마시지 말라고 유언하셨단 말이에요. 그러니 겐지 씨 제발 나쁘게 생각하지 말아줘요."

오사쿠가 사죄를 하자 그제야 겐지만 술을 마셨고, 이를 본 다른 사람들은 오사쿠가 겐지한테 일부러 빈정대는 것으로 보였는지 억지로 오사쿠를 밀어냈다.

"아니지, 그건 아니지. 겐지가 괜찮다고 해도 내가 안 돼. 술을 마시고 술주정이 있는 인간은 후쿠타로만이 아니야. 부모님 대신 내가 따라 줄 테니 걱정하지 말고 마셔."

큰소리를 치면서 후쿠타로의 입을 억지로 벌리고는 햇볕 냄새나는 질 나쁜 술을 집어 넣자 후쿠타로는 점점 얼굴이 찢어질 듯이 빨갛게 달아올랐다. 평상시에도 말이 별로 없었기 때문에 거절할 용기마저 사라져 버린 후쿠타로는 술잔을 피해서 후

퇴하는 사이, 방구석에 있는 반쯤 열린 붙박이장 문 앞에 벌러덩 넘어졌고 눈물 고인 눈을 떴다가 감았다가 하면서 술진에 손을 모아 절하는 모양새가 되었다.

그러자 이 모습을 본 사람들은 후쿠타로가 취해 쓰러졌다고 생각하고 만족했다. 술잔을 강요하는 사람들이 사라지자 남은 사람들은 각자 마시기 시작했다. 그런데 오사쿠 혼자 인기가 있어서 사방에서 손발을 잡아끌며 술잔을 권하거나 술을 따르게 했는데, 어느샌가 오사쿠가 먼저 취해버렸다. 희고 통통한 팔을 어깨까지 말아 올리고, 새된 목소리로 아무에게나 애교를 부리기 시작한 것이다.

"자아. 가져와요. 밥그릇이든 국그릇이든 뭐든 좋아."

"아하하하. 오사쿠, 기세가 올랐구먼."

"울다 웃으면 어떻게 되더라. 하하하."

"이 말버릇 나쁜 여자 보게. 한잔 따라 봐."

"좋아요, 그렇다면 이 컵으로 가 보지요."

"이거…… 불쾌하군. ……차가운 잔이 아니면 안 받아."

"오랜만에 보는 오사쿠다. 젊은 남편을 얻었는데도 힘이 빠지지 않았군."

"힘이 빠질 리가 있나. 다섯 명이든 열 명…… 젊으면 젊을수록 말이지."

"아하하, 그렇다면 말해 봐. 붉은 유모지는 누구를 위해서 입는 거냐?"

"몰라요. 아마도 아들과 딸을 위한 것이겠죠."

"우와, 이거 참을 수 없군. 후쿠타로는 어디로 갔냐."

"장롱 앞에서 죽은 듯이 자고 있어."

"아하하. 그렇군, 죽었군, 죽었어. 삶은 문어처럼 죽었어. 술 때문에 죽는 놈은 미꾸라지밖에 없지."

"탄차에 깔려 죽는 것보다 낫지."

"오사쿠 아래라면 더 낫겠지."

"와하하하"

"이봐, 모두 좀 거들어."

이렇게 말하면서 사람들은 술잔을 든 오사쿠 주변을 둘러쌌다. 그리고 예전에 우동 집에서 오사쿠에게 환성을 질렀을 때처럼 손 박자를 치면서 노래를 부르기 시작했다.

「새하얀 유모지를 시마다*로 묶어서

붉은 유모지를 사게 한 놈은

어디의 누구의 어떤 놈이냐.

어떤 놈, 어떤 놈, 어떤 놈이냐.

우와아아 — 아아아아 — 」

"좋아……"

오사쿠는 노래가 끝나기도 전에 찬술을 단숨에 다 마시고 일어섰다.

* 일본의 여자 머리 모양 중 하나. 신부가 트는 머리 모양이기도 하다.

"그렇게 저를 놀린다면 저도 한마디 하겠어요."

그리고 저쪽에 떨어져 있는 누군가의 수건을 집어 머리 위에 썼다. 그리고 재빨리 문제의 붉은 유모지가 보이도록 말아 올리자 모두가 함성을 질렀다.

"……미치유키(道行) 춤을 봐라…… 춤…….."

소리치는 사람이 두세 명 있었다. 그 사람들을 노려보면서 오사쿠는 하얀 팔을 뻗어 그을음이 나올 정도로 램프의 심을 크게 올렸다.

"겐지 씨. 목수 겐지 씨.……어머……겐지 씨는 어디로 갔나요?"

그 목소리가 끝나기도 전에 다시 한번 찢어질 듯한 함성이 오두막을 흔들었지만, 다음에는 갑자기 조용해졌다.

오사쿠가 우동 집에서 일하던 시절에 자주 추었던 춤을 추려고 한다는 것을 대강 알고 있었다. 그런데 설마 오사쿠한테 차였던 겐지를 상대로 추려고 할 줄을 몰랐다. 빈정거리는 것인지 대담한 것인지, 한번은 생각 없이 갈채를 보냈지만, 난폭한 남자들도 이러한 오사쿠의 급소를 찌르는 행동에는 배짱이 사라져서 다음 순간 물을 뿌린 듯이 정적이 흘렀다. 지금이라도 피비린내나는 비가 내릴 것 같은 예감이 들었기 때문이다.

하지만 오사쿠는 태연했다. 그 한가운데 서서 붉게 비치는 램프 불빛에 큰 눈을 두리번거리면서 구석 어두운 곳을 노려보았다.

"……겐지 씨, 나오란 말이에요. 솔직히 나하고 완전히 남남은 아니잖아요?"

주변은 조용해졌고 사람들은 마른침을 삼켰다. 그 가운데 풋

하고 웃은 사람이 있었지만, 그것이 오히려 방 안의 정적을 한층
더 냉랭하게 했다.

"……없네, 방금까지 저기 앉아 있었는데 말이야. 오줌이라도
싸러 갔나 봐."

오사쿠는 이렇게 중얼거리면서 바깥쪽으로 불빛을 비추었다.
그러자 사람들 모두 끌려가듯이 오사쿠와 함께 방향을 돌렸다.
그러나 바깥에는 겐지의 그림자도 보이지 않았다.

목수 겐지는 사람들의 시선과 정반대 방향에 몸을 숨기고 있
었다. 방 안쪽 붙박이장 앞에 세워둔 신문지가 발린 병풍 구석
으로 몰래 들어가서는 괴로운 듯이 어깨를 들썩이며 숨을 쉬고
있는 후쿠타로의 얼굴을 바라보았다. 조금 전까지 붉게 물들었
던 얼굴이 점점 푸른 낯빛으로 변하면서 눈을 뜬 채로 쓰러진 시
체처럼 오싹하고 홀쭉해진 표정의 변화를 놀라움과 두려움으로
바라보고 있었다.

하

후쿠타로는 처음부터 붙박이장 앞에서 쓰러진 채, 깨질 것 같
은 머리를 양손으로 부여잡고 있었다. 강제로 마신 술 때문에 완
전히 정신이 아득해져서 잠깐 숨을 못 쉴 정도로 가슴이 고통스
러웠다. 귀 옆으로 지나가는 굵은 혈관의 맥박 소리가 지끈지끈
면도기로 찌르는 것처럼 들려와 잠을 자려고 해도 잘 수가 없고,

일어나려고 해도 일어나지 못하는 고통 속에서 지금까지 떠올려 본 적 없는 어린 시절 기억의 단편이 떠올랐다. 생각지도 못한 들판이 되었다가, 눈부신 해 질 녘의 하늘이 되었다가, 다시 그리운 아버지의 옆모습이 되었다가, 어머니의 뒷모습이 되었다가, 끊어질 듯 이어지면서 확실하게 떠오르는 것을 눈꺼풀 안쪽에 꽉 잡아 둔 채 가만히 참고 있었다.

그런데 지독한 취기가 점점 사라지고 호흡이 편안해지자 후쿠타로는 자신의 눈동자 안쪽에 있는 뇌수의 중심이 말라비틀어져 가는 아픔을 느끼기 시작했다. 그러면서 눈꺼풀이 무거워져 왔고…… 등줄기가 오싹오싹해지는 느낌이 들어서 어렴풋이 눈을 떠 보니 그 눈동자의 바로 앞에 앉아 있는 누군가의 등 뒤로 어렴풋한 어둠을 뚫고 지금까지와는 전혀 다른 뭐라고 형용할 수 없는 기분 나쁜 환영이 점차 보이기 시작했다. 그리고 그 환영은 뜻밖의 처참한 광경을 보여주고 있었는데 마치 서양 영화 필름처럼 소리 없이 바뀌는 것을 후쿠타로는 마치 최면술에 걸린 사람처럼 묘한 기분으로 조용히 응시하고 있었다.

……그 환영에서 처음 본 것은 붉은 램프의 불빛에 비친 암벽 일부분이었다.

그것은 조난 되기 바로 전 사갱 입구에서 멈춰서 보고 있었던 울퉁불퉁한 암석을 반쯤 마비된 후쿠타로의 뇌수가 다시 선명하게 그리고 있는 것으로, 심각한 기억의 재현이 아닐 수 없었다. 말라비틀어진 겐지의 죽은 얼굴같이 가만히 눈을 감고, 이를 꽉 깨문 채로 영원히 응고된 무념의 형상이었다. 그러나 일자로 꽉 다문 입술 사이로 흘러나온 검은 피와 같은 물방울이 떨어지는 속도는 현실 세계의 그것과는 전혀 다른 것이었다.

이것은 아무래도 후쿠타로의 마비된 뇌수 작용에 지배당한 것 같이, 고속활동 사진기로 찍은 총탄의 움직임처럼 천천히, 천천히 물방울을 만들어내고 있었다. 처음 그 검은 물방울이 일자로 암석 틈에서 올라오자 부풀어진 표정이 금방 후쿠타로의 손에 들린 램프의 불빛을 받아, 반짝반짝 황금색으로 반사되었다. 그리고 벌레가 기어가듯이 아주 천천히…… 거의 멈춘 것인지 움직이는지 모를 정도의 속도로 틈 아래쪽으로 떨어져 갔다. 그리고 틈 아래 깊고 가련한 그림자 앞까지 오자 거기에서 조금 멈췄다가 점점 동그랗게 물방울의 형태로 부풀어 오르면 동시에 어둑한 램프의 불빛을 하얗게, 작게, 날카롭게 반사하기 시작한다. 그리고 완전히 동그란 물방울 형태가 되면 마치 하늘에 떠 있는 보름달처럼 천천히 회전하면서 수직 공간을 조용히 낙하하기 시작한다. 그 속도가 점점 빨라져서 이윽고 광도 좌우로 파 놓은 얇은 도랑의 그림자 속으로 한층 더 강하게 일곱 색의 빛을 내면서 보름달처럼 천천히 회전하면서 가라앉았다……. 그 뒤로 뒤따라오듯이 또 한 방울의 검고 둥근 물방울이 암석 틈을 떠나서 조용히 빛을 내면서 공간에 걸리고 있었다.

……엄청난 모습에…… 기분이 오싹해졌다…….

후쿠타로의 두 눈은 어느새 새하얗게 질릴 정도로 드러나 있었다. 입술이 벌어지면서 그 안쪽에 말려 있던 혀끝으로 내장이 모두 올라오는 것 같은 묘한 경련이 일어서 몸이 벌벌 떨리고 있었다.

그때 마침 오사쿠는 저승사자 기치자부로와 함께 춤을 추기 시작했다. 갈채를 보내는 박수 소리가 오두막 전체로 울려 퍼졌다.

이를 듣고 놀란 겐지는 병풍 사이로 방 안을 엿보았다. 그러나 그대로 다시 후쿠타로의 얼굴을 돌아보며 그쪽으로 몸을 기울였다. 붉은 램프의 불빛 아래 점점 파리해지면서 괴로움에 경련을 일으키는 후쿠타로의 표정을 가슴을 두근거리면서 숨죽여 응시하고 있었다.

'……이놈 정말로 죽는 거 아냐. ……머리 상처가 생각보다 깊었는데 의사가 모르고 지나쳐 버렸을지도 몰라…… 죽어 주면 좋겠는데 말이야…….'

이렇게 생각하면서…….

그러나 후쿠타로는 겐지의 이런 의도를 알아차릴 수가 없었다. 아니 그런 마음에 긴장하고 있는 겐지의 얼굴이 바로 코앞으로 다가오는 것조차 알지 못한 채, 아직도 자신의 뇌수가 만든 눈앞의 환영에서 어둠의 핵심을 응시하면서 끝없는 경련을 참으면서 전신을 경직시키고 있었다.

그런 후쿠타로의 눈앞으로 아까와 같은 어둠의 빛이 연속적으로 나타났다. 그러나 그 어둠 속에서 때때로 안전램프가 금빛이 도는 갈색 불빛을 천천히 비추다가 다시 조용히 사라져가는 것을 보았다. 그것은 후쿠타로가 사갱에서 올라가는 입구에서 30도 사면을 걸어가기 시작했을 때의 단편적인 기억이 재현된 것이 틀림없었다. 그 어스름한 광선에 비친 암석이 후쿠타로한테 익숙했기 때문이다.

하지만 이윽고 그 금빛이 도는 갈색빛이 완전히 사라지고 다시 어둠으로 변했다고 생각한 순간, 어둠 멀리 저편에 붉은빛이 살짝 보였다.

그것은 후쿠타로가 탄차와 낙반 사이에 끼기 전에 본 붉은 불빛의 인상이 재현된 것이었다. 그때는 탄광 입구 쪽으로 노을 진 하늘이라고 생각했을 뿐 진짜 무슨 빛인지는 모른 채 잊어버렸지만, 현재 눈앞에 그 찰나의 인상이 반복되어 나타나는 것을 보고 그 빛의 정체를 확실하게 알게 되었다.

그것은 한 대당 무게 480kg, 길이 1500자인 탄차 네 대의 연결이 끊어져 30마일의 속도로 30도에 가까운 급경사를 역행하면서 선로를 마찰시켜 일어난 불꽃이었다.

게다가 그 수레바퀴가 회전하는 속도는 여전히 후쿠타로의 반쯤 마비된 뇌수 작용에 영향을 받아 고속 영화처럼 느릿느릿 벌레가 기어가듯이 속도가 천천히 줄어서 이를 응시하고 있던 후쿠타로는 말할 수 없이 무시무시한 공포감과 압박감을 받았다.

그 탄차 좌우 16개의 수레바퀴 하나하나에서 선로를 타고 떠오르는 무수한 불똥이 붉은 뱀처럼 물결치면서 휘감아 오르고 있었다. 불똥은 탄차 양쪽으로 다가오는 암벽의 주름을 주마등처럼 흔들흔들 비추면서 회전하고 있었고, 이윽고 그 불차의 행렬이 연달아 후쿠타로의 눈앞 커브 위로 올라가자 첫 번째 탄차가 물결치던 선로에 올라타더니 속도가 줄어들어 반쯤 경사진

곳을 통과했다. 그러자 그 뒤를 따라온 두 번째 탄차가 선두 탄차에 추돌해서 공중에 매달린 누에고치처럼 앞부분이 들렸다. 그대로 앞뒤 탄차와 함께 흔들흔들 공중으로 솟아올라 낮은 천장과 저편 암석에 부딪히고 또 부딪치면서 후쿠타로 쪽으로 다가오고 있었다. 그리고 엉거주춤한 자세로 굳어 있는 후쿠타로의 가슴 위로 젖은 분탄의 퇴적물이 잔뜩 떨어져 후쿠타로는 잠시도 지탱하지 못하고 엉덩방아를 찧었다. 높은 공중에서 연결된 일그러진 네 개의 탄차가 마법 상자처럼 둥실둥실 한 바퀴를 돌더니 이윽고 부등변 삼각형 모양으로 꺾여 공간을 만들더니 후쿠타로의 몸을 보호하듯이 지면으로 떨어졌다. 그와 함께 분탄에 파묻힌 후쿠타로의 램프가 깜박깜박 푸른빛을 발하더니 꺼지지도 않고 흔들리고 있었다.

램프 불빛은 다시 붉은 그을음 같은 색으로 변했고 점점 어두워지더니 이내 꺼져버렸다. 그것은 그때 후쿠타로의 머리 위로 엄청난 돌가루가 검은 눈처럼 얼룩덜룩한 모양을 내면서 떨어지기 시작했기 때문이다. 그리고 그 검은 함박눈이 후쿠타로의 허리 가깝게 쌓이더니, 어느새인가 조금씩 떨어지더니 멈추었다. 그런데 이번에는 그 안쪽에 숨어 있던 몇천 kg일지 모를 거대한 경탄의 암반이 철공장의 기계처럼 하늘에서 떨어져서 점점 속도를 더하면서 후쿠타로의 머리 위로 다가오는 것이 보였다. 그리고 결국 그 경탄의 평면이 후쿠타로의 앞뒤를 둘러싼 세 대의 탄차에게 걸리자, 두툼한 조선 송판을 조금씩 꺾으면서 멈추었다. 그러나 그렇게 생각한 순간 그 뒤로 다시 거대한 흙무더기가 폭포수처럼 탄차 바깥쪽으로 흘러내려 오는 것이었다. 산 모양으로 솟아오른 탄차 아래에서 흙먼지가 연기처럼 자욱하게 일더니 안전램프의 불빛을 가려버렸다.

그때 후쿠타로는 잠시 기절해서 눈을 감고 있었던 듯했다. 하지만 그것은 현실 세계에서 찰나에 가까운 한순간으로, 그다음 순간 의식을 되찾았을 때 후쿠타로는 찌릿찌릿 아픈 눈을 힘껏 부릅뜨고 입술이 벌어진 채 낙반에 걸린 탄차의 틈에서 꺼지지 않는 안전램프 불빛을 받고 있는 자기 자신을 발견했다. 동시에 지금까지와 달리 밝게 보이는 램프 불빛 너머, 자신의 어깨 위에서 속눈썹을 타고 내려오는 진한 다홍빛 핏줄기를 넋을 잃고 바라보고 있었다. 그것이 후쿠타로의 눈에는 말할 수 없이 아름답고 고맙게 느껴졌다. 게다가 그 진홍색 핏줄기가 무수한 먼지를 머금고 부들부들 떨리면서 딱딱해져 가고 있는 것을 보고 후쿠타로가 기절했다고 생각한 그 순간, 사실 그것은 긴 시간이었음이 틀림없지만 그래도 아직 구원의 손길은 탄차 주변까지 오지 않아 주변은 조용하고 숨이 통하지 않는 죽음의 세계처럼 보였다. 그리고 그 안에 갇혀 있는 후쿠타로는 자신이 마치 살아 있는 조각 아니면 미라가 된 것 같은 기분에 아무런 감정도, 신경도, 움직임도 없이 언제까지 언제까지나 망을 보면서 턱을 덜덜 떨고 있었다.

그런데 그런 후쿠타로의 눈앞으로 죽음의 공간이 점점 노랗게 밝아지더니 다시 푸르고 어스름하게 보였다. 무한의 시공간이 쥐 죽은 듯 흐르고 있다고 생각할 때쯤 수레바퀴를 공중으로 들어 올린 오른쪽 탄차 아래에서 무언가 검은 그림자 두 개가 꿈지락거리면서 움직이는 것이 보였다. 그리고 게처럼 못생기고 몸이 굳은 사람의 양쪽 손이 보였다. 점점 그 양쪽 손에서 먼지투성이의 머리가 검은 태양처럼 조용히 떠올랐다.

그 양손과 머리는 탄차 아래서 조용히 좌우로 이동하면서 열심히 버둥거리고 있었다. 그리고 드디어 푸른 줄이 들어간 군대용 셔츠를 입은 등이 반쯤 나타나더니 그대로 점점 커져서 몸을 뒤로 젖히면서 몸이 반 이상 흙에 묻힌 후쿠타로의 코앞으로 얼굴을 내밀었다.

그것은 땀과 흙에 뒤범벅이 된 경련으로 일그러진 겐지의 얼굴이었다.

후쿠타로는 미동은커녕, 눈동자조차 움직일 수가 없었다. 자신이 죽었는지 살았는지조차 판단이 안 되는 초자연적인 공포에 갇혀서 온몸이 얼음처럼 굳어 있는 것을 느낄 뿐이었다.

후쿠타로의 경직된 눈동자를 겐지는 빤히 바라보더니 한동안 후쿠타로와 마찬가지로 눈썹 하나 움직이지 않았다. 그리고 땀과 흙으로 범벅된 검붉은 얼굴에 노인처럼 주름이 드러나면서 웃는지 우는지 모를 표정을 지었다. 이윽고 일그러진 얇은 입술 사이로 노란 이를 드러내더니 참을 수 없는 기쁨에 얼굴 전체로 웃음이 퍼져 갔다. 그리고 증오스러운 듯…… 동시에 아주 유쾌하다는 듯 턱을 빼고는 무언가를 말하기 시작했다.

겐지의 말소리는 전혀 들리지 않았고, 상당히 느린 속도로 입술을 움직였기 때문에 전혀 뜻을 파악할 수 없고 입술의 움직임으로밖에 보이지 않았다. 그런데도 후쿠타로는 그 말의 의미를 이상하게도 정확하게 파악할 수 있었다.

"……알겠냐……나는……겐지다……알겠냐……아하……아하……아하……."

후쿠타로는 고개를 끄덕이고 싶은 마음이 들었다. 그러나 여전히 몸이 굳어 있어서 눈조차 깜빡거릴 수가 없었다.

"……아하……아하……알았느냐……네놈은……내게 수치를 줬어……. 내가 어떤……인간인지도 모르고……아하……."

"…………."

"…… 그러니까……그러니까……."

겐지는 이런 말을 하고 눈을 새하얗게 드러낸 채 천천히 입술을 깨물고 괴물처럼 보기 싫게 흘러내리는 침을 끌어올려 삼켰다. 그것을 보고는 후쿠타로도 흉내 내듯이 침을 삼키려고 했지만, 아래턱이 돌처럼 굳어서 혀끝을 움직일 수조차 없었다.

"……그러니까…… 그러니까……."

겐지는 다시 헐떡이면서 입술을 움직였다.

"……그러니까…… 마지막으로…… 말해주지………. 너를…죽인 것은…나다……. 아하……아하……"

"…………."

"……오사쿠는……이제……내 것이다……. 저승에서 잘 봐라……. 내가 오사쿠를……어떻게 할지……."

"…………."

"……아아, 하아하아, ……두고……봐라……."

그렇게 말하는 사이 겐지는 다시 한번 입술을 꽉 닫았다. 그
리고 물고기처럼 하얀 눈을 좌우로 번뜩거리더니 진흙투성이가
된 양 볼을 고무풍선처럼 부풀려서 잿빛 석탄 가루가 들어간 침
을 혀끝에서 입술 바깥으로 내밀었다. 그리고 퉤-하자 침은 후
쿠타로의 얼굴에 맞았다.

그 찰나의, 그 한순간…… 이라고 생각된다. 후쿠타로의 몸이
갑작스럽게 참을 수 없이 지끈거리기 시작하더니 머리가 깨질
듯이 아파 왔기 때문에 양쪽 눈에 가득 힘주고 부릅뜨면서 다시
한번 코앞에 있는 겐지의 얼굴을 노려보았다. 그러자 그와 동시
에 자신을 응시하고 있는 겐지의 까까머리 뒤로 울퉁불퉁한 암
석이 형태도 없이 사라지고, 그 대신 자신의 집에 새롭게 만든
소나무 천장이 램프에 비쳐 보이는 것을 알았다. 그리고 증오로
가득한 겐지의 얼굴 주변으로 램프의 역광선과 같이 남녀의 얼
굴이 겹쳐 나타나고, 걱정스럽게 자신의 얼굴을 바라보고 있는
시선을 확실하게 느꼈다.

……그 순간이었다.

갑자기 사람들의 떠들썩한 소리가 들려서 순간 후쿠타로는
정신이 들었다. 그러자 앞에는 작업복을 입은 겐지가 엎드려 있
었고 석류처럼 갈라진 까까머리에서 줄줄 흘러나오는 선혈이
램프의 불빛을 빨아들일 듯 조금씩 다다미 위로 퍼져 나갔다.

주변을 둘러보니, 가깝게 있던 사람들 모두 사방팔방으로 도
망치려는 듯 새파랗게 질린 얼굴로 후쿠타로의 얼굴을 올려다

보고 있었다. 그중 두세 명의 얼굴과 손발에는 피가 튀기도 했다.

후쿠타로는 망연자실한 채 잠깐 그런 광경을 바라보았다. 그리고 겐지의 머리맡에 서서 자신의 모습을 이상하다는 듯이 돌아보았다.

양팔은 물론이고 하얀 유카타의 가슴부터 어깨까지 피가 묻어 있었고, 얼굴에도 피가 묻은 것 같은 느낌이 들었다. 그리고 어느새 꺼냈는지 오른손에는 뒤편 붙박이장에서 목공 도구 중에서도 제일 소중하게 여기는 야마키치(山吉)사 제품의 큰 쇠망치를 손에 들고 있었고, 그 검푸른 쇠망치 끝부분에 검은 핏방울이 두세 방울 해초처럼 매달려 있었다.

이런 모습을 보고는 주변을 둘러보던 후쿠타로는 겨우 자신이 한 짓을 알아차렸다. 그리고 무슨 이유에서 이런 짓을 했는지 생각하려고 시도했다. 아무래도 앞뒤 사정이 기억나지 않아서 다시 방안을 둘러보았다. 그때 램프 저편에서 술에서 깬 오사쿠가 후쿠타로에게 달려들어 매달리면서 헝클어진 머리를 쓸어 올리며 울면서 소리쳤다.

"……여보……무슨 일이에요……."

그러자 이에 이끌려 다섯 여섯 명의 남자가 후쿠타로의 주변으로 뛰어 들어와 저마다 팔과 어깨를 잡았다.

"무슨 일이야."

"무슨 일이야."

"무슨 일이야."

그러나 후쿠타로는 대답할 수가 없었다. 지금 눈앞에 쓰러져 있는 겐지의 머리조차 자신이 한 짓인지 아닌지 확실하게 기억나지 않았다. 그 대신 자신이 느꼈던 머리가 깨질 것 같은 고통도, 온몸에 흐르던 기분 나쁜 전율도 완전히 사라졌고, 뭐라고 할 수 없을 만큼 기분 좋게 술에 취해서 다시 온몸 가득히 취기가 되살아나는 느낌이 들었다. 자기도 모르게 넋을 잃고, 피범벅이 된 망치를 다다미 위로 떨어뜨리고는 더럽혀진 양손으로 오사쿠를 끌어당겨 안으면서 천장을 올려다보았다.

"……하하하……아무 일도 아냐……아하하하……."

〈신청년〉1932년 4월호 수록

기괴한 꿈

유메노 규사쿠

공장

엄숙하게 밝아오는 자욱하게 안개 낀 철공장의 아침이다.

이삼일 전부터 멈추지 않고 코크스*를 태우고 있는 큰 도가니가 주물공장의 어스름 속에서 마치 노을처럼 타오르는 시간이다.

백열등 아래서 보일러의 압력계 바늘이 이백 파운드를 넘어서려고 아무 말 없이 전율하고 있는 그 몇 분 사이에 일어난 일이다.

검붉게 타오르던 공장 전체에서 지하 천길 깊이와 같은 조용함이 느껴지는 그 순간이다.

……그 고요한 순간이 암시하는 알 수 없는 불길한 예감…….
공장이 터져 버릴 것 같은…….

나는 유유히 팔짱을 다시 꼈다. 상상을 초월할 사건이 일어날

---

* 석탄을 건류하여 만들어진 탄소질의 고체 연료. 주물용 코크스 해탄(骸炭)이라고도 한다.

것 같은 터무니없는 예감을 비웃으면서 높은 천장 사이로 밝게 비치는 창문을 올려다보았다. 그곳으로 비스듬하게 푸른 하늘 저편 검은 연기를 토해내고 있는 굴뚝이 보였다. 비스듬히 보이는 굴뚝 한 면이 아침 햇살로 올리브색을 띠며 반짝거렸다. 지금이라도 머리 위로 쓰러질 것 같은 착각 때문인지 현기증이 나서 고개를 좌우로 크게 흔들었다.

아버지가 갑자기 돌아가시고 학사를 따자마자 아무런 경험도 없이 나는 이 공장을 이어받았다……. 그리고 지금 태어나서 처음으로 작업을 지휘하려고 끌려 나온 것이다. 젊고 아직 신입인 공장 주인에 대한 직공들의 멸시와 비웃음을 예상하면서 말이다.

그러나 나의 오기는 이러한 불길한 예감을 전부 마음속 깊이 담아두었다. 거들먹거리며 홀가분한 태도로 방망이를 옆에 끼고 담당 구역에 서 있는 공장 직공들의 하얀 입김을 바라보았다.

내 눈앞에서 거대한 플라이트 휠이 검은 무지개처럼 반짝거리며 미소 짓고 있다.

그 너머로 어젯밤의 어스름이 남아 있는 곳에 크고 작은 톱니바퀴가 끊임없이 돌아가고 있었다.

피스톤로드*는 잿빛의 팔을 새롭게 내민 채로…….

수압 리베터(水圧打鋲機)**는 천장 안쪽 어둠을 노려보면서…….

스팀 해머는 한쪽 다리를 들어 올린 채로…….

* 피스톤에 고정되어 피스톤의 운동을 실린더 밖으로 전달하는 금속 막대.
** 수압을 이용하여 리벳 머리를 눌러 붙여 체결하는 수압기를 말한다.

……모든 것이 초자연의 거대한 동력과 물리 원칙이 낳은 것이라고 백 퍼센트 확신하며 자세를 바로 하고 내 명령을 기다리듯이 쥐 죽은 듯 조용히 있었다.

……쉬-이이…… 하는 소리가 어디선가 들려오는 것은 안전밸브 틈에서 새어 나오는 스팀 소리일 것이다. 아니면 내 귓속에서 나는 소리일까…….

내 등줄기로 어떤 힘이 느껴졌다. 오른손이 저절로 높게 올라갔다.

공장장이 고개를 끄덕이더니 사라졌다.

……아주 서서히…… 천천히…… 공장 안 서로 겹쳐져 있던 기계들이 눈을 뜨기 시작했다.

공장 구석구석까지 스팀이 돌기 시작한 것이다.

그리고 점점 빠르게…… 결국에는 눈에 보이지 않을 정도로 내 주변으로 무쇠의 환각이 한꺼번에 일어났다. ……인간…… 광인…… 초인…… 야수…… 맹수…… 괴수…… 괴물…… 그들의 모든 힘에도 아랑곳하지 않는 무쇠의 외침…… 아무리 위대한 정신이라도 한순간에 공포와 죽음의 착각 속으로 빨려 들어가게 만드는 어둡고 잔인하고 냉철한 신음이 곳곳에서 들려온다.

지금까지 셀 수 없이 잘려나가고, 찢어지고, 세차게 때려 맞았던 여공과 어린 직공들의 망령을 깨우는 울림…….

요전에 때려 맞아서 박살 난 노 직공의 두개골을 매도하는 소리…….

아주 오래전에 꺾여버린 남자의 양다리를 우롱하는 소리…….

모든 생명을 냉안시하고 도외시하고 무쇠와 불과의 격투에 몰입하게 하는 지옥의 소음…….

저 멀리 공장에서 들려오는 나무 베는 기계의 흐느끼는 비명은 목덜미부터 귀 끝까지 전해져 머리카락 한 올 한 올까지 스며들어 온몸이 떨려왔다. 저 소리도 몇 개의 손가락과 팔과 젊은 사람의 이마를 잘라냈다. 그 핏자국은 지금도 나무 밑동에 거무스름하게 남아 있다.

나의 아버지는 세상 사람들에게 미치광이 취급을 받았다. 일을 시작하기만 하면 밤낮을 가리지 않았고 피도 눈물도 없는, 철광 색 눈동자를 번뜩이는, 배운 것 없는, 흉측한 노직공이었기 때문이다. 이것이 이 공장이 짊어진 십자가이며 자랑인 동시에 다른 몇십 개의 철공소에 대한 끊임없는 위압이 되었다.

그래서 이 공장에는 몸의 일부분, 혹은 생명 그 자체를 빼앗은 경험이 없는 기계는 없다. 검은색 벽이나 천장 구석까지 피의 절규와 냉소가 배어 있었다. 그 정도로 이 공장의 직공들은 열심이었다. 그 정도로 이 공장의 기계들은 진심이었다.

이 정도로 모두를 지배하고 무쇠도, 피도, 육체도, 영혼도, 남김없이 경멸하고 말라버린 잎처럼 서로 싸우고 서로 저주하고…….. 그래서 더욱더 새롭고 위대한 무쇠의 차가운 미소를 만들어내는 것이 내 아버지의 유지였다. 그러면서도 아버지는 미소를 지을 만큼 나를 만족스러워하지 않았다…….

"그까짓 것 해보지 뭐. 소꿉장난 같은 일 아니겠어…….."

나는 팔짱을 낀 채로 천천히 걸어 나갔다. 앞으로 얼마나 많은 생령(生靈)을 무쇠의 먹이로 던져주게 될 것인가라는 생각을 하면서……. 터무니없는 육중한 공장의 비명, 이 커다란 비명이 익숙해지도록 잘 들으며……. 이런 잔혹한 공상에 미소지으며 흐뭇한 마음은 최절정에 이르렀다.

"으아, 앗, 대, 대장."

비명에 가까운 절규가 내 등 뒤로 들렸다.

"……누군가 또 당했군……."

순간 나는 모든 신경이 날카로워졌다. 서서히 뒤돌아본 내 코앞으로 크레인으로 끌어올려진 태양 빛을 품은 큰 도가니가 번쩍번쩍 하얀 불꽃을 일으키면서 흔들거리며 다가오는 것이었다. 스치는 모든 것을 모조리 불태워버릴 듯이…….

나는 눈이 뒤집혔다. 순간적으로 펌프 주형을 밟으며 뛰어올라 이를 피했다. 온몸의 피를 심장으로 집중시킨 채로 돌진하다가 목공장의 문에 부딪혀 멈췄다.

내 앞으로 주물 직공 대여섯 명이 달려왔다. 꾸벅꾸벅 고개를 숙이며 부주의를 사과했다.

그 직공의 얼굴을 바라보면서 나는 놀라서 벌어진 입을 다물지 못하고 멍하니 서 있었다. 이마와 볼, 코끝에 입은 가벼운 화상 부위에 차가운 공기가 맞닿아서 찌릿찌릿함을 느꼈다……. 그리고 공장 전체로 울리는 소리 하나하나가 나를 비웃고 있는 것처럼 들렸다.

"에헤헤헤헤헤헤헤헤헤."

"오호호호호호호호호호."
"이히히히히히히히히히히."
"하하하하하하하하하하."
"후후후후후후후후후후."
"깔깔깔깔깔깔깔깔깔."
"달그락 달그락 달그락."
"덜컹덜컹 덜컹덜컹."
"……꼴 좋구나……."

공중

T11 번호가 붙은 단엽식 정찰기가 녹음 진 야산으로 급하강
하더니 멋지게 급상승하기 시작했다.

"……이봐……. Y 중위. 저 11번 단엽 비행기라면 그만두게.
부임한 지 얼마 되지 않아서 모르겠지만, 저놈은 지금까지 두 번
이나 탑승자를 공중에서 행방불명 시켰어. 게다가 두 번 다 기체
만 상처 하나 없이 착륙한 기묘한 물건이야. 발동기도 기체도 모
두 성능이 좋지만, 사람들 모두 이 비행기를 타는 것을 거부해서
천장 뒤편에 놔둔 거라네……. 그만두게. 그만두라고……."

이렇게 충고한 사령관의 말도 걱정스럽게 배웅해 준 동료들
의 얼굴도 점점 구세기에 일어난 일처럼 구름층 속으로 사라져
갔다. 그리고 얼마 안 있어 아침 태양이 빛나는 청명한 한여름의

넓디넓은 하늘이 내 머리 위로 끝없이 푸르게 펼쳐져 있었다.

나는 득의양양했다.

모든 기체에 대한 정확한 검사 능력과 기후에 민감한 관찰력, 다양한 위험을 돌파한 경험 이외에는 그 어떤 것도 믿지 않기로 한 나는 사령관과 동료들이 미신 같은 걱정에 대한 단순한 반감에서 이렇게 급상승을 한 것이다. ……이 정도의 일로 전쟁에나 나갈 수 있겠어……라는 생각에…….

그러나……, 이런 반감도 음산하게 흘러가는 구름층의 일각을 돌파하는 동안 흔적도 없이 사라졌다. 그리고 2천 5백 마일을 가리키는 고도계와 이상하리만큼 조용한 프로펠러의 소리, 뭐라고 표현하기 힘든 최고의 컨디션으로 번뜩이는 영감만이 남았다.

……11호기 정말 멋지군…….

……이미 3백km를 돌파했는데도 이렇게 조용한 것을 봐……

……더욱이 이런 날에는 수직 하강 기류도 없을 테고…….

……구름층만 없었다면 여기서 한 번 고등 비행을 해서 모두를 놀라게 할 수 있었을 텐데…….

……이런 생각을 하면서 조종관을 가볍게 위로 올리는 사이, 나는 문득 다리 밑으로 약 2, 3백마일 부근 구름층 위를 11호기의 그림자가 높아졌다가 낮아졌다가 하면서 나란히 비행하는 것을 발견했다.

그 그림자를 보자 비행에 익숙한 나 역시도 말할 수 없는 기뿜을 느꼈다. 넓디넓은 하늘 한가운데에서 창공의 정복자만이 느낄 수 있는 티끌 하나 없는 만족감을 뼛속 깊이 느끼고 있었다. ……마치 어린아이처럼…… 가슴이 미친 듯이 뛰었다…….

……고도 2천 5백…….

……조용한 프로펠러의 울림…….

……최고 컨디션인 번뜩이는 영감…….

모든 것을 잊고 내 눈에서 뜨거운 눈물이 흘러나왔다. 태양과 푸른 하늘, 구름 사이를 홀로 날고 있다는 감격의 눈물이…….

눈물을 참고자 안경 속에서 눈을 두세 번 깜박였다.

……바로 그때였다…….

때마침 프로펠러 정면에서 반짝거리는 대형 거울 같은 푸른 하늘 속에서 작은 비행기 한 대가 나타나더니 점점 그 형태가 커지기 시작한 것은…….

나는 이상한 생각이 들었다. 너무나 갑작스러운 일이라 잘못 보았나 생각했지만 그런 생각을 하는 사이, 저편에서 검은 그림자가 점점 커지더니 단엽 비행기의 모습이 확실하게 드러났다.

나는 전투 태세를 갖추고 조종관을 부여잡았다.

……고도 2천 5백…….

……조용한 프로펠러의 울림…….

……최고의 컨디션인 번뜩이는 영감…….

나는 깜짝 놀랐다. 눈이 휘둥그레지며 마른침을 삼켰다. 저편에서 다가온 것은 내가 타고 있는 비행기와 똑같은 육군 정찰기였다. 비행기 마크나 번호는 보이지 않았지만, 탑승자는 혼자인 것 같다.

······고도 2천 5백······.

······조용한 프로펠러의 울림······.

······최고의 컨디션인 번뜩이는 영감······.

······푸른 하늘······.

······태양······.

······바다 같은 구름층······.

나는 앗 하고 소리를 질렀다.

조종관을 왼쪽으로 크게 돌려 도망치려고 하자, 저편 비행기도 크게 선회하면서 어렴풋이 기체 왼쪽 배 부분을 보이면서 정면으로 다가왔다.

온몸은 식은땀으로 범벅이 되었다. ······이건 말도 안 되는 일이라고 생각하면서 서둘러 오른쪽으로 기체를 움직이자, 저편 비행기도 나를 따라 하듯이 기체 오른쪽 배 부분을 눈부시게 비추면서 역시 정면을 향해 다가왔다.

······거울에 비치는 그림자처럼······.

온몸의 신경들이 경직되었다. 이가 덜덜 떨리는 소리가 났다.

그 순간 기체가 가벼운 난기류에 빠진 듯 흔들리면서 앞으로 기울어졌다. 그러자 동시에 저편 비행기도 흔들거리면서 앞으로 기울었다. 그 순간 저편 비행기의 마크는 분명······, T11······ 로 보이는 것이 아닌가…….

……순간 내 비행기와 동시에 양 날개를 바로 세운 저편 비행기가 정면으로 돌진해오고 있는 것이 아닌가…….

……나는 스위치를 눌렀다.

……벨트를 풀었다.

……탈출 좌석이 솟아올랐다.

……낙하산을 펴지 않은 채 100마일 정도 떨어졌다.

나와 같은 모습으로 낙하산을 펴지 않고 마치 탄환처럼 낙하하는 나를 꼭 닮은 상대의 모습……나와 똑같은 얼굴을 응시하면서…….

……끝없는 푸른 하늘…….

……눈 부신 태양…….

……황금빛을 띠는 바다 같은 구름층…….

도로

심야의 대도시 도쿄…….

클럽에서 놀다 지쳐 나온 나는 홀로 고개를 숙이고 터덜터덜 집 쪽으로 걸어가다가 문득 고개를 들었다. 맞은편에서 순간적으로 밝은 빛이 보였기 때문이다.

······그 순간······, 갑작스러운 사이렌 소리에 깜짝 놀라 비킬 틈도 없이 자동차 한 대가 쏜살같이 나를 스치고 지나갔다. 뒤이어 일어나는 모래 먼지······. 휘발유 냄새······. 번호 4444와 붉은 램프가 점점 작아져 간다······.

······?······ 저 자동차 주인, 인형이 아닐까······. 너무나도 아름다운 옆모습이다. 옷차림은 잘 보이지 않았지만, 물에 젖은 머리를 묶고 새하얀 분을 바르고 녹색 불빛 아래에서 새침하게 검은 수정 같은 눈동자를 크게 뜨고 의미심장한 미소를 지으며 운전사와 함께 정면을 바라보고 있었다. 몸을 뒤로 젖힌 자세는 정말이지 인형처럼 보였다고 생각하는 사이 뒤에서 자동차 한 대가 또다시 다가왔다.

곧바로 뒤를 돌아보았다.

자동차 주인은 파나마모자를 눌러쓴 신사였다. 살이 찌고 불그레한 얼굴이 전형적인 부호의 얼굴처럼······. 그런데 양손을 무릎 위에 얹고 몸을 힘껏 뒤로 젖힌 채 미소를 띠며 운전사와 함께 정면을 응시하면서 내 앞을 빠르게 지나갔다. 자동차 번호는 11111.

······인형이다. 인형. 지금 신사는 분명 인형이었다······ ?······ 이상하군······.

이렇게 생각하는 사이 나는 또다시 몸이 얼음처럼 굳어진 채로 저편에서 다가오는 자동차 내부를 응시했다.

······이번에는 금란으로 만든 법의를 입은 사내였다. 젊고 품

격 좋아 보이는 관료 같은 콧대를 한 인형……. 눈을 약간 감고 양손을 모으고 재빨리 지나갔다.

나는 온몸이 덜덜 떨렸다. 주변은 매우 고요한 도로……. 높은 하늘은 별들로 가득했다.

……심야 도쿄에서 일어난 괴상한 일을…… 혼자서 본 것이다…….

내 주위로 압박해오는 뭔지 모른 불안함과 두려움을 느꼈다. 한시라도 빨리 집으로 돌아가려고 빠르게 발걸음을 옮겼다.

그때 내 앞뒤로 두 대의 자동차가 소리 없이 다가왔다.

……나와…….

……나의 꿈의…….

……결혼식 당일 모습…….

나는 도망치기 시작했다. 클럽 현관으로 뛰어 들어가 매트 위로 쓰려졌다.

"살려줘."

병원

나는 어느샌가 단단한 쇠창살이 보이는 감옥 안에 들어가 있었다. 옥양목의 하얀 환자복을 입고 가제 붕대에 묶여 콘크리트 바닥 한가운데 대자로 던져져 있었다.

……정신병원인 것 같다…….

하지만 나는 놀라지 않았다. 아무런 소리도 내지 않고 곰곰이 생각했다. 여기가 정신병원이 맞는다면 소란을 피운들 소용없다. 소란을 피우면 피울수록 참혹한 꼴을 당할 것을 알고 있기 때문이다. 더욱이 지금은 깊은 밤이다. 꽤 큰 병원 같은데 그어떤 소리도 들리지 않는다. ……소란을 피워서는 안 된다. 화를내서도 안 된다. 아니지, 울어도 웃어도 안 되는 것이다. 그러면더욱 미치광이로 여기게 할 뿐이니까…….

나는 콘크리트 바닥 한가운데 자세를 고쳐 앉았다. 양손을 허벅지 위에 올리고 정좌를 하고 반쯤 눈을 뜨고 감옥 철창살을 응시했다. 마음을 진정시킬 생각으로 말이다…….

예상대로 마음은 점점 안정되어 갔다. 상당히 넓은 병원 구석구석까지 고요해졌다.

그때였다. 내 정면에 있는 쇠창살 저편으로 누군가 걸어오고있었다. 하얀색 진찰복을 입은 젊은 남자 같다. 내가 앉아 있는콘크리트 바닥보다 한 자 정도 높게 나무로 만들어진 복도를 무언가 생각에 잠긴 듯 차분한 발걸음으로 뚜벅뚜벅 소리를 내며다가오고 있었다. 이윽고 내가 있는 감옥 앞까지 오자 갑자기 발소리가 멈추었다. 그리고 양손을 주머니에 넣고 마치 나를 내려다보고 있는 것처럼 내 눈 아래로 슬리퍼 겸용 구두가 나란히 서더니 움직이지 않았다.

나는 천천히 고개를 들었다.

먼저 무릎이 튀어나온 줄무늬 바지와 잉크 자국이 묻은 진찰복이 내 눈에 들어왔다. 그런데 어디선가 본 적이 있는 줄무늬 바지와 진찰복이었다……. 잠시 눈을 감고 생각에 잠겼다. 곧바로 깨달았다. 그리고 눈을 크게 뜨고 그 얼굴을 올려다보았다.

내가 예상한 대로의 얼굴이었다. 창백하고 마르고…… 머리카락은 헝클어졌으며…… 신경 쓰지 않은 머리는 길어서 덥수룩해졌고…… 우울한 검은 눈동자를 내리깐…… 수난을 당한 예수 같은 모습…….

그것은 나였다……. 이전에 이 병원 의무국에서 수련했던 내가 틀림없다.

심장이 한바탕 벌렁벌렁 춤추듯이 뛰었다. 그리고 다시 쿵쿵…… 두근거리며 진정되었다.

진찰복 뒤로 거대한 건물 위를 흘러가는 은하가 반짝거리면서 빛나고 있었다.

그리고…… 그와 동시에 나는 모든 의문이 풀린 듯했다. 나를 정신질환자로 만들어 감옥에 넣은 것은 바로 이 쇠창살 밖에 서 있는 진찰복을 입은 나였다. 진찰복을 입은 나는 나 자신의 뇌를 과도하게 연구한 결과, 정신에 이상이 생겨서 본인이라는 것도 모르고 나를 이곳에 집어넣은 것이 틀림없다. 이 '진찰복을 입은 나'만 사라지면 이런 미치광이 취급을 받지 않아도 될 나이다.

이렇게까지 깨닫자 갑자기 화가 치밀어 올랐다. 나는 이성을 잃고 쇠창살 밖에 있는 내 얼굴을 노려보면서 소리쳤다.

"……무슨 짓을 하려고 온 거냐. 너는…….."

그 소리는 병원 전체에 커다란 울림을 만들며 병원 구석구석을 돌아다니다가 사라져갔다. 그러나 밖에 있는 나는 표정 하나 변하지 않았다. 진찰복 주머니에 손을 넣은 채, 여전히 예수 같은 우울한 눈빛으로 내려다보며 투명한 목소리로 조용하게 대답했다.

"네 병문안을 왔어."

나는 완전히 이성을 잃었다.

"……병문안 따위 올 필요 없다. 멍청한 놈…… 빨리 돌아가. 그리고 네 연구나 열심히 해."

갈라진 내 목소리를 듣고 있는 동안 점점 눈시울이 뜨거워지는 것을 느꼈다……. 무슨 이유인지도 모른 채……. 그러나 바깥의 나는 냉정함을 되찾은 듯이 얇은 입술 끝으로 희미하게 싸늘한 미소를 지었다.

"이렇게 너를 감시하는 것이 내 연구야. 네가 완전히 발광하면 그때 내 연구도 완성될 거야. ……얼마 남지 않았다고 생각되지만 말이다……."

"이 자식이……, 사람도 아닌. 네, 네놈이 나를…… 노…… 노리개로 삼아 죽일 생각이냐……. 이, 이, 냉혈한 같은……."

"과학은 항상 냉혈한 거야……. 하하……."

상대는 흰 이를 드러내면 웃었다. 갑자기 하늘을 올려다보며……. 시치미를 떼면서…….

나는 이성을 잃었다. 갑자기 벌떡 일어나서 감옥 안에서 양손을 뻗었다. 하얀 진찰복의 소매를 붙잡고 매달렸다.

"……자…… 여기서 꺼내줘……. 꺼내 달란 말이야……. 이 감옥에서…… 그리고 연구는 함께 완성하면 되잖아……. 응……
응…… 제발……."

저절로 흘러내리는 눈물에 목이 멨다. 그 짭짤한 눈물 줄기가
입안으로 흘러들어왔다.

하지만 진찰복을 입은 나는 거부하지도 않았고 도망치지도
않았다. 그리고 환자복을 입은 내게 들볶이면서 괴로운 듯이 말
했다.

"…… 아…… 안…… 돼. 너는 내…… 소중한 연구 자료
야……. 이곳에서 꺼내줄 수 없어."

"뭐…… 뭐라고……."

"너를…… 이곳에서 꺼내주면……, 실험을 할 수 없잖아……."

저절로 손에 힘이 풀어졌다. 그 대신 상대의 얼굴을 내 코끝까
지 끌어당기고 잘 보이게 노려보았다.

"……뭐라고!! 다시 한번 지껄여 봐."

"몇 번을 말해도 마찬가지야. 나는 너를 이 철창 속에 가두고
완전히 미치게 할 거야. 그 경과를 보고하는 것이 내 학위 논문
이 될 테니까. 국가와 사회를 위한 유익한……."

"……뭣……, 멋대로……. 해봐……."

이렇게 말하고는 나는 상대의 헝클어진 머리카락을 부여잡았
다. 그리고 눈과 코 사이에 한 방을 먹었다. 그리고 코피를 뚝뚝
흘리며 정신을 잃은 몸을 있는 힘껏 밀어버리자 심야의 복도에
소란스러운 소리를 일으키면서…… 쿵…… 하고 쓰러졌다. 그대
로 죽은 듯이 움직이지 않았다.

"……하하하……. 그것 봐라……아하하하하."

일곱 개의 해초

나는 구름 낀 하늘 아래 가로놓인 음침한 잿빛 바닷속으로 천천히 들어갔다. 금화를 신고 침몰한 올러스마루 호의 소재를 파악하라는 관청의 명령을 받고서…….

잠수복 안쪽 기압이 점점 올라가고 위-잉 하는 소리가 귓속을 울려왔다. 심장 박동이 잡음을 머금으며 두개골 안쪽에서 울리기 시작했다. 그와 함께 주변이 고요해졌다. 드디어 바다 깊이 내려온 것 같았다.

……멀리서 사찰의 종소리가 들리는 듯했다…….

잿빛 해초 파편이 스르륵 위로 올라간다. 이어서 역시 잿빛의 작은 물고기들이 무리를 지어 질서정연하게 위쪽으로 사라져 갔다.

눈앞이 점점 어두워지기 시작했다.

……드디어 한 치 앞도 보이지 않는 어둠이 이어지고 무거운 구두 밑창이 해저의 모래 위에 다다른 듯한 느낌이 들었다.

나는 밧줄을 잡아당겨서 물 위의 동료에게 신호를 보냈다.

투구에 달린 전등 불빛에 의지하며 천천히 앞으로 걸어 나갔다. 둥글고 완만한 사면의 잿빛 모래언덕을 몇 번이나 넘으며 앞으로 나아갔다.

그런데 가도 가도 낮고 둥근 모래언덕만 있을 뿐, 아무리 둘러보아도 배의 그림자는커녕 조개껍데기 하나도 볼 수가 없었다. ……그런데도 계속해서 앞으로 걸어 나가는 사이 희미하면서도 푸르스름한 인광 같은 빛이 점점 많아지는 것을 느꼈다. 마치 사막의 석양처럼……. 저세상으로 가고 있는 것 같은…… 불안하고…… 오싹한 기분이 들었다.

뭔가 불길한 일이 나를 기다리고 있는 듯한 예감이 들어 조용히 방향을 바꾸려고 했다. 하지만 방향을 반도 돌지 않았는데 순간 온몸이 경직되었다.

어느새 나타난 것일까. 내 등 뒤로 뭐라고 표현하기 힘든 기묘한 모습을 한 해초 숲이 끝없는 모래언덕을 배경으로 다가오고 있었다.

……해초 숲…… 그 해초들은 각각 150cm 정도부터 큰 것은 약 3m에 이르렀다. 머리 부분은 동그란 모자반처럼 타원형 모양을 하고 있었다. 뿌리 부분에서 긴 줄기가 나와서 바다 바닥으로 이어져 있었다. 늘어서거나 서로 뭉쳐서 움직이면서 마치 무덤처럼 수직으로 서 있었다. 푸르스름한 인광으로 어두웠지만…… 세어 보니 분명 모두 일곱 개의 해초였다.

나는 아연실색했다. 점점 커지는 심장 소리를 들으며 우선 천천히 두세 발 뒤로 물러났다.

그러자 거대한 해초 무리 속에서도 나와 가장 가까운 곳에 있는 해초에서 사람 목소리가 흘러나왔다.

저음의 쉰 목소리였다.

"저기……."

나는 온몸이 얼음처럼 차갑게 굳어가는 것을 느꼈다. 동시에 그 목소리의 정체를 파악하지도 못한 채 유령을 만났다는 공포에 휘말려서 그대로 뒷걸음질쳤다. 그러자 또다시 오른편에 있는 2m 정도 되는 해초 속에서 탁하지만 나른한 목소리가 들려왔다.

"…… 당신……, 금화를 찾으러 왔군."

내 심장은 또다시 미친 듯이 뛰었다. 갑자기 움직임이 멈추었다. ……유령보다 더한 알 수 없는 무언가가 나를 무섭게 노려보는 것을 알고는 움직일 수가 없었다. 그러자 다시 제일 안쪽의 키가 작고 조금 떨어져 있는 해초에서 슬프면서도 다정한 여자의 목소리가 천천히 들려왔다.

"우리는 유령이 아니에요. 당신이 찾고 있는 올러스마루라는 배의 선장 부부와…… 어린 여자아이 한 명…… 항해사 한 명…… 세 명의 선원들입니다. ……지금 당신에게 말을 건 사람은 선장님이고 저는 그 부인이에요. 이제 아시겠죠……. 그리고 제일 처음 당신을 불러 세운 사람은 일등항해사예요."

"……이야기를 들어주게. 알겠나…… 우리는 세 명 모두 올러스마루 선장님의 편이었어."

또 다른 거친 목소리가 말했다.

"…… 그러니까 사람 같지도 않은 올러스마루 승무원 놈들이 우리를 때려죽이고 범포로 만든 자루를 뒤집어씌운 뒤 역청과 타르를 바르고 발에 추를 묶어 바다로 던져 버렸어."

"……………"

"······그러고 나서 말이야······. 다른 놈들은 배의 파편을 파도 위에 쏟아 버리고 배가 침몰한 것처럼 꾸미고 행방을 감추어 버렸어."

"······························"

"······ 그런 가운데 주동자란 놈이 경찰한테 거짓말을 하려고 일부러 고향으로 돌아갔어. 겨우 살아남았다는 표정을 지으며······. 이곳에서 배가 침몰했다고 떠들어댔지."

"정말이에요. 아저씨······. 그 사람이 아버지 어머니 앞에서 나를 목 졸라 죽였어요. 아저씨는 잘 알고 계시잖아요."

귀엽지만 슬픔에 잠긴 여자아이의 목소리가 마지막으로 들려왔다. 해초들 가운데 제일 키 작은 주머니 속에서 흘러나왔을 것이다. 그리고 순간 고요해지더니, 흐느껴 우는 소리만이 바닷물에 스며들고 있었다.

나는 멈춰 선 채 움직일 수 없었다. 점점 정신이 아득해져 왔다. 밧줄을 당길 힘도 사라졌다.

내가, 바로 그 주동자인 선원이었다······.

······어디선가 사찰 종소리가 들리는 것 같다······.

유리 세계

온 세상이 모두 유리로 만들어져 있다.

강이나 바다는 물론이고 마을도, 집도, 다리도, 가로수도, 숲도, 산도 수정처럼 투명하다.

나는 스케이트화를 신고 이런 풍경 속을, 수평선 끝까지 뚫려 있는 유리로 포장된 도로를 일직선으로 미끄러져 나아간다. 어디까지라도…… 어디까지라도…….

내 등 뒤로 멀리 저편, 우뚝 솟은 빌딩 일각이 새빨간 피로 물들어 있는 것이 여기서도 확실하게 비쳐 보인다. 몇 번이나 뒤를 돌아보아도 여전히 잘 보였다. 집 너머, 다리 너머, 가로수 너머로…… 모든 것이 유리로 만들어져 있기 때문이다.

나는 방금 그 빌딩의 한 곳에서 여자를 죽였다. 그런데 이런 내 모습을 멀리 저편 경찰서 책상에서 투시하고 있던 명탐정이 흉악한 범행으로 빌딩이 새빨갛게 물든 것을 보자마자 곧바로 나처럼 스케이트화를 들쳐 메고 경찰서 현관에서 내 쪽을 향해 미끄러지듯이 달려왔다. 스케이트 비법을 사용해서 시위를 떠난 화살처럼 일직선으로…….

나도 이 모습을 보자마자 열심히 도망쳤다. 같은 스케이트 비법을 사용해서…… 일직선으로…… 마치 화살처럼…….

푸르디푸른 하늘 아래……. 번쩍번쩍 빛나는 유리로 만든 끝없는 도로를, 뒤쫓는 탐정도 도망치는 나도 서로 다 비쳐서…… 어디 한 곳 모습을 감출 수 없다는 숨 막힐 것 같은 마음으로…….

탐정은 점점 속도를 올렸다. 그래서 나도 필사적으로 발끝으로 스케이트화를 차 냈다. …… 한발 먼저 도망친 나의 가속도가 점점 두 사람 사이의 간격을 벌리고 있는 것을 느꼈다.

나는 뒤돌아 스케이트를 타면서 오른손을 펼쳤다. 엄지손가락을 코끝에 대고 멀리서 쫓아오는 탐정을 손끝으로 조롱하고 모욕을 주었다.

점점 붉으락푸르락하는 탐정의 얼굴이 멀리서지만 확실하게 보였다. 아마도 이를 갈며 분해하고 있을 것이다. 물에 빠진 사람처럼 양손을 휘저으며 필사적으로 유리로 만든 포장도로를 달려오는 모양새가 너무나도 우스꽝스러웠다. ……맛 좀 봐라…… 라고 생각하면서도 방심하면 곧 쫓아올 거라는 생각에 적당한 지점에서 방향을 전환했다……. 그 순간 나는 깜짝 놀랐다. 어느새 지평선 끝까지 오고 만 것이다……. 발아래는 끝을 알 수 없는 허공이다.

나는 당황했다. 온 힘을 다해 멈추려고 했다. 그 박자에 발을 힘껏 디뎌서 유리로 된 포장도로로 넘어져 미끄러졌다. 피범벅이 된 양손으로 몸을 멈추려고 했지만, 속도를 내면서 달린 타력(惰力)이 이를 용서치 않았다. 내 몸은 그대로 일직선으로 지평선의 끝으로 미끄러져서 끝을 알 수 없는 공간으로 떨어졌다. 나는 이를 악물었다. 허공을 잡으려고 했다. 손과 발을 미친 듯이 휘둘렀다. 그러나 나는 아무것도 잡을 수가 없었다.

그때 지평선 끝에서 탐정의 모습이 살짝 보였다. 떨어져 가는 내 얼굴을 내려다보며 새하얀 이를 드러내고 있었다.

"이제 알겠나…… 네놈을 유리 세계에서 쫓아내는 것이 내 목적이었어."

"………"

그제야 계략을 알게 된 나는 너무나 분해서 양손으로 얼굴을 가렸다. 커다란 소리로 꺼이꺼이 울면서 무한히 펼쳐진 공간 속으로 끝없이 떨어지고 있었다······.

<문학시대> 1931년 10월호 수록. <탐정클럽> 1932년 6월호 수록

미치광이는 웃는다

유메노 규사쿠

파란 넥타이

"호호호호호호……."

정말 웃기지 않나요.

아니요. 저는 정말 몰라요. 그런 짓을 한 기억이 전혀 없거든
요. 처음부터 실연 때문은 아니에요. 왜냐면 상대를 모르잖아요.
……그렇죠? 웃기죠? 호호호호호…….

그게 이상한 일이에요. 여학교를 졸업하고 나서 매일매일 감
옥 같은 창고 2층에 갇혀서 한 발짝도 밖으로 나가면 안 된다고
했단 말이죠. 무슨 이유인지 모르겠지만……. 게다가 입을 옷조
차 주지 않아서 저는 정말 창피했어요. 옷을 찢어서 목을 매고
자살할지도 모른다고 하니까요. 저는 정말 어쩔 수 없이 정말 어
쩔 수 없이…….

밥을 가져다주는 사람은 유모뿐이에요. 아버지는 제가 태어

나기 전에 돌아가셨고, 어머니도 저를 낳자마자 어딘가 가 버렸대요……. 그러니까 나는 그때부터 혼자서 돈을 빌려준 작은 아버지에게 맡겨져서 유모의 젖으로 자랐어요. 그야 정말 다정한 유모였어요.

그 유모가 제가 어린 시절 가지고 놀던 귀여운 모습을 한 인형을 가져다주었을 때 얼마나 기뻤는지 몰라요.

……어머나, 지금까지 어디 숨어 있었니? 어머님과 함께 멀리 갔었니? 무사히 잘 돌아왔어…… 라고 말하면서 인형을 껴안고 울고 말았어요. 저는 그로부터 매일매일 그 인형하고만 이야기했지요. 어머니 이야기라든가, 친구들 이야기라든가, 선생님 이야기라든가……, 얌전하고 귀엽고 현명한 인형이에요.

그런데 어느 날 저녁에 일어난 일이에요…….

창고에 있던 쥐가 인형의 배를 갉아 먹었지 뭐예요. 그리고 배 안에서 네모난 작은 신문지 조각을 꺼냈어요. 제가 잘 안고 있었는데 말이죠. 네. 그래요. 인형 배가 찢어진 곳에 신문지를 대고 그 위에다 단단한 일본 종이를 덧붙였었나 봐요. 그게 찢겨 나온 거죠. 커다란 쥐는 거기에 바른 풀을 먹고 싶어서 꺼냈을 거예요. 불쌍하게도.

저는 그때 얼마나 울었는지 몰라요. 그리고 얼마나 불쌍하던지 남은 밥풀로 다시 붙여 주려고 하다가 무심코 그 신문지 조각에 실린 기사를 읽고는 깜짝 놀랐지 뭐예요. 지금도 저는 전부 다 외우고 있어요……. 너무나 억울했기 때문이에요…….

이런 기사였어요.

'……결국, 그녀는 발광해서 숙부의 집 창고 2층에 감금되기에 이르렀다. 그녀를 사랑했던 명탐정 파란 넥타이 씨는 분개하여 뒷사정을 정탐하고 놀랄 만한 진상을 폭로했다. 즉 탐욕스러운 숙부가 그녀의 어머니 재산을 빼앗고자 몰래 그녀의 어머니를 죽이고 지하실 벽 속에 묻었고, 유산의 상속자인 그녀를 불법 감금하고 발광시켜서 법률상 상속불능자로 만들고자 했다는 물증을 발견하였으며, 그녀가 정신병자가 아니라는 것이 판명되어 그녀는 거액의 부를 상속하는 동시에 파란 넥타이 씨와 결혼하게 되었다. 동시에 증오하는 그녀의 숙부는 사형선고를 받고……'

……네 그래요. 그 인형은 내게 진실을 알려준 천사였어요. 그래요. 그래서 저는 그날 밤 날이 어두워지자 곧바로 창고를 빠져나왔어요…….

아니요. 창고에서 도망치는 것 정도는 식은 죽 먹기였어요. 저는 너무 분해서 창고 2층 창문에 달려 있던 쇠창살을 말이죠. 양손으로 부여잡고 온 힘을 다해 잡아당겼더니 마치 사탕처럼 구부러지고 창살과 함께 부슬부슬 떨어져 나갔어요. 아마도 철이 아니고 납이 아닌가 싶어요. 모든 것이 다 속임수였다는 것을 그때 처음 알았어요. 저는 너무나도 분해서 울면서 창문으로 뛰어내렸어요.

그리고 사람들에게 들키지 않게 툇마루로 몰래 기어들어 가서 구석에 있던 장 속 궤와 벽 사이로 들어가 몰래 숨어 있었지요. 상당히 괴로웠어요……. 숙부님은 용의주도한 분이라서 덧문을 잠가 버리면 안으로 들어갈 수 없거든요. 그러는 사이, 점점 밤이 깊어지자 부엌 시계에서 12시를 알리는 소리를 잘 셌다가 몰래 장에서 빠져나와 숙부님의 이불 속에 숨겨 둔 검에서 칼만을 살짝 빼냈어요. 숙부님은 항상 그렇게 자고 있었으니까요. 그리고 알몸으로 술 취한 채 자는 증오스러운 숙부의 얼굴을 미친 듯이 찔렀어요……. 어머님의 복수…… 라면서.

……그야 무서웠죠. 피범벅이 된 숙부님이 미친 듯이 저를 붙잡잖아요. 이쪽저쪽으로 피하면서 겨우 찔러서 쓰러트렸죠.

그리고는 수많은 고용인이 뛰쳐나와서 미치광이다, 미치광이다, 하면서 소동을 일으켰어요. 저는 너무나 분해서 미친 듯이 뛰어다녔어요. 큰 몸집의 남자들이 이런저런 물건을 들고 나를 향해서 다가오는 것을 몇 명이나 칼로 베고 찔렀지만 많은 사람을 이길 수는 없었어요. 왜냐면 검술이 뛰어난 순사까지 불러와서 가세했기 때문에요. 저는 거실로 몰리면서도 열심히 칼을 휘두르며 저항해 보았지만 결국 검을 떨어뜨려 버렸어요. 게다가 숙부님의 시체에 발이 걸려서 엉덩방아를 찧는 바람에 도망칠 기회도 잃고 순사한테 잡혔어요. 하지만 정말 재미있었어요. 호호호호호…….

그리고 자동차로 이 병원으로 끌려왔죠. 여기 병원장님은 뜻밖에도 친절한 분이시고 머리가 아주 아주 좋은 분이에요. 맛있는 냉수를 몇 잔이나 주시고 제 이야기를 잘 들어주시고 여러 이야기를 해 주셨지요. 그리고 한동안 미친 척하며 이 병원에 있는 게 좋겠다고……. 그렇게 말하는 거예요……. 당신 숙부님은 아직 살아 있고 파란 넥타이 씨도 재판에서 싸우고 있으니까 숙부님의 죄가 정해지고 감옥에 들어가게 된다면 그때 병원에서 내보내 주겠다면서요. 파란 넥타이 씨와도 결혼시켜 주겠다고요. 그때까지 참고 기다리지 않으면 숙부님이 또다시 어떤 나쁜 계략을 꾸며서 당신의 목숨을 노릴지 모른다고, 철근 콘크리트 방에 숨어 있으면 누구도 접근하지 못한다고 그렇게 말씀해 주셨기 때문에, 저도 안심하고 이곳에 숨어 있는 거예요. 언젠가 파란 넥타이 씨가 만나러 와 주실 거라고 즐겁게 기다리고 있었지요.

그런데 이상한 거예요……. 들어보세요. 요즘 정신이 들었거든요.

이곳 원장님이야말로 명탐정 파란 넥타이 씨였던 거예요……. 자, 보세요. 누구라도 놀라지 않겠어요? 저도 마찬가지예요. 저렇게 머리가 빠진 대머리인 줄 전혀 몰랐어요.

하지만 요즘 창문 앞을 지나칠 때마다 파란 넥타이를 매고 있잖아요. 새롭고…… 화려한 줄무늬……. 그러니까 혹시 그렇지 않을까 했는데 겨우 정신을 차렸어요.

저는 감사하고 있어요. 그렇게까지 고생하고 저를 보호해 주셨으니까요.

왜냐하면, 저 대머리는 변장이에요. 가발이라고요. 오호호호호. 재미있죠? 저는 알고 있으면서도 모른 척하고 있어요. 하지만 가끔 너무 웃겨서 미치겠어요.

저런 대머리와 결혼할 것을 생각하면 말이죠. 호호호호. 하하하하하.

곤륜차

부장님…… 간호 부장님. 부탁이 있는데요. 잠깐만 이쪽으로 와 주세요. 급하게 부탁드릴 게 있어서요.

잠시만…… 귀 좀 빌려주세요. 죄송해요…….

……제 불면증의 원인을 알아냈어요. 병원에 입원했는데도 잠을 자지 못했던 이유를…….

저는 무시무시한 저주에 걸린 겁니다. 아니요. 거짓말이 아니에요. 졸업 논문 때문에 신경 쇠약에 걸린 것이 아니에요. 제대로 된 다른 이유가 있었던 거지요.

저는 말이죠……. 놀라지 마세요. 저는 말이죠. 옆 침대에서 자는 중국 유학생 있잖아요. 저 사람의 저주를 받은 거예요. 저 사람한테 저주를 받아 살해당할지도 몰라요. 그러니까 같은 방에 있으면 절대로 저는 살 수가 없어요.

네……?. 어떤 중국인이라뇨? ……아니……, 저기서 자고 있잖아요. 간호 부장님 뒤편 침대에서……. 네? 그런 사람 없다고요? 안 보인다고요? ……부장님 눈이 어떻게 된 것이 아닌가요? ……네. 맞아요. 저 사람이에요. 방금 의사 선생님한테서 주사를 맞았잖아요. 네. 쿨쿨 자고 있죠?

뭐라고요? ……저 중국인은 강박관념에서 만들어낸 망상이라는 건가요? ……그 ……그럴 리가 없어요. 사실이니까 말씀드리는 겁니다. 자, 보세요. 죽은 사람처럼 볼이 파이고 허연 눈에 허연 입술을 반쯤 벌리고……, 초벌구이 된 도자기처럼 누런 피부를 하고 자고 있잖아요.

저는 저 얼굴을 보고 이제야 깨달았어요. 이 유학생은 분명 중국 산간벽지에서 태어난 게 틀림없어요. 그리고 그 근방에서 유명한 녹차 중독 환자라는 것을…….

아니요. 부장님은 모르실 겁니다.

녹차에 중독된 사람의 피부색은 모두 저렇게 마치 석양에 물든 하늘처럼 누런색으로 변하거든요. 피부에 윤기가 완전히 사라집니다. 그리고 지독한 불면증에 걸려 폐인이 되는 거죠.

아니요. 그건 일반적으로 마시는 녹차와는 달라요.

보통 녹차였다면 제가 아무리 마신다고 해도 전혀 반응이 없었겠지요. 저 유학생이 가지고 있는 녹차는 그런 단순한 차가 아닙니다. 곤륜(崑崙)차라고 해서 독특한 타닌이 들어 있는 차라서 마치 정제한 추출물 같은 거지요. 그러니까 말과 글로는 도저히 형용할 수 없는, 천하무적의 매력을 가지고 있어서 한 번 맛본 사람은 중독자가 되어 버립니다. 수많은 녹차 가운데 최상이라고 할 수 있을 만큼 녹차 중에서도 으뜸입니다.

저 유학생은 곤륜차 진액으로 만든 흰 가루로 된 '정차(精茶)'*라는 것을 어딘가 숨겨두고 있어요. 어디에 숨겼는지는 모르겠지만 말입니다. 중국인 중에는 마법을 사용하는 놈들이 많으니까요. ……그것을 제 머리맡에 있는 진정제 속에 조금씩 집어넣고 있는 겁니다. 아무도 모르게 제 목숨을 노리고 있는 거지요.

---

* 차의 엑기스를 말하는 말로 원문에서는 정차(精茶)와 다정(茶精)이라는 말을 혼용해서 쓰고 있으며 원문에 따라 수정을 하지 않고 그대로 혼용해서 번역했다.

제가 가끔 머리까지 이불을 뒤집어쓰는 버릇이 있으니까요. 그 틈에 넣었을 겁니다. 제가 먹고 있는 진정제가 정말로 쓰지 않습니까? 게다가 똥 냄새 같은 게 나잖아요? 그래서 '정차'가 들어갔는지 모르는 겁니다.

네? 이런 장난을 하는 이유 말인가요?

그거야 아시지 않습니까. 부장님은 불면증에 걸린 적이 없으시죠? 그럴 겁니다. ……항상 졸음이 와서 곤란하시다고요…. 아하하하…… 그러니까 불면증 환자의 마음을 모르시는 겁니다.

……이겁니다. 놈은 제가 선생님 주사 덕분에 쿨쿨 자는 모습을 보면서 조바심이 났고 심지어 괘씸한 생각까지 들었을 겁니다. 그래서 결국 죽이고 싶을 만큼 제가 싫어진 거지요.

아니요 맞습니다. 이게 불면증 환자의 특징입니다. 결국, 극단적인 에고이스트가 되어 버리는 거지요. 아무리 자려고 해도, 자려고 생각하면 할수록 잠이 오지 않는다는 것을 알게 되고 점점 더 미칠 것 같은 기분이 듭니다. ……세상 사람 모두가 한 사람도 빠짐없이 불면증에 걸려 괴로워하고 있는데 본인 혼자 잘 잔다면 얼마나 통쾌할까……. 그런 생각으로 가득한데 옆에서 평온하게 잠든 숨소리가 들려온다면 도저히 참을 수가 없겠지요. 신경이 날카로워지고 부아가 치밀 정도로 화가 날 것입니다. 듣지 않으려고 해도 그 숨소리 하나하나가 귓속으로 날카롭게 박힙니다. 그때마다 화가 치밀어 오르지요. 결국에는 그 숨소리가 극도로 잔인한 고문처럼 느껴져서 온몸은 식은땀으로 범벅이 됩니다. 그리고 그 잠자는 숨소리를 내는 놈을 죽여 버릴까. 아니면 내가 죽어 버릴까 둘 중 하나…… 라는 궁지에 몰린 기분이 들어서 이쪽저쪽으로 뒤척거리기 시작합니다. 놈은 저 때문에 매일 밤 이런 기분을 맞보게 된 것이죠. 게다가 저는 비후성비염이라서 잠이 들면 아침까지 코를 곱니다. 게다가 상대는 철저한 개인주의자인 중국인이기 때문에 더욱 참을 수 없었을 겁니다.

그러니까 놈은 이 정차를 사용해서 나를 절대로 잠들게 하지 않으려고 했던 겁니다. 그리고 나를 점점 쇠약하게 만들어서 결국 죽이려고 계획한 겁니다.

아니요. 틀림없습니다. 흥분하지 않았어요. 분명합니다. 아닙니다. 아니에요. 공상이 아닙니다. ……이 방에 있으면 저는 반드시 살해당할 겁니다. ……제발 저를 살려주신다고 생각하시고 다른 방으로……. 네? 병실이 다 찼다고요? 그렇다면 옥외라도 좋으니까. 제발 부탁입니다. 저를 다른 병실로…….

……뭐라고요? 곤륜차의 유래 말입니까? 부장님 아시지 않나요?

아아. 곤륜차가 어떤 차인지 알 수만 있다면 중독을 없애는 방법은 쉽다고요? ……그렇군요. 식물성 흥분제는 다양한 종류가 있으니까 자세히 들어보지 않으면 알 수가 없다고요……? 그런가요? ……그렇다면 그거야 간단하죠. 유학생이 가지고 있는 '정차'를 빼앗아서 분석해 보면 금방 알 수 있겠네요. 그런데 숨겨놓은 장소를 모르니까 곤란하죠.

……그야 그렇지요. 분명 마법사 같은 놈이 틀림없을 테니까요. ……그것뿐만이 아니라 주사를 맞고 잠들어 있는 놈을 도중에 깨우면 약 기운이 남아 몸에 해롭단 말이지요……? 그런 건

가요? 아아…….

실은 저도 곤륜차 성분은 모릅니다. 아니요 지어낸 이야기가
아닙니다. 그 녹차에 관한 기막힌 이야기라면 오래전 어떤 책에
서 읽은 적이 있습니다. 제가 원래 중국에 관해서 연구하는 것을
좋아해서요. 실은 중국은 예부터 수수께끼의 나라였습니다. 제
가 동경하는 나라라고 말할 정도로요. 이번 졸업 논문에도 중국
의 강신술(降神術)에 관한 문헌에 대해 적어 두었습니다.

네? 부장님도 중국 이야기를 좋아하시나요? 할아버지가 한학
자여서…… 아, 그렇습니까? 그렇다면 말씀드리지요. 그렇지만
다른 이야기라면 모를까 곤륜차에 관한 이야기라면 아주 오래
전에 할아버지께 들었을지도 모릅니다. 아주 유명한 이야기니까
요. 전혀 들어본 적이 없다고요? 이상하네요. 그렇다면 부장님이
기억이 되살아날지 안 날지 이야기해보겠습니다.

그렇지만 저 중국인이 잠이라도 깨면 어떻게 하죠? 네. 내일
아침까지는 괜찮다고요? 그래요? 그럼 이야기를 시작하겠습니
다. 자아, 앉으세요.

간호 부장님은 쓰촨(四川)성 부근에서 녹차 때문에 가산을 탕진
한 사람이 많다는 사실을 알고 계십니까? 그것도 모르신다고요?
그 지역에서만 일어나는 일이라 꽤 유명한 이야기인데요…….

네. 그래요. 아주 기묘한 이야기입니다. 술과 여자로 가산을
탕진하는 일은 흔히 있지만, 녹차의 도락에 빠져서 신세를 망치
고 파산한다고 하면 너무나도 어처구니없는 일이 아닙니까. 중
국이 아니라면 있을 수 없는 이야기지요.

아시는 대로 중국인이라는 놈들은……, 들리지 않겠죠? △△ 인이라는 놈들은 국가나 사회라고 하는 관념이 전혀 없다고 말할 수 있을 정도로 개인주의적인 동물이에요. 그 대신에 개인적인 생활과 관련된 향락 수단이 발달한 곳으로 세계 최고라고 단언해도 좋습니다. 옷이나 집, 요리, 술, 향료 등등…… 잘 알고 계시죠? 에로틱한 방면에서도 뭐든 간에 사적인 향락 기관이라고 한다면 사천 년의 역사를 바탕으로 하는 만큼 첨단을 걸으며 발전해왔습니다.

……그러니까 고작 녹차 하나에도 어마어마한 연구를 해왔다는 것은 금방 상상이 가실 겁니다.

정말 말 그대로입니다. 게다가 일본인들은 아무리 상상해 봐도 쫓아갈 수 없을 만큼 무진장 발전하고 있습니다. 그중에서도 가장 안성맞춤인 이야기가 이 곤륜차에 관한 이야기입니다.

우선 중국 산간벽지인 쓰촨성부터 윈난, 구이저우 지역에 걸쳐 사는 대부호 중에 녹차의 고상한 맛을 즐겨서 다기라든가 다실 등 다도에 관한 취미에 심취한 어떤 사람이 살고 있었습니다. 아니면 술이나 여자, 아편, 도박 등 다양한 향락을 다 탐닉해 온 도락 기질이 강한 사람이, 이번에는 녹차에 대해 알아보려 한다고 칩시다. 그래서 더 좋은 녹차를 마시기 위해 아낌없이 돈을 쓰면서 진귀한 차를 손에 넣으면 이 녹차를 자랑하려고 연회를 연다거나 소풍을 하러 가기도 하는 사이, 녹차에 관한 관심이 결국에는 곤륜차를 마시고 싶다는 생각에 이르기까지 높아집니다. ……물론 곤륜차라고 하면 차를 마시는 동료들의 평가에서 매혹의 에이스로 인정받고, 단골인 녹차를 파는 가게에서도 중국 최고라는 형용사를 붙일 정도로…… 곤륜차의 맛도 모르면서 녹차를 논할 수 없다…… 라며 모두 한목소리로 유혹하니 맛보지 못한 위치에 있는 사람들은 참기 힘들게 됩니다. 그럼 한 번만이라도…… 라는 생각에 막대한 돈을 녹차 파는 가게에 주고 주선을 부탁하게 되는 거지요.

곤륜차를 마시러 가는 사람들은 윈난, 구이저우, 쓰촨에 모여서 출발하는데 그 시기는 대략 정월을 넘어 2월 사이라고 합니다. 결국, 각 지역에서 곤륜산맥까지의 거리에 맞춰서 출발을 서두르거나 늦추거나 결정한다고 합니다. 그 행렬이라는 것 또한 엄청난 볼거리라고 합니다.

선두에 노란색 깃발을 든 길 안내자 두세 명이 말을 타고 지나가면 그 뒤로 말의 등에 묶인 원숭이가 두세 마리씩 합해서 이삼십 마리, 혹은 사오십 마리 정도가 지나갑니다. 그 사이사이로 녹색 작업복을 입은 찻잎 따는 남자라든가 황포를 입은 차박사(茶博士)*라고 하는 자가 이삼십 명 섞여 있습니다. 방금 말씀드린 원숭이가 어떤 역할을 하는지는 나중에 알게 될 겁니다. 그리고 적어도 서너 대, 많으면 일고여덟 대에서 열 대 정도 멋진 장식으로 꾸민 말 두 마리가 끄는 마차가 지나갑니다. 마차에는 곤륜차를 마시러 가는 부호라던가 신분 높으신 분들이 당신이 제일 좋아하는 다기를 가지고 탑니다. 중국 부호라면 항상 같이 따

* 중국의 고급 식당이나 다관(茶館: 중국 찻집)에서 기교로 차를 잘 우려내는 사람을 말한다.

라오는 부인들이 이때만은 없습니다. 온전히 남자들만의 행렬이라고 합니다. 그 이유도 나중에 말씀드리겠습니다.

그 뒤로 금은으로 세공된 봉황과 나비로 장식된 매실 장아찌 항아리 두 개가 앞장을 서고 그 뒤를 작은 행장과 큰 행장과 식료품이나 천막 등을 실은 마차가 움직입니다. 마지막으로 무기를 든 마적처럼 보이는 경호하는 자들이 위엄 있게 기마 부대를 만들며 지나가기 때문에 모르는 사람이 보면 전쟁에 나가는 건지 차를 마시러 가는 건지 잘 알 수가 없습니다. 마치 아라비아 사막을 건너는 상인 같지요. 여하튼 그런 요란한 소동을 일으키며 새로운 녹차를 마시러 간다고 하니 중국인의 도락심이라는 것이 얼마나 철저한지 그 끝을 알 수가 없습니다.

그로부터 그들은 험준한 산맥을 넘거나 강도나 맹수가 있는 황량한 들판을 가로질러 안내자를 따라 영하 몇 도의 고원 사막을 건너 이윽고 곤륜산맥 깊숙이 신비경이 있는 유신(遊神)호수 가까이 도착합니다. 그곳은 다른 지역보다 계절이 늦게 오기 때문에 초봄 정도의 날씨로 따뜻하다고 합니다. 그 멋진 경치를 보면 실로 뭐라고 형용할 말이 없다고 합니다.

자세한 이야기는 잘 모르지만, 그 유신호수라고 하는 호수 주변은 역사가 생기기 전 곤륜국이라고 하는 훌륭한 문화가 탄생한 왕국이 있었다고 합니다. 그런데 곤륜국 국민들은 매우 평화로운 취미를 애호한 결과, 곤륜차 풍미에 너무 탐닉한 나머지 완전히 기력을 잃고 야만인한테 멸망했다고 합니다. 지금도 그 유적이 산속 음지, 호수 아래에서 머리를 내밀고 있다고 합니다.

주변은 천연 숲이 우거져 있고 고산에서 피는 꽃들이 밭처럼 펼쳐져 있고 진귀한 새나 한 번도 본 적 없는 나비가 한가로이 날아다니며 노래합니다. 끝을 알 수 없는 투명한 푸른 하늘과 호수 사이로 신선한 태양이 빛나고 있어서 그림이나 글로는 다 표현할 수 없는 풍경이 보이는 곳마다 펼쳐진다고 합니다. 각 지방에서 모인 부호들은 그중에서도 제일 전망이 좋은 곳에 너도나도 할 것 없이 천막을 치고는 향을 피우거나 부적을 태우거나 하면서 곤륜산 산신의 명복을 비는 동시에 성대하게 녹차에 대한 제를 올리고 멸망한 곤륜왕국의 망령을 위로한다고 합니다. 이것은 말하자면 미신을 잘 믿는 중국인들이 스스로 위안을 삼기 위한 것이기도 하지만 녹차가 만들어지는 동안 시간을 보내기 위한 것에 불과합니다.

한편 말에서 내린 찻잎을 따는 남자들은 쉴 틈도 없이 각자 원숭이를 긴 밧줄에 묶어 어깨에 태우고 찻잎을 따러 나갑니다. 울창한 산림지대를 지나서 우뚝 솟은 암석으로 치솟아 있는 곤륜산맥으로 녹차 숲을 찾아 올라갑니다. 곤륜산맥 일대에 자생하는 녹차 나무라는 게 보통 녹차 나무와 전혀 다르다고 합니다. 모두 훌륭한 커다란 나무인 데다가 떨어질 것 같은 절벽 한가운데 암석 틈을 비집고 자란다고 합니다. 그래서 원숭이라도 이용하지 않으면 너무 위험해서 다가갈 수조차 없습니다. 이 원숭이 또한 실로 교육을 잘 받아서 큰 나뭇가지 끝에 조금씩 자란 새잎 중에서도 가장 최근에 난 새잎만 따고는 뒤돌아보지 않고 사람의 품으로 돌아온다고 합니다.

이런 위험한 일을 하는 열 명에서 열네다섯 명의 찻잎 따는 남자들이 각각 한 손 또는 두 손 정도 새잎을 손에 넣으면 곧바로 천막이 쳐 있는 야영지로 돌아옵니다. 그러면 기다리고 있는 차박사…… 즉 차를 달이는 선생님들이지요. 그 사람들이 곤륜차의 새잎을 달궈 내고 식혀서 중국에서 제일 뛰어난 방법으로 녹차를 만듭니다. 그리고 주변의 맑은 샘물을 퍼서 금 항아리에 담아 손수 만든 주전자에 물을 끓입니다. 그리고 그 물을 제일 소중히 여기는 다기에 부어 위에다 흰 종이를 덮고 그 위에 검은 침 같은 곤륜 녹차를 약간 올립니다. 그리고 그 흰 종이가 어렴풋이 누런색으로 물들었을 때를 가늠해서 종이 위의 찻잎을 꺼내고 천막 안에 안락의자에 앉아 있는 부호들 앞으로 예의를 갖춰서 내놓습니다.

부호와 신분이 높은 사람들은 다기의 입구를 막은 흰 종이를 벗기고 따뜻한 물을 붓습니다. 물론 한 모금 마셨을 때는 보통 물과 다름이 없지만, 이 물을 금방 마시지 않고 한 모금 가만히 입안에 머금은 채로 있으면 얼마 안 있어 곤륜차의 풍미를 알 수 있다고 합니다. 결국, 종이 위에 올려둔 녹차의 정기(精氣)가 종이 위로 올라온 열기에 다려져 물 안으로 스며들어 가는 겁니다.

……어떻습니까. 멋진 이야기죠? 말로 형용할 수 없는 비밀스럽고 고귀한 향기가 입속 구석구석까지 감돌면서 아련하게 숨을 쉽니다. 그러는 동안 알 수 없는 망상이나 잡념이 마치 수정처럼 투명해지고 정신은 푸른 하늘처럼 맑아지며 어느샌가 성현들의 마음과 일치하면서 홀연히 옳고 그름을 잊게 됩니다. 이

런 거룩한 기분을 한번 맛보면 절대로 잊을 수 없다고 합니다.

네. 물론 그렇습니다. 밤에도 잠들지 않는 것은 이미 아는 사실이지요. 그러나 부호들은 전혀 피곤함을 느끼지 못합니다. 그림자처럼 보살펴주는 황포를 입은 차박사들이 교대로 달여 주는 곤륜차의 영험한 효과로 밤에도 낮에도 신선 같은 기분이 됩니다. 마음이 정연해지고 잡념이 달아나며 북두칠성과 대화를 하고 땅을 포용하면서 질리지도 않고 한잔 마시고 태양을 만나고 두 잔 마시고 달님을 만납니다. 기개가 늠름해지고 산천을 호령하며 만물에 빛이 나며 청명함의 끝을 모르게 된다고 글에는 쓰여 있습니다.

그러는 동안 녹차의 맛을 더하기 위해 음식은 먹지 않습니다. 매실 소금 절임과 설탕 절임을 하나씩 하루에 세 번 먹습니다. 부호들의 몸이 점점 쇠약해져 가는 것은 말할 필요도 없지요. 안락의자에 앉아 누런 얼굴로 시체처럼 늘어져서 눈동자만 번뜩이고 있는 광경은 마치 미라 전시회 같아서 기분 나쁘다고 해야 할지 장관이라고 해야 할지 말로는 형용할 수 없는 모습이라고 합니다.

그러다가 결국에는 그 눈동자도 탁해지면서 빛도 사라지고 멀거니 빈껍데기의 인형 같은 심리 상태가 됩니다. 조금도 움직일 수 없어서 차박사들이 녹차를 먹여 줍니다. 그때의 녹차의 맛 또한 특히나 향기롭다고 합니다. 몸 전체가 녹차의 향기로 물들어서 몽롱하게 된다고 합니다. 아마도 신경이 쇠약해졌기 때문이겠지요. 그래서 소변도 대변도 그대로 흘려보내고 때때로 신경이 마비되어서 십중팔구 유정(遺精)*을 시작하게 된다고 합니다. 차박사들은 실로 자상하게 그런 사람들을 보살펴 준다고 합니다.

그렇게 2, 3주가 지나는 동안 처음 산기슭 가까운 곳에 자라던 녹차의 잎들이 점점 곤륜산맥 높은 지역으로 이동해갑니다. 점점 찻잎 따는 일이 힘들어지고 결국 새잎을 다 따면 찻잎 따는 남자와 차박사들은 산송장같이 수척해진 부호들을 각자의 마차에 싣고 우유로 끓인 죽이나 탕 같은 자양분이 가득한 음식을 먹이면서 왔을 때보다 더욱 천천히 고향으로 돌아갑니다. 날이 밝을 때를 피해서 아침과 저녁에만 말을 움직입니다. 말의 속도를 빠르게 하거나 초여름의 햇빛을 받거나 하면 어지러워서 기진맥진해지는 사람이 생길 수 있기 때문이랍니다.

그런데 이렇게 7, 8개월 만에 겨우 고향으로 돌아와도 죽어가는 중병이 든 사람도 있습니다. 곤륜차를 한 번이라도 맛본 사람이라면 어쩔 수 없다고 합니다. 녹차 중독 환자가 되었기 때문에 다음 해 정월이 지나면 다시 한번 그 맛을 보고 싶어서 참을 수 없게 됩니다. 꾸며낸 이야기가 아닙니다. 중국 최고의 자극적인 에로틱함과 도박, 주지육림(酒池肉林)식 새해맞이로 포만감을 맛본 부호들은 이렇게 탈속적인 소풍에 가고픈 기분이 드는 것은 생리적으로 당연한 욕구일지도 모르니까요.

그래서 또다시 가게 됩니다. 그다음 해도 갑니다. 해를 거듭할수록 녹차를 같이 마시는 동료들로부터 부러움을 살 뿐만 아니

---

* 정액이 저절로 나오는 것으로 꿈꾸는 중에 나오는 것을 몽유(夢遺)라고도 한다.

라 녹차 기사로서 최고의 존경을 받게 됩니다. 곤륜 선인이라든가 도인이라고 하는 특별한 칭호를 받고 선인 취급을 받는다고 합니다. 그런데 한 번 가는 여행비가 너무나 비싼 데다가 몸과 마음이 폐인처럼 되어서 다양한 방면으로 재산을 탕진하게 되기 때문에 웬만한 부호가 아니고서는 네다섯 번 만에 재산이 텅텅 비어 버린다고 합니다. 하지만 그 정도로 곤륜차는 고금을 막론하고 목숨을 걸 정도로 매력적이라는 것은 대충 알겠지요.

어떠신가요? 간호 부장님. 멋진 이야기가 아닙니까? 서양에서 가장 사치스럽다고 하는 것도 이렇게까지 완벽하지는 않겠지요? 하하하하…….

그런데 여기서 한 가지 곤란한 문제가 남았습니다. 몸을 혹사시켰던 중독 환자들 말입니다. 다시 곤륜차를 마시러 갈 재력은 없지만, 그 맛만은 온몸 구석구석까지 스며들었기 때문에 웬만해서는 포기하지 못합니다. 그래서 갈 수는 없지만 적어도 마음이 정연해지고 잡념이 달아나고 초연한 기분만이라도 느끼고 싶어서 오랜 단골인 녹차 파는 가게에서 '다정(茶精)'이라는 것을 사서 마십니다. 이것이 지금 말한 부호들이 곤륜산 기슭에서 사용하고 버린 찻잎에서 정제한 흰색 가루로 상당히 비싸다고 합니다. 이것으로 마음을 다스리면서 일반 차와 섞어서 마셔 보면 향기와 풍미는 특별히 다르지 않지만, 순수 진액이라서 신경이 날카로워지는 것이 예사롭지 않다고 합니다. 그래서 매일 밤을 지새우고 잠들지 못합니다. 결국, 밤낮을 구별하지 못하고 피골이 상접해지고 죽어가는 사람이 많다고 합니다. 게다가 중국에서 일어나는 일이라 아편처럼 단속할 수 없답니다. 그중에는 곤륜차 맛도 모르면서 흉내만 내면서 '다정(茶精)'의 맛만을 탐닉해 청춘을 날려 버리는 청년과 소녀도 있다고 하니까, 지금 저기 잠들어 있는 중국 유학생은 그중 한 사람인 것이 확실합니다. 제가 이 병원에 입원하고 나서 주사를 맞지 않으면 잠들 수 없는 것은 저놈 때문입니다.

…… 그러니까 간호 부장님. 죄송하지만 제 병실을 바꿔 주세요. 아니요. 변명이 아닙니다. 저는 저런 무시무시한 녹차 중독자가 돼서 제 청춘을 시들어 버리게 하고 싶지 않아요. 제발 부탁입니다. 그러니까 빨리 저놈이 눈 뜨기 전에…….

뭐라고요? 중국 마법이라고요……?

간호 부장님 할아버지께 배운 중국 마법 중에 부메랑 술법이 있어서……. 네? 그게 어떤 마법인가요?

아니요. 처음 들었습니다. 전혀 모릅니다. 부메랑 술법이라니……, 아아. 그 마법을 응용한다면 저의 번민은 쉽게 해결할 수 있다고요. 정말인가요……? 네. 이런 밀실에서만 사용할 수 있다니 운이 좋네요. 부장님이시니까 거짓말하는 건 아니시죠? 알려 주세요. 보여 주세요. 그 부메랑 술법이라는 것을…… 어떻게 하는 건가요?

눈을 감으라고요. 좋습니다. 감겠습니다. ……그리고 하나부터 열까지 세고……, 중국말로 세라고요? 그럼요. 알고 있지요. 큰 소리로……, 좋습니다. 알겠습니다. 됐나요? 셉니다?

이…… 얼…… 산…… 쓰…… 우…… 리우…… 치……

바…… 지우…… 스……

됐나요? 눈을 뜨겠습니다.

……어라…… 이거 이상하군요…….

유학생이 어디 갔지? 침대도 사라졌어요. 콘크리트 벽이네요.
정말 벽이네. 침대가 하나밖에 들어갈 수 없는 좁은 방이 되었네
요.…… 이상하네……, 저번부터 내가 그 유학생만 신경 쓰고 있
었는데……, 이상하군요.……어떻게 된 건가요? 부장님…….

……어라……간호 부장님도 없잖아.

언제 나가셨지? 침대 아래에도…… 없네. 정말 이상하군. 아까
부터 혼자서 말하고 있었던 걸까. 이 약을 잠깐 핥아 볼까…….

……쓰지도 않잖아. 짭짤한 맛이 나는군……. 증류수 맛이야.
이상하네. 정말 이상해.

……아하하하하하. 이제야 알았다.

이것이 부메랑 술법이구나. 순식간에 방과 약을 바꿨구나.

……정말 대단한걸. 간호 부장님 마법은……. 마치 덴카쓰(天勝)*
의 마술 같아. 정말 고마우신 분이야. 덕분에 안심하고 잘 수 있겠어.

……아아, 정말 깜짝 놀랐네…….

재미있는 나라야. 중국이라는 나라는…….

아하하하하하하하하…….

〈문학시대(文學時代)〉 1932년 7월호 수록

---

* 쇼쿄쿠사이 덴가쓰(松旭斎 天勝)라고 하는 당시 흥행업에서 성공한 여류 마술사이다.

미치광이 지옥

유메노 규사쿠

……야아, 원장 선생님이신가요. 실례합니다.

네, 본론부터 말씀드리자면 선생님 덕분에 제 정신 상태도 완전히 회복되었습니다. 실은 그래서 오늘은 꼭 퇴원하고자 상담하려고 이렇게 말씀드립니다………. 번거롭게 해 드려서 뭐라고 송구하다는 말씀을 드려야 할지 모르겠습니다………. 네. 그리고 입원비는 집으로 돌아가자마자 이쪽으로 보내고 싶습니다만……….

………. 하하하………. 그거야 그렇겠지요. 사정을 듣지 않고 퇴원시킬 수는 없다는 말씀이시죠. 아니, 지당하신 말씀입니다. 그렇다면 사정을 말씀드리지요………. 그러나 다른 사람에게 말씀하시면 곤란합니다. 무엇보다 제 목숨이 걸린 중대한 문제니까요……….

그…… 그렇군요………. 환자의 비밀을 다른 사람에게 발설하면 의사라는 직업은 성공하지 못한다고요. 특히 병원이라는 곳은 세상의 비밀을 보관하는 창고 같은 곳……. 아니요. 믿습니다. 믿다뿐이겠습니까.

그렇다면 사실을 터놓고 말씀드리겠습니다. 무엇을 숨기겠습니까. 저는 살인범 전과자입니다. 탈옥하여 도주한 엄청난 죄인입니다. 부녀자를 유괴한 어리석은 자인 동시에 이중 결혼까지 한 파렴치한입니다.

저는 사람도 아닙니다.

아니, 웃으시면 곤란합니다. 그렇게 생각해 주시는 것은 대단히 감사합니다. 그러나 사실을 왜곡하는 짓은 할 수 없습니다. 아시다시피 지금의 저는 홋카이도(北海島)의 탄광왕이라고 불리던 다니야마(谷山) 일가의 양자인 히데마로(秀麿)로 인정받고 있는 몸이니까요. 저의 집안에서도 필시 훌륭한 집안의 내력을 가진 사람이라고, 열 명 중 열 명 모두 그렇게 생각하는 게 오히려 당연한지도 모르겠습니다만, 유감스럽게도 사실은 완전 정반대라 하고 싶습니다. 실은 더 나쁘지요. 그 증거로, 제가 다니야마 일가로 들어오기 직전의 상태를 고백한다면 놀라서 입이 다물어지지 않을 겁니다.

저는 192×년 초여름, 원인 불명의 가사(假死) 상태에 빠진 채 홋카이도의 이시카리(石狩)*강의 상류에서 큰비와 함께 떠내려온 부랑자 시체에 지나지 않았습니다……. 머리와 수염이 덥수룩하게 자란 원시인 같은 알몸에, 온몸에는 바위에 긁힌 상처와 물고

---

* 홋카이도 중서부를 지나 동해로 흘러가는 일급 하천으로 현재 홋카이도 유산으로 선정되어 있다.

기에 물어뜯긴 흔적들이 가득한 채로 에사우시(エサウシ)*산 아래 절경에 면하고 있는 탄광왕 다니야마 일가의 초호화 별장 뒤편으로 떠내려왔습니다. 그리고 그곳에 체재 중이던 오타루(小樽) 타임스 기자 모 씨의 간호를 받아 겨우 살아난 이름 없는 한 청년에 지나지 않았습니다.

잠깐 기다려 주세요. 웃으시는 것도 당연합니다. 이야기가 너무 다르니까요……. 하지만 이 이야기는 다니야마 일가 사람들에게도 완벽하게 비밀로 했기 때문에 모르시는 것도 당연합니다. 그렇지만 저는 천지신명께 맹세코 사실만을 이야기하고 있습니다. 아니 진실입니다. 이것뿐만이 아닙니다. 제삼자의 처지에서 냉정하게 제 신상에 관한 고백을 들으시면 비상식적인 일들이 얼마나 더 튀어나올지 모를 것입니다……. 그러니까 그런 일 하나하나에 신경 쓰시면 모처럼의 고백이 형체조차 사라져 버릴 것입니다. 그렇지만 정말로 기상천외하고 기괴한 이 일이 사실이라면 다니야마 일가의 숨겨진 비밀이 오늘에 이르기까지 전혀 문밖으로 새어 나가지 않았다는…… 그 엄청난 공포만큼은 아무쪼록 인정해 주시길 바랍니다. 특히 일본 본토와는 달리 미개하고 야만적이고……, 그래서 오히려 신비로운 점이 많은 홋카이도에서 일어난 일이니까요. 이 점을 헤아려 주신다면 이 이야기가 농담인지 아닌지…… 정신병자의 멋진 환상인지, 아니면 제정신을 가진 인간이 고백하는 명확한 사실인지는 이야기

* 홋카이도의 최북단에 있는 지역이다

를 해나갈수록 점점 알게 될 것으로 생각하니까요.

……그런데 말입니다. 그 오타루 타임스 기자와 근처 의사의 간호 덕에 겨우 가사 상태에서 되살아난 저는 어떤 이유에서인지는 모르겠습니다만 과거의 기억을 완전히 잃었습니다. 다만 당시 머리에 커다란 타박상이 있었던 것으로 보아 아마도 어딘가 높은 곳에서 떨어져 머리를 부딪친 순간 이런 이상한 상태가 되어 버린 것이 아닌가 하고 지금도 생각합니다……. 실례지만 이런 사례에 관해서는 선생님께서 더 잘 아시지 않나 생각됩니다…….

……하하하. 그런 사례를 본 적이 없지만, 이야기는 들어 보셨다……. 진짜 현실에서도 있을 수 있는 이야기다……. 그렇군요. 여하튼 그로부터 저는 그 기자가 말하는 대로 저의 과거를 완벽하게 위장했습니다…….

……나는 규슈(九州) 사가(佐賀) 출신으로 부모도 형제도 없는 고아이다. 학문의 학자도 모르지만 최근 도쿄에서 사업에 실패하고 세상을 비관한 나머지 사람의 발길이 닿지 않은 홋카이도 깊은 산속에서 자살하여 곰이나 독수리의 밥이 될 생각으로 깊은 산속으로 들어갔다가 실수로 이시카리 강에 빠진 사람이라는 등, 있을 법한 엉터리로 별장 부근의 사람들을 속였습니다. 그리고 마구잡이로 길어 버린 머리카락을 하이카라처럼 손질해서 몰라볼 정도 멋쟁이로 변신했습니다. 그러나 이런 식으로 변신한다고 해도 어차피 집도 절도 없는 떠돌이 신분이었기 때문에 상관없었습니다. 기자가 잠옷으로 입던 오래된 유카타를 얻

어 입고 그 별장에서 신세를 지면서 하루하루를 멍하니 보냈습니다…….

……아, 그 신문 기자 이름 말인가요?

……그러니까…… 어어……. 이상하네……. 뭐였더라……. 조금 전까지 확실히 기억하고 있었는데요……. 이상하네……. 깜박 잊어 버려서 지금은 생각나지 않는군요. 네? 뭐라고요……?

생명의 은인인 사람의 이름을 잊다니 언어도단이라고 말씀하시는 겁니까……. 아……, 전혀 그렇지 않습니다.

그런 놈이 생명의 은인이라면 쥐약은 장수의 묘약이겠네요.

앞에서도 말씀드렸듯 제가 평범하지 않은 엄청난 죄인이고, 전과자라는 사실을 그때 빨리 알아차릴 수만 있었다면……. 자신의 엽기적 취미를 만족시키기 위해서라고밖에 생각되지 않는 극도로 잔인한 방법으로 제 운명을 손바닥 위에 올려놓고 마음대로 조정하면서 천천히 마수를 뻗쳤던 악마는 그 누구도 아닌, 바로 그 생명의 은인이란 놈이었던 것입니다. 다니야마 일가를 갉아먹는 곤충이 되어 나를 반미치광이가 될 때까지 괴롭힐 계획을 냉정하게 궁리한 괴물이 바로 그 신문 기자였습니다…….네……. 그렇죠……. 그렇다면 그놈의 이름이 생각날 때까지 A라는 이름을 붙여 이야기를 계속해 보겠습니다…….

아무튼, 그 A라는 남자는 다니야마 일가의 내부 사정에 정통한 그 일가를 전담하는 신문 기자로 자칭 곰 사냥이나 스케이트 명인이라고 했습니다만, 이건 아마도 사실일 겁니다. 체격도 좋고 피부도 검고 눈빛이 날카로워서 누가 보더라도 신문 기자처럼 냉철해 보이는 남자였지요. 저를 그런 식으로 다니야마 일가 별장에 머물게 하면서 이런저런 일들을 묻거나 말을 걸면서 제 기억을 회복시키기 위해 노력한 듯합니다.

네, 물론 그렇습니다. 일단 제 기억을 회복시킨 후에 멋진 기 삿거리를 만들어 내려고 생각한 것이 틀림없어요. 결과는 불행 하게도 완전히 헛수고가 되어 버렸지만 말입니다.

내 뇌수로부터 증발해 버린 과거의 기억은 이미 멀리 시리우 스 성좌 저편으로 도망가 버렸던 것입니다. 쉽게 돌아올 리 없었 지요.

만일 그때 제 과거의 경력을 생각해 냈더라면 이야기는 행복 하게 끝났을지도 모릅니다. 이렇게 무서운 경험도 하지 않고 편 안하게 흙으로 돌아갔을지도 모르지요…….

그로부터 약 이 주 정도가 흐른 어느 더운 날의 일입니다. 탄 광왕 다니야마 일가의 유일한 외동딸인 여주인공이 있었습니다. 부모도 형제도 없는 버릇이 없는 아가씨로, 다쓰요(龍代)라고 불 리는 스물세 살의 이 아가씨는 오타루(小樽)에서 하코다테(函館) 에 이르기까지 유명한 사교계의 여왕이었습니다. 이 아가씨가 아주머니라고 부르는 중년의 부인 두세 명을 데리고 아이베츠 (愛別)로부터 이어지는 신도로를 따라 드라이브하다가, 갑자기 에사우시 산 아래 별장을 찾아온 것입니다. 그리고 저는 곧바로 그 아가씨의 마음에 들게 되었지요……. 네, 맞습니다……. 이야 기 전개가 상당히 빠르지요. 사실이니까 어쩔 수 없습니다. 나중에 들어보니 이 버릇없는 여왕 다쓰요는 오타루 본가를 다녀온 A 기자를 통해 저에 관해 듣자마자 참을 수 없는 호기심에 이끌려 하던 일을 내팽개치고 저를 보러 왔다고 합니다. 그리고 다쓰요는 첫눈에 이름도 출생도 모르는 떠돌이인 저와 죽어도 헤어지지 않겠다는 결심을 했다고 하니, 제멋대로인 정도가 얼마나 심했는지 알 수 있겠지요.

주책없이 너무 늘어놓는 것 같군요. 그렇지만 다른 한편으로는 저도 접니다. 방금 말했듯이 과거가 기억나지 않는다는 것을 확실하게 자각하고 있었기 때문에 혹시 이전에 결혼을 약속한 여자가 없었는지…… 정도는 당시에 잠시라도 생각해 볼 수 있었을 겁니다. 그러나 저는 이에 관해서는 조금도 생각하지 않았고…… 제 뒤에서 A가 붉은 혀를 내밀고 있었다는 것조차 꿈에도 생각지도 못한 채, 요염한 자태를 뿜어내는 다쓰요의 여왕 같은 태도에 영혼마저 빼앗겨 버렸습니다. 누가 뭐라고 해도 제 일생일대의 불찰입니다. 아니면 이것이 운명이라는 것인지도 모르지요. 하하하.

결과는 말할 필요도 없이 세상 사람들이 알고 있는 사실이라서 생략하겠습니다. 저는 버릇없기로 둘째라면 서러울 다쓰요와 수상할 정도로 열심히 중매를 해주었던 A 기자 덕분에 다카야마 일가의 양자가 되었습니다. 그러자 무엇보다도 놀라운 세 가지 사실을 알게 되었습니다. 만약을 위해 먼저 말씀드리겠습니다.

첫 번째는 그토록 홋카이도에서 버릇없는 여자로 불리던 다쓰요가 의외로 순결한 처녀라는 사실이었습니다. 두 번째는 다쓰요의 성격이 결혼하자마자 다른 사람처럼 완전히 바뀌어서 온순하고 정숙하며 내성적인 여자가 되었다는 것입니다.

그리고 또 하나는 조금 치사한 이야기입니다만, 탄광왕 다니야마 일가의 재정이 당시 탄광 업계의 불황과 지배인의 부정행위 때문에 위기에 직면할 정도로 타격을 받았다는 것입니다. 그러니까 결국 저는 다쓰요의 눈에 든 덕에 무사태평한 떠돌이에서 벗어날 수 없는 애욕과 황금 지옥 한가운데로 곤두박질치게 되었고…… 다쓰요는 저 같은 바보를 찾아내기 위해 마음에도 없이 버릇없는 행동을 하는 등, 연극을 했었다는 사실이 결혼 후 반년도 지나지 않아 알게 되었습니다.

그렇다고 저 또한 이러한 이중 지옥으로부터 도망치는 겁쟁이는 아니었습니다. 이런 점을 보아도 다쓰요의 계산이 100% 적중했나 봅니다. 원래 방랑자였던 제가 그로부터 얼마 지나지 않아 다쓰요처럼 전혀 다른 성격을 보였고, 어디서 얻은 지식인지 모르겠지만 놀랄 만큼 재능을 발휘하기 시작했습니다.

무엇보다 먼저 악덕 지배인을 내쫓고 위기에 직면한 다니야마 일가의 재정을 순서대로 정리했습니다. 그리고 그 당시까지 누구도 착안하지 않았던 청어의 창고업으로 성공하여 다니야마 훈제 청어의 판로를 확고히 해서 순식간에 다니야마 일가의 기초를 쌓기 시작했습니다. 다니야마 일가에서는 저에 대한 신뢰가 점점 높아졌습니다. 저도 때때로 그 나름의 행복감에 도취했고 아내인 다쓰요와 함께 더 나은 미래와 꿈을 이야기하고 다짐하기도 했습니다.

그러나 지금에 와서 생각해보면 이런 행복은 한순간의 꿈이었습니다. 제 신변에 얽힌 기괴한 인연은 좀처럼 쉽게 끝나지 않았습니다.

그것은 장남인 류타로(龍太郎)가 태어나고 일 년도 지나지 않았을 때의 일입니다.

아내인 다쓰요가 갑자기…… 정말 갑작스럽게 칼모틴*이라는 수면제를 먹고 자살을 한 것입니다. 동시에 다쓰요의 유서를 통해 다니야마 일가 사람들이 어째서 다쓰요의 버릇없는 행동을 못 본 척했는지, 그뿐만 아니라 어디서 굴러먹던 말 뼈다귀인지 소똥인지 모를 저 같은 놈을 제대로 조사하지도 않고 탄광왕 후계자로 승낙했는지에 대한 이유를 확실하게 알게 되었습니다. 이 정도 말씀드리면 선생님은 대충 사정을 짐작하실 겁니다.

다니야마 일가는 손쉽게 다른 일가와 혼인할 수 없는 꺼림칙한 유전병을 앓는 가문이었습니다. 그리고 그 혈통과 재산 등이 한꺼번에 절멸되려고 했을 때, 제 덕에 다행히 끊어지지 않고 이어졌다는 겁니다.

그런데 그 유전이 류타로의 탄생으로 겨우 멈췄다고 생각했는데 얼마 안 있어 다쓰요 자신의 몸에 그 위험한 유전병의 전조가 나타나기 시작했던 것입니다.

'진심으로 죄송하지만, 당신께…… 그러니까 저한테 말이죠……. 비참한 모습을 보이기 전에 이별을 결심했어요. 이것이

---

* 냄새가 없는 흰색의 결정성 가루. 진정·최면 작용이 있어서, 불면증·신경 쇠약·구토·천식 따위를 치료하는 데 쓰인다.

제 마지막 이기적인 행동이에요. 부디 용서 해주세요……. 당신을 속이고 싶지 않았던 진심으로 저는 당신과 결혼했어요. 이 엄청난 죄에 대한 사죄로 이 보잘것없는 목숨이 끊어진다고 해도 반드시 당신의 옆에 있을게요……. 헤어지기 싫어요……. 아이를 부디 잘 부탁드려요. 제 진심을 믿어 주시는 단 한 사람, 당신의 마음에 매달리며 떠날게요. 지금은 무정한 하느님을 원망할 뿐…….'

유서는 정말로 애절했습니다. 눈물이 흘렀습니다. 아, 네. 옛날의 이기적인 모습은 전혀 없었고…… 투명할 정도의 순정과 이성에 괴로워한 연약한 아름다움이 넘쳐나는……. 아, 네.

물론 그때에도 저는 다니야마 일가를 나올 생각은 조금도 없었습니다. 네. 세상사는 모두 운명이니까요.

그러나 다쓰요가 자살했을 때 다니야마 일가 사람들은 매우 당황한 듯했습니다. 무엇보다 필사적으로 비밀로 감추었던 다니야마 일가의 위험한 혈통이 다쓰요의 자살을 계기로 세상에 폭로되려고 했기 때문이죠. 다니야마 일가는 경찰과 신문사에 강력하게 부탁해서 사정을 비밀로 해달라고 하는 한편, 제가 도망가 버린다면 그야말로 가장 큰 일이라고 생각한 듯합니다. 다니야마 일가 쪽에서는 다쓰요가 죽은 지 백일도 안된 시점에서부터 제 마음에 드는 후처를 가능한 한 빨리 찾아야 한다는……. 이야기들과 함께 신중하게 일이 진행되고 있었던 것입니다. 즉 저에 대해 가지고 있는 다니야마 일가의 신뢰가 드디어 증명된 것이지요. 그렇다면 누가 좋을까, 이 사람이 좋을까…… 라는 구체적인 부분까지 이야기가 진행되자, 이상하게도 제 마음이 내키지 않았습니다. 전에 다쓰요와 함께했던 시절과는 뭔가 다르게 생각되었던 것입니다. 그것만이 아니라 이런 기분을 저 스스로 판단해 보니 이것은 죽은 다쓰요에 대한 미안한 마음도 아니고 아이의 장래가 걱정되어서도 아닌 것 같았습니다. 어째서 내키지 않을까, 저 자신도 잘 모른 채 뭔가 꺼림칙했고……, 잊고 있었던 소중한 무언가가 기억이 날 것 같은 기분이 들어서 실제로도 괴상한 기분에 견딜 수 없게 되었습니다. 그래서 저는 친척들에게 적당히 둘러대고 갑자기 여행을 떠나거나 하면서 그 이유를 여러 방면으로 생각해 보았습니다. 그러나 한번 떠오르지 않는 생각은 아무리 궁리해 봐도 떠오를 리가 없지요. 게다가 그로 인해 우울증에 빠져 버린 저는 모두가 놀랄 만한 사건을 일으켜버렸습니다…….

왠지 모르게 이시카리 강 상류로 가 보고 싶다, 어딘지 모르지만 내 고향은 이시카리 강 상류일 것 같은 기분이 들어서 그곳에 가보면 다 알 수 있을 거야…… 라는 견딜 수 없이 비장한 마음으로 사람들 몰래 작은 캔버스보트*와 식량 등을 사 모으고 무단으로 집을 뛰쳐나와 곧바로 에사우시 별장으로 향했습니다. 그러자 공교롭게도 집안에서 저의 이런 기색을 꽤 오래전부터 의심하고 주시한 자가 있어서 도중에 쉽게 붙잡혀서 다시 오타루로 끌려왔습니다……. 그렇지만 선생님은 이미 저의 이런 마음

---

* 물이 스며들지 아니하는 캔버스로 만든 조립식 보트. 보통 공기를 불어넣어 부력(浮力)이 생기게 한다.

을 아실 겁니다……. 그렇죠, 선생님. 선생님은 이런 종류의 병의 경과를 다 알고 계시잖아요. 너무나도 이상한 잠재의식의 작용을 이미 알고 계시지 않습니까.

하하하, 서양의 오래된 기록에는 이러한 사례가 있지만, 선생님은 이런 환자를 본 적이 없다고요…… 이거야말로 좋은 기회네요. 저는 그런 사례 중에서도 특별히 안성맞춤인 표본이니까요.

뭘 감추겠습니까. 오늘 아침의 일입니다. 그것도 조금 전에 일어난 일입니다. 저는 병실 바닥에 쏟아진 찻잎 찌꺼기를 밟고는 미끄러지면서 크게 엉덩방아를 찧었습니다. 그 순간 엄청나고 기막힌 대사건이 일어났습니다. 긴 시간 동안 잊고 있었던 과거의 기억……. 이시카리 강으로 떨어지기 전의 소름 끼치는 기억들이 한꺼번에 떠올랐던 것입니다. 동시에 이것으로 저는 고장 났던 제 머리에서 완전히 해방되었다…… 고 생각하여 바로 이렇게 퇴원 허가를 받으려고 온 것입니다.

네……. 사실 이러한 비밀을 말하는 것은 제게도 살을 도려내는 것보다 힘든 일입니다. 물론 사회적으로도 굉장한 반향을 일으킬 것이 틀림없는 중대 사건이라서 만일 공표되기라도 한다면 저를 중심으로 모조리 파멸될지도 모릅니다. 그렇지만 평생을 이병원에서 잊힌 존재가 될 것인가 말 것인가의 갈림길에 섰다고 생각했기 때문에, 나중에 손해를 보더라도 어쩔 수 없다는 마음으로 선생님께만 살짝 밝히는 것입니다……. 아, 네……네.

선생님은 이전부터 누군가에게 이런 이야기를 들은 적이 있을 겁니다.

홋카이도 이시카리 강 상류, 산속의 산중에서도 아주 깊은 곳 산속에 원시적인 오두막이 한 채 지어져 있는 것이었습니다. 그 집의 뒤편은 북쪽으로 아사히다케(旭岳)*로 이어지는 험준한 산 맥으로 둘러싸여 있고, 앞쪽은 깎아 지르는 이시카리 강 상류 절 벽이 가로막고 있어서 인간의 힘으로는 쉽사리 다가갈 수 없는 위치에 자리 잡고 있어서 최근까지 누구에게도 발견되지 않았 습니다.

그런데 최근에야 홋카이도 명물인 약초 캐는 사람이 안개를 만나 산길을 헤매 다니다가 멀리서 우연히 이 집을 발견하고 난 뒤 소문이 홋카이도 전역으로 빠르게 퍼졌습니다…… 이 오두 막은 아이누 부락에서 약간 떨어진 아무도 모르는 오두막일 거 라고 말하는 사람이 있었습니다. 또는 홋카이도 감옥 방에서 탈 출한 사람이 보복이 두려워서 숨어 있는 것이다…… 라고 하는 등, 정곡을 찌르는 설이 나오나 싶더니 전혀 그렇지 않은 설도 있었습니다. 일설에 의하면 태고 이래 살아남은 원시인 집일지 도 모른다…… 라고 말하는 음모론자도 있었습니다. 그런가 하 면…… 그것은 약초 캐는 사람이 잘못 본 것이다, 아마도 북쪽 국경에 있는 사냥꾼 집을 멀리서 본 것이다…… 라는 등 명확한 결론에 이르지 못한 채로 소문만이 더욱 퍼져 나갔습니다.

이 소문이 이윽고 신문사 귀에 들어가자 소동은 더욱 커졌습 니다. 결국, A가 고용된 오타루 타임스의 라이벌인 하코다테시

* 홋카이도 가미카와군(上川郡) 히가시가와초(東川町)에 위치한 화산 중앙부의 화산군 다이세쓰잔(大雪山) 산의 한 봉우리이다.

보(函館時報)사가 비행기로 촬영한 집의 조감사진이 지면 가득 게재되었습니다. 그 사진을 자세히 살펴보면 확실히 일본인이 세운 듯 짚으로 지붕을 이은 오두막으로, 외국영화에 나오는 통나무 오두막집 같은 모습은 아니었으며, 순수 일본식 채소밭이나 서양식 방사형의 꽃밭 모습이 확실하게 찍힌 점을 보면 모두의 상상과는 전혀 다른 문화인의 집임이 틀림없었습니다. 게다가 그 집의 위치는 분명히 홋카이도의 세키료(脊梁) 산맥* 안에서도 사람이 들어간 적 없는 신비경이라 그 오두막에 누가 살고 있는지는 쉽게 추측되지 않았습니다. 기괴하고…… 이상한…… 이 사실이 같이 탄 기자에 의해 상세하게 보도되었습니다. 그리고 그대로 엽기 패거리들의 입에 오르내리면서 억측들이 쏟아져 나왔다는 사실을 아마도 선생님은 잡지라든가 신문에서 보신 적이 있을 겁니다. 아하, 아직 보지 못하셨다고요……. 연구가 바쁘셔서요. 그렇군요……. 그렇다면 어쩔 수 없지만요. 무엇을 감추겠습니까. 그 오두막이야말로 제가 만든 사랑의 보금자리입니다. 제가 부인과 자식들과 함께 즐겁게 자급자족의 생활을 영위했던 두 번째 고향이란 말입니다……. 아, 죄송합니다. 가슴이 벅차서……. 네……. 네……. 저는 이사카리 강 상류 절벽에서 떨어지자마자 이런 모든 기억을 잃어버린 것입니다. 네……. 사실입니다……. 사실이지요.

제 호적이 위조된 것은 제가 태어난 고향 면사무소에다 조회

---

* 어떤 지역에 있어서 가장 주요한 분수계(分水界)를 이루는 산맥을 말한다.

해보시면 일목요연하게 밝혀질 것입니다. 호적을 위조하고 처음 다니야마 일가 사람들을 속인 것은 그 누구도 아닌 신문 기자 A였으니까요.

제가 두 번째 결혼 문제를 목전에 두고 여행을 빙자해서 집을 뛰쳐나간 것도 실은 누구에게도 들키지 않게 A를 만나고 싶었기 때문입니다. A는 그 당시 오타루 타임스를 그만두고 규슈(九州)지방을 기웃거리고 있다는 소문이 있었으니까요. 아무래도 제 과거를 조사하러 간 것은 아닐까 하는 생각이 들었기 때문입니다. 그리고 다시 한번 집을 뛰쳐나왔을 때도 이러한 잠재의식에 지배당했을 겁니다. 무심코 이시카리 강 상류에 가보고 싶다. 그러면 이 모든 것을 알 수 있을 것이다……라는 기분이 들었기 때문입니다.

그러나 이미 그런 헛수고를 할 필요가 없어졌습니다. 제가 과거의 기억을 완전히 되찾았으니까요……. 동시에 그 덕에 다니야마 일가의 양자 사건을 뒤에서 조종했던 냉혈하고 잔인한 A의 움직임을 확실히 간파하면서 이야기를 할 수가 있으니까요…….

저는 후쿠오카현(福岡縣) 아사쿠라군(朝倉郡)에 있는 양조장 집 하타나카 쇼사쿠(畑中正作)의 셋째아들로 마사오(昌夫)라고 불렸던 사람입니다. 아버지 소유의 산에서 포도를 재배할 목적으로 고마바(駒場)에 있는 농과대학에 입학해서 곧 졸업을 앞둔 사람이었습니다. 그런데 규슈 사람 특성상 그럴 능력도 없는 주제에 정치문제 연구에 몰두하였습니다. 그리고는 당시 정당인 헌우회(憲友会)의 폭정에 분개하여 총재 겸 수상이었던 시로하라 게이고(白原圭吾) 씨를 암살하고 무기징역을 선고받아 홋카이도 가바토(樺戸) 감옥에 수감되었고, 탈옥한 이후 소식이 묘연했던 사람이라고 말씀드리면 다른 상세한 이력을 말씀드리지 않아도 되겠지요. 암살, 체포, 탈옥 사건 전모가 전국적으로 신문에 떠들썩하게 게재되었으니까요.

그러나 이러한 기사 가운데 신문들이 떠들어대던 제 탈옥 이유가 모두 터무니없는 거짓이라는 것을 알지 못했을 겁니다. 또 다른 암살 결행이라든가 사회주의자적 잠행 운동을 위해서라든가 또는 러시아로 도망치기 위해서라는 소문은 모두 어림짐작일 뿐이고, 사실 세상을 뒤흔들었던 제 탈옥 동기라는 것이 실은 어이없는 이유임을 알고 있는 사람은 그리 많지 않을 것입니다.

제가 가바토 감옥으로 들어오고 얼마 되지 않았을 때의 일입니다. 도쿄에서 잠시 연애 흉내만 냈던 도모에다 구미코(鞆岐久美子)라는 여급이 멀고도 험한 이 홋카이도까지 찾아와서 생각지도 못한 면회를 했습니다.

이 사실은 곧 신문을 통해 전해졌고, 활동사진으로까지 찍혔다고 하니 아시는 분도 있을 것입니다. 무엇을 숨기겠습니까. 저는 그때 그녀에게서 받은 교묘한 암시와 교도관에게 불만을 품은 몇몇 죄인의 동정 덕분에 아무런 노력 없이 탈옥을 결행할 수가 있었습니다. 그러나 그 탈옥 방법이라는 것이 제 생명과도 직관 되는 중대한 문제인 데다가 또한 은인인 죄수들의 발목을 붙잡는 이야기이기 때문에 이것만은 입을 찢겠다고 하셔도 이야기 못 합니다. 여하튼 이런 사정으로 운 좋게도 체포되지 않았던 저는 그녀와 함께 이시카리 강 하류를 넘어서 안전하면서도 신비한 절경 속에 사랑의 둥지를 틀게 된 것입니다.

원래 이런 식으로 이야기하면 별것 아닌 옛날이야기 같은 줄거리입니다. 그렇지만 여기까지 오는 동안 우리가 겪은 고난과 역경, 그리고 고군분투를 말하자면 정말 로빈슨 크루소를 능가하는 기담의 연속입니다.

저는 가바토를 탈출하자마자 태생적으로 건강한 체질을 이용해서 산과 산을 넘나들며 도망치면서 열심히 구미코의 행방을 탐색하기 시작했습니다. 물론 죄수복을 입고 있었기 때문에 밤에만 마을로 나올 수 있었습니다. 저는 절대로 도둑질을 하지 않겠다는 방침이 있었기 때문에 파란 죄수복을 입은 채로 동물 같은 생활을 해야만 했습니다. 그러니 처음 얼마 동안은 괴로움이 실로 상상 이상이었습니다. 그러나 한편으로는 그렇게 인내한 덕분에 도망친 흔적이 전혀 남지 않았고, 생각해보면 득을 본 것도 있었을지도 모릅니다. 이러한 인내심 덕분인지 탈옥한 지 한 달째 되어 신아사히카와(新旭川) 부근 어느 마을 외곽에서 그녀가 내게 암시했던 작은 마술극단의 거리 전단이 걸려 있는 것을 발견했을 때, 저의 기쁨이란 이루 말할 수 없었습니다. 곧 용기백배한 저는 모든 위험을 감수하고 어둠을 틈타 아사히카와 마을에 도달한 극단을 미행했습니다. 그러는 사이 드디어 그녀와 연락에 성공한 저는 신속하게 계획을 세워서 단번에 그녀를 그곳에서 빼냈습니다.

그때 목숨을 의지할 수 있었던 것이라고는 그녀에게 급하게 사 모으게 한 괭이 한 자루와 서양 칼 하나, 배낭에 넣은 냄비 두 개, 여섯 관 정도의 식량뿐이었습니다. 죄수복을 입고 있던 저는 어떠한 준비도 할 수 없었고, 무대 뒤편에서 끌어내어 금빛의 반짝이 양장을 한 그녀와 손을 잡고 끝없는 원시림 안쪽으로 무턱대고 달려갔던 것입니다. 사랑은 눈을 멀게 한다고 하지 않습니까. 이렇게까지 눈이 먼 경우는 별로 없겠지요.

그녀와 저는 깊은 산과 계곡에 익숙한 약초 캐는 사람도 덜덜 떠는 싸늘하고 추운 안개 속에서 꼬박 이틀을 굶은 채 구덩이를 파서 숨어 기도하고 키보다 높은 관목림을 300평 이상 긁어서 나무뿌리를 판 굶주린 곰의 발톱 자국을 보고는 운이 더 따르지 않는다고 포기하고 껴안고 울기도 하고, 그야말로 희극이라고도 비극이라고도 할 수 없는 상황에 부닥치기도 하며 위험한 상황을 몇 번이나 거쳤는지 모릅니다.

그러한 비참한 경험을 하는 사이 비자나무 열매를 먹으면서 지금까지 그 누구도 발을 들여놓지 않은 깊은 산중에 도착했습니다. 저는 수많은 역경 속에서도 가지고 온 괭이와 칼로 나무를 자르고 단단한 땅에 오두막을 만들고 밭을 일구어 자급자족 생활을 시작했고 작은 냇가의 물고기를 잡아서 말리거나 짚으로 짠 꾸러미에 나무 열매를 삶아서 넣어 두어 겨울을 날 준비를 했습니다.

우리 두 사람은 그곳에서 처음으로 더없이 자유로운 원시생활의 즐거움을 느꼈던 것입니다. 더는 과학, 법률, 도덕이라는 복잡한 조건에 얽매여 사는 것이 문화인의 자각이라고 착각하는 바보들의 세계로는 꿈에라도 돌아가고 싶지 않다고 생각하였습니다.

두 사람은 약속했습니다……. 앞으로 아이들이 많이 생겨도, 나이가 들어도, 다시는 인간세계로는 돌아가지 않겠다고 말입니다. 아담과 이브가 자손을 지상으로 번식시켰던 것처럼 우리 자손을 이곳 신비경 안에서 대대손손 이어가자, 자연 그대로의 문화 부락을 만들자……고…… 말입니다.

그로부터 연년생으로 아이가 태어났습니다. 제가 스물한 살부터 스물다섯 살까지, 사내아이와 계집아이 두 명씩, 총 네 명의 아이가 태어났습니다. 모두 병치레 한 번도 하지 않고 자랐습니다. 산속은 점점 떠들썩해져 갔습니다.

그런데 잊을 수도 없습니다. 스물다섯 살이 되던 어느 여름의 일이었습니다. 처음 말씀드린 신문사의 비행기가 갑자기 저의 집 위로 지나간 것은…….

당시 아이들이 느낀 두려움은 말로는 표현할 수가 없습니다. 때마침 저는 집 앞의 초원에서 방사형 화단을 만들어 산에서 캐온 고산식물을 심고 있었습니다. 북서 방향에서 생각지도 못한 천둥 같은 소리가 들려서 마치 춤추는 듯이 이리저리로 도망치는 아이들을 데리고 서둘러 집으로 도망쳤습니다. 그리고는 처마 밑에 쌓아둔 침실용 마주 풀 속에 숨어서 이시카리다케(石狩岳)*산의 푸른 하늘을 뚫고 멀어져가는 비행기 잔영을 보며 참을 수 없

---

* 효고 1,967m의 산으로 홋카이도 중앙부인 이시카리 산지에 있다.

는 불길함에 크게 한숨을 쉬고 있자니 등 뒤에서 구미코가 불안한 표정으로 말했습니다.

"저희를 찾으러 온 건 아닐까요?"

저는 가슴이 철렁 내려앉았습니다. 그렇지만 애써 표정을 감추고 쓴웃음을 지으며 말했습니다.

"아냐. 우리 같은 인간을 일부러 저렇게 요란스럽게 찾겠어? 게다가 이제 와서…… 하하하."

그럴 리가 없다고는 했지만 솟아오르는 불길함을 달랠 길 없어 마냥 서 있었습니다.

그로부터 사나흘 동안은 멀리 나가 볼 엄두가 나지 않았습니다. 사진까지 찍혔을 줄은 꿈에도 몰랐기 때문에 단지 저희의 신비경을 돌연히 휘저어 놓고 가 버린 거대한 새의 모습을 생각하고는 한숨을 쉬며 집 주변에 있는 밭을 돌보며 지냈습니다. 그러다가 곧 닥쳐올 겨울을 날 준비를 생각하니 가만히 있을 수 없게 되었습니다. 다행히 날씨가 좋아 손으로 만든 뜰채를 들고 송어를 잡으러 나갔습니다.

구미코는 그때도 불안한 표정으로 저를 말렸습니다. 역시 불길한 예감은 맞았습니다. 구미코의 염려를 뒤로하고 산에서 내려가서 산양 벚나무나 계수나무 우거진 숲을 헤치고 마치 병풍을 세워 놓은 듯한 이시카리 강 상류 절벽 위까지 와서는, 나무 껍질로 만든 튼튼한 뜰채를 손에 들고 절벽 아래 자갈밭으로 내려가서 바위틈 웅덩이에서 헤매 다니는 송어와 작은 물고기를 뜰채로 떠 올렸습니다.

그러자…… 웬일입니까. 아직 대여섯 마리밖에 잡지 못했는데 중절모를 눈썹까지 눌러쓰고 양장을 한 청년이 접이식 보트를 끌면서 저편 강 구석진 바위 뒤에서 불쑥 얼굴을 내미는 것이 아닙니까…….

……저는 한참을 그 청년과 마주 보며 서 있었던 것 같습니다. 그러다 순간 전광석화처럼…… 이거 큰일 났다…… 고 생각하고는 소중한 뜰채를 복대에 쑤셔 넣고 절벽에 걸어둔 밧줄을 잡고 미친 듯이 위로 올라가기 시작했습니다……. 그런데 너무 늦고 말았습니다. 반도 올라가지 못했는데 생각지도 못한 총성 두세 발이 협곡 사이로 울려 퍼졌습니다. 제가 잡고 있던 밧줄이 총에 맞아 끊어졌다고 생각한 순간, 바위 위로 추락한 저는 의식 불명 혼수상태에 빠지고 이끼로 가득한 바위의 사면을 타고 빠르게 미끄러져서 그대로 사라졌다고 합니다.

그때 저를 절벽에서 떨어트린 양장을 입은 청년이 맨 처음 이야기한 신문 기자 A라는 사실은 말씀드리지 않아도 아실 겁니다. 동시에 그때 울려 퍼진 두세 발의 총성이야말로 A가 제 운명을 손아귀에 쥐고 흔들기 시작한 시점이라는 것도 이미 알아차렸을 겁니다.

단…… 잠깐 말씀드리고 싶은 것은 이때까지만 해도 A가 저에게 특별히 엄청난 야심을 품고 있지는 않았다는 것입니다. 오히려 A는 저라는 기묘한 인간을 발견하고 나서 참을 수 없는 호기심이 증폭되어 어느샌가 악마적이고 잔혹한 취미의 세계로 빨려들어가 버렸다고 생각하는 편이 알기 쉬울 것입니다.

미리 말씀드리면 A는 일류 신문 기자가 가지고 있는 공명심에 사로잡혀 여름휴가를 이용해서 아사히다케 산기슭에 있는 기괴한 집을 탐색하러 온 인간에 지나지 않았습니다. 그는 라이벌인 하코다테시보사가 띄운 비행기에 선수를 빼앗기고 분통해하던 오타루 타임스사와 후원자인 다니야마 일가의 원조를 받아 접이식 보트와 식량, 그리고 사용해 본 적이 있는 곰 사냥용 5연발 소총을 지니고 깊은 못과 급류의 깊은 웅덩이로 가지각색 변화하는 이시카리강을 거슬러 올라온 것입니다. 운 좋게도 그 수수께끼 집의 주인공과 비슷한 사람을 발견하자마자 놓칠 수 없어서 저를 위협할 목적으로 머리 위를 노려 두세 발, 실탄을 발사했던 것입니다.

그러니까 A가 그 당시에 얼마나 당황했는지는 쉽게 상상이 갈 것입니다. 그는 바로 접이식 보트를 타고 위험을 무릅쓰고 급류 속을 찾아보았습니다. 그런데 아무리 찾아도 제 모습이 보이지 않자 이번에는 참을 수 없이 두려움이 몰려왔을 겁니다.

틈틈이 말씀드린 대로 A는 모험을 좋아하는 신문 기자입니다. 다시 말해 보통 사람과는 다른 신경을 가진 자라서 사람 한두 명 몰래 죽이는 것쯤이야 아무렇지 않게 생각하는 성격의 소유자였습니다. 아무튼, 인적 없는 깊은 산속 협곡에서 물 흐르는 소리만 들리는 적막한 상황이었으니까요. 이런 곳에서 기묘한 모습의 발가벗은 사람 하나 쏘아 떨어뜨린 셈이니…… 뭐라고 형용할 수 없는 오싹하고 두려운 마음에 다급했을 것입니다. 그는 사흘이나 닷새나 걸려 거슬러 올라온 급류와 협곡을 단 하루 만에 뛰어 내려가서 에사우시 산 아래에 있는 다니야마 일가의 별장에 도착했습니다. 아무에게도 들키지 않았다고 생각되자 안심한 그는 위스키를 한 잔 마시고 잠들었다고 합니다.

그런데 그다음 날 아침의 일입니다. 사람들이 웅성거리는 소리에 무슨 일인가 싶어 재빨리 일어나서 살펴보니…… 어쩌면 좋습니까. 어디선가 본 적이 있는 발가벗은 시체가 A가 자고 있던 방 바로 아래 돌단 쪽으로 물에 밀려 떠 내려온 것이 아닙니까……. 그때의 오싹한 기분이란……. 저를 이시카리 강 상류 절벽에서 총으로 떨어트렸을 때 이상으로 기묘함이 엄습하여 소름이 끼쳤다고 할까요. 그야 그렇겠지요. 세상에서도 가장 무서운 인연이라고도 말할 수 있을 테니까요

그러나 시체를 모른 척하고 내버려 두는 것은 A의 호기심이 허락하지 않았습니다. 시체의 혈색이 뭔가가 이상하다는 것을 평범한 사람의 눈으로도 금방 알 수 있었기 때문에 인근 사람들의 도움을 받아 돌단 위 잔디로 끌어올렸습니다. 그리고 소식을 듣고 달려온 의사와 함께 간호했습니다. 얼마 안 있어 의식을 회복하게 된 저는 상당한 고열을 일으키면서 헛소리를 하기 시작했다고 합니다.

그런데 그 헛소리 중에 보통 사람들은 알아들을 수 없는 죄수 용어가 살짝 섞여 있다는 것을 알자마자 A는 지금까지의 공포 심리로부터 완전히 해방되고 순식간에 기자 본능으로 돌아갔다고 합니다. 결국, 옳고 그름과 관계없이 저한테서 고백을 받아내서 확실한 기삿감으로 만들기 위해서 큰 노력을 했던 것입니다.

이렇게 노력한 보람이 있어서 다행히도 저는 의식을 되찾았습니다. 그런데 또다시 깜짝 놀랄 일이 벌어진 겁니다……. 천만다행으로 제가 과거의 기억으로부터 완전히 단절된 일종의 백치 같은 인간이 되어 버렸다는 사실을 알았을 때 그 실망감이란……. 당장이라도 때려죽이고 싶을 정도로 화가 났다고 합니다.

이런 제가 얼굴과 머리를 손질하니 못 알아볼 정도의 멋진 청년으로 변신한 것을 보자 A의 마음은 다시금 돌변했습니다……. 이건 다른 뜻이 아닙니다. A는 이 시점에서 한 가지 교묘한 돈벌이를 생각해낸 것입니다. 다시 말해서 A가 가진 독특한 엽기취미와 모험 취미를 섞어 저 같은 폐물을 이용해 일거에 삼득(三得)을 할 방법을 고안해냈고, 그대로 착착 일을 진행했던 것입니다.

다니야마 일가의 속사정……. 특히 다쓰요의 방탕해 보이는 행실의 저의를 밑바닥까지 간파하고 있던 A는 그 후로 하늘에 운을 맡긴 채 교묘한 연극을 꾸며서 저를 다니야마 일가의 양자로 들어가게 하고는 말도 안 되는 말들로 다쓰요로부터 상당한 금액을 챙긴 뒤 소식을 끊었습니다.

A가 사라졌다는 사실을 안 다쓰요는 어리석게도 완전히 안심해 버렸습니다……. 이는 A가 자신의 계획대로 어딘가 먼 곳으로 떠났다고 생각했기 때문인데, 이런 점은 다쓰요 또한 보통 부잣집의 자식들처럼 돈의 힘을 과신하는 경향이 있었던 것이지요. 물론 제게도 슬며시 털어놓으면 모든 일이 해결될 거로 생각했던 것입니다. 어찌 이렇게 될 줄 생각이나 했겠습니까. 이 정도로 포기할 만한 A의 악마 취미가 아니었던 것이지요. A는 저

희 부부를 중심으로 다니야마 일가 전체를 지옥 끝 벼랑으로 떨어트릴 때까지 옥죄면서, 높은 곳에서 포획물을 내려다볼 마음에, 그 준비를 위해 잠깐만 모습을 감춘 것이 틀림없었습니다.

먼저 A는 기억에 남아 있던 제 말투에서 규슈 방언과 죄인들의 용어, 두 가지 단서를 가지고 탐문을 위해 오타루 타임스를 나와 규슈 북부의 대도시인 후쿠오카(福岡) 시 외곽에 있는 작은 신문사에 취직했습니다. 그곳을 중심으로 규슈현 산하의 경찰이나, 신문사를 통해 제 나이에 해당하는 전과자나 실종자의 이름을 끈질기게 찾기 시작했습니다. 그러는 동안 우연히 후쿠오카 시의 어떤 신문사가 보존하고 있던 육칠 년 전 신문에서 '청년 암살자'라는 큰 활자가 곁들어진 저와 똑같은 모습의 커다란 사진판을 발견했을 때 A의 놀라움과 기쁨은 말로 표현할 길이 없을 겁니다. 다른 신문에 실린 죄인 모습이나 학생 시절 사진들은 저와 닮았는지 확인할 수 없는 흐린 사진이었는데도 불구하고 단 한 장 그 지면에 게재되어 있던 소년 시절의 제 모습이 지금의 저와 똑 닮았던 것은 그 무슨 기적 같은 일일까요.

이 정도까지 알아내자 A의 작업은 반 이상 완료되었습니다. A는 신문사의 정리 담당자에게 들키지 않게 교묘히 사진기를 들고 들어와 그 지면뿐만 아니라 저의 출생이나 탈옥 기사를 적은 지면까지 남김없이 찍어서 곧바로 홋카이도로 돌아왔습니다. 그 후 A는 제 동정을 상세하게 탐색하고는 두 사람 사이에 사랑의 결정체가 생겼다는 사실까지 파악하게 됩니다. 그리고 마지막 협박 자료를 얻기 위해 또다시 비밀리에 이시카리 강 상류를 탐색하러 나갔습니다.

이미 그때 그는 아사히다케 산 사면에 있는 집이 저의 집이라는 사실을 확신하고 있었겠죠. 그러니까 그렇게까지 끈질기도록 확실한 증거를 잡고 그 뒤에 수집한 신문과 함께 저한테 보낼 생각이었을 겁니다.

여기까지는 A의 계획은 120% 적중했으니까 일단 대성공이라고 말해도 좋을 겁니다. 그러나 그다음부터가 계획대로 잘되지 않았습니다.

……그것은 다른 게 아닙니다. 악마 같은 명민한 머리를 가진 A도 아주 작은 한 가지……. 실은 실로 중대한 실수를 했다는 것을 알아채지 못했습니다. 가바토 감옥으로 면회를 왔던 여급 구미코의 행방에 대해서 깊이 생각하지 않았기 때문입니다. 영화 제작자의 선전에 사용하기 위해 구미코를 이용했다고만 생각해버린 것입니다. 그리고 구미코는 신문 기사와 함께 사라졌다고 믿었던 것입니다. 이것은 A의 머리가 너무 뛰어났기 때문에 생긴 실수입니다. 그러나 그 덕에 A의 계획은 실로 예상과 다르게 난센스라고도 할 수 없는 비참한 결과를 낳게 되었습니다.

그로부터 약 한 달 정도 지난 초가을의 일입니다.

마치 시체같이 말라버린 몸에 너덜너덜한 등산복을 입고 고장 난 카메라를 목에 건 거지 같은 모습의 남자가 아사히카와 마을에 불쑥 나타났습니다. 그리고 알 수 없는 소리를 중얼거리면서 마을을 어슬렁거리기 시작했습니다. 그 남자는 심한 자외선이나 흰 눈에 탄 것처럼 진흙과 같은 검푸른 색의 얼굴을 하고 있었으며 움푹 들어간 눈은 흰자위가 번뜩번뜩 빛나고 있었고, 나무껍질이나 풀뿌리 진액으로 물든 황금색 이로 딱딱 소리 내면서 마치 강이라도 헤치고 건너는 듯한 발걸음으로 휘청거리면서 걸어 다니는지라 그 모습은 평생 살아가면서 한 번도 보기 힘든 모양새였습니다. 게다가 이상한 점은 그 남자의 움푹 팬 눈에 여성의 벗은 몸이나 혹은 벗은 것에 가까운 여성의 모습이 조금이라도 보이면 그것이 그림이든 실물이든 간에 상관하지 않고 너덜너덜해진 등산화가 공중으로 날아갈 정도로 도망치는 것이었습니다. 그리고 모르는 집이건 자동전화건 상관없이 어디든 간에 뛰어들어가 살려 달라고 하는가 싶더니, 운행 중인 전차나 기차에 뛰어들어 치이곤 했기 때문에 위험인물이 되었습니다. 네, 그렇죠. 요즘 가게 앞에 발가벗은 그림의 간판이 늘어서 있으니까요. 더욱이 초가을이라고 해도 아사히카와는 아직 상당히 덥기 때문이죠. 여하튼 벗은 것처럼 보이는 여성을 보면 그림엽서 파는 가게 앞이건 강에서 빨래하는 여자건 상관이 없습니다. 또 10리 밖이든 코앞이든 간에다 마찬가지입니다……. 비명을 지르며 발광을 했기 때문에 아사히카와 마을에서 유명인이 되었습니다.

그러다가 색정광이자 뼈만 앙상한 이 남자가 무슨 일이 있었는지 아사히카와 경찰서로 뛰어들어간 뒤, 그곳에서 보호를 받게 되었습니다. 세상 또한 참 넓어서, 의외로 이 뼈만 앙상한 남자를 데리고 가고 싶다는 독지가가 나타났습니다.

그 독지가라는 사람은 도쿄 메구로(目黒)에 있는 정신병원 부원장으로 당시 아시히카와에 귀향했던 아무개라는 돈 많은 의학박사였습니다. 뼈만 앙상하게 남은 남자……. 즉, A에 관한 신문 기사 조각을 들고 아사히카와 경찰서에 출두하여 자신의 연구 자료로 A를 인도받고 싶다는 의지를 정중하게 의뢰했던 것입니다. 처음에 신문 기사만으로 A의 정신 상태를 판단하여 색정 도착자라고 생각했던 이 의사는 드문 사례이기 때문에 논문 재료로 쓸 생각이었다고 합니다. 마침 곤란해하던 경찰에서도 액땜했다고 생각하고 제대로 된 조사도 하지 않은 채 인도했다고 합니다만……. 그렇게 결정되자 역시 전문가답게 최면술이나 진정제를 적당하게 사용하면서 무사히 도쿄까지 데리고 와서, 순조롭게 자신의 담당 병실에 A를 감금했습니다. 그리고 반년이 지나는 동안 충분한 영양을 섭취했고, 어느 정도 논리적으로 말할 수 있게 되었을 때를 노려서 어르고 달래서 사정을 들어보니……, 색정 도착 정도의 문제가 아니었지요. A는 엄청난 이야기를 시작한 것입니다.

A는 그 부원장 앞에서 다니야마 일가의 비밀을 모조리 털어놓은 것뿐만 아니라 자신이 발광하게 된 원인까지도 기억해 내고는 죄다 자백해 버렸습니다.

A는 이시카리 강 상류를 탐색하며 천신만고 끝에 겨우 아사히다케 산기슭에 있는 저의 오두막을 찾아내었습니다. 그리고 이미 원시생활에 완벽하게 적응한 구미코와 네 명의 아이들이 한여름의 투명한 태양 아래에서 벌거벗은 채 놀고 있는 모습을 분비나무 뒤에 숨어서 마음껏 엿보고 있었습니다. 그때 A는 얼

마나 놀랐을까요. 꿈에서도 보지 못한 신비로운 광경을 접하고는 벌어진 입이 다물어지지 않았겠죠……. 겨우 모든 상황을 이해한 A가 주머니 속에서 꺼낸 복사된 신문 조각의 구미코의 사진과 실물을 비교했을 때의 기쁨 또한 어떤 것일까요. 그야말로 다니야마 일가 모두를 지옥 끝으로 밀어버릴 만한 대발견이라고 생각하고는 가슴을 두근거렸을 것이 틀림없습니다……. 이때까지만 해도 다쓰요가 아직 자살하지 않았을 때이니까요…….

하지만 A는 여기서 다시 두 번째 실수를 한 것을 알지 못했습니다. 구미코와 아이들의 사진 몇 장을 찍기만 하고 A는 탐색을 중단하고 돌아왔어야 했습니다. A는 그렇게 하지는 않았기에 그의 운은 여기에서 끝이 난 거죠……. 에로틱하고 그로테스크한 형용하기 힘든 눈부신 정경을 멀리서 바라보기만 하고 돌아가는 것은 신문 기자라는 근성을 가진 A에게는 절대 불가능한 일이었는지도 모릅니다. 혹은 그 에로틱하고 그로테스크한 여주인공에게 A 특유의 냉혹한 야심이 생겨났을지도 모릅니다. 여하튼 정신이 빨려들어가듯 혼미해진 A는 자신도 모르게 울타리 수풀을 헤치면서 구미코에게 점점 다가가고 있던 것입니다.

그러자 얼마 안 있어 엄청난 일이 벌어졌습니다.

오랜 시간 남자도 없이 인적 없는 우거진 깊은 산속에서 원시생활을 했던 강인한 여자……. 특히 추위와 배고픔과 싸우면서 홀로 아이 네 명을 길러온 모성이 여자를 얼마나 사납고 광폭한 성격으로 변신시켰는지는 사실 평범한 사람은 상상하지 못할 것입니다. 이전 이시카리 강 근처에서 두세 발의 총성이 들린 후, 사라져 버린 자신의 남편을 감옥에서의 추적자에게 살해당했다고 생각하던 아내 구미코가 카키색 등산복에 총을 둘러메고 있던 A의 모습을 보자마자 감옥에서 나온 추적자로 지레짐작한 것도 무리는 아니겠죠. A가 5연발 소총을 들고 풍성하게 자란 머위와 감제풀에 몸을 숨기면서 오두막으로 다가가자, 등 뒤에서 맹수와 같은 자가 기습공격을 하였는데, 순간 이를 피하고 봤더니 그곳에는 A에게서 빼앗은 소총을 든 실오라기 하나 걸치지 않은 여자가, 서슬 퍼런 표정으로 서 있었습니다. 다행히도 방아쇠 안전장치가 풀리지 않아 탄환이 발포되지 않았지만, 그 여자의 무서운 표정을 보았으니 아무리 A라고 해도 벌벌 떨었을 겁니다. 그는 여자가 안전장치를 푸는 법을 몰라 허둥대는 틈을 타서 미친 듯이 도망쳤습니다. 뒤에서 총을 거꾸로 치켜든 여자가 미친 듯이 머리를 곤두세우고 뒤쫓아 왔습니다. 그 공포란…… 길도 모르는 우거진 숲과 길게 자란 수풀 사이를 죽을 듯이 도망쳐도, 상대는 이런 오지에 익숙한 반야생 상태의 여자라 그야말로 날아다니는 듯한 속도로 쫓아왔습니다. 어떻게 해서든 A를 쓰러뜨려 목숨을 끊어 놓아야만 했습니다. 아이들의 안전을 지켜야 한다는 모성애로 반미치광이가 된 여자는 A에게 달려들었습니다.

숨도 제대로 쉬지 못하고 단숨에 야산을 넘어가자 어느 방향인지 전혀 알 수 없는 상태에서 어디선가 바스락하는 소리가 들리나 싶더니 총을 멘 여자가 질풍같이 달려왔습니다. 너무 놀란 나머지 A가 낭떠러지로 떨어지자 여자도 날다람쥐처럼 쫓아왔습니다. 작은 강을 뛰어넘으면 여자도 뛰어넘었습니다. 그 모습이 남자보다도 민첩했고 무모하게 돌진해 왔기 때문에 A는 공포의 비명을 지르면서 도망 다녔습니다. 그러는 사이 날이 어두워졌고 여자는 이제야 안전장치 푸는 법을 습득했는지, 나무 사이로 총을 두세 발 쏘았습니다. 그 마지막 한 발이 A의 모자를 날려버렸기 때문에 A는 담력마저 사라졌고 곧 죽을지도 모른다는 생각에 무아지경이 되어 미치광이처럼 밤에도 낮에도 발가벗은 여자의 환영에 떨면서 인적 드문 고원을 헤매기 시작했습니다.

날이 저물고, 다시 날이 밝아도 여자가 쫓아오는 소리가 사방 팔방에서 들려왔습니다. 숨이 끊어질 듯 쓰러져 잠들면 금방 총소리가 들리거나 여자의 산발한 머리카락이 얼굴을 스치고 있었습니다. 그래서 다시 비몽사몽 일어나 푸른 하늘과 별이 빛나는 하늘 아래를 비틀거리며 방황하는 참으로 가련한 신세가 되어 버린 겁니다. 그리고 어디를 어떻게 헤매다가 왔는지 길에 쓰러져 죽지 않고, 산송장 같은 비참한 모습으로 아사히카와 마을에 나타났던 것입니다. 그리고 벗은 여자가 눈에 띄기만 하면 벌떡 일어나 비명을 지르고는 아무 곳이나 뛰어들어갔습니다.

"……큰…… 큰일이다……. 다니야마 일가의 중대 비밀이다……. 이중 결혼이다……. 탈옥수의 부인이다……. 선녀의 모습을 한 맹수다……."

이렇게 당치도 않은 말을 중얼거리고 다녔다는 것이 A가 발광하게 된 진상이었습니다.

……그런데 그 진상을 들은 정신병원 부원장은 처음에는 반

신반의했다고 말했습니다. 그야 당연한 일이겠지요. 처음부터 끝까지 상식을 벗어난 이야기만 했으니까요……. 그러나 만일을 위해서 병원에 보관해 두었던 A의 낡은 등산복을 조사해 보니……, 상상이 가시겠지요. A의 말이 하나도 틀리지 않는다는 것을 증명하고도 남을 하타나카 마사오와 다니야마 히데마로의 호적등본과 신문지면 복사 필름을 안쪽 주머니에서 찾아냈고 완전히 박살 난 A의 카메라 속에 단 한 장 무사히 남아 있던 제 아내의 흑백사진을 현상하는 데 성공했습니다.

이 시점에서 처음으로 부원장은 A의 정신이상이 회복되는 것은 다니야마 일가에게 중대한 문제가 될 수 있다는 사실을 간과했습니다. 그래서 재빨리 제게 긴급 친전(親展)*으로 대략의 사건을 통지하고 사실인지 아닌지 물어왔습니다. 그 편지를 받은 저는 순간 아무런 생각도 할 수 없었습니다.

물론 그 편지에는 학술 연구를 위한 질문이며, 가령 사실이라고 해도 절대로 비밀로 하겠다는 추신이 덧붙여져 있었습니다. 문제인 다쓰요도 이미 세상을 떠났기 때문에 걱정은 반감되었습니다. 그렇다고 해도 중요한 문제임은 틀림없으므로 만사를 제쳐놓고 상경하여 메구로의 정신병원을 방문했다가 섬뜩할 정도로 A에게 협박을 당했습니다. 단단한 철조망 저편에 앉아 있던 환자 모습을 한 A는 병문안을 온 제 얼굴을 확실하게 기억했을 뿐만 아니라 뭔지 알 수 없는 종잇조각을 철조망 사이로 내

---

* 편지에서, 받는 사람이 직접 펴 보아 주기를 바란다는 뜻으로, 겉봉의 받는 사람의 이름 옆이나 아래에 쓰는 말

밀면서 이치에 맞지 않은 협박이 섞인 말을 하는 것이 아닙니까. 물론 그 종잇조각은 저와 관련된 사항이 쓰인 신문 복사본인가 뭔가일 테지요…….

저는 그 확대한 지면의 실물과 브로마이드에 인쇄된 아내와 아이들의 흑백사진을 부원장의 방에서 보았습니다. 이것을 보고 처음으로 자신의 과거 기억이 전광석화처럼 되돌아온 저는 심한 쇼크로 일시적 실신 상태에 빠져 버렸습니다.

그러나 곧 부원장의 간호로 정신이 돌아오자 저는 상당한 용기를 내어 A가 자백한 모든 사실을 확인하고는 부족한 부분을 상세히 부원장 앞에서 이야기했습니다. 그리고 A의 신변 보호를 의뢰함과 동시에 저에 관한 일을 공표할 것인지에 대한 중대한 판단은 단 한 사람 부원장의 자유의사에 일임했습니다. 그리고 이러한 내용을 반미치광이인 A에게 자세히 설명한 뒤 그대로 홋카이도로 돌아갔습니다. 만일에 제 신상에 관한 일들이 공표되었을 경우 담담하게 형을 받고자 결심했기 때문입니다. 남의 비밀을 알고 있는 사람이 아무리 정신병원 의사라도 해도 이런 비밀을 쥐고 아무 말도 하지 않는 것은 쉬운 일이 아닐 것으로 생각했기 때문입니다.

………넷……? 뭐라고요……?

제 이야기가 앞뒤가 맞지 않는다고요……?

무례하군요. 어디가 말이 안 된다는 건가요? 저는 순서에 맞게 이야기를 했단 말입니다…….

뭐라고요……. 그 신문 기자라는 A의 본명이 아직도 기억이 안 나냐고 말하는 건가요……. 흠……. 그것이 아직 기억나지 않습니다……. 그러나 곧 생각이 날 겁니다…….

어어……. 어째서 웃으시나요…….

뭐라고요? 여기가 그 메구로 병원이라고요? 그럼 A는 여기 있겠군요. 넷……? 정말 있군요……. 진짜 몰랐습니다. …… 그럼 어디에…….

아……. 여기 있다고요……?

뭐……. 뭐죠……? 제가 신문 기자 A라고 말씀하시는 건가요. 무슨 그런 농담을……. 저는 방금 말한 대로 다니야마 일가의 데릴사위 히데마로입니다. 구미코라는 맹수 선녀의 남편이 틀림없습니다만……. 다쓰요와 이중 결혼을 한 그 파렴치한인…….

네……? 히데마로……. 다니야마 일가의 양자가 된 제가 여기 입원한 원인을 묻는 건가요……? 그…… 그것은… 그러니까…… 발광 당시의 일이니까요. 잘 생각나지 않네요…….

……웃으시면 곤란합니다. 거울 따위 보지 않아도 됩니다. 제 얼굴은 제가 잘 알고 있으니까요.

뭐…… 뭐라고 하는 겁니까? 다니야마 히데마로는 지금도 다니야마의 양자로서 경제계에서 활약하고 있다고요? 후처로 산속에서 구미코를 데려와 다니야마 부인으로 삼고 있다고…….
그…… 그것은 말도 안 됩니다……. 두 사람은 앞으로 절대로 인간세계로 돌아가지 않겠다고 그렇게 약속을 했는데…… 아니요 아닙니다. 상상한 것이 아닙니다. 사실이 틀림없습니다. 정말로…… 괴상한 일이군요…….

네……? 뭐라고요……? 여기 부원장의 최면으로 과거의 기억을 완전히 회복한 다니야마 히데마로는 홋카이도로 돌아가자마자 부원장의 성의가 담긴 편지를 받고는 안심할 수가 있었다고요. 그리고 A를 평생 병원에서 지내다가 죽게 해 달라는 답장을 보내고 홀로 비밀리에 아사히다케에 있는 구미코를 데리러 갔다고요.

야수 같던 구미코도 그리워하던 마사오의 눈물 어린 고백에 지고 말았다고요. 하아……. 꾸밈없는 마사오의 순정에 마음을 움직인 결과 다쓰요 대신 다니야마의 마지막 핏줄……. 류타로를 키우기로 눈물을 머금고 결심을 했다고요. 그렇군요……. 네 명의 아이를 보호하던 야수 같은 선녀가 멀리 인간 세상으로 내려온 거군요. 그리고 마사오인 히데마로가 추억이 많은 이시카리 강 상류에서 에사우시 산 아래 별장까지 사람들 모르게 구미코를 데리고 오기까지 많은 고뇌가 있었고요.

과연……. 그로부터 구미코의 호적 관련 사항이나 아이들의 예의범절 테스트에 이르기까지 이것 또한 엄청난 노력을 쌓아 드디어 일행은 다니야마 일가로 들어갔다. 그러자 생각보다 쉽게 구미코는 능숙하게 행동하는지라 다쓰요가 다시 태어났다는 평판이 대단했고 일약 사교계를 리드하게 되었다. 동시에 가정도 원만해서 다섯 명의 아이들에게서는 조금도 어두운 면이 보이지 않았고 장래 다니야마 일가의 비밀을 알 사람은 절대도 없을 것이다……. 그러니까 그 일에 관해서는 걱정하지 않아도 된다고 말하는 겁니까……? 뭐라고요? 나를 바보로 만들고…….

아하하…… 이거 실패했네. 실수로 중요한 사건을 말해 버렸구나. 아하하. 실은 선생님을 어떻게 해서든 한 방 먹이고 유유히 퇴원하려고 생각했지요. 지난밤부터 잠도 자지 않고 이야기의 줄거리를 생각했단 말입니다. 그러다 조금 전에 엉덩방아를 찧었을 때 제 경력이 기억난 듯했거든요. 이거면 됐다고 생각하고 바로 선생님께 왔습니다.

저는 대체 누구의 경력을 생각해 낸 걸까요……? 자신이 조사한 다른 사람의 경력을 생각해 낸 건가요……? 이런, 좀 더 생각하고 왔어야 해. 어딘가 이야기가 맞지 않는 곳이 있었던 거야……. 좋아……. 다음에야말로…….

네? 어제도 제가 같은 이야기를 하러 왔다고요…? 그제도……. 그전에도 몇 번이나 몇 번이나……. 제가……. 으흠……. 그래서 선생님도 다니야마 씨한테 부탁받은 대로 계속 반복해서 상세히 사정을 설명하고 불안하지 않도록 이야기하고 있지만, 매번 잊어 버린다고요……? 제가요……? 게다가 자신과 타인을 헷갈려 생각하기 때문에 이야기가 점점 이상한 방향으로 간다고, 그래서 당신의 머리는 완전하지 않다. 다니야마 일가의 일은 잊어버리고 좀 더 편안하게 요양하지 않으면 퇴원할 수 없다고…… 하아……. 그건 누구의 이야긴가요? 네? 제 이야기……? 으흠. 그럼 당신은……? 실례지만 누구신가요?

넷? 부원장님의 조수……? 제 심리 상태를 함께 연구하고 있는…….

하. 실패했네. 그렇다면 뭐든지 알고 있겠군요. 저는 또 원장

님인가 했네요. 원장님이라면 아직 한 번도 저와 만난 적이 없으니까 혹시 넘어가지 않을까 생각했는데 말이죠. 이런, 이런,

아하하하하하하하하하하.

아아……. 지쳤네요.

저 선생님……. 이야기 값으로 담배 한 개비만 주세요.

……어, 어라. 아무도 없네…….

여기는 감방 안이다……. 이상하네. 난 아까부터 혼자서 말하고 있었던가……. 흐…… 음.

………… 오동나무 꽃이 저렇게나 많이 지는구나………….

……앗…… 잊고 있었다…….

나는 다쓰요에게 복수할 생각이었지……. 그녀는 나를 차 버렸어……. 내가 장난감…… 이었다고 비웃었어. 그래서 나도 그대로 갚아 준 거야. 전과자인 남편을 두게 해서 한 방 먹일 생각이었는데 잘못해서 내가 이렇게 되어 버렸군. 반대로 내가 미치광이 취급을 받게 되었어.

에잇…… 이런 어처구니없는……. 불공평해…….

나는 다니야마 일가에 원한이 있단 말이다. 여기서 꺼내 줘, 불법감금이라니. 제길……, 두고 봐……. 다쓰요……. 내보내 줘. 내보내 줘.……내보내 달란 말이다……. 내보내…… 줘…….

〈개조(改造)〉 1932년 11월호 수록

노순사

유메노 규사쿠

무쓰다(睦田) 노순사는 문득 멈춰 서서 발밑을 바라보았다. 누런 각등 불빛 속에서 뭔가 반짝하고 황금색으로 빛나는 물건이 떨어져 있었기 때문이다.

노순사는 각등을 바닥에 내려놓았다. 외투의 두건을 벗고, 고요하게 잠든 한밤중 별장 지대의 인기척에 귀를 기울였다. 이윽고 장갑을 낀 채로 외투 안쪽 주머니를 뒤져서 불안한 손길로 낡은 안경을 쓰고 자세히 살펴보니 그것은 금종이를 만 피우다 버린 담배꽁초를, 짧은 동판의 구부러진 끝부분에 끼워 끝까지 다 피우고 남은 담배꽁초였다. 주변에 담뱃재가 흩어져 있는 것을 보니 조금 전에 던져 버린 것 같았다. 그러나 담뱃불은 완전히 꺼져있었다. 아마도 차가운 땅의 습기를 빨아들인 것 같다.

무쓰다 순사는 조금 실망을 한 듯 힘 빠진 손길로 낡은 안경을 벗었다.

"걱정할 것은 없군."

이렇게 중얼거리며 다시 한번 어둠 속을 살펴보았다. 그래도 혹시나 하는 마음에 담배꽁초를 진흙이 묻은 구두로 밟아 뭉개고, 담뱃불이 꺼진 것을 확인하고서는 낡은 안경을 다시 집어넣고 외투의 두건을 머리 위로 쓰고, 다시 각등을 집어 들고 뚜벅뚜벅 걸어가기 시작했다. ……조금 졸려 하면서……

이로써 그는 몇 캐럿의 다이아몬드에도 뒤지지 않는 엄청난 행운을 밟아 뭉개버렸다. 금종이 담배를, 그런 식으로 피는 인간이 어떤 종류의 인간일지 생각을 했었다면…… 그리고 그런 종류의 인간이, 이런 한밤중 별장 지대에 이유도 없이 온 것은 아닐 것이라고 그때 조금만 생각을 해보았다면 그의 일생일대의 행운을 잡을 수 있었을 텐데…….

이미 오십을 넘겼는데도 부장 승진도 못 한 무쓰다 순사는, 이렇게 순찰을 계속하면서 이렇다 할 만한 공적도 과실도 없는 평범한 그의 순사 생애를 몇 번이나 되풀이하면서 다시 생각해보았는지 알 수가 없었다. 사건이 생길 때마다, 이런 일은 적성에 맞지 않는다고 생각하며 벌벌 떨면서도, 그저 병든 아내와 아이들이 귀여워서, 결심도 못 하고 사직도 하지 못한 그의 비참한 운명에 얼마나 많은 눈물을 흘렸는지 모른다.

그러므로 최근 영전한 전 서장 덕분에, 도쿄 교외 평화로운 별장지가 된 이 K 마을의 주재소로 오게 되었고 담당 구역에 사는 저명한 사람들로부터 뇌물을 받아 겨우 여유를 가지게 된 것을 얼마나 감사하고 있는지를. 그 순찰하는 한 걸음 한 걸음마다…… 이 지역에 아무 일도 없기를…… 얼마나 정성을 담아 기도하고 있는지를. 그리고 이것이 도둑 한 명조차 잡은 적 없는 무능한 그의 마음속의 …… 단 하나의 슬픈 바람이라는 것을, 그 스스로가 몇 번이나 자각했는지를 모른다.

그러나 무쓰다 순사는 채 스무 걸음도 걷기도 전에, 조금 전 밟아 뭉갠 기묘한 담배꽁초의 일은 완전히 잊어 버렸다. 둥그런 등을 한층 더 둥글게 말고, 외투의 두건을 깊이 눌러 내리고는 어스름한 각등 불빛 속에서 끝없이 이어진 콘크리트 벽이나 벽돌벽, 그리고 산울타리 사이를 뚜벅뚜벅 걸어갔다.

춥고 차가운 별이 뜬 밤이었다.

그다음 날 아침이었다.

그가 밟아 뭉갠 행운이 얼마나 큰 악운으로 그의 머리 위로 떨어졌는지……

그의 담당 구역에서도 굴지의 부호로 불리는 구라카와(倉川) 남작 별장에 2인조 강도가 들어와 젊고 아름다운 부인과 하인을 교살했다. 그리고 서생 한 명에게 중상을 입히고, 부인 소유의 귀금속, 보석류와 현금 약 이백 엔을 빼앗고 도주했다. 그리고 날이 밝을 때까지 떨고 있던 부엌 일하는 하인에 의해 분서까지 보고되었다. 악행이 일어난 추정 시각은 무쓰다 순사의 순찰 시각과 맞아떨어졌다.

"순찰 중 이상이 없었나"라고 전화 문의가 왔을 때, 아무렇지도 않게 "네"라고 대답한 그는 바로 K 주둔소에서 1리 정도 떨어진 K 분서로 불려가서, 야근 중인 법학사 분서장에게 눈이 빠질 정도로 질책을 받아야만 했다. 그리고 "병문안도 가지도 마라. 너 같은 인간이 현장에 가 봐야 도움도 되지 않아. 여기서 전화나 받아."

이렇게 사환 앞에서 매도당했다.

서장 이하 전원이 출동한 뒤, 텅 빈 사무실 한가운데 큰 화로 쪽으로 의자를 당겨와 앉은 무쓰다 순사는 창백해진 얼굴로 끊임없이 눈물을 흘렸다. 그리고 전화가 걸려올 때마다 콧물을 훌쩍거리며 일어섰다. 그 전화를 본서로 연결하는 사이…… 화를 당한 젊은 남작 구라카와는 옛 친구인 어느 나라 대사를 맞이하러 고베까지 가서 부재중이었다……. 범인은 둘 다 검은 복장에 복면을 쓴 전문 강도 같았다……. 구라카와 저택의 뒷문 콘크리트 벽을 넘어왔을 때 전화선을 절단했다…… 방갈로 풍의 2층 창문을 조그마하게 뚫어서 열쇠를 열고 몰래 들어왔고…… 부인과 하인은 잠든 위치에서 교살되었다…… 중상을 입은 서생이 얼마 안 있어 사망했다…… 광에 숨어서 벌벌 떨고 있던 부엌 하인이 날이 밝기를 기다렸다가 옆집에서 분서로 전화를 걸었다…… 그 이외의 사실은 일절 알 수가 없다…… 고 알게 되었다.

그는 하얀 서리가 내린 들판과 비상소집 된 순사들이 집에서 직접 현장으로 가는 모습을 떠올렸다. 그리고 그 사람들이 무능한 자신을 원망하거나 조소하고 있는 얼굴까지 상상했다. 그리고 사건이 만일 미궁에 빠진다면 당연히 자신이 처할 운명에 대해서 생각하고 또 생각해 보았다. 그러나 그것은 아무리 생각을 해봐도 뻔한 이야기였다.

무쓰다 순사는 주머니에서 작두 콩깍지 모양의 담뱃대를 꺼내 가루담배를 한 모금 피웠다. 단념하고 될 대로 되라는 마음으로 담배 한 모금을 피우는 동안, 나도 모르게 숨이 막혀서 콜록콜록 기침했다. 아무리 그래도 안타까운 것은 자신의 담당 구역인데도 피해자에게 병문안을 가지 못하는 것이었다.

항상 그의 늙은 몸을 동정하고 여러 가지로 질문하고 위로한 뒤, "남편이 멋대로 집을 비우기 때문에 잘 부탁드려요."라고 말하면서 많은 신경을 써 주었던 아름다운 부인. 그녀의 영전에 누구보다 먼저 달려가서 마음속 깊이 사죄의 절을 올리고 싶었다. 그리고 할 수만 있다면 새로운 단서 아니 조금의 실마리라도 좋으니까, 부엌 하녀에게 말하도록 해서 서장의 심기를 풀어 주고 싶다…… 지금의 불명예를 씻고 싶다. 잠깐 이런 생각만을 하면서 또다시 생각에 잠겼다. 그렇지만 지금으로서는 역부족이었다.

그는 이렇게 누구를 원망할 힘도 없어진 자신의 모습을, 재가 되기 일보 직전인 화로의 청색 불빛 속에서 발견했다. 그리고 그의 눈 속에서 일렁거리는 것은 마르고 연약해진 그의 아내와 그 주변을 뛰어다니거나 기어 다니고 있는 아이들의 모습뿐이었다.

그는 환영이 보이자 눈을 꽉 감았다. 그러자 조금 전부터 괴어 있던 미지근한 눈물이 뚝뚝 화로의 재 속으로 떨어졌다. 눈물 한 방울이 사라진 숯불 위로 떨어졌는지 치직 하고 소리를 냈다. 그 소리를 듣고 있으니 또다시 새로운 눈물이 흘러내렸고 그는 아무것도 할 수가 없었다.

이런 일을 생각하는 동안 어느샌가 시간이 흘렀다. 그의 뒤로 괘종시계가 1시를 울리고 조금 지나자, 비상 경계선을 치러 나갔던 동료 두세 명이 되돌아왔다.

"……아………졸리다 졸려………"

"아무리 말해 봐도 풋내기 서장이라 어쩔 수 없네. 제1 비상 경계선이라도 해도 너무 늦은 것 아닌가. 청년회 등을 내보낸들 무슨 소용이 있겠어?"

"뭘 또 그렇게까지 말하나. 덕분에 헛수고가 없어졌잖아."

"지문도 없다고 하지요."

"응, 지금쯤 놈들은 천 리 밖에서 낮잠이나 자고 있겠지. 하하하. 제대로 해냈는걸."

그렇게 말하는 사이 고참인 그가 있는 것을 알아채고, 당황해서 경례하고는 대검을 빼냈다. 그리고 그대로 각자 의자에 앉아서 잠잠히 입을 다물었다. 그들은 무쓰다 순사가 최근 서장한테 혼난 것을 알고 있는 듯했다.

무쓰다 순사는, 이미 현장의 모습을 들을 용기조차 들지 않았다. 단지 무능의 표본같이 화로 옆에 구경거리가 되어 있는 자기 자신을 돌아보며 힘없이 고개를 숙일 수밖에 없었다.

그로부터 만 1년이 지났다.

무쓰다 순사는 예상대로 그해에 해고되었다. 그래도 받을 것은 받았기 때문에 이를 바탕으로 여러 연고를 찾아 헤맨 결과, 2개월 전부터 시외 제작 공장의 수위로 고용되었다. 물론 봉급은 적었고 야근도 있었지만, 경비와 접수를 겸한 단순한 일이었다. 그리고 순찰 구역도 아주 좁아서 뚱뚱한 무쓰다 노인에게는 오히려 극락처럼 느껴졌다.

그는 매일 정오 휴식 시간이 되면 회사 사무실로 돌아와서 신문 연재물을 읽는 것이 더할 나위 없는 즐거움이었다. 조심하면서 움츠러든 채로 그 어떤 화려함도 없는 생애를 보내온 그는, 소설이나 고단 속에 나오는 불쌍하고 가련한 운명의 주인공에게 온몸으로 동정을 보냈다. 동시에 그런 사람들이 정의의 힘으로 구원되는 이야기를 제 일처럼 전력을 다해 읽어갔다.

특히 세상 속에서 밑바닥 같은 온화한 인간이 생각지도 못한 행운을 얻어서 하느님으로부터 상을 받는 장면을 마주하면 그는 사람들에게 들키는 것이 두려운 사람처럼 살며시 낡은 안경을 닦고 두 번, 세 번 반복해서 읽고는 사람들 모르게 한숨을 쉬었다.

그러는 사이 2, 3일 전의 일이다. 문득 눈에 띈 사회면 머리기사를 아무 생각 없이 읽다가 그는 가슴이 쿵 하고 내려앉아서 낡은 안경을 고쳐 썼다.

취직 활동을 하느라고 잊고 있었고 이미 옛날에 범인이 붙잡혔다고 생각했던 1년 전 K 마을 강도 살인범 두 명이 여태 붙잡히지 않았을 뿐만 아니라 점점 더 흉악해진 것을 알게 되었다.

구라카와 일가의 행복과 그의 운명까지 짓밟아버린 2인조 검은 복장을 한 강도는 젊은 구라카와 남작이 거금 이천 엔의 현상금을 걸고 눈물의 복수를 다짐했음에도 그 후 3번이나 도쿄 교외를 휩쓸고 다녔고, 경시청의 무능을 마음껏 조소했다. 그 후로는 그들의 소식은 들리지 않았다. 하지만 요즘 멀리 교토 오사카 지방으로 장소를 옮긴 것 같았다. 한적한 주택가가 전문인 듯 이미 저택 두 채가 같은 복장을 한 2인조 강도가 침입해서 한 채에서는 후처가 교살되었다. 그리고 다른 한 채에서는 집을 지키던 남자의 이마가 잘려나갔다.

신문은 생각났다는 듯이 또다시 당국의 무능을 비판하기 시작했다. 그리고 1년 전 K 마을의 참극을 소환하고 그들의 흉포한 범행 방법을 칭찬하듯이 조목조목 기술하고 있었다.

무쓰다 노인은 신문 한 면의 반을 할애한 그 길고 긴 기사를 읽는 동안, 이미 숨을 쉴 수 없을 정도로 온몸이 내동댕이쳐진 느낌을 받았다. ………이제 그만……이제 그만…… 이라고 외치고 도망치고 싶은 마음이 들었으면서도, 숨을 쉴 수 없는 고통을 참으며 마치 무언가에 홀린 듯이 읽고 있는 그에게 …… 이래도 ……이래도…… 라고 억누르듯이 준열한 필치로 지금까지의 사건 기록을 되짚고 있었다. 그리고 마지막으로 이런 몇 건에 걸친 범죄에서는 단서가 전혀 없었고, 신속한 도주를 했다는 점에서, 일본 경찰 능력을 월등히 뛰어넘었으며 그들을 비웃고 있다고 봐야 할 것이라고 적혀 있었다. 이렇게 잔인하고 대담한 범죄를 예방하지 못한 경찰 당국은 어떻게 책임을 질 것인가…… 라는 격양된 논조로 끝을 맺고 있었다.

무쓰다 노인은 병자처럼 파랗게 질려서 사무실을 휘청거리며 나왔다. 사건이 벌어지고 조금 지난 어느 날 저녁, 가랑비가 내리는 가운데 남모르게 구라카와 저택 문 앞에서 진심으로 사죄를 했을 때와 마찬가지 기분이 들면서…… 그리고 지금에 와서 같은 사죄를 아무리 되풀이해도 소용없었던 자신의 무능함을 느끼면서……

그 후로 무쓰다 노인은 신문을 읽으러 사무실에 가지 않게 되었다. 5, 6회 읽다 만 소설의 뒷이야기가 참을 수 없이 신경이 쓰였지만, 그사이 또다시 실려 있을지도 모르는 2인조 검은 복장을 한 강도의 기사를 떠올리자 망설일 수밖에 없었다.

그는 오늘도 신문을 읽고 싶은 마음을 꾹 누르면서 수위실에 앉아서 멍하니 화로를 쬐고 있었다. 날이 따뜻해져서 빨리 번식한 파리가 2, 3마리 붕붕 날아다니고 있는 유리창을 바라보고 있었다.

문 앞 공터 저편에는 S 제약회사의 큰 콘크리트 벽이 우뚝 솟아 있었고, 부랑자가 세 명 정도 벽에 기대어 있었다. 그곳은 볕이 잘 들었고, 파출소에서도 멀어서 항상 한 명에서 두 명 정도 부랑자가 있었다. 그들을 바라보던 그는 항상 자신과 비교하고는 덧없는 우월감을 느끼면서 마음만은 구원해 준 것처럼 한숨을 쉬었다.

오늘도 무쓰다 노인은 이러한 마음으로 아무 생각 없이 부랑자들을 바라보고 있었다. 그러는 동안 가운데 서 있던 한 부랑자가 묘한 손놀림으로 담배를 피우는 것을 보고 무쓰다 노인은 흐릿한 눈동자를 갑자기 굴리기 시작했다. 그리고는 서둘러 주머니에서 안경을 찾아 썼다.

이전부터 도수가 떨어진 철로 된 오래된 안경이 마침 수염이 덥수룩한 부랑자 있는 곳으로 초점이 맞아서 입술 부분이 잘 보였다.

그 부랑자는 자주 신문과 잡지에 나오는 외국의 거물 정치가처럼 의젓한 모습에 무게가 있는 눈빛을 한 수염이 난 남자였다. 어딘가 저쪽 길가에서 빼돌린 것 같은 가는 풀줄기를 구부러트리고 그사이에 얇은 금종이 담배를 끼워서, 무척이나 소중하다는 듯이 피우고 있었다.

무쓰다 노인은 기억이 떠올랐다. 마침 1년 전에 순찰했던 몹시 추웠던 한밤중에 일어난 사건을 ……. 자신이 밟아 뭉갠 금종이 담배꽁초의 형태가……. 그리고 죽은 구라카와 부인의 하얗고 아름다운 미소를……….

무쓰다 노인은 저도 모르게 의자에서 허리를 들고 검은 목덜미의 혹을 다시 잠갔다. 그것은 뚱뚱한 그가 사건이 발생할 때마다 반복했던 출동할 때의 버릇이었다…….

제모를 쓰고 제복을 입은 그가 수위실에서 나오는 것을 본 부랑자 중 두 명은 자신을 내쫓을 거라 생각하고 도망치려고 하였다. 그러나 가운데 수염이 난 남자만은, 계속해서 금종이 담배에 정신이 팔린 듯 한쪽 눈을 감고 입꼬리에 담배를 물고 뻑뻑 피우면서 보라색 연기를 즐기고 있었다.

무쓰다 노인은 일부러 생글생글 웃으면서 그 앞으로 다가갔다. 오늘 아침 직공장한테 받은 카메리야 봉투 속에서 세 개비를 꺼내서 손 위에 올렸다…….

이러한 그의 태도를 보고 부랑자들이 갑자기 모자에 손을 대고는 꾸벅꾸벅 인사를 했다.

무쓰다 노인은 일생일대의 명탐정이 된 것 같은 기분이 들었다. 안심하라는 듯이 세 사람 앞에 서서 벽에 기대며 가능한 한 순사 말투를 쓰지 않도록 주의하면서 말을 걸었다. 땅에 떨어진 금종이 담배를 가리키면서…….

"이런 담배는 어디서 얻어오는 건가?"

"이거요?"

수염이 난 남자는 찢어진 고무 구두의 한쪽 발로 담배꽁초를 밟아 뭉개면서 대답했다.

"이것은 말이오. 유흥가에서 주워 온 거요. 별장 마을이라면 긴 것이 떨어져 있겠지만 저야 간 적은 없지요."

수염이 난 남자는 원래부터 부랑자인 것 같았다. 그리고 그들 빠른 말투를 사용했는데, 계급을 무시한 특유의 부랑자 말투였다. 순사 시절 거지를 조사한 경험이 있는 무쓰다 노인이 아니었다면 무슨 말을 하는지 도저히 이해하기 어려웠을 것이다. 무쓰다 노인은 뛰는 가슴을 멈출 수가 없었다.

"흠, 너희 동료 중에 일부러 별장지로 궐련을 주우러 가는 자가 있는가?"

"있지요. 있어요. 그런 놈들. 막벌이꾼이 있지요. 요즘은 잠잠하지만……, 헤헤헤……"

수염이 난 남자는 건강해 보이는 누런 치아를 들어내며 공장 위 푸른 하늘을 올려다보았다.

무쓰다 노인은 억지로 생글생글한 미소를 지으려고 노력했지만 할 수가 없었다. 얼굴 근육이 굳어져서 우는 사람처럼 이상하게 되어 버렸던 것을 의식했다.

"흠. 막벌이라고 하면 도둑질도 하는 건가?"

"무슨 일이든 다 하지요. 전문가에게 고용돼서 망보기 같은 것을 하면 10일 정도 극락이지요. 잡혀 봤자 유치장이니까."

"음. 개중에는 그것으로 출세한 자도 있겠지?"

"가끔 있지요. 작년까지 같이 돈을 번 단슈 같은 놈은 시나가와(品川)의 유녀(遊女)를 데리고 고베로 튀었으니까요."

"…… 뭐…… 뭐라고……고베로……"

갑자기 무쓰다 노인의 목소리가 잠겼기 때문에, 부랑자들은 이상하다는 듯이 돌아보았다. 무쓰다 노인은 당황해서 얼굴을 어루만졌고 그때 자신의 볼이 땀에 촉촉하게 배어 있는 것을 알았다. 그는 일부러 헛기침했다.

"흠, 엄청나게 출세한 모양이군."

"그렇지요, 그놈…… 원래부터 전문가였을지도 모른다고 모두 그렇게 말했습죠…… 항상 일을 빼앗아 놓고선 인사 한마디도 없이 사라져 버려서 벌을 받을 겁니다. 곧 잡힐 게 분명합니다."

"흠, 나쁜 놈이군, 단슈라는 놈은……"

"후네로쿠(舟六)라는 놈이지요. 잡히면 경찰한테 반쯤 죽을 겁니다……. 그죠? 선생님."

"……꼭 그렇다………고는 할 수 없지만, 사람을 죽였으면 사형이겠지."

"으아, 질색입니다요. 위험한 일을 당하는 것보다 이쪽이 편하니까요. 선생님."

"그렇지, 그렇지. 그런데…… 후네로쿠라는 자는 사람을 죽이기도 했나?"

수염이 난 남자는 대답을 하지 않았다. 놀란 듯이 눈동자를 동그랗게 뜨고 무쓰다 노인의 얼굴을 보았고, 이윽고 목을 움츠리며 눈을 꾹 감고 수염 사이로 긴 혀를 내밀었다……고 생각하자 순간적으로 이전 표정으로 돌아가 눈을 떴다. 그리고 비열한 웃음을 지었다.

"에헤헤헤……"

그리고 비열한 웃음을 지었다.

그런 표정을 본 적이 없는 무쓰다 노인은 소름이 끼쳤다. 그러나 정신을 집중한 덕분에 그 표정의 의미만은 알 수 있었던 것 같다. 그리고 무의식적으로 피가 솟구쳐 오르는 것을 느끼면서 수염 난 남자의 웃는 얼굴을 구멍이 뚫어질 듯 응시했다.

그로부터 10분도 지나지 않아 한 통의 시외전화를 받은 경시청은 아연실색하며 극도의 긴장감이 감돌았다.

곧바로 형사를 제작소로 보내 아직 햇볕을 쬐고 있던 수염이 난 부랑자를 강제로 연행하는 동시에 무쓰다 노인을 소환해서 입회시키면서 엄중한 조사를 하는 한편, 다른 형사를 보내서 시나가와(品川)의 색주가를 이 잡듯이 조사해서 수염이 난 남자가 말한 인상의 남자와 작년 말쯤 낙적한 여자의 사진을 입수했다……. 그리고 그날 밤 두 사람의 민완 형사와 수염을 밀고 변장을 한 부랑자는 여자의 사진을 들고 오사카로 급히 내려갔다.

그로부터 2주일간 도쿄와 오사카 석간신문에는 2인조 강도가 붙잡힌 사실을 특집 기사가 실렸다.

대부분의 교토와 오사카 지방의 신문은 범인의 소재가 의외의 곳에서 드러났다고 쓰고 있었다. 마치 짠 듯이 피해자의 집에는 S·S 식 경유 스토브가 있었다는 사실에서 혹시나 해서 교토와 오사카 지역의 난방 기구점을 조사한 결과 도쿄부터 회송해 온 사진 속 여자가 산노미야(三の宮)에서 경유 스토브 가게를 운영하는 것을 알아냈다. 그와 동시에 그 가게 주인과 고용된 남자가 범인이 틀림없다고 확신했다. 대낮에 그곳을 습격해서 한 번에 세 명을 전부 체포할 수 있었던 것은 무엇보다 당국의 위공이라고 적극적으로 칭찬했다. 이에 반해 도쿄 신문은 약속대로 사건의 수훈자인 무쓰다 노인을 집중적으로 보도했다. 당당하게 사진을 넣어 게재했기 때문에 양쪽 신문을 모두 읽은 사람은 쓴웃음을 지을 수밖에 없었다.

경시청에서 호출된 무쓰다 전 순사는 총감 이하, 각 계장, 신문사 기자 등의 입회 아래 구라카와 남작의 현상금 3천 엔을 받게 되었다. 하카마를 입은 그의 모습은 기력이 쇠한 탓에 걸을 힘도 없을 정도로 창백했다.

그래도 가까스로 버티면서 앞쪽으로 비틀거리며 남작의 감사 인사를 듣고 있었다. 하지만 그는 자신이 실책을 범한 대가로 거금의 돈을 받게 된 괴로움을 말하고 싶었다. 하지만 그러지 못하고 실룩샐룩 얼굴에 경련을 일으키면서 눈물을 뚝뚝 흘리며 남작의 얼굴을 올려다볼 뿐이었다. 결국, 감사의 말조차 하지 못하고, 입술을 두세 번 깨물었을 뿐, 불안한 모습으로 빙그르르 돌아서 오른쪽으로 나가려고 하자, 총감이 그의 손으로 건네기로 한 금일봉을 집어 들고 무쓰다 순사를 불러 세웠다.

"아직 끝나지 않았습니다…."

그 소리와 동시에 무쓰다 노인은 쿵 하고 엉덩방아를 찧고 기절해 버렸다.

『올 요미모노(オ—ル読物)』 1932년 12월

장난으로 죽이기

유메노 규사쿠

1

나는 '완전 범죄'라는 것을 공상의 한 종류로밖에 생각하지 않았다. 마루노우치(丸之內)에 있는 모 회사에서 경찰 관련 출입 기자를 하면서 잔혹하고 현실적인 사건들로 단련된 내 머리로는 이런 종류는 옛날이야기로 염두에 두지 않았었다. 오히려 이런 종류의 이야기에 열중하는 친구를 보면 경멸하고 싶을 정도였다.

이런 내가 '완전 범죄'에 대해 진지하게 고민하게 되었다. 그리고 내가 '완전 범죄'를 실행할 수밖에 없는 운명이었다는 것을 알게 된 것은 실로 이상한 기회에서부터였다. 주변의 모든 상황이 완전한 범행을 할 기회를 만들어 놓고 점점 나를 끌어당겼기 때문이다.

올해 1월 말의 일이다. 나는 평소와 마찬가지로 자정쯤 회사를 나와, 차가운 바람을 맞으며 잠시 서서 주변을 둘러보았다. 나는 매일 밤 회사를 나와서 마루노우치나 긴자(銀座) 방면을 돌

아다니다가 어딘가에서 한잔을 하고 나서 가스미가세키(霞ヶ関) 제일 왼쪽 어두운 언덕을 터덜터덜 걸어 올라가 정각 2시에 산 넨초(三年町)에 있는 하숙집으로 들어가는 습관이 있었기 때문이다……. 이렇게 하지 않으면 잠이 오지 않았다……. 그리고 오늘 밤은 어느 쪽으로 가 볼까 하고 있었다.

그때 내 앞으로 진흙투성이 포드차 한 대가 슬며시 다가오더니 내 코앞으로 더러운 장갑을 낀 손가락 세 개가 나타났다. 그것은 사냥 모자를 깊게 눌러쓰고 유행성 감기를 피하기 위한 것인지 검은 마스크를 한 젊은 운전기사의 손가락이었다……. 나는 곧 손을 저어 보였다.

하지만 자동차는 꼼짝도 하지 않았다. 이번에는 운전기사가 일부러 창 쪽으로 얼굴을 내밀고 내게만 들릴 듯이 작은 목소리로 말했다.

"돈은 안 내도 돼요."

운전기사의 눈빛은 살짝 웃고 있는 듯했다.

나는 잠시 당황했다……. 그러나…… 고개를 한 번 끄덕이고는 곧바로 차 안으로 들어갔다. 이놈은 기삿거리가 될지도 모른다고 생각했기 때문이다. 그러자 운전기사도 무슨 결심을 했는지 목적지를 묻지도 않고 속도를 내면서 단숨에 스키야(数寄屋) 다리를 건너 긴자 골목으로 돌아 들어갔다.

나는 점점 더 이상한 기분이 들고 가슴이 두근거리기 시작했다. 그런데 얼마 안 가서 연무장(演舞場) 쓰키지가시(築地河岸)의 인적 드문 곳으로 들어서자 갑자기 속도를 줄인 운전기사는 모자와 마스크를 벗으면서 내 쪽으로 돌아보았다.

"신문에다 쓰면 안 돼요. 호호호호."

나도 모르게 눈이 휘둥그레졌다.

이자는 2주일 전부터 실종신고가 들어온 모 회사의 활극 여배우였다. 그녀는 예전에 어느 잡지사에서 개최한 엽기 좌담회에서 한번 동석한 적이 있는 단발머리의 모던 걸로, 그때 내가 시험 삼아 이야기한 '살인 예술'에 관한 만담을 마음을 졸이면서 재미있게 듣던 표정이 지금도 인상에 남아 있었다. 그런 그녀가 '여배우 생활에 질렸다'라는 이유로 스튜디오를 뛰쳐나가 도쿄로 도망치고는 산넨초에 있는 하숙집 근처 낡아빠진 조그만 집을 빌려 도시락만 사다 먹으며 생활하기 시작한 것이다. 그리고 운전면허증에 쓰인 그녀의 본명이 남자 같다는 점을 이용해 엉터리 택시 운전기사로 변장했다. 그리고 들키지 않을 것이라는 자신감이 생긴 다음 유유히 나를 미행하기 시작했다……고 미소를 지으며 이야기했다.

"신문에 쓰면 싫어요."

그녀는 이렇게 다시 한번 다짐을 받았다…….

그녀의 이야기를 들은 나는 무엇보다 먼저 그녀가 특별히 나를 상대로 고른 것에 대한 두뇌작용에 관심을 가졌다. 그녀가 이렇게까지 고심하면서 자신의 비밀 속으로 나를 끌어들인 심리에는 사랑 이상의 그 무언가 잠재된 것이 있는 게 분명하다고 느꼈기 때문이다. 이러한 심리의 정체를 밝히고 싶어졌다. 동시에 그녀의 뛰어난 남장 모습에 흥미를 느끼고 이대로 안전하고 완벽한 비밀 생활을 위해 자동차를 탄 채로 빙글빙글 주변을 돌면서 우리 둘은 이야기를 맞추어나갔다.

그 결과, 나는 매일 밤 회사 일을 마치고 평상시 습관을 핑계로 한 시간만 그녀의 집을 방문하기로 했다. 그녀도 계속해서 운전기사의 모습으로 매일 시내를 돌아다니기로 했다. 그리고 내 앞에서만 여자로 되돌아가기로 했다……. 하루에서 단 한 시간만…….

……아주 간단명료했다. 게다가 이렇게만 한다면 우리들의 비밀생활은 100% 안전을 보장할 수 있다.

그런데 이 '100% 안전'이 그대로 '완전 범죄'의 유혹으로 나를 엄습한 것은 그로부터 얼마 되지 않아서의 일이다. 두 사람이 비밀 생활을 시작하고서 일주일도 되지 않아서 그녀가 상상조차 못 한 별난 성격의 소유자라는 것이 내 눈앞에 선명하게 드러나기 시작했다.

그녀는 어떠한 장식도 없는 살풍경한 낡아빠진 집 안에서 뜨거운 위스키를 만들기 위해 물을 끓이면서 나를 기다리는 동안 여러 가지 장난을 치면서 놀고 있었던 것 같다. 물론 나는 그녀가 무언가 특별한 취미를 가지고 있다는 것을 첫 만남에서부터 눈치채고 있었다. 그러나 처음으로 내 눈앞에서 사건이 벌어졌을 때까지 설마 이렇게까지 잔인한 취미를 가지고 있을 줄은 꿈에도 생각지 못했다. 직업상 경찰서를 돌아다니며 많고 많은 잔인한 사건들로 단련되어 있던 나조차도 똑바로 바라볼 수 없는 잔혹한 놀이였다.

그녀는 어딘가에서 헤매다 들어온 붉은 털을 가진 포인터 잡종 개 한 마리를 부엌 바닥 위에 묶고는 버터를 바른 낡은 면도칼 세 자루를 먹여서 죽이고 있었다. 내가 그녀의 집 앞에 도착했을 때 개는 이미 피 웅덩이 안에서 머리를 떨어트리고 몽롱한 눈으로 바라보고 있었다. 바닥 위에 남아 있는 피범벅이 된 고통의 흔적만 봐도 소름이 끼쳤다.

"······호호호호······ 좀 더 빨리 오지 그랬어요. 당신에게 보여주려고 묶어 두었는데······. 있잖아요. 면도칼을 먹이니까 말이죠. 씹으려고 할 때마다 칼이 어금니 바깥쪽에 걸려서 좀처럼 빠지지 않는 거예요. 괴로워하면서 재채기 같은 숨을 쉬고는 미쳐서 날뛰더라고요······. 근데 이 개 말이죠. 완전히 식충이야. 세 개를 한꺼번에 먹더니 결국 하나 삼켰나 봐요. 그래서 죽은 게 틀림없어요. 45분 정도 걸렸네요. 죽기까지······. 정말 재미있었어요. 숨도 쉬지 못할 정도로······. 개라는 동물은 정말 바보 같아. 정말로······."

"············."

"······미안하지만 당신이 이 개를 돌에 묶어서 뒤편 오래된 우물에다가 던져 줄래요? 앞쪽에 테니스 코트 울타리 밑에 돌멩이나 철사 같은 게, 굴러다니니까······. 바닥의 피는 내가 호스로 물을 뿌려 씻어 놓을 테니까······. 알았죠······? 네······? 네······?"

이렇게 말하고 있는 그녀의 눈동자는 반짝반짝 빛나고 있었다······. 그러더니 버터와 개 냄새로 물든 양손을 뻗어 갑자기 내

목을 감고는 볼에 휘발유 냄새가 나는 키스를 몇 번이나 하는 것이었다.

처음부터 나는 구토가 나올 것 같았다. 잡다한 냄새 속에서 그 끝을 알 수 없는 잔인한 그녀의 성격이 떠올라서…… 키스를 받는 동안 점점 참을 수 없어져서…… 나는 눈을 꽉 감고 강하게 그녀를 밀어내자 그녀는 바닥에 엉덩방아를 찧었다. 그러자 그녀는 그대로 부끄러운 듯이 양말을 벗으면서 크게 웃기 시작했다.

"호호호호. 안 되겠네. 당신은…… 내 마음을 너무 모르는군요……. 하지만 언젠가는 꼭 알게 될 거예요……. 당신이라면 반드시……. 호호호호……."

나는 눈을 질끈 감고 고개를 좌우로 강하게 흔들었다. 이런 그녀의 마음을 너무 잘 알았기 때문에……. 이런 자극적 놀이를 통해 특이한 상태로까지 성적 충동을 고양하는 습관을 지닌 일종의 특별한 여자라는 것을 이때서야 알았다. 그리고 동시에 그녀의 이러한 취미의 동반자로서 나를 처음 봤을 때부터 기억해 두었던 것이 분명하다……. 이런 마음조차 죄다 보였기 때문이다.

이것은 그녀 자신도 아직 알지 못하는 본능적인 망상 같았다. 예전의 엽기 좌담회에서 내가 시도했던 만담에 자극을 받아서 망상에 눈을 뜨게 되고 그 후, 이런 취미가 생기게 된 것이다. 그로 인해 그녀는 모든 것을 버리고 본능적으로 나와 만나게 된 것이 아닐까……. 그녀는 나를 사랑한다고 착각하고 있는 것은 아닐까…….

……이렇게 생각이 정리되자 머리카락이 쭈뼛쭈뼛 서고 등줄

기가 오싹해지기 시작해서 나도 모르게 다시 한번 고개를 좌우로 강하게 흔들었다.

그녀의 이러한 심리는 이삼일 지난 뒤 낚싯줄에 고기 조각을 걸어서 근처 도둑고양이를 낚아서는 풀고 당기기를 반복하면서 놀고 있는 장면을 목격했을 때, 구렁텅이의 끝, 지옥을 본 것 같은 느낌이 들었다. 동시에 그녀가 이러한 취미의 동반자로서 나를 선택한 것은 어처구니없는 실수였고 그녀가 상상하는 그 이상으로 잔혹한 무언가가 내 속에 잠재되어 있다는 사실까지도 솔직하게 인정하게 되었다.

그녀는 내게 환심을 사고자 했던 것 같다. 여기에 적기조차 기분 나쁘고 잔인한 방법으로 낚싯줄에 걸린 호랑 줄무늬 고양이 한 마리를 괴롭히면서, 참을 수 없다는 듯 배를 움켜잡고 웃고 있는 것이었다. 소리도 내지 못한 채 눈만 크게 뜬 안쓰러운 고양이의 모습을 진땀을 흘리면서 꾹 참고 한참을 바라보는 사이 나의 마음은 안쓰러움에서 두려움으로 변해 갔다.

……이 여자는 백해무익한 존재다.

……이 여자는 이 세상에 존재하는 모든 법률상의 죄인보다도 소극적이고 보잘것없는 존재다……. 동시에 그 누구보다도 저주스럽고 불쾌하고 끈질긴 존재다.

……이 여자는 외국의 잔혹한 이야기에 나오는 여성들의 성격을 아주 축소해서 더욱 근대적으로 첨예화한 본능의 소유자다. 게다가 이 여자는 이러한 취미를 위해 일부러 여배우 생활을 버리고 인간세계에서 벗어나서 이런 곳에 숨어들어 왔다. 내 눈

으로 확인한 동물 외에 얼마나 많은 동물의 사체를 뒤쪽 오래된 우물 속으로 던졌는지 모른다.

……이 여자는 참을 수 없는 아주 끔찍한 악몽 중 하나이다……. 또한 사회적으로도 극도로 과격한 악몽적인 존재임이 틀림없다…….

……이런 생각을 하면서 부엌의 어두운 구석에서 커다란 눈으로 바라보는 내 등 뒤로 도라노몬(虎の門)* 교차점 커브를 지나가는 마지막 전차의 소리가 길게 들려왔다.

나는 소름이 돋고 흘러내리는 이마의 식은땀을 닦았다. 그녀는 어느샌가 고양이의 사체를……. 아직 살아 있었을지도 모르는 고양이를……. 우물 안으로 던져 버렸는지 침실 가운데 위치한 전기 고다쓰** 안에서 몸을 녹이면서 편안한 표정으로 잠들어 있었다.

내가 그녀를 죽일 수밖에 없는 운명이라는 것을 느낀 것은 바로 이 순간이었다……. 그리고 그 운명이 점점 불가항력적이고 커다란 매력으로 나를 감싸면서 숨조차 쉴 수 없을 만큼 유혹하기 시작한 것도 바로 저 잠자는 얼굴을 바라본 순간부터였다.

……이 악몽을 끝낼 수 있는 사람은 이 세상에 나밖에 없다. 여기 이렇게 서 있는 나밖에 없다……. 이 여자를 죽이는 것이 나의 사명이다.

* 도쿄의 미나토구(港区)에 위치한 지역이다.
** 일본의 실내 난방 장치의 하나로 나무틀에 화로를 넣고 그 위에 이불이나 포대기 등을 씌운 것을 말한다.

......아니, 아니다. 이 여자는 나와 처음 만났을 때부터 이렇게 될 운명이었다. ......그 증거로 이 여자는 내게 완벽하게 범죄를 저지를 수 있도록 스스로 자청해서 이곳으로 온 것이 아닌가....... 그리고 이처럼 눈을 감고서는 내 손에 잡히도록 절호의 기회를 만들어 주고 기다리고 있는 게 아닌가.

......나는 그녀의 시체를 이곳에 눕히고 전등을 끄고 평상시와 같은 시간에 하숙집으로 돌아가면 된다. 아무 일 없었던 것처럼 잠들면 되는 것이다. 그리고 내일 밤부터 다시 예전처럼 산책하면 된다.

......운명....... 그렇다....... 이건 운명이 틀림없다....... 이것이 그녀의.......

나는 이런 생각을 하며 냉정함을 찾아갔다. 그리고 냉정한 뇌수에서 모든 정황이 한순간에 파악되자 망설이지 않고 그녀의 머리맡에 무릎을 꿇었다. 그리고 사나흘 전 장난친 것처럼 장갑을 끼고 양손으로 따뜻한 그녀의 목 주위를 조금 눌려보았다. 물론 그냥 장난처럼 말이다.

순간 그녀는 긴 속눈썹을 살짝 움직였다. 그리고 커다란 눈을 한번 깜빡거리면서 자신의 목을 누르고 있는 검은 장갑과 중절모자를 눌러쓴 내 얼굴을 번갈아 바라보았다. 그녀는 내 손안에서 작은 목젖으로 두세 번 침을 삼키고는 볼을 붉히며 빙긋 웃으면서 즐거운 듯 눈을 감았다.

"......죽여도......좋아."

2

나는 어째서 그녀를 죽였을까.

그녀를 죽인 방법과 기회가 얼마나 완전무결할 정도로 완벽한가.

그리고 이런 짓을 한 나는 대체 누구란 말인가.

이에 관해서는 3주 전 도쿄의 각종 신문을 본다면 알 수 있을 것이다. 아마도 특호 활자로 대대적으로 게재되었던 '여배우 살인사건'의 기사 가운데 있는 '나의 고백'을 읽으면 될 것이다. 그리고 그 기사를 읽고…… 내가 모 신문사의 사회부 기자로 경찰 쪽 사정에 정통한 청년이라는 것과 동시에 극단적 유물주의자적이며 허무주의자적 성격으로 양심 같은 것은 낡은 도덕 관념에서 생겨난 유전적 감수성의 일부분에 불과하다고 생각하는 종류의 남자였다…… 라는 사실을 똑똑히 인식한다면 그걸로 충분하다.

그런데 이런 내가 지금 여기서 교도관의 허가를 받아 집필하는 것은 신문 기사 범위에 속한 그런 종류의 고백이 아니다. 또한, 경찰 보고서나 예심 조서에 기재하기 위한 성질의 고백도 아니다. 다시 말해 신문 기사나 예심 조서에 나올 법한 고백을 왜했는가에 대한 고백이다……. 사건의 진실 뒤편에 숨어 있는 너무나도 불가사의하고 무서운 진실에 관한 고백이다……. 모든 범죄 사건을 객관적으로 고찰하고 비판하는 일에 익숙하며 상당히 예리하며 냉철한 머리를 가진 자라도 의외라고 생각할 것이다. 꽝

명의 중심 X 암흑의 핵심=X …… 라고도 형용할 만한 고백이다.

장황하게 말하는 것 같지만 나는 다시 한번 다짐을 해두고 싶다.

저 신문 기사를 철저하게 정독해 준 지극히 소수의 사람…….
혹은 날카로운 직감의 두뇌를 가진 자라면 금방 알아차렸을 것
이다. 나는 이 사건에 대해 끝까지 모른다고 잡아뗄 자신이 있었
다. 아무리 명탐정이나 명검사라고 해도 틀림없이 '증거 불충분'
으로 관철할 수 있는 확신이 있었다는 나의 주장을 유감없이 납
득할 것이다……. 그런데도 이런 내가 어째서 스스로 나서서 자
신의 범죄 행위를 밝혔는가……. 한 발 더 나가서 생각하면 양
심이라는 것의 존재가치를 절대적으로 부인했던 나……. 동시
에 자신의 손으로 죽인 그녀에게 한 점의 동정심조차 남아 있
지 않았을 내가……. 어째서 이렇게 어이없이 자백하고 말았는
가……. 어째서 어림짐작으로 던진 형사의 그물망에 스스로 걸
려든 것일까…….

……관련 기사를 객관적으로 정독해 주신 몇 명의 머릿속에
이와 같은 의문들이 필연적으로 떠올랐을 것이다. 그리고 '어째
서 내가 자백했을까'라는 커다란 의문으로 이어졌을 것이다.

그런데 신기하게도 이 사건을 담당한 경찰관이나 법률 관련
사람들은 이런 점에 대해서는 처음부터 문제 삼고 있지 않았던
것 같다. 미결수를 가두는 감옥에 나를 집어넣고서도 그 누구도
의문을 제시하는 사람이 없었다. 이와 관련해서 심문을 받은 적
이 한 번도 없다는 사실이 무엇보다도 변호하는 데 그 증거가 되
고 있다.

그러나 생각해보면 억지스러운 이야기도 아니다. 그들은 내 자백에 완전히 만족한 나머지 그 이상의 일들은 알아차리지 못했으니까⋯⋯. 요컨대 그들은 무지한 범인을 잡는 기계에 지나지 않으니까⋯⋯. 그리고 그런 기계가 되어 월급을 받았고, 그들의 과도한 업무량 때문에⋯⋯.

그렇다고 그들의 참고 자료로 제공하자고 내가 이 글을 쓴 것은 아니다. 그 기사를 정독해 준, 나의 자백 심리에 대해 의문을 품은 소수의 머리 좋은 독자와 일부러 나를 위해 교도관의 허가를 받아 종이와 연필을 넣어준 관선 변호사에게 소소하지만 작은 선물을 드리고자 쓰고 있다.

그리고 나의 '완전 범죄'를 청산해 버리고 싶은 마음에⋯⋯.

나는 '그녀의 죽음' 이외의 어떠한 범죄 흔적조차 남기지 않은 빈집을 나와 영하로 떨어진 차가운 심야의 콘크리트 위를 걸어 유유히 하숙집으로 발길을 돌렸다. 신문사에서 돌아갈 때 항상 산책하는 길이었는데 너무 추웠기 때문인지 도중에 개 한 마리 보이지 않았다. 단지 천연색 별이 가득한 하늘 아래에서 가로수에 조금 남은 나뭇잎이 바람에 흔들거리고 있을 뿐이었다.

모든 것이 나의 예상대로 완전무결하면서도 이상적이었다. 나를 위해 '완전 범죄'를 실행할 수 있는 최상의 순간을 만들어 준 천지 만물이 좋은 머리를 보증하는 듯이 나의 주문대로 움직이는 것처럼 느껴졌다. 시험 삼아 하숙집 문 앞 전등 불빛에 손목시계를 비추어 보았더니 평상시 귀가하는 시간과 1분도 틀리지 않았다.

……그녀는 이것으로 완전한 과거의 존재로서 내 기억 속 세계에서 떠내려가 사라졌다. 그리고 나는 그로부터 한동안 매일 밤 그 길을 계속 산책하면 될 것이다. 빈집에서 그녀와 사랑을 나누는 것만을 빼고 말이다…….

이렇게 생각한 나는 하숙집 입구의 초인종을 눌렀다. 금방 잠에서 깬 듯 보이는 여종업원이 대문을 열어 주고 인사를 했다. "고맙습니다……. 그럼 주무세요"

……언제나처럼 말이다……. 마침 카운터 위에 걸린 벽걸이 시계가 나른한 듯이 새벽 두 시를 울리고 있었다.

나는 시계 소리를 듣자 온몸의 신경 하나하나가 질서정연해지면서 구두끈을 풀 수가 있었다. 그리고 평상시 발걸음으로 고개를 숙인 채 계단을 올라갔다. 이는 나로서도 감탄스러울 정도로 태연하면서도…… 졸린 듯한 발걸음이었고 발소리는 깊은 밤의 복도를 울렸다.

……이제 괜찮다. 증거는 하나도 없다. 남은 것은 계단 위에 있는 내 방으로 들어가 평상시처럼 트롬본을 한 번 불고서는 이불을 덮고 자면 된다. ……모든 것을 잊고 말이다…….

이런 생각을 하면서 폭이 넓은 계단을 반 정도 올라가 오른쪽으로 꺾어진 곳에 있는 네 평 정도의 중간 복도까지 오자 평상시 습관이 나왔던 것일까. 나도 모르게 고개를 들었는데……. 그 순간 움찔하고 말았다. 좀 더 놀랐다면 비명을 질렀을지도 모른다.

……'내'가 '나'를 바라보며 서 있는 것이었다. ……계단 중

간 복도 정면 벽에 걸린 전신 거울 속에는 누런색의 십 촉 전등 아래에서 계단 위로 올라온 나를 내가 뚫어지게 쳐다보고 있었다. ……창백하면서도…… 어딘지 모르게 평온한…… 그러나 범인같이 냉철한 표정으로……공허한 눈빛으로 완전히 긴장하고는…….

"이 거울은 전혀 예상치 못했군." ……하고 생각한 동시에 모든 신경을 타고 어지러움이 느껴졌다. 나의 완전 범죄를 지금까지 보증하고 지지해 준 모든 것이 순간 내 등 뒤에서 우르르 무너지는 소리를 들은 것 같았다…… 동시에 도망치듯이 옆 계단으로 뛰어올라 계단 끝에 있는 내 방으로 들어가는 나를 느꼈다……. 그런데 다음 순간 자신에게 자신을 간파당한 듯한, 당황하는 기색을 한 채로 몸이 굳어져서 계단 중간 복도 한가운데 서서 거울을 바라보고 있는 자신을 발견했다…….

그러자 거울 속으로 보이는 검고 날카로운 눈매를 한 내가 내게 이렇게 명령했다.

'그렇게 계속 서 있으면 안 돼. 오늘 밤만은 이 거울 앞에서 그런 식으로 다른 행동을 하는 것은 상당히 위험한 짓이야. 1초를 주저한다면 그 1초만큼 "내가 범인"이라는 것을 자백하고 있는 거란 말이야. ……이렇게 동요해서 내 앞에 서 있는 것이야말로 정말 위험해. 너는 지금 당장 너의 온 신경을 이전과 같이 냉정함으로 돌려놓아야 해. 그리고 평상시처럼 태연한 발걸음으로 네 오른편 계단을 올라가 네 방으로 들어가……. 잘 들어……. 아직은 움직이면 안 돼……. 네 신경이 아직 떨리고 있어…….

아직이야……. 아직…….'

　이런 식으로 계속해서 쉼 없이 명령하는 상대방의 날카로운 눈빛을 필사적으로 응시하는 동안 떨리던 내 신경들이 싹 사라져 가는 것을 느꼈다. 그와 함께 온몸이 석고상처럼 경직되고 흔들거리면서 왼쪽으로 쓰러지는 느낌이 들었다. 당황해서 양다리에 힘을 주고 피가 날 정도로 입술을 꽉 깨물면서 거울 속 내 얼굴을 열심을 노려보자 어느새 다시 나로 돌아올 수가 있었다. 겨우 오른손을 움직여서 주머니에서 꺼낸 손수건으로 얼굴에 흐르는 땀을 닦았다. 이와 함께 내 신경은 점점 누그러져서 이번에는 평상시보다 더 태연하게 되었고…… 실망한 마음과 함께 속이 메슥거릴 것 같은 긴장감이 풀어진 것 같았다.

　나는 이상하게도 웃음이 터져 나왔다. 방금까지 당황했던 자신의 모습이 더할 나위 없이 우습게 생각되었기 때문이다. 그리고 '핫, 핫, 핫' 큰 소리로 웃고 싶은…… '웃으면 어때'라고 소리치고 싶은 장난스러운 마음이 들었다.

　나는 거울 속의 자신을 경멸하고 싶어졌다……. "뭐야 너는"하며 침을 뱉고 싶은 충동으로 가득 찼다. 주머니에서 손수건을 꺼내 얼굴을 닦고는 주변을 둘러보다가 다시 거울을 보자 거울 속의 나 또한 도자기처럼 핏기 없는 얼굴로 내 쪽을 머뭇거리면서 바라보고 있었다……. 그러나 갑자기 무언가 생각난 듯이 흰 이를 드러내면서 싸늘하게 웃었다.

　나는 나도 모르게 눈을 피했다. ……침을 꿀꺽 삼켰다.

그로부터 일주일이 지난 후 어느 날 아침이었다. 나는 평상시 대로 아침잠을 자고 있다가 그만 일어날까 하면서 어제 신문사에서 가져온 오늘 조간신문을 펼쳐 보고 있었다. 계단 아래 카운터에서 이야기하는 남녀의 목소리가 우연히 장지 너머로 들려왔다. 나는 그 목소리를 듣고 신문에서 눈을 뗐다. ……어디선가 들어본 목소리라 신문을 보는 척하면서 귀를 기울이니 안면이 있는 경찰청 T 형사와 하숙집 여주인의 목소리였다.

"흠……. 그 남자에게 무언가 이상한 점이 없었소……. 요즘……."

T 형사의 굵고 탁한 목소리였다.

"글쎄요. 특별히……. 원래 꼼꼼하신 분이라서요."

여주인도 쨍쨍거리는 목소리였지만 오늘은 왠지 모르게 두려움이 깃들었다…….

나는 신문지를 이불 위에 놓고는 천장의 나뭇결을 따라 열심히 귀를 기울였다. 괜찮아 내가 아니야……. 라고 확신하면서…….

"흠…… 행동이나 표정, 그 어떤 작은 일이라도 좋으니까……. 숨기지 말고 말하지 않으면, 나중에 곤란해질 거요."

"……아아……. 그렇게 말씀하신다면 있긴 있어요. 사소한 것이지만……."

"어떤 거요?"

"…………"

갑자기 여주인의 목소리가 들리지 않았다. T 형사의 귀에 입을 대고 속삭이는 듯했다. 귀를 기울이고 있는 내게는 이러한 연극 같은 정경이 간파되어 무심코 희극적인 기분마저 들었다………. 이렇게 생각하는 사이 T 형사가 굵은 목소리가 확실하게 들려왔다.

"……으음……. 언제나 거울 앞을 지날 때마다 잠시 멈춘다고. 흠흠. 그리고 넥타이를 고치고 호색남 같은 몸놀림으로 모자를 고쳐 쓰고는 내려온다. ……그런데 요즘 거울을 보지도 않는다. 미남이라서 그의 그런 버릇은 여종업원 모두가 알고 있다……. 요 일주일 동안……. 흠……. 딱 사건 다음 날 정도부터군……. 흠……. 그 외에는 없나……. 생각나는 일은……."

나는 벌떡 일어났다. 신문사로 출근하기에는 아직 이른 시간이지만 그런 것은 아무래도 좋았다. 그러나 절대로 당황하지는 않았다. 만일의 경우 모든 경우의 수를 예상하였기 때문이다. 재빨리 테니스복으로 갈아입었다. 조금 창피한 이야기지만 그때 가슴이 두근거렸다. 설마 했던 일이 의외로 빨리 닥쳤기 때문이다. 동시에 잠깐이지만 화도 났다. 아무래도 제일 어려운 마지막 방법을 써야 한다는 것이 예상되었기 때문이다…….

……항상 이런 엉터리식의 탐문 수사를 해서 곤란하단 말이야. 움직일 수 없는 확실한 증거를 잡고자 한다면 백 년이 지나도 여기를 찾아올 수가 없는데……. 쳇……. 더구나 지금 나를 걸고 넘어가려고 만든 하찮은 트릭 좀 봐라……. 이런 낡은 수법으로 내가 걸려들 것으로 생각하는 건가…… 라고 말하고 싶지만, 이번만은 특별히 걸려 주마……. 낡은 수법을 당해주마. 그 대신 100% 틀림없이 '증거 불충분'이라는 것을 증명해 보일 테니 그때가 돼서 울상이나 짓지나 말아라…….

이렇게 생각하면서 운동복 위로 꾸역꾸역 스웨터를 입고는 지갑을 엉덩이 쪽 주머니에 찔러 넣고 헌팅캡과 서양 타올, 라켓, 운동화를 들고 비누를 발라서 잘 열리도록 한 장지를 살짝 열고, 뒤쪽 지붕이 보이는 2층 복도로 나섰다. 혹시나 해서 주변을 둘러보았지만 아무도 없었다.

……이런. 어쩌면 오늘 연극은 연극이 아닐 수도 있다. 도망칠 여유는 충분히 있을지도 모른다……. 그렇지만 도로까지 나가 보지 않는 한 아직 모르는 일이다……. 라고 생각하면서 뒷문 계단으로 연결된 복도를 의심하면서 돌아가 보니…… 잠복하고 있었던 것이 틀림없는 A라고 하는 경찰청 노형사와 딱 마주쳤다.

그때 나는 눈을 동그랗게 뜨고 멈춰 섰던 것 같다……. 왜냐면 이 A라고 하는 노형사가 탐문 수사에 나올 때는 대부분 십중팔구 확정된 범인을 체포할 때이기 때문이다……. 그리고 그날 밤 본 거울 속의 자신의 모습이 순간 떠올랐기 때문이다…….

A 형사는 희끗희끗한 수염을 쏠어내리면서 미소 지었다.

"……야아…… 이렇게 일찍부터……. 어디를 가는 거요……."

나는 두세 번 눈을 깜빡였다. 그리고 금방 미소를 지으면서 멋진 변명을 하고자 했지만, 그 순간 다시 거울 속의 자신의 모습이 눈앞에 서 있는 듯한 기분에 나도 모르게 라켓을 든 손으로 양쪽 눈을 비볐다.

"……아……. 그러니까……. 잠깐……."

나 자신도 내 연극이 별로라는 것을 느꼈다. 겨드랑이에서 식은땀이 흘러내리는 것을 알 수 있었다. 노형사도 평상시와 다른 나의 당황한 모습을 물론 알아챘을 것이다. 얼굴 근육을 조금 긴장시키면서 미소를 지었다.

"잠깐, 어디로 거는 거요?"

"테니스 치러 갑니다……. 약속이 있어서요……."

노형사는 천천히 나를 위아래로 살펴보았다. 변함없이 턱을 문지르면서…….

"……흠……. 어디 코트로……?"

이쯤에서 나는 겨우 웃음을 지을 수가 있었다. 어떤 얼굴을 하고 있었는지는 모르겠지만 말이다.

"히비야(日比谷)에 있는 코트입니다……. 그런데 무슨 일이시죠?"

"음……. 잠깐 같이 가 주셨으면 하는 일이 있소."

"저를 말인가요?"

"음……. 그렇게 중요한 일은 아니지만 말이오……."

"그게 아니지요……. 뭔가 제게 의혹을 품고 있잖습니까?"

……평상시대로 가차 없이 말하기로 각오했던 결심을 이때서야 겨우 생각해낸 나는 각오한 듯이 말했다. 그러자 노형사의 미소는 쓴웃음으로 변했다. 꽤 당황한 듯했다.

"그…… 그런 것은 아니오. 당신은 신문사 사람이 아니오?"

나는 속으로 승리의 환성을 질렀다. 여기서 이 형사를 화내게 해서 무턱대고 나를 체포한다면 만점이다.

"하지만 그렇지 않습니까? 아무것도 아닌 용무라면 전화를 하시는 편이 빠를 텐데요. 아직 회사에 출근할 시간이 아니니까 가능하지 않습니까?"

노형사의 표정에서 웃음이 사라졌다. 의심스러운 눈빛으로 다시 한번 나를 위아래로 살펴보았다.

나도 동시에 그 얼굴을 위아래로 살펴보았는데, 그사이에 나는 완전히 안정을 되찾았다. 머릿속이 얼음처럼 차가워져서 모든 방면으로 맑아지고 있었다.

나는 이 상황이 쉽지는 않겠다는 것을 다시 한번 직감했다. 노형사가 나를 쉽게 범인 취급하지 않는 것은 증거가 불충분하지만 나를 확실한 범인이라고 파악하고 있다는 증거…… 그러니까 이것은 어떻게 해서든 나를 당황하게 해 되돌릴 수 없는 실수를 하게 한 뒤 체포하려는 형사의 제일 미련스러운 술수라는 것을 금방 알아차렸다.

……그런데 경찰청에서는 어째서 나를 지목한 것일까……. 그 이유에 따라서는 당황하지 않는 편이 좋겠지만 말이다…….

이런 생각을 하면서 2초 정도 주저하고 있는 동안 노형사는 다시 미소를 지으면서 내 귀 쪽으로 다가왔다. 그리고 내가 미처 뒤로 몸을 빼지 못했는데 조금씩 이야기를 시작했다. 그 이야기를 들어보니 내가 상상한 것과 일언일구 빠짐없이 똑같은 내용이었다.

"……잘 들으시오. 얌전히 따라오시지. 나쁜 일은 없을 거요. 알겠소? 당신은 그 여배우가 죽은 빈집 가까운 곳에 살고 있지 않소. 그리고 매일 밤 회사에서 돌아가는 길에 그 집 앞을 지나가지 않느냐 말이오. 그리고 범죄 수법이 상당히 화려하고 어떠한 증거도 남아 있지 않았소. 머리와 솜씨가 상당히 좋은 인간으로 방법을 잘 아는 인간이 한 짓이 틀림없지. 비밀리에 연구한 결과 당신이 용의자로 지목되었소. 증거가 있는 것은 아니오. 그러니까 서에 가 보면 아마 증거 불충분이 될 거요. 이것은 정말 보증할 수 있소. 알고 있잖소? 직무를 떠나서 진심으로 당신을 돕고 싶어서 하는 말이니 믿지 않으면 곤란하오. 당신은 머리가 좋으니 이해할 수 있을 거요. 나 또한 당신에게 지금까지 몇 번이나 도움을 받았으니까 말이요…….."

이 말의 뒷면에 숨은 무섭고도 증오스러운 함정을 간과할 내가 아니었다. 동시에 그 꼼수에서 벗어날 방법을 생각한 나는 저절로 미소를 지었다.

그러나 나는 이러한 내색을 할 만큼 실수하지는 않았다. 그런 달콤한 말에 이끌려서 한순간이라도 주저했다면 그 주저함이 그대로 '유죄의 증거'가 된다는 것을 재빠르게 머릿속으로 감지한 나는 노형사의 말이 끝나자마자 화를 버럭 내면서 말했다.

"……무슨 소립니까. 농담은 그만 하세요. 저를 끌고 간다면 당신들의 체면이 설지도 모르지만 제 체면은 어떻게 되는 겁니까? 체면만이 아닙니다. 밥줄이 끊기게 되는 거 아닙니까? 뻔뻔한 것도 정도가 있습니다. 무례하군요. 비켜 주시죠…….."

나는 큰소리로 화를 내면서 노형사를 밀치고 뒷문의 계단 쪽으로 가려고 했다. 그때 나의 화내는 연기는 내가 보아도 걸작이라고 생각한다. 그건 노형사의 불쾌하고 교활한 방법이 진심으로 견딜 수 없이 화가 났기 때문이다…….

그러나 이런 내 행동으로 간단히 무사통과하지 못한다는 것은 나도 잘 알고 있었다.

노형사는 내가 생각한 것보다 강한 힘으로 재빨리 내 어깨를 붙잡았다. 그리고 라켓과 구두를 든 양손이 무언가에 맞았다고 생각한 순간 철컹하고 수갑이 채워졌다. 등 뒤 툇마루에서 T 형사와 또 다른 신입 같은 젊은 형사가 기다렸다는 듯이 나와서 내 뒤를 막아섰다.

나는 이런 상황에서도 안면이 있는 두 형사의 얼굴을 일부러 이상하다는 듯이 돌아보았다. 그리고 정말 면목이 없다는 표정으로 푹 고개를 숙이고, 비틀거리며 벽에 기대자 뒤에서 T 형사가 다가와 인사를 하듯이 내 얼굴을 바라보았다. 그리고 나를 동정하듯이……. 또한 변명하듯이 빤히 보이는 헛웃음을 지었다.

"하하하하, 지금 연극으로 걸려들었군."

"……"

"……상대가 당신이라면 절대로 실수를 하지 않을 것을 알았어. 완벽한 함정이 아니면 안 된다고 했지만 말이야. 조금 떠보았더니 의외로 걸려들어서 다행이군. 이제 포기하시지. 결코, 나쁘게는 하지는 않을 테니까……. 원래부터 모르는 사이도 아니고……. 하하하하……."

이렇게 말하는 T 형사의 웃음소리가 끝나기도 전에 머리를 숙이고 있던 나는 갑자기 젊은 형사 옆으로 빠져나가 2층 복도 손잡이에 한쪽 다리를 걸고 토끼처럼 뛰어내리려고 했다. 물론 자살하는 모습으로……. 그러나 이를 젊은 형사에게 제지당하자 그대로 양손의 수갑을 끊어 보려고 눈앞 난간에 부딪히면서 울음소리를 참으며 절규했다.

"……거짓말……. 거짓말입니다……. 아니라고요……. 이 수갑을 풀어 주세요……. 무고합니다. 저는 무죄입니다. ……저는 그 여자를 알고 있었습니다. 그렇지만 관계없단 말입니다. 어디에 사는지조차 몰랐다고요……. 나는…… 나는 매일 자정에 회사를 나와 2시 정각에 하숙집에 들어온다고요……. 예전부터…… 그랬단 말입니다……. 2, 3년 전부터……. 수갑을 풀어 주세요. 이 수갑을……. 저는 테니스를 치러 가야 합니다……. 날씨가 좋으니까……. 아 풀어 줘요……. 풀어 달란 말이다……."

테니스로 단련된 나의 체력도 세 명의 형사에게는 무용지물이었다. 이 또한 물론 처음부터 예측한 일이었다. 그러나 법정에서 아무것도 모른다는 점을 주장하기 위해서는 준비 작업으로서 꼭 한 번 철저하게 소동을 피우지 않으면 안 되기 때문에……. 그리고는 다시 한번 같은 하숙집 사람들이나 근처 이웃들에게도 동정적인 심증을 남겨두면 나중에 유리하다는 사례를 알고 있었기 때문에 기진맥진해질 때까지 비명을 지르며 저항을 했다.

그리고는 나는 예상한 대로 스웨터도 바지도 찢어진 채로 불쌍한 모습으로 세 명의 형사에게 끌려갔다. 그리고 눈을 감고 하늘을 올려다보며 숨을 몰아쉬면서 복도를 따라 정문의 계단으로 내려갔다. 그러나 도중에 거울 앞까지 오자 나는 다시 놀라서 발걸음을 멈추었다. 그날 밤처럼……. 어째서인지 모르겠지만…….

……큰 거울 안에는 검은 피부의 위압적인 세 명의 남자와 어느샌가 코피로 범벅되어 새파랗게 질린 불쌍한 내 얼굴이 보였다.

……변해 버린 내 모습을 빨아들일 듯이 노려보는 사이, 내 머리카락이 쭈뼛쭈뼛 서는 것을 느꼈다. 내가 구성한 '완전무결한 범죄'가 이 거울 하나 때문에 산산조각으로 부서져 버렸다는 사실을 확실히 의식한 것이다.

……라고…… 느끼는 동시에 나는 내 모습과 마주한 채 무한한 계곡으로 떨어지는 느낌을 받았다. 정신이 아득해지고 어지러움에 쓰러질 것만 같았다.

목숨을 걸고 발에 힘주고 선 나는 거울 속의 자신의 모습을 향해 한 발짝 다가갔다. 지금이라도 검게 물들 것 같은 눈을 응시하면서 이 세상에서 가장 밉살스러운 표정을 지어 보이며 자신의 얼굴을 코끝까지 빠짝 갖다 대었다. 갑자기 턱을 내밀어 보였다.

"……나야…………"

일본 소설 문고 『장난으로 죽이기』 슌요도(春陽堂) 1933년 수록

인간 레코드

유메노 규사쿠

쇼와 ×년 10월 30일 오후 6시 반.

현해탄의 태풍을 머금은 구름 띠가 길게 뻗어 있었고 날이 저물어 가고 있었다.

시모노세키 부두에 도착한 7천 톤급 관부연락선 라쿠로마루(楽浪丸)호 일등실에서 볼품없이 초라한 서양인이 비틀거리며 나왔다. 일본인보다도 키가 작고 빈약해 보이는 노인으로, 무슨 병에 걸린 것인지 모르겠지만 몸이 앙상하게 말라 있었다. 수염을 깨끗하게 깎은 얼굴은 젖은 종이처럼 탄력이 없었고, 갑판 위에서 마치 몽유병 환자처럼 넋을 잃은 멍한 눈동자는 시모노세키역 불빛을 비추고 있었다. 색이 바랜 나사의 여행복에, 은빛을 띤 쥐색 펠트 모자를 눈썹 깊이 눌러쓰고 캥거루 가죽으로 된 구두로 발걸음 소리조차 내지 않고 걸음을 옮기는 모습은, 유령 같았고 몹시도 연약하게 보였다.

손짐은 짐꾼에게 맡긴 것 같았다. 말라비틀어진 하얀 손에는 금장식 머리의 대나무로 된 얇은 지팡이를 쥐고 있었고, 외에는 아무것도 들고 있지 않았다. 갑판까지 배웅을 나온 연락선 보이들에게 잠시 모자를 벗어 보였는데, 하얗게 벗어진 대머리였다.

보이들도 어쩐지 그 모습이 기묘하게 보였을 것이다. 높은 갑판 위에서 대여섯 명이 눈동자를 모아 멀어져가는 그의 뒷모습을 배웅했다. 서양인도 홀로 뚜벅뚜벅 걸으면서 세관 앞까지 오자 불안함을 느꼈는지 눈부신 전등 아래 서서 주변을 둘러보았다. 그사이 삼등실 쪽에서 모닝코트를 입은 큰 키에 얼굴에 곰보 자국이 있는 조선인처럼 보이는 신사가 내리는 것을 보고는 비로소 안심한 듯이 종종거리며 걷기 시작해서 그의 뒤를 따르기 시작했다.

조선 신사는 그런 것에 아랑곳하지 않고 빠르게 부두를 건너 시모노세키 역 개찰구를 나왔다. 그리고 그대로 은밀하게 인파 사이로 숨어 들어가고는 태연한 몸짓으로 뒤를 돌아보았다. 키 작은 서양인이 손수건으로 이마의 땀을 닦으며 8시 30분 발 급행열차 후지(富士)호 쪽으로 비틀비틀 걸어가는 것을 지켜보고는 바로 공중 전보 취급소로 달려가 미리 써둔 듯한 전보 한 통 보냈다.

"레코드, 시모노세키 도착, 후지 승차."

타전하는 곳은 도쿄 긴자 오와리 초(尾張町) △ 정목 △번지, 콘돌 레코드 상회 후루카와(古川) 아무개 앞이었다.

조선 신사는 타전을 마치고 자신의 뒤에서 순서를 기다리고 있는 얼굴이 검고, 인상이 나쁜 뚱뚱한 중년 신사를 돌아보고 흘낏 노려보았다……. 그러나……. 그 인상이 나쁜 신사는 거들떠 보지도 않고 자신의 전보를 창구에 두고 우표를 핥아서 꽝꽝 두 들겨서 붙이고는 그것을 내밀고 있었다. 이를 담당자가 받는 것을 거들떠보지도 않고 역을 나와 역 앞 가까운 곳에 있는 산요 (山陽) 호텔로 빠르게 들어갔다.

역 앞의 거리가 훤히 들여다보이는 산요 호텔의 호화로운 방에는 훌륭한 비단으로 만든 중국 의상을 입은 눈썹과 수염이 긴 거한이 앉아 있었다. 하얀 피부에 뚱뚱한 모습과 길게 찢어진 눈꺼풀, 위아래로 보나 옆으로 보나 중국인으로밖에 보이지 않았다. 그 앞으로 성큼성큼 다가온 조금 전의 인상 나쁜 신사가 공손히 인사를 하자 그 중국인 같은 거한은 선명하고 다부진 일본어로 이야기를 시작했다.

"아, 수고했네. 수고했어. 어쨌는가. 결과는……."

인상 나쁜 신사는 씁쓸한 웃음과 함께 머리를 숙였다. 가운데 가 벗어진 이마의 땀을 닦으며 의자에 앉고는 중국인 같은 거한 쪽으로 가까이 다가가 목소리를 낮추었다.

"만주에 들어가자마자 바로 헌병 사령관에게 명령해서 놈을 국경탈출자로 간주하여 매우 심하게 고통을 주었지만 연약해 보이는 노인 주제에 아무것도 불지 않았습니다."

"여권을 가지고 있지 않았나."

"가지고 있었습니다만, 제가 그 전에 몰래 훔쳐두었습니다. 낡은 수법입니다만……. 여권은 완벽했고, 도쿄 △△ 대사관의 고용인으로 임명받아 새롭게 부임하는 형태였습니다. 지금 가지고 있습니다만."

"매수를 해보았는가."

"전혀 응하지 않았습니다. 정말로 아무것도 모르는 것 같았습니다. 어쩔 수가 없어서 △△ 영사관에 소개해서 여권을 다시 받게 했습니다만, 이상한 점은 전혀 없었습니다."

"그럴 줄 알았어. 보통 놈이라면 자네의 수법에 걸리지 않을 수가 없었을 테니까."

"근데 정말로 아무것도 모르는 것 같았습니다. 단지 타자를 잘 치고, 일본 글자에 정통한 노인으로밖에 보이지 않았습니다. 어쩔 수 없이 △△ 영사의 허락을 받고 이쪽에 오게 했습니다만, 그런데 아무리 생각해봐도 수상한 느낌이 들어서 일단 관하로 놈의 사진을 보내고 여기까지 뒤를 밟았습니다만……."

"음. 자네 생각이 맞을 거야. 놈은 밀사임이 틀림없다고 생각하네. 요즘 유럽이 긴장 상태로 러시아와 독일 국경이 심각한 위기 상황이라서, 러시아는 만몽, 신장 방면에만 힘을 쏟을 수 없게 되었지. 그래서 동아의 무력 공작을 멈추고 공산주의 선전 공작으로 방향을 전환한 것이 틀림없어. 러시아가 제일 두려워하는 것은 일본의 무력도 아니고 과학 문화의 힘도 아니야. 일본 민족의 끈기 있는 성격이야. 3천 년 이상의 양심으로 사수한 전통에서 온 충군애국의 신념이 있으니까 말이야. 놈들을 공산주의자로 만들어 버리면 동양의 여러 나라는 전부 러시아 것이 될 거라고 그들은 확신하고 있어."

"그렇군요."

"그 공산주의 선전 공작에 대한 중대한 메시지인가를 그놈 어딘가에 숨겨 들고 온 것이 틀림없어."

"혼수상태로 만들어 놓고, 가방뿐만이 아니라 놈의 여행복 솔기부터 펠트 모자, 캥거루 구두 밑창까지 꼼꼼하게 조사했습니다만, 수상한 것은 발견하지 못했습니다. 단지 한 가지."

"그게 뭐지……."

"단지 한 가지……."

"단지 한 가지 뭐……."

"저 노인을 하얼빈에서부터 배웅한 조선인이, 시모노세키 역에서 조금 전 전보를 보냈습니다. 긴자 오와리 초 레코드 회사의 후루카와라는 남자에게 보낸 것입니다만……."

"음, 그래. 그 남자라면 감시를 붙였으니 괜찮아. 그런데 전보 내용은……."

"레코드 도착. 후지 승차……. 라는 것으로……."

"됐어……. 그것으로 됐어."

중국인 같은 거한이 갑자기 무릎을 치며 큰 소리로 말했다.

"넷?"

인상 나쁜 신사는 눈을 크게 떴다.

중국인 같은 거한은 얼굴에 가득 웃음을 머금고 일어섰다.

"하하하. 인간 레코드다……."

"넷……? 인간 레코드……?"

"그래. 러시아에서 발명한 인간 레코드다. 본인은 전혀 기억이 없지만, 뇌수에 전기를 주입하면, 복잡한 글을 기억시키는 의학상 새로운 발명을 응용한 인간 레코드라는 것이야. 아주 예전부터 네바강 하구의 신호소 지하실에서 만들어서 유럽 방면의 밀사에게 사용했었지. 요즘 일본 기밀 탐지 수단이 극도로 교묘해져서 어쩔 수 없이 사용하기 시작한 것이 틀림없어. 어쩌면 이번 건이 그 시작일지도 몰라……."

"인간 레코드……. 인간 레코드……."

"음"

중국인 같은 거한은 아연실색한 상대의 얼굴을 내려다보면서 크게 웃었다.

"아하하, 이미 손을 써 두었네. 자네 손으로도 감당이 되지 않는 놈이라면 인간 레코드가 틀림없어. 하하하."

산요선의 아사(厚狹)를 출발한 특급열차 후지 호가 최고 속도를 내며 남쪽으로 크게 돌고 있다. 열차 뒤편으로 따라붙는 새빨간 초승달을 가까스로 지평선 위에서 떼어 놓았을 때다.

전망차에 근접한 특별실 문 앞에 스물두세 살 정도의 똑똑해 보이는 청년 보이가 우두커니 선 채로 기대어 꾸벅꾸벅 졸고 있었다. 담요 밑으로 나온 얇고 굵은 고무관 하나가 보이의 상의 밑에서 뒤쪽으로 돌아가서 왼손 끝으로 넘어가 엉덩이 뒤쪽에 위치란 특별실 문 열쇠 구멍에 꽂혀 있었다.

아무런 소리조차 들리지 않았다. 보이는 모자를 쓴 채로 꾸벅꾸벅 졸면서 몸을 흔들고 있다.

그곳으로 물병과 컵을 올린 쟁반을 든 열여덟아홉 된 아름다운 소년 보이가 발끝으로 달리며 지나가고 있었다. 그런데 청년 보이 앞으로 오자 갑자기 멈춰서 몸을 일으키며 귀 쪽으로 입을 바짝 대었다.

"가지고 왔습니다."

청년 보이는 눈을 창백하게 뜨고 싸늘하게 웃었다. 아무 말 없이 담요와 검은 털실로 감싼 가스 발생기 같은 것과 고무관을 정리해서 담요 속으로 둥글게 말아 넣고는 동생뻘 되는 보이에게 전달하자, 차장용 여벌의 열쇠와 드라이버를 사용해서 신속하게 문의 걸쇠와 자물쇠를 열었다. 손수건으로 코를 가리면서 두 사람은 실내로 들어가 문을 단단히 걸어 잠갔다. 재빠르게 창문을 열자 차가운 밤공기와 함께 갑자기 커진 열차의 굉음이 실내로 가득 찼다.

실내의 검붉은 전등에 비친 침대에는 조금 전 왜소한 체구의 마른 백인 노인이 시트를 걷어차고 드르렁드르렁 코를 골고 있었다.

청년 보이가 뒤를 돌아 소년 보이를 바라보았다.

"열차 안에 일행은 없었지?"

소년 보이가 간단하게 고개를 끄덕였다. 청년 보이가 다시금 싸늘한 미소를 띠었다.

"흠. 여기까지 왔다면 도쿄까지는 일직선이니까. 인간 레코드라고 생각하고 안심해."

"네? 인간 레코드……"

소년 보이는 놀란 듯이 눈을 동그랗게 떴다. 청년 보이의 으름장에 얼어붙은 얼굴을 들고 입술을 부들부들 떨었다.

"그래. 이 노인이 인간 레코드야. 지나치게 자주 인간 레코드로 사용되어 이렇게 마르고 쇠약해졌지."

"인간 레코드……."

소년 보이는 마치 살아있는 유령이라도 본 것처럼 어두운 역광으로 홀쭉하게 떠오르는 노인의 잠든 모습을 내려다보았다.

"음. 지금부터 잘 봐 둬. 이 레코드를 회전시켜 보일 테니까……."

청년 보이의 손이 민첩하게 움직이기 시작했다. 노인의 가슴을 풀어헤치고, 익숙한 손놀림으로 갈비뼈가 늘어선 가슴 위로 무색투명한 액체 두통, 다갈색 액체 한 통, 다해서 세 통가량 주사를 놓았다. 그대로 창문을 닫고 문밖으로 나가 모자를 고쳐 쓰고, 소년 보이가 들고 있던 물병과 컵을 올린 쟁반을 이어받고서는, 성큼성큼 전망차 쪽으로 걸어갔다. 저편 등나무 의자 쿠션에 묻혀 있는 화려하게 차려입은 백인의 노부인 앞으로 다가갔다.

"네. 오래 기다리셨습니다."

"고마워요."

입술연지와 볼연지가 밉살스러운 노부인이 청년 보이의 손에 금화 몇 개를 올려주자 그는 모자를 벗고 무기력하게 고개를 숙였다.

"어머나……, 아름다워라……. 달 좀 봐요……."

노부인이 손가락으로 가리킨 쪽을 보니, 다시 한 번 굽이진 열차의 뒷부분으로 황달 색을 띤 보기 흉한 거대한 초승달이 내려앉고 있었다.

청년 보이는 환하게 웃으며 고개를 끄덕였다. 한 번 더 모자를 벗고 전망차에서 나갔다.

　일등실의 보이 실에서는 소년 보이가 산처럼 쌓인 승객의 짐을 정리하고 있었다. 트렁크, 손가방, 거북이 전병, 바나나 바구니, 보자기 꾸러미…… 그 아래에서 나온 검표가 붙어 있지 않은 즈크로 만든 가방 속에서 수화기를 꺼내 귀에 댔다. 그곳으로 돌아온 청년 보이가 몸으로 입구를 막으면서 웃었다.

　"멍청이……, 들키면 어쩌려고."

　소년 보이는 얼굴을 붉혔다. 당황하며 수화기를 즈크 가방 속으로 집어넣었지만, 눈은 호기심으로 빛나고 있었다.

　"무슨 소리가 들렸어……?"

　"네. 노인의 코 고는 소리가 들렸습니다. 코를 고는 상태가 조금은 변한 듯합니다."

　"코드 연결은 잘 되어 있겠지?"

　"네. 완벽합니다. 저 꼬마전등의 마이크로폰도, 이 방으로 연결된 인견 코드도, 모두 저의 새 발명품이고 새것에다가 좋은 것이니까요."

　"그래. 이번에 잘 되면 듬뿍 받을 수 있을 거야."

　"네. 저는 훈장을 받고 싶은데요……."

　"하하. 이번에 받으면 좋겠……, 이런……, 벌써 10분이나 흘러버렸네. 그럼 다시 한번 주사를 놓고 올 테니까…… 녹음기는 괜찮은 거지?"

　"네. 제일 크게 10kHz(킬로헤르츠)로 해 두었습니다. 걱정되는 것은 구두 안쪽의 소음 장치뿐입니다."

"음. 담요라도 덮어둬. 아까대로 짐을 쌓아두고."

"들으면 안 되는 건가요? 인간 레코드 내용을……."

"음. 어쩔 수 없군. 이쪽으로 와."

"벌써 오고오리(小郡)에 도착했습니다."

"상관없어. 5분간 정차 정도는……."

두 사람은 그대로 조금 전 특별실로 다시 들어갔다. 안쪽에서 확실히 문을 걸어 잠그자, 청년 보이가 주머니에서 주사기를 꺼내 무색투명한 액체를 한 병을 소독도 하지 않고 침대 위 노인 팔에 놓았다.

노인은 이미 완전히 죽은 사람처럼 되었다. 전신이 늘어지고 반쯤 뜬 눈꺼풀 안으로 보이는 푸른 눈동자가 유리처럼 빛나고 있었고, 홀쭉하게 들어간 양 볼 사이로 떡 벌어진 입술과 그곳에서 삐져나온 틀니가 바짝 말라서 마치 미라처럼 오싹한 기분이 들게 했다.

그로부터 소년 보이는 머리맡에 있는 꼬마전구의 전구를 빼내고 그 대신 하얀 육각형 각설탕처럼 생긴 작은 마이크로폰을 비틀어 집어넣었다. 두 사람은 그대로 깜깜해진 방안 의자에 앉아 귀를 기울였다.

열차 속도가 점점 느려지고 푸르고 노란 색색의 네온사인이 유리창을 통해 들어왔다. 이윽고 창문 밖으로 커다란 소리가 들렸다.

"오고오리…… 오고오……리……."

청년 보이가 꼼짝하지 않고 바로 옆 소년 보이에게 속삭였다.

"지금 것도 녹음기 필름이 반응했을까?"

"반응했을 겁니다. 기계를 열차 축전지와 결합해서 열어 두었으니까요……. 필름은 아직 50분 정도까지 괜찮아요. 지금 목소리도 들어갔을 겁니다."

"후후후……."

두 사람은 다시 입을 다물었다. 청년 보이는 심심해서 궐련을 입에 물고 불을 붙였다.

소년 보이가 어둠 속에서 손을 내밀었다.

"저도 한 대 주십시오."

"멍청이. 필름이 반응하잖아."

"괜찮으니까 주세요."

"너도, 가지고 있잖아."

"골든 배트라면 가지고 있습니다. 하지만 당신 것은 러시아산이잖아요."

"잘 알고 있군. 하하하. 냄새로 안 건가?"

"아니요. 봤습니다. 아까 주사 놓을 때, 그 노인 파자마 주머니에서……."

"큭, 흐흐흐."

갑자기 열차가 강하게 흔들렸다. 오고오리 역 구내 상행선 포인트를 통과하고 있었다. 실내 안이 다시 어둠 속에서 조용해졌다.

그러자 갑작스러운 열차 요동 흔들림에 튀어나온 듯한 기묘한 목소리가 침대 속에서 들려왔다. 그것은 금속성의 낮고 쉰 노인의 목소리로 게다가 명확한 일본어였다. 꿈에서처럼 천천히 그리고 안정된 어조였다.

"일본의……. ……. ……. ……. …… 제군이여……. 제군, 민중의 민족적……을 위하여……. 해야 한다……. 제군……. 일본의 …… 가…… 토지…… 에 눈을 뜨고…… 성장하는 것을…… 이다."

"무슨 소린지 알겠어?"

청년 보이의 목소리…….

"알 것 같습니다. 소비에트 선언이군요."

소년 보이의 긴장한 듯한 떨리는 목소리…….

"가타야마 센(片山潛)*의 말투야. 이것은……."

"넷? 가타야마 센……."

"그래. 일본에서 △△△△ 운동을 해서 러시아로 도망간 올해로 일흔인가 여든 정도 된 노 투사지. 지금 동양 방면의 선전 과장 같은 것을 하고 있어. 놈의 목소리야. 이것은."

"어떻게 알 수 있습니까?"

"이전에 놈의 선전 레코드가 일본에 흘러들어온 적이 있어. 그 것을 기밀국 지하실에서 들었지. 목소리가 똑같아. 인간 레코드

* (1859~1933) 일본의 노동 운동 지도자로 근대적 노동조합 운동을 이끌었다. 도쿄 시 전(市電) 파업의 배후 인물로 지목되어 체포되었다가 미국으로 망명 후 러시아 혁명의 영향을 받아 공산주의자가 되었다. 아시아 여러 민족의 공산주의 운동과 일본 공산당 의 결성을 지도하였다.

란 것은 정말 무섭군."

"어처구니없는 노인네군요. 그 가타야마라는 사람은⋯⋯."

"맞아. 학문에 지나치게 정진한 나머지 머리가 보통에서 벗어났어. 의학상으로는 하이포 마니아(hypomania)라는 정신병이지. 보통 사람보다 그 이상의 것을 하지 않으면 살아갈 수 없게 되는 거지. 놈을 잘 알지 못하니까 일본의 △ 일당들은 가타야마 센이라고 하면 하느님처럼 생각하고 있어. 소비에트가 놈을 선전으로 이용하는 거지."

"그렇다면 결국 이 목소리를 레코드화 해서, 가타야마 센의 육성이라고 해서 나눠주겠군요."

"그럴 거야. 엄청난 짓을 하는군."

인간 레코드의 목소리는 지금도 진짜 레코드처럼 계속되었다.

"⋯⋯영국과 프랑스 제국주의 정부는 일본의 이 황도 정신의 발로를 공연히 방해하고 있지만, 그것은 단순히 스스로 강도 같은 이익을 위해서⋯⋯ 중국 분해의 과정에 끼어들어 새로운 지역을 거머쥘 기회를 노리고 있는 준비 공작에 지나지 않는다.

제국주의 전쟁을 제조하는 국제연맹 및 리턴보고서*가 뒷공작으로 일본을 어떻게 선동하고, 중국의 국제 관리와 분할을 어떤 식

---

* 1931년에 국제 연맹이 조사단을 파견하여, 중국과 만주 문제에 대해 결론을 내린 보고서. 보고서에서 만주 사변이 일본의 침략이라고 규정했지만, 일본의 만주에 대한 권익을 인정하고 중국과 새로운 협정 체결을 제시했다. 그러나 일본은 이에 반발하여 1933년 연맹을 탈퇴하였다.

으로 집요하게 제의하고 있는가는 유럽 정국의 뒷면을 가장 잘 꿰뚫어 볼 수 있는 모스크바에 있어야 알 수 있을 것이다.

미국의 범 아메리카니즘과 ×××××××××××××의 모순은 더욱 커진다고 중국 국민당의 앞잡이들은 말하고 있지만, 이것은 잘못된 말이다. 미국이 ××××××× 하는 것은, 그들의 필리핀 통치 방법을 보면 알 수 있을 것이다.

이러한 공작 전부를 한꺼번에 뒤집어서 지상에서 ××××××의 그림자를 숨기는 임무는××××××제군의 양어깨에 달려 있다. 중국을 소비에트 정부의 영광스러운 통치 아래 두고, 그들 호랑이의 마수에서 벗어나는 것은 오로지 신흥××××××제군의 분기력에 달려 있다.

일어나. 분발하라. 무장하라.

전 세계를 ××××××통치 아래 두어라.

×××××× 만세.

×××××××××××× 만세.

××와 소비에트의 ×××만세.

(193△년 9월 △일 당, 군, 중앙)"

"뭐야. 너. 떨고 있잖아."

"떨고 있지 않습니다. 소비에트 제국주의 선언의 교활함에 화가 날 뿐입니다."

"아하하. 소비에트 제국주의는 나름 괜찮았어. 그 선전에 속아서 무심코 소비에트 통치 아래로 들어가면 끝나는 거지. 그 나라

노동자와 농민은 지금 소비에트와 마찬가지로 운이 다했으니까. 자본주의 나라가 인민에게 착취하는 것은 돈뿐이야……, 그렇지만 소비에트주의가 인민으로부터 착취하는 것은 피와 눈물 그리고 영혼까지라고 말해도 지나치지 않아."

"하지만 중국인은 바로 이 소비에트주의에 공조하고 있잖아요."

"그래. 심상치 않은 공조 방법이야. 엄청난 기세로 신장방면으로 확장하고 있어. 그렇지만 중국인이 생각하는 공산주의는 진정한 소비에트주의와는 조금 다르지."

"네? 어떻게 다른가요?"

"진정한 공산주의란 말하자면 '타인의 것은 자신의 것, 자신의 것 또한 타인의 것'이라고 하지."

"그렇지요. 그렇네요."

"그런데 중국인은 달라. '타인의 것은 자신의 것, 자신의 것은 자신의 것'이니까."

"아하하하."

"하하하하."

"쉿……, 필름에 남겠어요."

"……어라……. 인간 레코드가 입을 다물었군. 이제 끝난 것이 아닐까."

"글쎄요. 어떨지요. 필름은 미타지리(三田尻)까지 괜찮습니다."

"호외요 호외. 호외요 호외. 호외요 호외. 도토(東都)일보 호외. 외무 당국의 중대 성명발표. 소비에트 정부에 대한 중대한 항의 내용. 외교 단절의 제1 공작…… 호외요 호외."

"호외요 호외. 매국노 후쿠카와(古川) 아무개 체포 호외. 소비에트 연락책 체포 호외. 호외요 호외. 석간 전보 호외요 호외."

응접실 의자에 앉아서 직원에게 이 두 장의 호외를 받은 도쿄 주재 △△ 대사는 갑자기 얼굴빛이 변했다. 모닝코트를 입은 거대한 체구를 서서히 일으켜서 눈앞 안락의자에 여행복을 입은 채 단정히 앉아 있는 쇠약해 보이는 대머리 노인의 눈앞에 호외를 들이밀었다.

노인은 이를 받아들고 안경을 썼다. 눈을 끔벅거리며 의자에 쭈그러들어 호외를 읽었다. 그리고 어리둥절해서 거대한 체구의 대사 얼굴을 올려다보았다.

그 얼굴을 내려다본 △△ 대사는 순식간에 귀신 같은 얼굴로 변했다. 갑자기 노인에게 권총을 들이밀고 위압적인 모스크바 말로 뚜렷하게 말했다.

"어딘가에서 발설을 했군. 메시지 내용을……."

노인은 의자에서 뛰어올랐다. 피스톨을 든 털로 덥수룩한 대사의 팔을 잡고 양손으로 매달리며 소리쳤다.

"말……말도 안 됩니다. 저…… 저는 인간 레코드입니다……. 어……어떻게 메시지 내용을…… 알고 있겠습니까."

"입 다물어라. 알고 있었던 것이 틀림없다. 그것을 모르는 척하고 일본에 판 것이 틀림없어. 한 명 남은 일본인 연락책 이름과 함께……."

"으악……."

갑자기 노인은 뛰쳐나가서 문 쪽으로 달아났다. 하지만 그의 양손은 문고리를 잡기도 전에 높게 위로 올라갔다. 가까스로 두 세 번 회전하고는 바닥에 쓰러졌다. 문에는 화약에 그을린 붉은 피의 흔적만 남아 있었다…….

문 저편에서 대사 부인이 문을 열고 얼굴을 반쯤 내밀었다. 부스스한 금발 머리 아래로 파란 눈동자와 빨간 입술을 멍하니 벌리고 있었다. 대사는 당황해서 아직 연기가 나는 권총을 엉덩이 주머니에 찔러 넣었다.

"어머나, 무슨 일이에요. 여보."

"뭘……. 레코드 한 장 부순 것뿐이야. 하하하."

바로 이 시각 도쿄역 입구 육상에 있는 식당 한편에서 젊은 해군 군의관과 중학생이 홍차를 마시고 있었다.

어수선하게 오가는 사람들의 발소리와 접시 부딪치는 소리에 묻혀 두 사람은 사이좋게 소곤거리고 있었다. 그런데 자세히 살펴보니 그들은 어젯밤 후지호 열차에 있던 청년 보이와 소년 보이였다.

"엄청나게 빨리 손을 썼네요."

"뭘. 어젯밤 녹음한 필름이 도쿠야마(德山)에서 해군 비행기를 타고 오사카까지 날아가는 동안 현상되었고 그대로 날이 밝지도 않은 사이 도쿄에 도착했어. 그 녹음에 있었던 영국, 러시아, 중국의 삼국 밀약에 관한 내용을 듣고 외무성이 비로소 결심을 했겠지. 그리고 큰 삐라에다 매국노라는 딱지를 붙여서 후루야마 아무개를 묶을 수 있었어. 모두 예상했던 행동이었어. 도쿠야마와 오카야마, 히로시마, 히메지에는 수상비행기가 대기하고 있었어. 지금쯤 이미 러시아와 만주 국경 수비병이 움직이기 시작했을 거야."

중학생이 영광스러움에 취한 듯한 얼굴을 붉게 물들이며 홍차를 마셨다.

"네가 발명했던 장난감이 엄청난 일을 한 거야. 훈장 정도가 아닐 거로 생각해."

"……하지만, 저는 기분이 나빴습니다. 도중에는 무섭기까지 했던걸요. 그 인간 레코드 목소리를 들었을 때는……, 인간 레코드란 것은 대체 뭔가요? 그건……."

해군군의관은 좌우를 살폈다. 소년에게 한층 더 얼굴을 다가가 홍차 잔을 끌어안았다.

"있잖아. 절대로 비밀이야."

"걱정하지 마십시오."

"알고 나면 별 이야기는 아니지만 말이야. 그러니까 저런 식으로 각국의 언어에 능통한 정직한 인간을 비싼 돈을 주고 레코드용으로 고용해서 아주 중요한 메시지를 보낼 때 사용하는 거야. 서류 같은 것은 아무리 숨기려고 해도 발각되고, 풀 수 없는 암호도 없으니까 말이지. 본인에게 암기시켜 두면 좋겠지만, 일본인과 달리 외국인은 매수하기 쉬우니까. 밀서를 지니게 하는 것보다 위험한 일이지. 특히 러시아는 온 세계가 적이라서 비밀 외교가 필요한 경우가 가장 많으니까 결국에는 저런 것을 발명하게 된 거야.

먼저 저렇게 아무것도 모르는 인간을 어젯밤처럼 마취시키고 스코폴라민과 아편의 혼합제를 주사해서, 가장 깊이, 기묘하고, 변화무쌍한 혼수상태로 빠지게 만들지. 그리고 10분 정도 지나 코카인과 안식향산과 아이누 화살촉에 사용하는 부자(附子)라는 풀의 즙인 알칼로이드 소량을 배합한 액체를 주사하면 본인은 의식이 없지만, 뇌수 속 일부분이 깨어나지. 여기에 전기 녹음된 레코드 문구를……. 아무래도 육성으로는 상태가 좋지 않으니까. 레코드 음을 귀에 들려주면 신기하게도 정확하게 기억하는 거야. 레코드 10장 정도는 거뜬히 들어가니까 말이야. 그다음에 본인이 눈을 뜨면, 그저 머리가 아플 뿐 아무것도 기억하지 못해. 아무리 고문을 해도, 매수해도 자백할 수 없어서 어디를 보내도 비밀이 새어 나갈 걱정이 없는 거지. 그리고 이 인간 레코드가 저쪽에 도착한 뒤, 앞의 순서대로 마취시키고 코카인을 한 통 주사하면, 앞에서 말한 뇌수 어딘가 일부분이 눈을 뜨는 거야. 최근 들은 레코드를 비몽사몽 간에 정확하게 반복한다는 사실이 이미 도쿄의 대학에서 실험으로 증명되었어."

"흠. 그럼 그 약을 당신이 발명한 건가요?"

"발명을 할 수 있는 게 아니야. 훔친 거지. 일본 기밀국에서는 페트로그라드의 네바강 하구에 있는 신호소 지하실에 인간 레코드 제조소가 있다는 것을 대전하기 전부터 알고 있었고, 고생하고 애쓴 덕분에 방법을 훔칠 수 있었던 거야. 그런데 러시아는 지금까지 일본에 대해서만 이 방법을 사용한 적이 없어. 결국,

비밀 병기처럼 숨겨 두었던 것을 이제야 처음 사용한 거지. 제일 중요한 메시지니까 말이야."

"어째서 비밀병기처럼 숨겨 두었던 것일까요?"

"일본의 의학은 세계 제일이니까. 두려웠을 거야. 게다가 인간 레코드에 자주 사용된 놈은 사용하면 할수록 주사 효과가 좋아져서 레코드 작용이 정확해지는 반면, 약에 중독된 나머지 안색이 이상하게 변하고 몸이 마르게 되거든. 잘 살펴보면 금방 보통 사람과 구별할 수 있어."

"결국, 저 노인 같이 되는군요."

"맞아. 오래전에 네덜란드에 있던 와카시마(若島) 중장 각하는 하얼빈에서 비행기로 왔던 저 노인의 사진을 본 것만으로 바로 인간 레코드라는 것을 알 정도였으니까 말이야."

"와카시마 중장…… 누구입니까? 와카시마 중장이란 사람은……."

"일본 기밀 국장이야. 중국 의상을 입는 멋진 분이시지. 우리들의 두목이시기도 하고. 너를 해군병학교에 입학시킨 것도 그분이지……."

중학생은 다시 한번 얼굴이 붉어졌다.

"그렇지만 그 왜소한 노인도 참 딱하네요."

"딱한 정도가 아니야. 오늘 호외를 보면 △△ 대사에게 살해당하지 않을까 해. 배신자로 의심을 사서……."

"넷? 살해되는 건가요? 아무것도 모르는 데도……."

"죽겠지. 소비에트 유물주의의 놈들은 피도 눈물도 없으니까

말이야. 정치 외교상 문제로 조금이라도 의심 사는 놈은 모조리
죽이는 것이 놈들의 방침이니까."

"잔혹하네요."

"뭘, 레코드 한 장 부서진 것으로밖에 생각하지 않을걸. 하하하."

『현대(現代)』 1936년 1월 수록

악마 기도서

유메노 규사쿠

어서 오세요. 갑자기 비가 내리는군요. 감사합니다……. 저렇게 많이 내리면 어쩔 수 없죠.

항상 거래해 주시고……. 자아 앉으세요. 잠시 쉬다 가시죠……. 하하하. 우산이 없으시다고요. 헤헤. 천천히 있다 가세요. 곧 날이 개겠지요.

선선해지더니 금세 천둥이 치면서 노을이 지다니 이상한 날씨네요. 정말……. 아직 다섯 시밖에 안 되었는데 전기를 켜야 책이 보이니……. 가게에 귀신이라도 나올 것 같아서……. 원래 헌책방 장사는 가게가 너무 밝으면 곤란하긴 하거든요. 볕이 잘 들어오는 가게는 헌책 양장 가죽이 떨어져 나가니까요. 헤헤헤…….

실례지만 손님은 도쿄에서 오신 분……? 네. 도쿄에 있는 대학에서 이쪽으로 전임이 되셨다고요. ○○과에 계신다고……. 그러시군요. 이렇게 날씨가 좋지 않은 날은 그다지 바쁘지 않다고요……. 그렇군요. 개업 의사였다면 손해가 이만저만이 아닐 거라고요……. 정말 대학이란 곳은 고마운 곳이군요.

저도 실은 이래 봬도 도쿄 출신입니다. 류칸(竜閑)대교* 근처 손바닥만 한 가난한 골목에서 태어났지요. 헤헤헤. 그래도 젊었을 때는 변호사가 되려고 간다(神田)에 있는 동양 법률 학교에 다니면서 육법전서를 줄줄 외웠던 몸입니다. 그런데 태생이 게을러서 말이죠. 소설을 읽으면서 빈둥거리거나 여자 꽁무니나 쫓아다니는 등 정말 칠칠치 못했었죠. 부모님이 돌아가시자 곧 친척에게도 버림받았습니다. 스스로 돈을 벌면서 공부할 정도로 의지가 강하지도 않아서 법조계에서 잘 쓰는 말처럼 어쩔 수가 없어서 월금(月琴)**이나 둘러메고 상하이로 건너가 새로운 사업이라도 해볼까 하는 마음으로 미토시로초(美土代町)에 있는 은행 돌단에 아세틸렌 등을 켜고 취미로 사 모았던 탐정 소설책이나 교과서를 진열하고 팔다가 결국 지금 이렇게 헌책방을 하게 된 거지요. 하하.

그러는 동안 마누라도 생기고 아이도 생겨서 우물쭈물하는 사이 이렇게 머리가 벗어지고 되돌릴 수가 없더라고요. 뭐 게으름뱅이 인생으로는 어울리지만요. 불만은 없습니다.

이 △△라는 구석으로 오기까지 고생 참 많이 했습니다. 도중에 헌책방이 지겨워져서 라쿠고가(落語家)***를 흉내 내거나 호

* 도쿄 치요다구(東京 千代田区)에 있는 류칸강을 가로지르는 대교. 일본에서 최초 철근 콘크리트로 만들어진 다리로 1926년에 완공되었다.
** 동체가 얇은 원형의 중국 전래의 4현 악기.
*** 일본 전통 예능의 하나인 '라쿠고'는 풍자적인 이야기와 목소리, 다양한 표정 등을 교묘하게 변화시키면서 여러 등장인물을 표현하며 관객들에게 웃음을 선사하는 1인 희극.

칸(幇間)*일도 했습니다. 그렇지만 역시 처음 한 장사가 제일 적성에 맞아서 방황해 봤자 손해더라고요. 요령을 터득하니까 가끔 재미있는 일도 생겼지요. 헤헤……. 말차(抹茶)가 있는데 한잔 어떠신가요……? 천천히 있다가 가세요.

이렇게 비가 오면 손님도 들어오지 않지요. 손님 한 사람이라도 항상 있는 헌책방이라면 꽤 괜찮은 장사입니다. 그래서 한 사람이라도 손님이 있는 것처럼 스스로 바람잡이가 돼서 어슬렁거리거나 책장을 정리하기도 합니다……. 요것이 장사의 비결이지요. 결국, 가게에 서 있는 사람이 미끼가 되어서……. 지나가던 사람이 가게를 살펴보았을 때 누군가 책장 앞에서 서서 책을 읽고 있거나 하면 무심코 들어오게 되는 겁니다. 군중 심리라는 것이겠죠. 저 문으로 무심코 사람이 들어오는………. 아니요. 아닙니다……. 선생님께 차를 대접하고 바람잡이로 이용하려는 게 아닙니다. 하하. 이런 폭우에는 아무리 바람잡이가 있어도 효과가 없지요. 헤헤헤.

아, 그야 재미있는 일들도 있습니다. 최근의 일로는…… 한 고등학교 학생이 괴테의 시집을 팔러 왔습니다. 참고서 같은 다른 책들과 함께 열 권 정도를 총 삼 엔 주고 샀는데요. 그 가운데 괴테 시집이 특히나 오래된 것처럼 보여서 나중에 조사를 좀 해봤죠. 그랬더니 1780년 독일에서 출판된 것으로 첫 인쇄본이었습니다. 게다가 면지(面紙) 부분에 지렁이 같은 글씨로 책 주인의

* 연회석에 나가 자리를 흥겹게 하는 것을 업으로 삼는 사람.

사인이 있어서 자세히 살펴보니 아무리 봐도 실러*라고 읽히지 않겠습니까. 그래서 법문과 쪽에서 고서를 수집하시는 나카에 (中江) 선생님 집으로 가지고 가 봤지요. 선생님은 칠십 엔에 그 책을 사셨습니다.

아무리 계산해 봐도 괴테 시집이 나온 것은 1780년 여름이나 가을이었으니까 실러가 첫 인쇄본을 사서 읽었을 때는 이렇게 말했답니다.

"이런 가치 없는 시집 따위 더는 읽지 못하겠군."

그리고 시집을 던져 버렸고, 다시 주워서 읽다가 이번에는 눈물을 흘리며 백배사죄하면서 말했지요.

"괴테 님, 당신은 시의 신입니다. 저는 당신의 발끝에 묻은 진흙보다도 못한 가여운 사람입니다."

그러면서 이마 위로 시집을 들어 올렸다고 하는 이야기가 전해지는데요. 이 책이 그 이야기에 나오는 책이 틀림없다며 독일인에게 보여 줬다면 십만 마르크에도 팔지 않았을 것이라고 나카에 선생님이 나중에 설명해 주셨지요. 나카에 선생님이 좀 나쁘셨죠……? 하하하. 저도 이 책을 도쿄로 가지고 갔다면 기찻값이 나오는 정도로 끝날 책이 아니란 걸 느꼈으니까 말이죠. 욕망이 메말라 버려서 어쩔 수 없었습니다.

네. 다음에 그런 일이 생기면 제일 먼저 선생님께 가지고 가겠습니다. 대학의 ○○과로……. 조교수실……네. 잘 부탁드리겠습

* 실러(Friedrich von Schiller:1759~1805) 는 괴테(Johann Wolfgang von Goethe)와 더불어 독일 문학의 황금시대를 구축한 위대한 극작가다.

니다.

네? 법문과 나카에 선생님 말씀인가요? 이곳에 자주 오시지요. 오래된 책을 찾는 것이 무엇보다도 즐겁다고 하시니까요. 좋은 취미입니다. 책 장사하는 사람들 가운데 눈썰미가 없는 사람도 많지만 저는 꽤 눈썰미가 좋다며 이야기 상대가 된다고 말씀하시지요. 헤헤헤. 제 자랑이었습니다. 항상 지도해 주시길 바라고 있습니다.

보시는 바와 같이 이곳은 학생들을 상대로 하고 있어서 로마자로 된 책은 전부 크게 원서라고 쓴 표를 끼우고 같은 책끼리 책장에 모아둡니다……. 그런데 저번에 무심코 CHOHMEY KAMO'S HOJOKY 라고 쓰인 책을 살짝 훑어보기만 하고 원서라고 쓴 표에 이 엔이라고 값을 달아두었더니 나카에 선생님께서 그 책을 책장에서 빼내더니 제 코 앞에 들이대며 화를 내셨지요.

"정신 차리고 일하지 않으면 곤란하오."

다시 자세히 읽어 보니 가모노 초메이(鴨の長明)*의 『호조키(方丈記)』의 영문 번역이었지 뭡니까. 하하하. 어느 쪽이 원서인지 뭐가 뭔지 모르겠습니다. 여하튼 실수했지요. 『호조키』의 영문 번역 중에서도 제일 오래된 것이라고 말씀하시면서 이십 엔을 내고 사 가셨어요. 괴테의 시집 때의 돈이 보충된 듯해서. 헤헤헤.

사실 말입니다. 그냥 이 엔만 주고 가져도 뭐라고 할 수 없잖습니까? 나카에 선생님 같은 분만 있다면 고생하지도 않았겠지

---

* 가모노 초메이(鴨長明:1163~1216)는 헤이안 말기부터 가마쿠라 전기에 걸친 수필가이자 가인으로 그의 작품 가운데 대표작으로 호조키(方丈記)가 있다.

만요. 질 나쁜 손님도 꽤 있으니까요. 서서 책 한 권을 다 읽는 뻔뻔한 사람은 늘 있는 일이고, 읽는 속도가 너무 빨라 오히려 제가 놀랄 정도입니다. 가게 책 위에 앉아서 발밑을 재떨이처럼 만들면서 책 한 권을 다 읽고는 제 쪽으로 와서 "이보시오, 이 책 일 엔으로 깎아 주게. 그렇게 재미있는 책도 아니잖소."라고 말하면 정말 어이가 없습니다. 쓸데없는 참견이지요. 문과 계열 학생들은 시험 전에 잠시 와서 저 선반 위에다 커다란 웹스터 사전이나 대영백과전서(大英百科全書)를 꺼내서 필요한 부분만 메모하기도 하는데 그대로만 두면 상관이 없는데 말이죠. 노트에 적는 것이 귀찮은 거겠죠? 그 페이지를 몰래 찢어서 가지고 가기도 하니까 너무하지 않습니까. 자세히 물어보니 대학교에는 수신(修身)*이라는 과목이 없다고 하니…… 부도덕한 사람이 정말 많습니다.

그렇지만 더욱 부도덕한 사람이 있습니다. 책 한 권을 그대로 가지고 나가 버리는 것입니다. 훔치는 거지요. 게다가 훔치는데 트릭을 사용하기 때문에 감탄이 나올 정도입니다.

한 권 또는 두 권, 별 볼 일 없는 책을 옆에 끼고 마치 유한(有閑) 학생이나 유한 지식인 같은 분위기와 표정으로 표연히 길에서 가게로 들어옵니다. 처음부터 노리는 책은 정해져 있습니다. 노리는 책 쪽으로 금방 가는 실수를 절대로 하지 않습니다. 이것이 수법이라고 생각됩니다만 의연하게 뜨내기 같은 행동으로 이곳저

---

* 제2차 세계대전 전 일본 소학교의 과목 중 하나로, 현재의 도덕 과목에 해당한다.

곳 책장을 위아래로 살펴보는 동안 천천히 자연스럽게 노리는 책 쪽으로 다가갑니다. 거기에서 싫지만 온 김에 마지못해 본다는 표정으로 그 책의 겉 상자를 벗기고 느긋하게 책을 읽는 척합니다. 그러면 이쪽도 백화점에 근무하는 형사가 아니라서 처음부터 사람을 의심하지 않기 때문에 시선을 다른 데로 돌리면 이때를 노리는 겁니다. 재미없다는 표정으로 그 책을 책장에 꽂아 놓는다고 생각했다면 큰 착각이지요. 꽂아 놓은 것은 겉 상자뿐……. 아니면 준비해 둔 다른 쓸데없는 책으로 빈자리를 채워넣고 손에 넣은 책은 옆구리 아래 끼고는……. 쳇. 읽을 만한 책이 없다는 표정으로 담배 한 모금을 뱉어 내고는 유유히 나가 버리니 대단한 강심장입니다. 잘도 생각하더이다.

네. 그것은 충동적으로 저지른 짓이 아닙니다. 오래전부터 마음먹었겠죠. 무엇보다 수신 과목이 없는 학교의 학생들이니 방심도 틈도 없습니다. 이런 수법을 마구 사용하면 저는 도리가 없지요.

게다가 부모님께 돈을 받은 학생만 그러는 것이 아닙니다. 꽤 많은 월급을 받는 수신의 종갓집 자제 같은 훌륭한 신사분이 가끔 이런 방법을 쓰니 놀랄 뿐입니다. 헤헤헤. 대학교 선생님들도 가끔 보입니다. 이쪽의 달인들도 오시기는 합니다만 꽤 화려한 수법이지요. 헤헤헤. 설마 학생들에게 수신 대신에 이 방법을 강의에서 전수하는 것은 아닐 텐데요. 수법이 학생들보다도 뛰어나거든요. 무엇보다도 너무나 풍채가 좋아서 설마 하는 순간 방심해 버립니다.

이런 사람들은 대부분 책을 좋아하는 사람들입니다. 귀중

한 책이라고 생각되면 비쌀 것이고, 하지만 너무나 가지고 싶고……, 가게 주인은 맹하게 보이고……, 그래서 훌륭한 인격을 가진 분도 무심코 훔친 것이 버릇돼서 점점 재미를 느끼게 되는 겁니다. 이렇게까지 되면 양심이 깎여 나가 인간의 술수라고는 생각되지 않을 정도로 대담하고 교묘해져서 상대방이 노리는 책방은 영락없이 당할 수밖에 없지요.

그렇지만 고마운 것이…… 몇 번이나 같은 수법으로 당하다 보니까 익숙해진 것인지 대충 알 수 있습니다. 아무래도 저 사람은 냄새가 난다고 점원이 말하기에 신경을 써서 봤더니 그 수법을 확실히 알게 되었습니다. 이제는 입구에서 살짝 들어오는 태도를 보기만 해도 대충 알 수 있게 되었지요. ……책을 훔칠 것인지……아닌지……라는 것을 말이죠. 헤헤헤.

재미있는 것은 그렇게 훔친 책을 다 읽고 나면 몰래 돌려놓으려고 오는 사람도 있다는 겁니다. 알고 계시겠지만 요즘 소설책이란 것이 옛날처럼 훌륭한 분이 쓰는 것과 달라서 한번 읽고 나면 두 번은 읽고 싶지 않은 것이 많은가 봅니다. 또는 가지고 가서 읽어보니 대단한 책도 중요한 책도 아니었겠지요. 그래서 양심에 걸릴 만큼 훔칠 만한 것이 아니라고 판단하고 돌려놓으려고 온다던가……, 아니면 처음부터 몰래 빌려 가서 책이 상하지 않도록 조심해서 읽고 돌려놓을 생각이었다고 하는 등, 저로서는 도저히 짐작이 가지 않습니다. 양심이 있는 건지 아닌지, 신사적인 건지, 초특급 도둑 근성이 있는 건지……, 무임승차하고 볼일 다 보고 되돌아와서 타지 않은 척 표정을 짓는 것 같아서 복잡한 심리상태가 된답니다.

네. 그야 전혀 돌아오지 않는 책도 꽤 있습니다. 그런 사람들의 얼굴은 제가 잘 기억하고 있으니까요. 이것이 장사하면서 누리는 행복으로 아무 말 없이 모른 척합니다. 원가를 생각하면 대단하지는 않지만, 시도 때도 없이 신경 쓰면서 겉 상자 안에 책이 들어가 있는지 살펴보는 것은 귀찮은 정도고요. 다른 책이 끼워져 있거나 내용물이 빠져 버려 겉 상자만 남아 있는 책 앞에 서 있는 사람을 한 분 한 분 살펴보는 사이 점점 그분들의 성격을 알게 되니 그야말로 이상한 일이지 않습니까……. 전에는 이런 일도 있었습니다.

△△ 의학전문학교 학생이 여름방학에 가져온 책이라고 생각됩니다만. 본인은 △△의 △△라는 사람으로 선조 대대로 전해져온 성서라고 말하더군요. 한 권에 삼 엔으로 가격을 쳐 줬습니다. 가게를 보는 틈에 이 성서에 관해 자세히 살펴보고는 무척이나 놀랐습니다. 살짝 보면 활자 같습니다만, 1626년에 영국에서 출판된 필사본이었습니다. 종이 또한 대단한 것이었죠. 일본의 백 엔짜리 지폐처럼 반질반질한 종이에 빽빽이 쓰여 있고, 검은 선에 청색과 적색 그림 도구를 사용한 삽화까지 있었지 뭡니까. 이것만으로도 꽤 희귀한 책이죠.

그런데 이뿐이라면 저도 그렇게 놀라지 않았을 겁니다. 돈만 낸다면 일본 내에서도 꽤 찾을 수 있는 물건이니까요. 제 간이 떨어질 뻔한 것은 성서의 문구였습니다. 이것이 악마의 성서라고 말하는 것일까요……. 이것이야말로 세계에서 단 한 권밖에 없다고 소문난 슈레커의 악마 기도서(book of devil prayer)가 아닌가 생각한 나는 정신이 아득해져 무더운 여름 낮에도 부들부들 떨었습니다.

네? 선생님은 그런 책을 들어본 적이 없다고요?. 아하 그래요? 저자의 이름은 분명 듀크 슈레커일 겁니다. 어려운 철자로 엮인 이름이었지요. 아무래도 백 년 전 일이니까요. 영국의 유명한 로스차일드라는 억만장자의 차남인가 삼남인가가 십만 파운드 현상금을 걸고 찾은 적이 있다고, 도쿄에 있을 때 동료들의 잡담에서 들었습니다. 설마 실물을 보게 될 줄 몰랐습니다.

몸집이 큰 동물의 검은 가죽으로 만든 표지로……, 'HOLY·BIBLE' 이라고 금색으로 글자가 각인되어 있었고 소인지 말인지 모르겠지만 단단한 생가죽 상자에 담겨 있었습니다. 그 겉 상자 안쪽 중앙에 'MICHAEL·SHIRO' 라고 주묵과 흑묵으로 섬세하게 그린 문장이 희미해진 것을 보니 제 감으로는 아마도 아마쿠사(天草)의 난* 시절 일본으로 넘어온 것을 미카엘 시로라는 일본인이 숨겨 보관하고 있던 것이 아닐까…… 합니다. 그런데 시로라는 사람이 만약 아마쿠사 시로(天草四郎)**라면 이거야말로 엄청난 일이 아니겠습니까.

---

* 1637년에서 다음 해까지 규슈(九州) 시마하라(島原), 아마쿠사(天草)에서 일어난 크리스천 신도를 중심으로 한 농민 반란으로 막부의 금교정책과 영주의 가혹한 정치에 대항하여 일어났다. 아마쿠사 시로(天草四郎)가 그 중심 인물이다.
** 아마쿠사 시로(1621~1638)는 에도 초기의 크리스천 신자로 본명은 마스다 도키사다(益田時貞)이며 열여섯 살에 아마쿠사반란의 수령이 되어 성에서 구십 일간 농성한 끝에 패배한다.

네. 물론 그렇습니다. 그 학생은 아무것도 모른 채 평범한 성서라고 생각하고 팔러 온 것이 틀림없습니다. 성서라는 책이 신앙심이 없는 한 절대로 읽을 마음이 들지 않는 데다, 이 책을 계속 보관해 온 그 학생의 조상들도 이것이 그런 책이라는 말을 전해주지 않았기 때문에 창고 구석에 두었겠지요. 이것을 그 학생이 들추어내서…… '뭐야, 이 책은? 팔아 버리자.'라는 생각으로 저희 가게에 가져왔을 겁니다. 요즘 학생들은 대체로 성서를 좋아하지 않지요. 책 내용을 한 줄이라도 읽었다면 들고 오지 않았겠죠. 요즘 학생들은 죄다 악마가 돼서 학교 같은 것은 관두고 '주홍빛 갱(桃色ギャング)'인가 뭔가로 구치소에 처박히고 있잖아요. 헤헤헤……. 그 학생의 이름과 주소는 잘 적어 두었습니다. 나중에 △△의 집을 가 보면 분명 재미있고 진귀한 물건이 있을 것 같아서요. 이삼일 몸이 근질근질했습니다.

책 내용의 첫 장은 모두 당초 문양의 일본 문자로 섬세하게 쓰여 있었는데, 중간에 장을 나눈 상태나 목차를 보면 완전히 성서와 똑같았고, 창세기 처음 네다섯 행 정도도 성서의 문구와 같았습니다. 누구라도 보기 좋게 속게 되어 있더군요. 그런데 네다섯 행 이후부터 감사의 문장이 갑자기 단락이 바뀌지도 않았는데 아주 무서운 문장으로 변하는 겁니다. 즉 악마의 성서라고 할까요. 외도 기도서라고 할까요. 이것을 만든 슈레커라고 하는 영국 신부가 자신이 믿는 악마의 도를 세상에 전하는 문장으로 되어 있었습니다. 옛날 풍의 영어라서 조금 읽기 힘들었습니다만, 주제넘게 번역을 해본 적도 있어요. 대충 이런 이야기입니다.

"우리의 성도인 아버지의 업을 이어 신학을 배우던 중, 성서 내용에 의문을 품고 의약 화학 연구로 전향하니 우주 만물은 물질 집단의 부동(浮動)에 지나지 않고 인간의 정신이라는 것 또한 각 원소의 화학작용에 다름 아닌 것을 알았다. 따라서 종교 혹은 신앙이라는 것은 그 출발점에서부터 대단히 비겁한 지식인이 어리석은 자를 기만하고 사기를 쳐서 부를 축적하는 수단이라는 것을 알게 되었다. 지상에서 가장 진실한 것은 단 하나, 피도 눈물도 양심도 신앙도 없는 것, 과학을 정신으로 하는 소위 악마 정신이라는 것을 믿고 의심하지 말지어다. 우리가 가지고 태어나는 마음은 부모 형제, 혹은 로마 교황청이 자신을 위해 편의에 따라 만들어낸 소위 '하느님의 마음'에서는 찾을 수가 없다. 생전 하느님의 죄, 사후의 지옥 또한 없다. 무엇을 두려워하고 무엇을 주저하는가.

역대 로마 교황청, 그 외의 로마인들 모두 이 악마도를 예찬하는 실행자이니라. 만인이 교망(翹望)하는 상류계급의 특권이라는 것은 모두 이 악마도에 따른 특권에 불과하다. 인간이 일상적으로 기도하는 핵심은 모두 이 외도(外道)정신의 만족일 뿐이다. 강자는 성서를 통해 약자를 기만하고, 과학을 배움에 악마의 힘을 쓰는 것을 부끄러워하지 않는다.

전 세계 인간이여, 모두 허위 성서를 버리고 이 진정한 외도 기도서를 품어라. 우리는 악마도의 그리스도가 되리라. 약한 자. 빈곤한 자. 슬픈 자는 모두 나를 따르라."

이렇게 열렬한 어조로 온 인류에 수많은 악행을 권장하는 문구가 끊임없이 쓰여 있었습니다. 저는 이 책을 읽는 동안 제 목을 조르는 것 같은 기분이 들었습니다. 서양에서는 피도 눈물도 없는 악당이 많지요. 죽은 자에게서 생간을 꺼내거나 노예매매, 청부살인 이런 것은 서양인이 아니면 불가능한 일이라고 들었습니다만 정말 그 말이 맞았습니다.

이 크리스천 신부는 아마도 정신이상자였을 겁니다. 그래서 세계를 악당들로 가득하게 만들 생각으로 열심히 쓴 것 같았고 이 세계가 '악'으로만 만들어진 세계이며…… 하느님이라는 것은 단지 악마를 도와주는 역할을 하는 정도에 불과하다고, 가능한 한 자세하게 주장하고 있었습니다.

'하느님은 약한 자를 위해서 존재하고, 약한 자는 강자를 위해서 땀을 흘리며, 강자는 악마를 위해서만 생존하는 것이다.'

'태초의 세상에는 물질이 있었다. 물질 이외에는 아무것도 없었다. 물질은 욕망과 함께 존재한다. 욕망은 또한 악마와 함께 존재한다. 욕망, 물질은 악마의 변신이니라. 그러하니 물질과 욕망에 충실한 것은 강자가 되고 악마가 되는 것이며 물질과 욕망을 가장 경멸하는 자는 약자가 되며 하느님이 되어 무너질 것이다. 그러니 하느님과 양심을 무시하고 황금과 욕정을 숭배하는 자는 지상 최고의 강자가 되리라, 지배자가 되리라.'

'강자, 지배자는 지상의 연금술사다. 그들의 손에 거쳐 가는 것은 모두 황금이 되고 황금이 되지 않는 것은 모두 재가 되리라.'

'황금을 만드는 자는 지상이 악마니라. 그들과 접촉하는 이성은 모조리 욕정의 노예가 되어 욕정의 노예로 변하지 않는 이성은 결국 죽음에 이를 것이다.'

이런 내용이었습니다.

그리고 이 악마의 성서에는 구약성서 부분이 '인류악'의 발달 사 같은 내용으로 되어 있었습니다. '아담과 이브가 하느님에 대한 믿음이 지나쳐서 욕망을 경시하는 동안은 자식이 생기지 않았다. 그래서 뱀으로 상징되는 강한 집념과 육체적 욕망에 사로 잡혀서 믿음을 잃게 되어 에덴동산에서 추방당했고, 서로의 알 몸에 수치심을 느끼게 된 덕분에 아이가 점점 생기기 시작하면 서 지상에서 번식이 시작되었다. 지상에서 번영하는 것은 여호 와인 하느님의 뜻이 아니다. 악마의 뜻이다……'라는 억지 이론 으로 인류의 죄악사(罪惡史) 같은 이야기가 끊임없이 쓰여 있었 습니다.

이집트의 왕은 대대로 자신의 부인을 매일 밤 갈아 치웠는데, 질 린 여자는 태워서 태양신께 바치거나 산 채로 나일강의 신인 악 어 밥으로 던지는 것을 최상의 영화로 즐겼다고 한다.
페르시아 왕 다리우스의 전쟁 목적은 영토도 명예도 아니었다. 잡아 온 적국의 여자에 대한 음란함과 잔학함, 적국의 남자에 대 한 학살의 즐거움 이외에는 없었다. 그는 전쟁에서 이길 때마다 궁궐 벽이나 복도에 새롭게 학살한 적국 병사의 시체를 몇만 명이나 전시하고 그 안에서 적국의 왕비나 왕녀를 비롯하여 수천 여성의 비명을 들으며 즐겼다. 여기서 다리우스는 세계 최고의 악마적 문명을 느낀 것이다.

……알렉산더 대왕은 아라비아인을 멸망시키기 위해서 흑사병 환자의 시체를 들쳐 멘 인부를 데리고 메카로 가서 그 인부들을 죽였다. 이것은 극단적인 악마 정신으로 근대 전쟁의 전법에 앞장섰을 뿐만 아니라 이를 훨씬 뛰어넘는 대단한 것이다. 역시 대왕이라 불릴 만한 분이다.

……역사에는 러시아 표트르 대제가 네덜란드에서 조선술(造船術)을 배우고 왔다고 기록되어 있지만, 이는 완전한 거짓으로 실제로는 낙태법과 독약 제조 연구를 위해 갔다. 표트르 대제는 이렇게 얻은 마력으로 러시아 궁정을 지배했고 세력을 얻어서 표트르 대제에 속한 슬라브 민족이 육십이 넘는 민족들을 통일하고 대러시아제국을 만들어 낸 것도 이러한 대제로부터 마력을 이어받은 과학 지식 덕분이다.

……이렇게 세계를 지배하는 것은 하느님이 아니라 언제나 악마였다. 모든 과학의 시작은 하느님의 존재를 부정하고, 인간을 그 양심에서 해방시키는 것을 목적으로 하였으며 동시에 모든 화학의 시작은 연금술이며, 모든 의학의 시작은 낙태법과 독약의 연구였다.

……우리는 역사를 기만해서는 안 된다. 항상 악마적이며 정확한 눈으로 역사를 읽지 않으면 어이없는 실수를 저지를 수 있다. 원

래 유대인이란 모든 인종을 게으름뱅이로 만들어 남몰래 멸망시키고 유대인만으로 세계를 점령하고자 오래전부터 생각해온 종족들이다. 주사위라든가 룰렛, 트럼프, 장기, 도미노라는 것은 이런 목적으로 유대인이 고안해 온 세상에 퍼뜨렸다. 또한, 이런 목적으로 발명하여 세상에 선전하고자 노력한 마지막이 기독교이니 이 얼마나 어처구니없는 일인가.

"이 세상의 모든 것은 전부 하느님의 은혜다. 하느님께 기도하면 원하는 모든 것을 이루어 주시기 때문에 인간은 아무런 행동도 하지 않아도 된다. 하느님을 믿으면 벙어리가 말을 하고 앉은뱅이가 일어나 뛰어다닌다. 하늘을 나는 새를 봐라. 땅을 달리는 여우를 봐라. 내일의 일을 생각지 않아도 살아가지 않느냐."라는 억지스러운 선전으로 세상 모든 사람을 게으름뱅이로 만들기 위해 만든 것이 기독교다.

……당시 유대인 중에서도 가장 명석한 요한이라는 자가 기독교를 선전하고 다녔지만, 생각대로 잘되지 않았다. 그래서 그다음에 나온 자가 유대인 중에서 제일 미남인 예수라는 남자 배우로, 유대인 제일의 아름다운 여배우 마리아와 함께 거리 선전을 해보니 크게 적중했다.

(30줄 삭제)

……라면서 구약성서를 끝내고 다음은 신약성서입니다.

……결국 듀크라는 신부가 성서 속에서 기독교를 빗대어 쓴 거지요. '나는 악마의 구세주가 되리라. 모두 나를 따르라'고 자

신이 선조 대대로 이어받은 악마의 피라는 것을 마치 계보처럼 적은 것이 신약의 첫머리로, 그로부터 자신이 벌레조차 죽이지 않는 선교사가 되어 매일 하느님의 길을 깨우치면서도 마음속에서는 악마의 도를 믿으며 여자를 죽이고 돈을 갈취했다는 등 많은 악행을 각 장에 나누어 자못 대단한 일인 양 쓰고 있습니다. 인간이 하느님과 양심을 뺑 차 버린다면 어떤 행복도 얻을 수 있다. 자신이 스승이라 칭하는 것은 예수 그리스도가 아니라 악마에게 영혼을 판 독일의 마법사 파우스트라며 각종 과학적인 악행 수법이 자신의 체험과 그에 어울리는 악마적 설교와 함께 담겨 있었습니다.

　(40줄 삭제)

　그리고 제일 마지막 시편을 보니 극단적 연가(戀歌)뿐이라서요. 그것도 제대로 된 사랑 노래는 하나도 없고, 사도(邪道)의 사랑, 외도의 사랑 따위를 찬미한 노래뿐이라 기가 막히게도 외설책 같더군요. 하하하.

　뭐, 뭐라고요……. 그런 책이 어디 있냐고 말씀하시는 건가요? 헤헤헤. 이게 또 재미있는 것이 있습니다. 지금 말씀드린 대로 그 성서는 잠시 살펴본 대로 오래된 목판으로 되어 있는 글자라서요. 보관할 수도 없고 그렇다고 해서 잘 모르는 사람에게 권할 수도 없었습니다. 저는 곤란해하면서 오래된 가죽 상자에 넣어서 선반 구석에 올려두었지요. 이것을 발견한 손님의 얼굴색을 살펴보고 천 엔 정도 불러도 죄는 안 될 거로 생각했기 때문입니다. 보통 성서라고 해도 그 정도는 받기 때문이지요.

그런데 삼 개월 전의 일입니다. 저는 너무 놀랐습니다. 어느샌가 당하고 말았던 것이죠. 그 성서의 겉 상자만 남아 있고 안쪽 책은 빈 채로 선반 구석에 남아 있는 것을 발견했습니다.

그 선반은 가게에서도 제일 어두운 곳에 있어서 제가 진귀한 책이라고 여기는 것만을 살짝 모아 두는 곳이라서요. 그쪽으로 가시는 손님들은 항상 정해져 있습니다. 그래서 가지고 가신 분도 대충 짐작이…….

어……. 선생님 안색이 왜 그러신가요? 기분이 안 좋으세요? 네……? 이것은 삼백 엔…… 이번 달 월급 전부를…… 저를 주신다고요? 아. 그 성서의 값……천 엔 중 일부를 먼저 준다고 말씀하시면…… 이것 참 죄송합니다. 그 책을 선생님께서 가지고 가신 줄은……. 아, 네, 무슨 말씀을 하시는지…….

하……. 이번 봄부터 선생님 부인께서 피아노를 가르치고 있는 음악학교 출신의 젊은 피아니스트가 우연히 그 책을 보고 상당히 흥미로워해서 빌려주었다고요. 선생님도 그때까지만 해도 보통 성서라고 생각하고 아무 생각 없이 빌려주셨고요. 하…… 자, 잠시 진정을 하시고……. 진정하시고……. 차분하게…… 천천히 이야기해 주세요. 아아. 그렇군요.

그로부터 일주일 정도 지나고 부인께서 유산하시고…… 임신 삼 개월에……그래요. 의사 선생님의 진찰로는 전에 두 분이 △△로 드라이브한 것이 좋지 않았다고…… 그렇군요. 그 국도는 요즘 사정이 안 좋아졌죠. 무리도 아닙니다. 자동차가 아주 많이 늘어났으니까요. 정부의 토목비는 늘지 않았는데……, 또 있다고요.

하나뿐인 아이는 우유만 먹이고 있었는데 사나흘 전에 갑작스럽게 죽었다고요. 식중독 진단을 받았는데 이상하다고 말씀하시면……. 뭐가 이상한지……. 책을 빌려 간 피아노 선생님이 그 책에 나오는 독약을 이용한 것이 틀림없다고요? 요즘 선생님도 위가 좋지 않고요. 위가 찌르듯이 아프고 ×××××, ×××일지도 모른다고요. 결국, 선생님은 오래전부터 그 피아노 선생님을 의심한 거네요. 그렇군요. 그 피아노 선생님은 예술가인 척하는 밋밋한 얼굴의 청년…… 부인은 둘째 부인으로, 오사카신문 미인 투표 1등에 선발된…… 아아.

네, 선생님. 자, 자, 잠깐만요. 자, 잠깐. 아니요. 자, 보내 드릴 수 없습니다. 잠깐만 기다리세요. 안색을 바꾸시고 어디로 가신다고요……뭐, 뭐라고요……? 그 피아노 선생님을 고소하시겠다고요? 그 책을 빌려 가서 만든 독약을 찾아내겠다고……, 저, 잠깐만요. 당치도 않는 일입니다. 자, 잘 들으세요. 진정하시고…… 여기에 일단 앉으시죠. 제 이야기를 들으세요. 사정은 잘 알겠습니다. 사건의 진상은 제가 잘 알고 있으니까 남김없이 이야기하겠습니다. 서두르면 안 됩니다. 성미가 급하면 손해를 보지요. 아, 깜짝 놀랐네…….

말도 안 됩니다. 선생님. 만약 선생님께서 그렇게 하신다면 경찰에서 그 책을 어디에서 손에 넣었는지가 반드시 문제가 될 것입니다. 그때 제가 경찰에 불려가서 정직하게 말하면 선생님은 대체 어떻게 되겠습니까?

하하하, 그것 보십시오. 자아, 자아, 여기 앉아 주세요. 차가 뜨겁지만 한 모금 드세요. 제가 모든 이야기를 남김없이 하겠습니다. 진실을 말씀드리자면, 다 제 잘못입니다.

그…… 그렇게 놀랄 만한 것은 아닙니다. 그러니까, 죄송합니다. 모든 것이 제가 잘못했기 때문입니다……. 이렇게 사죄하겠습니다. 제발 용서를…… 무엇을 숨기겠습니까. 지금까지 제가 말씀드린 것은 모두 엉터리입니다. 그냥 만들어낸 이야기란 말입니다. 하하하. 놀라셨지요? 하하하.

그 책은 보통 성서입니다. 물론 1680년도 영국 필사본인 점을 봐서 상당히 진귀한 책임은 틀림없습니다. 삼백 엔 정도의 가치는 분명 있지요. 하지만 천 엔까지 할 정도의 것은 아닙니다. 읽어 보시면 알 수 있으실 겁니다. 처음부터 끝까지 평범한 성서의 문구지만 한 자 한 자 살펴보면 얼마나 신앙심이 깊은 신부가 여러 번 기도하면서 베꼈는지 알겠지요. 좀처럼 볼 수 없는 진귀한 책이니 잘 보관해 주세요. 이렇게 대금도 받았으니까 아쉽지만 양보하겠습니다.

실은 선생님께서 대학에서도 유명한 책 수집의 명인이라는 것을 법문과 나카에 선생님께 이전부터 들었습니다. 이번에 ○○과로 책 수집가 명인이 왔다면서, 그 선생은 도쿄에 있을 때부터 나의 호적수였고, 어떻게 모으는지 모르겠지만 본인이 노리는 책을 남김없이 전부 빼 가 버린다면서 그 남자가 오면 당신의 취미 또한 끝장이라고 자주 말씀하셨습니다.

……그래서 실은 그…… 헤헤헤. 선생님께서 그 책을 가지고 가셨을 때 저는 알고 있었습니다. 얼마 안 있어 부인께라도 대금을 받으러 갈까 하고 생각하고 있는데 오늘 느닷없이 선생님께서 들어오시자마자…… 이런 비가 오잖습니까. 가게에는 특별히 진귀한 것도 없고, 선생님께서도 비가 갤 때를 기다리시는 것 같아서, 저도 아침부터 가게에 앉아 있었기 때문에 머리가 멍해 있었습니다. 그래서 심심한 나머지 아무런 근거도 없는 터무니없는 이야기를 한번 해본 것이니…… 젊은 시절 어설프게 학문을 하기도 했고 만담가를 한 적도 있는 사람이라 자기도 모르게 쓸데없는 이야기를 해서……쓸모없는 학문일수록 더욱 이야기가 넘쳐납니다…… 헤헤헤.

이렇게 책들 속에 묻혀 있어도 탐정소설이 제일 재미있어서요. 어이없으시죠. 묘하게도 어딘가의 탐정소설을 따라 해 보고 싶다는 기분이 들어서요. 생각지도 못한 돈까지 받아서 죄송합니다. 정말 근거 없이 만들어 낸 이야기니 걱정을 끼치게 한 점은 다시 한번 사죄를 드립니다.

벌써 비가 그친 것 같군요. 꽤 밖이 밝아졌어요. 내일은 날씨가 좋겠네요.

네. 매번 감사드립니다. 사모님께 안부 전해 주세요.

〈선데이 마이니치 특별호〉 1936년 3월 수록

일본 추리소설 시리즈 6권은 1920년대 중반에서 1930년대 초반까지 활동한 추리소설 작가인 유메노 규사쿠(夢野久作)의 작품 가운데 단편을 선별해서 엮었다. 유메노 규사쿠는 한국에 많이 알려진 작가는 아니지만, 일본 근대 추리소설이 커다란 발전을 이루었던 1920년대 중반부터 1930년대 중반까지 왕성한 작품 활동을 한 작가다. 그는 1936년 타계할 때까지 10여 년에 불과한 작품 활동 기간에 에세이를 비롯한 단편, 중편, 장편 등 수많은 작품을 남겼다.

유메노 규사쿠의 대표작으로는 『도구라·마구라(ドクラ·マグラ)』(1935년)가 있다. 이 소설은 일본 추리소설 시리즈 8권에 실릴 예정인 오구리 무시타로(小栗虫太郎)의 『흑사관 살인사건(黑死館殺人事件)』(1935년)과 나카이 히데오(中井英夫)의 『허무에의 공물(虛無への供物)』(1964년)과 함께 일본 추리소설사에서 '3대 기서(奇書)'로 꼽히는 작품이다. 이 책은 10여 년에 걸쳐 꾸준히 집필

하여 완성한 작품으로 그는 이 책을 출간하고 1년 뒤 사망한다.

『도구라·마구라』의 내용을 잠깐 소개하자면 정신병원에 입원한 주인공 남자가 하루 동안 겪은 일을 누군가에게 자백하는 형식으로 구성되어 있다. 이 소설을 읽으면 한 번쯤은 정신 이상이 올 수 있다고 이야기될 정도로 해석이 난해하다. 그러나 인간의 정신, 즉 내면세계를 탐구하고자 했던 작가 유메노 규사쿠의 작품 세계를 가장 잘 알 수 있는 작품이다. '3대 기서'로 이 작품이 선정된 것으로도 알 수 있듯이 유메노 규사쿠의 작품은 일반적으로 알고 있는 추리소설과는 달리 기괴하고 환상적인 작품이 많다. 이번 일본 추리소설 시리즈 6권에 소개된 단편들을 읽어 보면 여느 추리소설과는 다른, 유메노 규사쿠만의 작품 세계를 엿볼 수 있을 것이다.

유메노 규사쿠는 1889년 후쿠오카(福岡)시에서 겐요샤(玄洋社) 계열의 국가주의자인 스기야마 시게마루(杉山茂丸)의 장남으로 태어났다. 본명은 스기야마 다이토(杉山泰道)이다. 어린 시절 할아버지 밑에서 자랐는데 할아버지가 그를 노가쿠 기다류(能楽喜多流)에 입문시킨 게 인연이 되어 훗날 기다류 교수로도 활동한다. 21세에 후쿠오카에서 도쿄로 상경한 그는 게이오기숙 예과 문과(慶應義塾予科文科)에 입학해 역사를 전공했지만 중퇴한다. 그 후 고향인 후쿠오카에서 스기야마(杉山) 농원을 경영하였다. 스기야마 집안의 문제로 절로 들어가서 승려가 되었다가 환속한 후, 『규슈일보(九州日報)』 기자로 활동한다. 기자 생활을 하는 동안 1923년 관동대지진이 일어났고, 도쿄에 있는 아버지의 생사를 확인하기 위해 도쿄로 상경했다. 지진 피해를 당한 도쿄의 생생한 참상을 보고 집필한 르포르타주를 『규슈일보』에 싣기도 했다.

유메노 규사쿠는 아버지가 국수주의자로서 정계의 흑막으로 불릴 정도로 거물 인사임에도 불구하고 아버지의 정치적 영향에서 벗어나 작가의 길로 나아갔다. 그가 아버지에게 자신이 쓴 작품을 보여주자 그의 아버지는 '몽상가가 쓴 것 같은 소설이구나(夢の久作の書いたごたる小説じゃねー)'라고 말했고, 이에 힌트를 얻어 유메노 규사쿠(ゆめのきゅうさく)라는 필명을 짓는다. 유메노 규사쿠는 기자 생활을 관두고 작품 활동에 매진했고, 1926년 잡지 『신청년(新靑年)』의 현상 공모에 유메노 규사쿠라는 필명으로 『기괴한 북(あやかしの鼓)』이 당선되면서 작가로 데뷔한다.

일본 추리소설 시리즈 6권에서는 유메노 규사쿠의 데뷔작인 「기괴한 북」을 실었다. 현상 공모의 심사위원 중 한 사람이었던 일본 추리소설 문단의 거장인 에도가와 란포(江戶川亂步)는 작품을 선정할 당시의 소감을 밝혔는데, 처음에 그는 "아무래도 나로서는 감동이 오지 않는다"라고 했지만 마지막에는 "이 작품의 좋은 점은 전체적으로 넘쳐흐르는 미치광이 같은 느낌"이라고 평가했다. 실제로 제목에서부터 북이 등장하는데, 그 내용을 살펴보면 북을 만드는 장인이 북 안에 자신의 원망과 저주를 스미게 하여 그 북을 치거나 그 북소리를 듣는 사람은 모두 죽는다는 괴담 요소를 담은 인연담으로 볼 수 있다. 그리고 노가쿠에 사용하는 작은 북을 작품의 소재로 삼은 점, 작품의 스토리가 노가쿠의 구성과 비슷한 점으로 보았을 때 유메노 규사쿠가 어린 시절 기다류에 입문하여 29살 때 기다류 교수를 했던 경험이 이 작품에 자연스럽게 녹아들었을 것으로 보인다. 작품에 대한 평가는 다양하지만 이 작품은 유메노 규사쿠의 작가 데뷔작으로 중요한 의미를 지닌다.

유메노 규사쿠의 작품은 이처럼 발표될 당시부터 추리소설 문단에서 독자적이고 독특하다는 평가를 받았다. 당시 활동했던 작가들의 평가를 살펴보면 고가 사부로(甲賀三郎)는 "탐정소설*이라기보다 괴기 소설적 요소가 많이 들어가 있다"(『当選作品所感』『新靑年』1926.6.)고 평했으며, 에도가와 란포는 "탐정소설의 울타리 밖의 작가"로, 오시타 우다루(大下宇陀児)는 "탐정소설의 극한"(『月刊探偵』黑白書房, 1936.5.)에 있다고 말한다. 이러한 평가는 지금까지도 이어져 오고 있다. 이는 유메노 규사쿠가 추리소설 작가라는 커다란 범주에서 이야기되지만 때로는 환상 문학 작가로 분류되는 등 하나의 범주에 속하지 않는 것을 통해서도 알 수 있다.

이러한 점은 일본의 추리소설 장르가 확립된 시기에 장르의

* 영미의 Detective Story, Mystery story, 또는 프랑스의 Roman policier를 총칭한 말로, 현재 사용하는 용어로 '추리소설(推理小說)'이 있다. 근대 이후 서구에서 들어온 이 장르는 일본에서 '탐정소설(探偵小說)'이라는 용어로 사용했으나, 제2차 세계대전 이후, 1948년 11월에 발표한 '당용한자표(当用漢字表)'에 탐정소설의 정(偵)이라는 한자가 제한을 받아 사용하지 못하게 되면서 새로운 용어를 찾았으며, 그 후 '추리소설'이라는 용어로 정착하게 되었다. 이 글에서는 1920년대부터 1930년대에 쓰인 인용문에 한해서 '탐정소설'이라는 용어를 그대로 사용하였다.

범주를 정의하는 과정에서 상당히 넓게 설정했다는 점을 알면 이해하기 쉽다. 1920년대에 들어서자 일본에서는 창작 추리소설 붐이 일고, 이때 비로소 다수의 작품이 출간되었다. 여기에 추리소설 전문잡지, 추리소설 전문작가가 등장하고 서구의 추리소설 번역 작품이 빠르게 유입되었다. 이러한 흐름을 타고 일본의 추리소설에는 '탐정 취미'라는 유행어까지 나타나면서 이때 폭넓은 독자층을 확보해간다. 이와 관련해서 가와사키 겐코(川崎賢子)가 「대중문화성립기의 〈탐정소설〉 장르의 변용(大衆文化成立期における〈探偵小説〉ジャンルの変容)」에서 다음과 같이 설명하고 있다.

'탐정소설' 장르가 품고 있는 영역은 넓다. 범죄사건의 수사 과정을 엮은 소설부터 범죄실록, 르포르타주, 서스펜스, 스릴러, 환상·괴기·신비적 사상을 모티브로 하는 소설 혹은 판타지, 오컬트, 재판소설, 경관소설, 민간의 탐정이 등장하는 소설, 하드보일드물, 탐정 등이 등장하지 않는 범죄소설, 당시의 모던 걸·모던 보이의 풍속을 취재한 소설, 변모하는 도시 공간의 유혹이나 도시 기구(機構)가 은폐하고 있는 위험을 그린 소설, 도시의 소문, 스캔들, 도시 괴담에 해당하는 소설, 국제적 음모나 전쟁·혁명과 관련된 스파이의 활약을 전면에 내세운 소설, 현대 도시뿐만 아니라 도쿠가와 시대를 무대로 한 도리모노초(捕物帳)*, 범죄를 구성하

---

* 에도 시대의 하급 관리 등이 범인 체포에 대해 기록한 비망록. 이를 테마로 한 대중문학 작품을 가리킨다. 오카모토 기도(岡本綺堂)의 한시치 도리모노초(半七捕物帳)가 유명하다.

고 있는지는 차치하고 사디즘, 마조히즘, 페티시즘, 시체(屍體)사
랑, 카니발리즘(Cannibalism), 동성애 등 당시의 에로·그로·난센스
로 묶을 수 있는 섹슈얼리티에 관한 소설, SF, 해외 방랑기, 비경
모험소설, 동물소설 등이 탐정소설 장르에 들어가 있다.

(川崎賢子外『近代日本文化論 7 大衆文化とメスメディア』岩波書店, 1999년)

이처럼 이 시기의 추리소설은 환상, 괴기 등 현재 미스터리 혹
은 추리소설로 불리는 개념 안에 포함되었을 뿐만 아니라, 르포
르타주, 도시의 소문이나 스캔들 등 신문 기사와 같은 부류까지
그 범주 안에 포함하고 있었다.

이에 대해 에도가와 란포는 일본에서 장르가 확립될 당시 '탐
정소설과 범죄소설을 명확하게 구분'하지 않았고, '탐정소설이
라는 명칭을 유행시키기 위해 탐정소설과 비슷한 일군의 소설
(범죄소설, 범죄가 있는 과학소설, 괴기소설, 모험소설 등)을 편의상
탐정소설에 속하게 하는 경우'가 많았다고 말했다.[*] 이처럼 광범
위하게 설정된 범주를 추리소설이라는 하나의 틀 안에 포함시
켰다. 이러한 넓은 의미의 추리소설 장르의 정의 속에서 유메노
규사쿠는 더욱 다양한 작품세계를 펼칠 수 있었다.

유메노 규사쿠가 작품을 집필했던 장소는 주로 그의 고향인
후쿠오카였다. 그는 스기야마 농원을 경영하면서 작품 활동을
했다. 작가 대부분이 도쿄로 상경해서 작품을 집필하는 경우가

---

[*] 江戸川乱歩『江戸川乱歩全集 第28巻 探偵小説四十年史(上)』(光文社, 2006) pp.480~481.

많은 것에 반해 유메노 규사쿠는 후쿠오카라는 지방에 거주하며 지방색이 물씬 풍기는 작품들을 많이 집필한다.

일본 추리소설 시리즈 6권에서는 이러한 작품 가운데 「시골의 사건(いなゕの じけん)」과 「사갱(斜坑)」이라는 두 작품을 선별했다. 먼저 「시골의 사건」은 1927년부터 1930년까지 잡지 『탐정 취미(探偵趣味)』와 『엽기(猟奇)』에 실린 작품들을 모은 것이다. 그는 작품 말미에서 자신의 고향 주변에서 일어나는 일들을 엮어서 쓴 것이라고 말했듯이, 후쿠오카 북부의 시골을 주무대로 하고 있다. 이 작품에서는 순수한 시골 사람들이 벌이는 사건을 통해 당시 시골의 생생한 모습을 살펴볼 수 있을 것이다. 나머지 작품인 「사갱」은 후쿠오카 근처 탄광촌을 배경으로 한다. 탄광에서 일하는 한 광부가 탄광이 무너지면서 죽음의 위기에서 살아나오는 사건을 다루었다. 이 작품은 당시 탄광촌의 열악한 노동 환경을 엿볼 수 있다. 「사갱」은 1932년 『신청년』 4월호에 게재되었다.

그렇다고 유메노 규사쿠가 이처럼 지방색이 드러난 작품만을 집필한 것은 아니다. 그는 후쿠오카에 정착한 작가였지만 도쿄의 게이오기숙 대학을 입학한 경력도 있었으며 당시 사람으로서는 드물게 빵이나 홍차를 마시며 근대적인 생활양식을 즐겼다고 한다. 그리고 후쿠오카시를 비롯한 도시를 배경으로 한 작품도 많이 집필한다. 도시를 배경으로 한 작품에서 그가 근대의 면모로 변해 가는 도시를 어떻게 바라보았는지 알 수 있다.

1923년 관동대지진 이후, 폐허가 된 일본의 도쿄를 중심으로

도시 재건을 위한 다양한 사회적 제반 시설과 근대적 설비들이 정비되어 갔다. 이와는 반대로 관동대지진에 대한 자연의 위력을 맛본 일본인은 허망한 감정 속에서 전통적 규범 질서가 무너지면서 일시적 혼란을 겪는다. 즉, 자아의 내면적 긴장을 필요로 하는 '수양'보다 그 해소에 주안을 둔 '향락'으로 빠져든 것이다. 이러한 '향락'을 추구하는 경향은 문학 장르에서 대중문학을 탄생시킨 배경의 한 요소가 되기도 했다. 관동대지진 이후 도쿄의 모습을 묘사한 그의 르포르타주 『도쿄인의 타락시대(東京人の堕落時代)』에서는 도시를 바라보는 그의 관점을 알 수 있기에 잠시 소개하겠다.

도쿄는 구시대의 산물인 과학 문명에 의해 건설된 도시다. 과학 문명의 도시, 모처럼 향상된 인류의 정신문화의 상징인 종교와 도덕을 숫자로 공격해 죽이고, 예술을 돈으로 공격하고, 실용으로 공격하여 타락시키는, 정신의 미를 가치 없는 것으로 만들고 물질의 미를 만능으로 여겨, 결국에는 문화적으로 금수 흉내를 내는 것 이외에 아무런 재미를 느끼지 못할 정도까지 타락한 인종, 그런 흉내를 내는 것이 더없는 영광이라고 생각하는, 일본인 중에서도 천벌을 받아 마땅한 자들이 모이는 곳, 그곳이 도쿄. 숫자와 돈으로 움직이는 죽은 영혼의 시장, 그곳이 도쿄. 지식과 재능과 인격을 야금야금 파는 곳, 그곳이 도쿄다.

(夢野久作『夢野久作著作集 2 - 東京人の堕落時代』(葦書房, 1979, p.407)

유메노 규사쿠는 관동대지진 이후 폐허가 된 수도가 새롭게 재편되면서 나타나는 다양한 양상들을 르포르타주를 통해 신랄하게 비판한다. 이 르포르타주는 1925년 1월 11일에서 5월 5일까지 『규슈일보』에 연재되어 책으로 출간된다. 위의 글과 같은 근대화된 도시에 대한 유메노 규사쿠의 관심은 소설 작품에서도 드러나는데, 짧은 단편들로 엮은 「기괴한 꿈(怪夢)」을 꼽을 수 있다. 이 작품은 1931년부터 1932년까지 『문예시대』와 『탐정구락부』에 실렸다. 이 작품에서는 비행기, 자동차 등 근대화된 문물과 병원, 공장, 자동차 도로 등 이전까지 없었던 새로운 공간이 등장한다. 이 작품은 '도시 괴담'처럼 도시에 생겨난 근대의 새로운 공간이나 문물 등 새로움에 대한 일본인의 공포를 잘 드러낸 작품으로 볼 수 있다. 특히 「유리 세계」는 근대 이전 마을이나 부락에서 외부인의 유입을 쉽게 파악할 수 있는데 반해 근대 도시는 지방에서 올라온 수많은 사람 속에서 익명성을 담보로 하고 있다는 점을 유리로 만들어진 세계를 소재로 하여 아이러니함을 보여주고 있다.

「기괴한 꿈」과 마찬가지로 「미치광이는 웃는다(狂人は笑う)」 또한 짧은 단편을 엮은 것이다. 1932년 『문학시대』 7월호에 게재되었다. 이 작품은 소녀와 소년을 주인공으로 내세워 인간 심리의 내면을 상세하게 묘사하는데 결국 이 주인공들은 정신병원에 입원한 환자이며, 상대방 없이 혼잣말을 하고 있었음을 깨달으면서 끝을 맺는다. 그 가운데 「곤룡차」는 당시 일본이 바라보는 중국과 중국인 이미지가 어떠했는지 알 수 있는 작품으로

흥미롭게 읽을 수 있다. 이는 1929년 발표된 녹스의 '탐정소설 10계'에서 '8. 중국인을 등장시켜서는 안 됨'이라는 항목이 있는데, 당시 서양인들이 중국인은 비현실적인 신체 능력을 지니고 있고 주술을 사용한다고 생각했기 때문에 중국인 설정을 추리소설의 구성 요소에서 제외했다. 당시의 중국인의 이미지가 서양과 일본 크게 다르지 않았음을 이 작품을 통해서 알 수 있다. 더불어 이 작품에서 병원 특히 정신병원에 대한 공간, 그리고 정신병에 대한 유메노 규사쿠의 관심과 이해를 엿볼 수 있다.

유메노 규사쿠는 정신, 인간의 내면에 관해 끊임없이 탐구한 작가로 평가받고 있다. 특히 「미치광이는 웃는다」와 마찬가지로 정신병을 주제로 정신병원을 배경으로 한 작품은 다수 존재한다. 이는 그의 대표작 『도구라·마구라』가 10여 년에 걸쳐 집필되었다는 점과 이러한 단편들이 대표작과의 연장선에서 쓰였다고 볼 수 있다. 이러한 가운데 『도구라·마구라』의 선행 작품으로도 평가받는 작품이 있다. 「미치광이 지옥(キチガイ地獄)」은 1932년 『개조』 11월호에 실린 작품으로 이 작품 또한 정신병원을 배경으로 병원에 감금된 '나'를 통해 1인칭 시점으로 이야기를 서술한다. 홋카이도 탄광왕이라고 자신을 소개한 주인공 '나'는 결국 탄광왕이 아닌 신문 기자였다는 사실이 밝혀지면서 작품은 끝을 맺는다.

이 외에도 정신병원을 배경으로 하고 있지는 않으나, 사람을 죽이게 된 동기를 그로테스크하고 엽기적으로 그린 작품이 「장난으로 죽이기(冗談に殺す)」이다. 이 작품은 1933년 5월 15일 춘

양당(春陽堂)에서 간행된 일본 소설 문고에 발표되었다. 이 작품에 등장하는 신문 기자는 여주인공의 엽기 행각을 보고 그녀를 죽이게 된다. 완전 범죄를 꿈꾸던 신문 기자는 결국 경찰에 붙잡히게 된다는 이야기다. 이 작품에서 여주인공의 엽기 행각은 현재 많이 자행되는 약자에 대한 폭력, 이 작품에서는 고양이와 같은 애완동물에 대한 폭력으로 표출된다. 고양이나 개를 잔인하게 죽이고도 반성이 없는 여주인공을 통해 독자들은 최근 우리나라에서도 '유기견(유기묘), 동물학대' 등으로 사회적인 문제가 되었던 사건이 이미 1920년대 초반의 일본 추리소설 작품에서 찾아볼 수 있다는 점에서 흥미로울 것이다. 더불어 「미치광이 지옥」과 「장난으로 죽이기」의 주인공이 신문 기자라는 특정 직업에 종사하는 전문직 엘리트라는 점도 흥미로운 점으로 볼 수 있다. 이는 유메노 규사쿠가 신문 기자를 했던 영향도 있을 것이지만 당시의 신문 기사와 신문 기자에 대한 불신을 엿볼 수 있는 대목이기도 하다.

미스터리 소설을 즐겨 읽는 독자라면 유메노 규사쿠의 작품이 서구의 추리소설과는 다른, 그만의 독특한 면을 지니고 있다는 점을 알 수 있을 것이다. 1934년 11월 『신청년』에 발표한 「쓰지 못하는 탐정소설(書けない探偵小説)」이라는 에세이를 통해 유메노 규사쿠는 작가적 고민과 욕망을 이야기하기도 했다. 이 에세이의 첫머리에 그는 '훌륭한 탐정소설을 쓰고 싶다(素晴らしい探偵小説が書きたい)'라고 말한다.

뭔가를 쓰고 있는 동안 약속한 6장이 되었다. 그런데 다시 읽어보니, 이것이 바로 탐정소설이라고 말할 수 있는 것이 단 하나도 없다. 모두 어른들의 전래동화 같은 심리묘사만 있을 뿐이다. 나는 대체 무엇을 쓰고 싶었던 것일까.

(夢野久作「書けない探偵小説」『新青年』博文館, 1934년 11월호)

그는 마지막 단락에 훌륭한 추리소설을 쓰고 싶다는 욕망을 드러냈지만, 본인이 집필한 작품들에는 '어른들의 전래동화 같은 심리묘사'만 있을 뿐이라고 고백한다. 그렇다고 그가 사건이 발생하고 이를 해결하는 탐정이 등장하는 소설을 집필하지 않은 것은 아니다. 유메노 규사쿠의 작품 가운데 1932년 『올 요미모노(オール読物)』 12월호에 실린 「노순사(老巡査)」라는 제목의 작품이 있다. 능력이 없고 보잘것없는 노순사가 그의 관내에서 벌어진 살인 사건을 해결하는 과정을 그리고 있다. 하지만 이 작품에서도 노순사의 심리 묘사가 상세하게 그려져 있다는 점에서 그의 작품적 특징을 엿볼 수 있다. 그로부터 1년 후, 1935년 『문예통신(文芸通信)』 8월호에 실린 「탐정소설의 진정한 사명(探偵小説の真使命)」이라는 제목의 글에서는 다음과 같이 말한다.

탐정소설의 진정한 사명은 그 변격에 있다. 수수께끼나 트릭도, 명탐정도, 유명한 범인도 필요하지 않다면 버려도 좋다. 신비, 기괴, 모험, 변태 심리 등 무엇이든 상관없다.

(夢野久作「探偵小説の真使命」『文芸通信』文藝春秋社,1935년 8월호)

추리소설을 쓰지 못한 채, '심리 묘사'만 있을 뿐이라는 앞의 인용문과 달리 '탐정소설의 진정한 사명'은 '변격'에 있다고 기술하면서 추리소설의 재료가 '신비, 기괴, 모험, 변태심리' 등 '무엇이든 상관없다'라고 논했다. 실제로 그의 작품들을 꼼꼼히 살펴보면, 당시 추리소설 장르의 범주를 넘나드는 다양한 소재의 작품들이 상당수 포함된 것을 파악할 수 있었다. 위의 두 인용문은 다양한 테마를 풍부하게 가미한 그의 작품적 특이성을 바로 보여주는 것이라 할 수 있겠다.

이러한 주인공의 심리 묘사가 가장 잘 나타나는 작품이 「유리병 속 지옥(瓶詰地獄)」이다. 아주 짧은 단편으로 세 통의 편지만으로 구성된 이 소설은 유메노 규사쿠의 작품 가운데 사랑을 많이 받는 작품이다. 외딴 섬에서 사는 남매가 보낸 세 통의 편지를 통해 그들에게 닥친 시련과 이를 극복하고자 하는 남매의 심리를 상세하게 묘사하고 있다. 이 작품은 1928년 『엽기』 10월호에 실렸다.

이 외에도 유메노 규사쿠는 외국에 관한 관심이 표출된 작품들을 발표하는데 그중 하나가 1928년 『신청년』 10월호에 실린 「사후의 사랑(死後の恋)」이다. 이 작품은 러시아 혁명이 일어난 후 블라디보스토크를 배경으로 전장에서 일어난 기묘한 사건을 겪은 병사가 전쟁이 끝난 후, 자신의 이야기를 일본 군인에게 전하는 내용이다. 러시아 혁명과 일본의 시베리아 출병 이후 일본 군인의 주둔이라는 역사적 사실을 토대로 전개한 점도 눈길을 끈다. 또한 1936년 『현대』 1월호에 실린 「인간 레코드(人間レコ

_ㅏ)」도 당시의 정치적 상황을 배경으로 하고 있다. 러시아 혁명 이후 사회주의 사상이 만연해지자, 일본에서는 사회주의 사상에 대대적인 탄압이 가해졌다. 유메노 규사쿠는 이러한 시대적 배경을 소설로 옮기고 사회주의 사상을 전달하는 스파이를 주인공으로 내세웠다. 특히 이 작품은 기계화된 근대의 모습을 인간과 기계의 결합이라는 독특한 설정으로 보여 준다.

요코미죠 세이시(橫溝正史)는 추리소설의 등장과 발달은 근대의 과학 문명, 기계 문명과 떨어트려 생각할 수 없다고 말했듯이 근대적 도시 문명의 발달과 과학 문명의 발달이 추리소설 발전의 전제 조건이라 말할 수 있다. 이러한 조건이 인간과 기계의 결합이라는 형태로 나타난 것으로 볼 수 있다. 이 책의 마지막 작품으로는 1936년 『선데이 마이니치』 3월호에 실린 작품인 「악마 기도서(惡魔祈禱書)」를 선정했다. 이 작품은 헌책방을 배경으로 일반적인 성경이 아닌 악마를 찬양하는 '외도 기도서'를 발견하면서 일어나는 사건을 그리고 있다. 그리고 이 책에 둘러싼 미스터리한 이야기와 함께 난센스한 요소를 담고 있다.

일본 추리소설 시리즈 6권에 실린 12편의 작품을 읽어 보면 유메노 규사쿠의 작품 세계의 특징을 알 수 있다. 가장 큰 특징으로는 추리소설임에도 불구하고 탐정이 등장하지 않는 작품이 많다는 것이다. 즉 '변격'적 요소를 포함한 추리소설을 집필한다. 이야기 서술 방식의 특징이라면 편지글 형식과 자백하는 형식을 결합하여 사용했다는 점이다. 그리고 이상한 일을 체험한 인물이 1인칭 화자로 등장하여 본인이 겪은 사건이나 경험을 이야기하는 형식을 택한다. 이러한 주인공으로는 무기력증에 시달리는 천재나 정신병자, 소년, 소녀 등인데, 작가는 이들을 내세워 자신도 모르는 사이에 범죄에 휘말리거나 사건의 중심에 서게 한다. 나아가 그는 인간의 내면세계, 즉 인간의 극단적인 이상 감정을 표현함으로써 문학적인 미를 추구하고자 했다.

유메노 규사쿠는 10년에 걸쳐 집필한 대작 『도구라·마구라』를 1935년에 발매한다. 그해 1월 도쿄에서 출판 기념회를 열고 당시의 추리소설 작가들과 함께 출판을 축하했다. 그리고 1년 뒤 갑자기 세상을 떠난다. 사인은 뇌출혈이었다. 에도가와 란포는 유메노 규사쿠의 죽음을 애도하는 에세이를 쓰는데 이 에세이를 소개하면서 작품 소개를 마무리하고자 한다.

유메노 규사쿠를 잃게 된 것은 탐정소설 문단으로서도 슬픈 일이다. 유메노 군은, 앞으로 직업 작가로서 활약이 기대되는 시기에, 창작력이 왕성했으며 또한 발표 무대도 상당히 가지고 있었다. 이렇듯 우리 문단의 중심 세력이 될 한 사람을 잃었다는 것이 실로 안타깝다. 그는 일본 탐정 문단이 좋아하는 다양성을 구성하고 있던 가장 유력한 사람이었다.

(江戸川乱歩「文芸通信」1936년 5월호)

유메노 규사쿠(夢野久作, 1889∼1936)

1889년 (0세) 1월 4일 후쿠오카(福岡)현 후쿠오카 시에서 스기야마 시게마
루(杉山茂丸)·호토리(ホトリ) 부부의 장남으로 태어났다. 어린 시절
은 나오키(直樹)라는 이름으로 불렸으며 얼마 안 있어 부모님이 헤
어지게 되면서 조부모 손에 키워진다.

1891년 (2세) 나오키는 할아버지한테 사서오경을 익혔고, 아버지 시게마루
는 재혼한다.

1899년 (10세) 할아버지와 함께 이곳저곳 이사를 하다가 후쿠오카로 돌아와
처음으로 소학교에 입학한다. 월등한 실력으로 4학년에 편입한다.
할아버지는 나오키를 노가쿠 기다류(能楽喜多流)에 입문시킨다.

1902년 (13세) 3월 할아버지가 돌아가신다.

1903년 (14세) 구 후카오카 현립 중학교 슈후칸(修猷館)에 입학한다.

1904년 (15세) 아버지 시게마루에게 미술가나 문학자가 되겠다고 장래희망
을 말하고 혼난다. 에드거 앨런 포의 『검은 고양이』를 통해 추리소
설에 심취한다.

1907년 (18세) 여름방학을 이용해서 도쿄로 상경해서 가족을 돌보지 않는
아버지를 책망한다.

1908년 (19세) 3월 슈후칸을 졸업한다. 아버지의 권유로 군대에 지원한다.

1909년　(20세) 군대를 제대하고 귀향한다. 아버지 시게마루는 돈을 빌려 토지 3만 평 규모의 스기야마 농원을 설립한다.

1910년　(21세) 봄, 대학진학을 위해 도쿄로 상경한다.

1911년　(22세) 게이오(慶応)대학 문학부에 입학한다.

1913년　(24세) 3월 게이오 대학을 중퇴하고 스기야마 농원에서 농원 경영을 한다.

1914년　(25세) 4월 농원을 나와 방랑 생활을 시작한다.

1915년　(26세) 출가하여 스기야마 다이토(杉山泰道)로 개명한다. 법호는 호엔(圓円)이다.

1917년　(28세) 환속하여 스기야마 농원으로 돌아온다.

1918년　(29세) 2월 가마타 구라(鎌田くら)와 결혼한다. 9월 스기야마 호엔이라는 이름으로 데뷔작 「외국인이 본 일본과 일본청년(外人の見たる日本及日本青年)」을 간행한다. 기다류의 교수가 된다.

1919년　(30세) 4월 규슈일보사(九州日報社)에 입사한다.

1920년　(31세) 5월 『구로시오(黒白)』에 장편소설 「구레이 조지(呉井譲次)」(후에 「암흑공사(暗黒公使)」로 개칭) 연재를 시작한다.

1922년　(33세) 11월 장편 동화 「백발소승(白髪小僧)」을 간행한다. 『규슈일보사』, 『구로시오』에 작품을 다수 발표한다.

1923년　(34세) 9월 1일 관동대지진 발생하자 『규슈일보』 특파 기자로 도쿄로 상경해서 취재한다.

1924년　(35세) 3월 규슈일보사를 퇴사하고 9월에서 10월 도쿄에서 지진 이후 도쿄의 모습을 취재한다. 그리고 장편 르포 「거리에서 본 새로운 도쿄의 뒷면(街頭から見た新東京の裏面)」을 『규슈일보』에 연재한다.

1925년　(36세) 1월에서 5월까지 『규슈일보』에 르포 「도쿄인의 타락시대(東京人の堕落時代)」를 연재한다. 4월에는 규슈일보에 재입사를 한다.

1926년　(37세) 1월부터 3월까지 장편 동화 「부타기치와 효로코(豚吉とヒヨロ子)」를 『규슈일보』에 연재한다. 5월 『신청년(新青年)』에 응모한 「기괴한 북(あやかしの鼓)」이 신청년 창작 추리소설 2위로 입선한다. 이를 계기로 유메노 규사쿠라는 필명을 사용하게 된다. 이 해 규슈일보사를 퇴사한다.

1927년　(38세) 본격적으로 작가 활동을 시작한다. 1926년부터 준비하고 있던 「광인의 해방치료(狂人の解放治療)」(『도구라 · 마구라(ドグラ · マグラ)』

의 원형)의 가필을 한다.

1928년 (39세) 10월 『신청년』에 「사후의 사랑(死後の愛)」, 『엽기(猟奇)』에 「유리병 속 지옥(瓶詰地獄)」을 발표한다.

1929년 (40세) 1월 『신청년』에 「오시에의 기적(押絵の奇跡)」을 발표한다. 그 외 「중국쌀 주머니(支那米の袋)」, 「하늘을 나는 파라솔(空を飛ぶパラソル)」 등도 발표한다. 9월에는 「광인의 해방 치료」를 완성하고 개고한다.

1930년 (41세) 1월 「광인의 해방 치료」라는 제목을 『도구라·마구라』로 바꾸고 『신청년』에 보내지만 간행되지는 못한다.

1931년 (42세) 9월 13일 『후쿠오카 일일신문(福岡日日新聞)』에 「견신박사(犬神博士)」 연재를 시작하여 다음 해 1월 26일에 완결한다.

1932년 (43세) 12월 슌요도(春陽堂)에서 일본 소설 문고 시리즈로 『오시에의 기적』을 간행한다. 그해 「사갱」, 「광인지옥」 등을 발표한다.

1933년 (44세) 「빙하의 끝(氷の涯)」, 「폭탄태평기(爆弾太平記)」 등을 발표한다. 슌요도의 일본 소설 문고에 「빙하의 끝」, 「유리병 속 지옥」, 「장난으로 죽이기(冗談に殺す)」가 들어간다.

1934년 (45세) 집필을 시작한 지 10년이 좀 넘어 『도구라·마구라』가 완성된다. 「염소수염 편집장(山羊鬚編輯長)」, 「스다마(木魂)」, 「살인 릴레이(殺人リレ—)」, 「해골의 흑수병(骸骨の黒穂)」 등을 발표한다.

1935년 (46세) 1월 26일 도쿄에서 『도구라·마구라』 출판 기념회를 연다. 5월 2일 후쿠오카에서도 출판 기념회를 한다. 아버지 시게마루가 뇌출혈로 세상을 떠난다.

1936년 (47세) 3월 11일 도쿄에서 손님과 대화 중 뇌출혈로 돌연사한다. 사후 「소녀지옥(少女地獄)」, 「전장(戦場)」 등이 발표된다.

⊙ 옮긴이 **이현희**(李炫熹)

고려대학교에서 일본 근현대 문학으로 박사 학위를 받고, 고려대학교 글로
벌 일본연구원 연구교수로 재직 중이다. 주요 논문으로는 『유메노 규사쿠 탐
정소설 연구 – 도시 기계 광기』(2016, 고려대학교 대학원 박사논문)이 있으며,
『냉전 체제와 자본의 문화』(소명출판, 2013, 공역) 와 『역사와 주체를 묻다』
(소명출판, 2014, 공역) 등이 있다.

유리병 속 지옥

초판 1쇄 인쇄 2019년 7월 3일
초판 1쇄 발행 2019년 7월 10일

지은이 유메노 규사쿠
옮긴이 이현희
펴낸이 이상규
주간 주승연
디자인 엄혜리
마케팅 임형오

펴낸곳 이상미디어
출판신고 제307-2008-40호(2008년 9월 29일)
주소 (우)02708 서울시 성북구 정릉로 165 고려중앙빌딩 4층
전화 02-913-8888
팩스 02-913-7711
이메일 lesangbooks@naver.com

ISBN 979-11-5893-089-9 04830
　　　979-11-5893-073-8 (세트)